插图珍藏本

THE SERIES OF WHAT YOU SHOULD KNOW

你应该知道的

文学的故事

[美] 约翰·玛西 (John Macy)/著
阎敏/译

九州出版社
JIUZHOUPRESS

图书在版编目（CIP）数据

你应该知道的文学的故事／（美）玛西著；阎敏译．
北京：九州出版社，2005.5
ISBN 7－80195－305－3

Ⅰ．你…　Ⅱ．①玛…②阎…　Ⅲ．①文学史－欧洲
－通俗读物②文学史－美洲－通俗读物　Ⅳ．I109－49

中国版本图书馆 CIP 数据核字（2005）第 052866 号

你应该知道的文学的故事

作　　者	[美] 约翰·玛西　著　　阎　敏　译
责任编辑	李　勇　　责任校对　黄　胜
出版发行	九州出版社
地　　址	北京市西城区阜外大街甲 35 号（100037）
发行电话	(010)68992190/2/3/5/6
网　　址	www.jiuzhoupress.com
电子信箱	jiuzhou@jiuzhoupress.com
印　　刷	北京兴华昌盛印刷有限公司
开　　本	710 × 1000 毫米　1/16 开
印　　张	23.5
字　　数	350 千字
版　　次	2005 年 6 月第 1 版
印　　次	2005 年 6 月第 1 次印刷
书　　号	ISBN 7－80195－305－3/I.243
定　　价	36.80 元

“你应该知道的……”书系出版说明

现时代最显著的特点就是人们时时刻刻被海量的信息所包围着，铺天盖地的电子和纸质媒介淹盖着人们的身体和灵魂。信息是一把双刃剑，它一方面给人们提供了获取知识的权利，一方面又使人们面临着丧失判断力的危险。此时，如何选择对自己有益的信息成了人们必须面对的问题之一。

古时的人可以悠闲地度过一生，他们在漫长的人生旅程中，可以随时停下来欣赏路边的风景；而在当今时代，面临着巨大的生存压力和诱惑，各种欲望的长鞭时刻鞭笞着人们以百米冲刺的速度走完自己的人生。如今很少有人有时间能在知识和思想的海洋里尽情畅游。因而有针对、有选择地去阅读就成了所有不甘愿沉沦的灵魂最迫切的需要。

正基于此，我们应时而需地推出了这套丛书，意在让那些没有足够时间去涉足一个完整领域的读者，花最少的时间和精力，最大限度地了解各个门类的知识。我们将秉承全面、客观、简洁、通俗的原则，陆续推出一系列作品，内容将涉及人文、生活的各个方面。敬请读者关注，并提出宝贵意见。

目录 CONTENTS

序

写作本书的目的在于向读者介绍全世界时至今日仍然有着重要价值的文学书籍。什么才算得上有重要价值呢？这是必须由每个人——如果他有能力的话——自己来回答的问题；而另一方面，这个问题又取决于一致的公论。然而，所谓的公论也并不是绝对的。为什么这样说呢？因为重不重要是相对而言的，而所谓的公论则是很难加以明示的抽象的东西。在很多读者眼里，有价值的作者和书籍数不胜数，所以，我们承认在本书中许多有价值的书没被提及，或者只是被简单地一笔带过。读者们往往会发现，自己所钟爱的某本书的重要地位被另外一本自己觉得并不怎么样的作品占据着。这种情况是在所难免的，也许，这倒可以激发文学和其他艺术的讨论，并为讨论者增添很多愉快的刺激。

在本书中，对于所论及的著作的取舍、选择和各自应占的比例以及所有最后的判断，都是笔者的一家之言。其结果必然会因为本人的兴趣和鉴赏力的局限而有失偏颇。本书实为我个人的浅陋之见，对此，有识之士当会不失公允地指出：你所写的与其说是什么《文学的故事》，毋宁说是“我所偶然读到的有关一些作家及其作品的杂评”。事实也确实如此：我不但得益于其他的书籍、大批评家及专业的历史学家们的指导，而且得到了学识渊博的友人们的赐教。在此，我要向如下各位致以特别的感谢，他们是：路德维格·卢因森博士、安东尼奥·卡利特里博士、A·H·赖斯教授、欧内斯特·博伊德、A·T·巴尔诺博士、亨德里克·房龙博士、比特·桑伯恩、霍华德·欧文·杨、托马斯·R·史密斯、曼纽尔·科姆罗夫、雨果·克努森等。他们为我指出了书稿中许多谬误之处，并帮助我解决了本书的主要问题——文学史到底应当包含些什么。书中论及德意志文学的第40章和第42章几乎完全是卢因森博士的功劳。

本书的初衷是为英语读者而写，故而英美文学占了本书中的较多篇幅。这样一来，许多其他国家和民族中那些丰富的文学内容被我们忽略了。罗马尼亚人、波兰人、匈牙利人或芬兰人也许会说："我们国家那些无可争议的文学天才，你连只言片语都没有。可你却还摆出一副讲世界文学故事的架子！"说罢，就将本书弃之不顾。对于这个问题，我的答复是：有些国家的文学似乎并不属于作为一个整体的欧洲文学的一部分，而是封闭、隔绝于本民族及其语言的范围内。许多本应名扬世界的文学天才就在这种封闭状态下湮没了，这是全人类的损失。在与波兰人的交往中，我发现他们对本国古代及近代的文学遗产所表现出来的虔敬与热忱使人不得不深信其成就之伟大，但其中被翻译成他国语言的作品只能让我们窥其一斑而无法知其全貌。在本人的知识范围内，我所知道的在欧洲有着广泛影响的波兰小说家只有亨瑞·显克微支。一位匈牙利裔美国学者曾对我说，在美国人眼中的世界作家中，只有夏卡伊(Jokai)是匈牙利人。里德尔所著的《匈牙利文学史》是概述匈牙利思想文化的一部卷帙浩大的著作，但书中所论及的那些重要人物，对于我和许多英美读者来说，知道的可能还不到百分之一。

显克微支（1846年～1916年），波兰作家，出身于没落贵族。曾任《波兰报》驻美国记者，回国后从事文学创作。1896年出版的《你往何处去》，多次被改编成电影，并因此获1905年诺贝尔文学奖。其作品深受欢迎，有"波兰语言大师"之称，其他知名作品有《十字军骑士》等。

我举这些例子并没有贬低波兰或匈牙利文学之意——那无疑是荒谬的——而意在说明一个有趣的事实：民族纷繁的欧洲，几个世纪以来的相互纷争使得人们在思维方面形同路人；或者说，彼此间的了解至少是片面的。一个受过良好教育的匈牙利人理所当然要对法国文学有所了解；而受过良好教育的法国人却有可能对匈牙利文学一无所知。丹麦批评家阿尔格·勃兰兑斯和他的信徒们通不通晓丹麦语并不重要，但是他们必须掌握英语、法语、德语和意大利语。有些语种的文学因为语言上的优势而得以在世界上广为流传，也许正是因为这些有着语言优势的文学的兴盛，而埋没了其他文学中最有价值的作品。不过，总的来说，那些最有价值的作品无论经过多少年，终归都会冲破地域和语言的限制而成为人类的共有财富。当然，我们也不能否认这样一个现实：许多优秀作品不论在国内还是国外的声誉和影响都应当比它已有的要大许多。

既然本书并非意在面面俱到，就必然要略去许多民族、许多时代以及许多重要人物。之所以这样做是出于一种明确的动机——使本书更具完整、均衡的组织性。我个人认为本书已达到了这一目的。本书就如同一幅内容并不细致的素描，合乎条理地勾勒出了风景的整体轮廓。这一整体印象犹如从掠过风景上空的飞机上鸟瞰，进入我们眼帘的是那些显著的特征，是高耸的峰峦和广阔的草原。我们无法停下来精确测量一下山峰的高度，仔细眺望广阔的草原。在莎士比亚那里我们只停留了十五分钟——尽管真正理解他也许要花上十五年甚至五十年。

莎士比亚并没有把他十五年或五十年中所有不睡觉的时间都用在他自己以及其他他认为有趣的人的作品上——我们姑且这样认为。但是，普通读者除了读莎士比亚的作品外，还有其他的书要读，有其他的事需要做。皓首穷经而涉猎广博的读者充其量也不过熟悉几千本书并从中获得些浮泛的知识罢了。

像大英博物院图书馆和纽约公共图书馆之类的藏书机构，拥有数百万卷的书籍，许多人都拥有这些图书馆的藏书目录。但是，千万不要让这些浩如烟海的印刷品使我们的内心丧失平和。绝大多数书籍是互相重复、彼此仿制的，合法或非法的剽窃、抄袭现象比比皆是。因此，也许几千本书就可以包涵全世界最本质、最核心的智慧。这样一来，那种看似不可思议的“博览群书”的神秘人物也就不是什么超人了。因为“博览群书”并不意味着要马不停蹄地读遍所有公认的经典著作，通常钻研其中若干篇章就足够了。我认识一位非常精通文学的人，但他却从未读过但丁，而且到如今也没有去读它的打算。如果他不想读，或者他的读书经历没有给他提供接触但丁的机会，他又何必非读不可呢？他了解别的伟大诗人，这就足够了。夜以继日地将时间都贡献给阅读纯粹伟大的经典作家的作品，并视之为一种道德义务——这是马修·阿诺德、叔本华和其他一些高雅之士所持的严肃姿态。但在我看来，这不但是不合理的，而且还是对文学审美愉悦功能的践踏。视野广博也好、眼光偏狭也罢，还是让我们根据各自的兴趣、爱好和需要去阅读吧。至于那些文学大师和权威专家们，就让他们在图书馆里的柱廊间流连忘返吧。这样说也许有些偏激，但它的确是我一个由来已久的信念——它既来自于我为写作本书所作的历时数月的准备工作，更来自在写作此书之前多年的读书经历。整日沉浸在浩瀚的书海中并不是明智之举。我们最好不要沦落成亚历山大·波普那枝辛辣之笔所讽刺的那种人：

满脑子稀里糊涂，孜孜于装满无用知识的书呆子。

著名小说《艾丽丝漫游奇境记》中的插图

还有一点应该考虑到：如果你只在那些伟大的经典著作上花费功夫，那么，不在这些经典之列、但又令你感到无比亲切的那些书籍该怎样对待呢？通常，我们大衣口袋里装着的可以随时翻阅的并不是某位伟大诗人的杰作，而是某个名不见经传的小诗人的一本小书——既然如此，到底什么样的诗人可以称之为大诗人，什么样的诗人又是小诗人呢？这个问题我至今都没有找到答案。此外，对那些我们非常喜爱、难以舍弃的"零散著作"又该怎么办呢？为了给《艾丽丝漫游奇境记》和《摇篮曲》在本书留下一席之地，我几次想剔除一些极为重要的文学经典作品。优秀的小品中的精致之美，往往是伟大作品的不及之处。

倘若你驾一叶扁舟出海，你当留心那足以淹没你的巨浪；如果你漫不经心，只是想稍微满足一下自己对文学的好奇心而已，那么，随便翻阅些或大或小的书籍就足矣。不要对文学过于顶礼膜拜，也不可以对之流于轻浮草率。童话《鹅妈妈》和诗剧《哈姆雷特》都是文学用以讲述人类生活故事的形式，或许它们就像如痴人说梦一样没有什么实际意义，但却是人类惟一能懂惟一感兴趣的故事。其中的一些细节也许是最机智有趣的，因而成了人们最伟大而亲切的精神伴侣；而另外一些博大精深的鸿篇巨制则只能享受被人们束之高阁的待遇。由于我试图在浩瀚的文学书海中为大家指出一条多少有些合理性的航线来，所以我应当使我描绘出来的景象尽可能地符合现实，这样才不至于被人视为有悖理性的异端邪说。但在此我依然忍不住要暗示几点并非我独有的有关文学的困惑：其一，真正的宝藏通常不在显眼的地方，而是藏在某个不怎么引人注目的角落里；其二，假如阁下实在是不喜欢某位彪炳千秋的伟大作家，那么就干脆躲开他，别让他来折磨你；其三，应该读的书实在太多——这对任何头脑健全的人来说，都是一件令人头疼的事。所以，头脑健全的人应当是为了愉悦，或者为了满足某一方面的好奇而阅读，这就足矣。读书也是一种艺术，一种优雅的艺术，它虽然不像其他艺术形式那样显赫伟大、那样富有创造性——写出一段优美的文字显然要比仅仅阅读它难得多。尽管如此，"在接受中创造"依然有其道理。一切艺术都是在此环节中得以生存的——这其中的创造者就是欣赏绘画的人、听音乐的人、读书的人。本书是为这些读书人而写的。

约翰 · 玛西

1924年圣诞节于赫逊河畔哈斯丁斯

第1章

树阴下的神奇——书籍的制造

著书多没有尽头。(传道书)

您偶然间读到的这本书，和我们以前读过的或忽略的成千上万本书一样，是人类在许多世纪以前就已经开始的传奇的一部分。任何书中的每一页，每一页白纸上的黑字以及书籍本身，都属于一个从古至今的永恒故事。这一故事如此浩大，我们谁也无法将它全部读完。它究竟是从何时开始，又是如何开始的，我们不得而知。这个故事每天都在继续着，以至无穷。

发展到了今天，这个故事就成了一切故事的故事——它的结构本身包含了自身之外的一切结构。任何两个读者都无法以完全相同的视界把握这个宏大结构的轮廓，或者对于这一故事的各个部分产生完全相同的兴趣。但是，无论人们怎样去看待它，对人们来说它是一种挥之不去的诱惑。这故事不是某个人创作的，它的作者是全人类。

现在的我们，是这个故事活着的一部分。那么，让我们从现在出发，尽快回到这个故事的开始处吧。这样既方便于让我们清楚自己所处的位置，又能使我们对将要从起点返回到现代的路程有一个事先的了解。

我们的视线停留在书页上。但这样的经验似乎过于平常，以致我们对此都不会有什么反应了。花上三五分钱，我们就能在家门口取到一份报纸或杂志；花上一两块钱就可以买本书。而如果选择到公共图书馆里借一本世界名著，甚至一分钱都不用花——这一切我们早已习以为常。但是，如果静下来思考一下，这是何等神奇的一件事呀！

让我们先来考察一下连接作者和读者之间的物质媒介吧。奇迹源于印刷机。对现代文明来说，其价值远在其他任何发明之上。在印刷机运转之前，由手工或排字机把铅字排好。虽然排字机需要有一定技术的人来操作，但看上去也似乎充满了灵性。另一方面，造纸厂用木头或破布为原料把纸浆变成又白又薄的纸张。随着印刷机的滚动，上了墨的铅字印在了纸张上。之后，装订工把那些印了字的纸折好裁齐，装订成册，再用硬纸板、粗麻布或皮革做的封面包装起来。要不了几天，世界上几乎任何一个地方的读者都可以读到它了。

现在让我们再往前迈一小步，回到动力印刷机还没出现的时代。那时，书籍是靠手工制作的，它们虽然在美观上比现在的书略逊一筹，但有一点却要比今天的书籍更令人满意，即以前的纸通常都是麻纤维的，质地优良。而今天的纸张大都是用木头为原料配以强烈的

印刷机发明前的手工印刷工场。图左侧的排字工正在检字、排字。图中央的两个工人正在印刷：其中一个人将纸张固定在印框上，另一个用滚筒在铅字版上添加油墨。右侧是两名铅字浇铸工，他们将已经熔化的铅注入砂制的字模，待冷却凝固后取出。

酸碱制成的，容易变黄发脆。正如一位明智的历史学家所言，现在的书“不是在岩石上而是在灰尘上”印刷而成的。近代和大部分较古老的文献，通常是靠不断的复制来保存的。一般说来，自近代以来那些人们任其绝版的出版物是没有什么保存价值的，当然也有一些很有价值的文献因此而湮没了。

15世纪的印刷车间

有一点，我们一定要时刻记住：任何进步都不会十全十美，都会有缺点。先辈用手动印刷机和手工制作的纸印制的书籍，比今天的许多书籍保存的时间更长。不过许多质量低劣的印刷品，也是在蒸汽机出现以前的时代出现的。那时人们为了节约，通常把字印得很小，远没有今天的清晰。而且在动力印刷机发明以前，书的印量都很小，因而价格也很昂贵，很少有人能有私人藏书，这样一来，那个时代的读书人自然就少之又少。

沿着时间的长河继续回溯，我们来到一段较为漫长的时代——当然，和整个人类的历史比起来，它是短暂的——那是在印刷机发明之前的年代。让我们到德国马因斯市约翰·古登堡的作坊里去参观一番吧。你面对的是印刷术的发明者，当时是公元1450年。古登堡的贡献在于他发明了活字印刷术。他铸就的那些活字可以排列成行、组成页码。如今，我们无法知道当时他把这些活字安装在什么样的印刷机上，也不知道他印的都是些什么书籍，因为博物馆里收藏的当时的书籍都没有印制者署名。陈列在那里的《圣经》最早的印刷版本据说很有可能是他印的。就算实际上是他的伙计或继承人印制的，我们也不妨就认定它也经过古登堡之手吧。虽然现在从事印刷业的人和读书者对古登堡大都心怀敬意，但对他的一生却不甚了了。和世界上其他为人类作出重大贡献的发明家一样，古登堡的一生也是负债累累、穷困潦倒。临死前，债主把他所有的工具和字模席卷一空。当然，债主肯定不会让这些东西闲着。其后的几十年间，印刷术传到了意大利、荷兰，进而传遍了整个欧洲。

古登堡，劳托洛作。

由于我们今天对古代和近代的文学的了解几乎都是通过印刷出来的书得来的，所以在我们的印象中，文学的保存形式似乎就是书。而事实上，在古登堡发明印刷术以前的文学的历史，不知要比有“书”的文学史长出多少倍。

如果沿着时间的长河再继续回溯，就到了欧洲极少见到甚至还没有纸的时代。纸是中国人最先发明的，后来传给了阿拉伯人，阿拉伯人又把它传授给了他们西方的基督教兄弟。从此，我们有了这一文明必不可少的物质——它是近代以来几乎所有书写和印刷必不可少的载体。这对人类来说无疑是天大的恩惠，它得益于人类种族中的两大支系，他们的语言和文化都是属于亚细亚。到14世纪，纸张的使用在欧洲已经相当普遍，但还算不上很丰富，因为当时的造纸方法落后，费时费力。人们还不能像今天这样轻易地浪费纸张或把它们随意乱扔；绅士和学者们不仅仅是出于附庸风雅，更是为了节约，人人用鹅毛笔练就了一手娟秀、精巧的好字，能在一块很小的空白处紧密而清晰地写上很多字。

在纸没有广泛使用之前，书、信和文件通常是写在一种经过特殊鞣制的羊皮或牛犊皮上的。这种鞣皮经久耐用，在今天的博物馆里还保存着三千年前的羊皮卷。在鞣皮纸上，犹太人写下了包括《旧约》在内的许多圣书，我们现在在犹太人的教堂中还能看到一些写在兽皮上的卷宗。今天，像学院文凭之类需要保存好长一段时间的文字或证书，也通常会用所谓的“羊皮纸”。小绵羊、小山羊和小牛犊的血肉可以给我们身体以营养；它们的皮毛可供我们制作鞋和大衣；然而，这些牲畜对人类最重要的贡献却在于它们记载了宝贵的精神财富——几千年的文献。当人们在市场上叫卖“veal”（小牛肉）的时候，大概不会想到记录着古代文献的“vellum”（犊皮纸）派生于法文的“小牛”一词。文学的故事就是许多文字的故事，因此，我们现在停下来考证一个单词，实际上仍是在继续这一故事。我常常会

羊皮纸的制作流程中的磨光程序。图中的工人正在用刮刀将羊皮的正面磨光，以便用来书写。

思考“parchment”(羊皮纸)和“parch”(烘干)这两个词之间的联系。很显然，皮纸需要在烈日下晒干硝制才行。这原本是对客观现实的一种顺理成章的推断，然而它所揭示的事实比推断本身要有意思得多：羊皮纸源自小亚细亚一个名叫帕克曼的城市，大约在公元前200年，那里盛产一种质地优良的书写用兽皮。据传帕克曼城的王建造了一座堪称世界奇迹的大图书馆，他和他的书记员们发明了一种方法，可以制造出两面都可以书写的羊皮纸。自那时起就有了正反两面都写有字的书册和卷帙。

羊皮纸印制的书为我们保存了希腊和拉丁文学的差不多全部遗产以及14世纪以来基督教世界的大部分文献。书记员们将他们所能见到的写在极易损坏的纸莎草(papyrus)上的更为古老的文献誊抄到坚韧的羊皮纸上。有关纸莎草的故事，我们待会儿再讲。那些书记员们大都是生活在寺院里的僧侣或教士。许多世纪以来，对做学问的人来说，寺院一直都是最安全的地方。书记的内容当然大都与神圣的经典——《圣经》以及其他被视为与《圣经》同等神圣的文字。也有些书记员私下里对非基督教文学感兴趣。他们中的许多人像热爱艺术品一样喜爱书籍，故而常常在书籍的装帧和文字的修饰上花费了不少工夫。在今天的艺术博物馆和图书馆里还保存着许多当时的精美作品——那颜色鲜艳的镶金字头仿佛就是昨天刚画上去的。

有时，那些贫穷的僧侣由于缺乏羊皮纸或其他新的书写材料，就把寺院里残存的许多已被书写过的旧羊皮纸上的文字擦掉，重新使用。这种用过的旧羊皮纸在市面上也能买到。僧侣们通常将那些被视为异端邪说的文献擦掉，使之重新用于书写基督教信仰的书籍。这种文稿叫palimpsest，意思是“擦过的东西”。有时，原先的文字没有被擦干净，现代的研究者们便可以用化学试剂使之重现出来。通过这种方法，人们发现了许多古代的文学作品片断，而当初要是没有palimpsest的话，这些文学作品肯定就会永远丧失了。许多古代的书籍能否流传下来，往往取决于偶然因素。当然，类似《圣经》这样的书，是有人对其进行精心保存从而使之能薪火相传的。自然风化、火灾、人间的纷争和战乱等都给书本的命运增添了浓郁的传奇色彩。那些专门研究古代文献的学者们，一旦能发现散佚、流失很久的古旧文稿，简直就像是哥伦布发现了新大陆一样，激动的心情无以言表。随着后世人们一代一代的艰难发掘，古代的文学成果也就越来越丰富地呈现在我们面前。

羊皮纸的时代让我们回想起久远的从前。但事实上，在公元4世纪之前，罗马或雅典的人们如果想拥有一本维吉尔或荷马的诗集，那么提供给他们的不是抄写在羊皮纸上的卷帙，而是一种被称为“纸莎草”（papyrus）的干燥的植物叶子。我们都知道，paper（纸）这个词就是从papyrus派生而来的。纸莎草原产于埃及，是一种非常有韧性的水草，据说摩西就是在这种水草上被发现的。人们把水草的茎抽掉，再把它压平、晒干，然后黏结成长条卷在一起，就成了可以用来书写的纸莎草了。埃及人又把这种纸莎草的制作工艺传到希腊、

埃及第19王朝《死亡之书》。书卷用纸莎草纸、皮革或亚麻布制成。图中表现的是称量灵魂的场景。死者的心脏被放在天平的一端，另一端放置的则是象征公正与诚实的“马特羽毛”，两者必须保持平衡。图中央的托特神负责称量，如果称量的结果不利于死者，图右边的“饕餮”会把此人撕成碎片，图中的象形文字是对这一场景的说明。

罗马和附近地区。在更耐用的羊皮纸被比较广泛地使用之前，几乎所有最优秀的希腊文和拉丁文的文学作品都是写在这种纸莎草上。纸莎草叶子的希腊文是biblos，这个词后来又有了一重引申义，即写在那上面的书。因此，西方世界中的圣书——《圣经》，就被称为*Bible*。

古代埃及人创造了很多奇迹。在这些奇迹中，我们首先能想到的就是金字塔、司芬克斯、木乃伊以及那些法老的坟墓。实际上，从对人类文明贡献的角度来说，那些似乎永远坚固的金字塔，未必比这些容易破碎的纸莎草更有意义。除了埃及人，几乎所有地中海沿岸国家的人也都把自己的思想记在纸莎草上。埃及人不仅发明了书写的材料，更创造出了表达语音的文字，并最早而且最直接地影响了欧洲文化。许多个世纪以来，埃及的这种文字表达的核心密码已无人所知了，直到最近一百多年，学者们才参透古埃及的象形文字(hieroglyphics，意为“神圣的雕刻”)之谜。在当年的文字考古学年鉴上，破译古埃及的神秘字符的过程，是最富有传奇色彩的。1799年，一位来自拿破仑军队里的工程师在埃及发现了著名的罗塞达碑。在这块石头上，刻有一篇很长的布告，是古埃及的僧侣为一位法老所做的祝福。布告是用三种文字写成的，一种是象形文字，一种是普通的古埃及文，另一种是希腊文。因为大家对希腊文字较为熟悉，所以经过努力探索，那些与此意思相同的古埃及文字就有了被明了的可能。当时，这项文字的破译工作是由法国学者J．F．詹普里昂主持的。现在，古埃及学已成为一门独立的学科，木乃伊和方尖碑上的象形文字对研究这一领域的学者们来说已经不再陌生，神秘的司芬克斯之谜也打破了它多年来的神秘，逐渐为人们所了解。

即使学者们永远无法破解古埃及文，古埃及人的智慧也不会荡然无存。为什么？因为希腊人和罗马人以及其他民族已经吸收了很多古埃及文化的智慧结晶，即便它最初的原型已经模糊得难以辨认了，但最终还是被我们认出了它的真面目。值得一提的是，当亚历山大大帝在埃及建立以自己的名字命名的希腊文化中心亚历山大城时，当热情的安东尼和理性的恺撒或把克里奥帕特拉打败或被她所迷惑时，征服者总会从被征服者那里学

安东尼与克里奥帕特拉会面的场景。克里奥帕特拉获得了当时世界上最有力量的两个男人的宠爱。

到点东西的。

在离埃及不远的地中海东岸住着腓尼基人。他们是希伯来人的近邻，并与后者不断发生冲突。腓尼基人整日忙于做生意，他们似乎对文学创作不太感兴趣，现在，我们只有从希腊的古文献中，才能发现腓尼基文字的蛛丝马迹。可是从某种意义上说，今天，我们西方人之所以能阅读到那么多书籍，这一切都得感谢那些丧失了城邦的腓尼基人，因为是他们发明了取代古埃及人象形文字的字母文字，他们是书籍的奠基者。我们今天所见的字母是经过了几千年的演变的最终结果，其雏形还是源于腓尼基字母。据推测，腓尼基字母至少是在公元前1000年前被发明出来的。那时，纸莎草的使用已经非常流行，它平滑的表面为书写一种连贯的字体提供了基础。极富商业头脑的腓尼基人除了把从埃及人那里买来的纸莎草转卖给希腊和其他国家，还连带他们发明的字母一起出售。

如果继续顺着时间长河上溯，我们就会发现，人们用来写字的材料几乎都是一些无法移动的东西。我们把这称为文学的石器时代。那时的埃及和其他国家的人都将他们要记录的事情雕刻在石墙或石柱上面。从某种意义上说，直到今天我们也仍然没有完全超越“石器时代”：为了使重要的事件、伟大的人物以及社会和宗教的思想意识永远流传，我们往往在教堂、公共建筑物和墓碑上雕凿文字——这样，即使我们的书籍全部被毁坏了，五千年后的历史学家仍然可以根据这些石头建筑或材料，大致推断我们这一代人的生活和语言的基本情况。

我们也正是依据那些先人留下的石刻，才得以了解他们的生活。然而即便是最坚硬的石头，也难免会被风化、剥蚀，如果没有不断推陈出新的书籍，恐怕语言都会逐渐消亡。即使那些石刻没有被毁坏，甚至那些雕刻工都还活着，那么，设想一下，公共图书馆里石碑、石壁比比皆是，所有的“书”都是石头做的，这是多么不方便啊！那么任何一位读者都无法享受带上书本回家围炉夜读的乐趣了。

在西亚的巴比伦大帝国，人们喜欢把文字写在泥制的砖和圆柱上，比起难以移动的石头来，这也算得上是一种进步。但是，如果想买一本当时流行的书，那至少得请人把一吨左右的“砖书”送上门来，这真是太不方便了。当然，这只是一种假设，因为那时根本没有流行读物等诸如此类的东西。只有少数的传教士和书记员既会读又会写，而书写的大部分内容又都是有关宗教或歌颂帝王们丰功伟绩。

有没有一种既便于书写，又便于得到，而且便于交流，轻便、光滑、柔软的东西呢？这对于文学来说太重要了。事实上，还真有这么一种强韧、轻便而且容易获得的东西，在我们的故事中，应该给这种东西留一席之地，它的名字就是木材。古代的萨克逊人就在山毛榉做的木板上写字。今天，人们把许多印上字的纸装订在一起而成的book（书），就源于此。如果你躺在一棵树下读一本书，也许你绞尽脑汁也想像不到，在你头顶上为你遮挡阳光的东西和在你手上为你提供知识的光明的东西之间，有着多么紧密的联系。但是德国人很容易察觉这两个词之间的关系，因为他们把山毛榉叫buche，而把书叫buch。我们也许应该把祖先学会锯木头的那一天看作一个值得纪念的日子：他们既用木板搭建房屋，也用木板写字、记事。当然，这里所说的祖先是指智慧的祖先——那些将自己的想法记在木板上的北欧人以及把木板当成“石版”使用的埃及学童。

汉谟拉比法典，约公元前2050年。法典刻在一个高八英尺的石柱上，全文共计3600多行，绕柱面刻下。上端是一个精致的浮雕，刻绘了汉谟拉比向太阳神接受法典的情景。汉谟拉比站在左侧，太阳神坐在右侧。汉谟拉比的上唇胡须已剃光，这表明他来自叙利亚沙漠。不过由于正处于阴影之中，刮过的上唇特征难以看到。神的肩头喷吐着火焰，以显示他的身份。该浮雕是闪米特艺术中的典范。

早期的罗马人不仅以木板为写字的材料，而且连树皮也不放过。他们把书里的字叫liber，意思就是内层的树皮，它是一切从拉丁文演化而来的现代词语“书”的原型。正如法文中的livre，意大利文和西班牙文中的libro一样，英文中的library（图书馆），也是出于这一词根。

“树皮”就是“书”，虽然说起来令人捧腹，但却是客观史实。语言与文学之树，也就是知识之树、人生之树，常常以奇怪而不可思议的面貌出现。以往的历史也不断以新的面貌体现在今天的现实中。本书的纸张是由木质纤维制成的，这与许多世纪前我们的祖先用来记事的木材有着物质上的关联；你面前放书的家具叫table（桌子），你用来记录杂事的纸片叫tablet（纸板），而“板”的拉丁文则是tabula；也许你的桌子上还放着一本夹满旧照片的叫album（相册）的册子，这个词的本意是“白色”。在古罗马时期，有个相当于现在的国务卿的官员叫麦克施莫斯，他把当年发生的事情都记录在白色的纸板上，如今，人们把记录家族事件的家谱、存放旧照片的影集和收藏花朵标本的书都称为album。

人类的生命和智慧之树是神奇而迷人的，我们无法作出详尽的描述。她取材于大自然的树木，生长于石头之中；她是飞禽的故乡，飞禽的羽毛就是我们的书写工具；她为走兽提供庇护所，而走兽的皮肤反过来成为我们写字的介质。而在这大树之下，我们——万物之灵——读书，思想。

第2章

人类童年的咿呀之语——文学的起源

太初有道。（圣约翰）

如果我们用书籍搭建一座宝塔，其高度可能连当今世界上最高的建筑也无法企及。我们可以用它来象征人类进化成有思想、会说话的动物以来那许许多多的世纪。在宝塔顶上，那本四五厘米厚的书代表从印刷机发明以来我们所知道的一切印制的书；在它下面的三四本书代表所有用手写在羊皮纸和鞣皮纸上的书；再下面的五六本书则是写在石头、砖土和木板上的；这些书的下面又有约十三厘米厚的书——都由今天的人们已经无法读懂的质朴的符号、标记和图画组成。除此之外，从地面到这座由书搭建成的摩天宝塔的其余部分，全都是空白，代表那些“书籍”或者从未有过文字，或者那些文字已经消失得太久的远古时代。

这样看来，我们设想出的这座书塔，其大部分竟然不是由书籍构成的。即使那里曾经出现过某种文学，我们也无从得知，只能推测其有无了。在这个漫长的“空白”时代，人们在交流时使用的都是口语——说先于写，这从逻辑上来说是可行的。据此，我们似乎可以提出一个看起来有点自相矛盾的命题：文学之前也有文学。思想是构成文学的素材之一，在思想被描写出来之前，它就先存在着，这一点是毋庸置疑的。

我们可以想像——没有想像，也就不会产生那些可供我们阅读的文字了——我们那些远古的居住在洞穴里的祖先，在火堆旁围成一团，描绘着他们在狩猎时遇到的野兽，回忆着与邻近部落之间的战争故事，讲述着关于大自然的神话……他们热爱歌唱，他们习惯于以讲故事的形式把所有的知识和智慧传给他们的孩子，并由此而建立部族的风俗、传统以及法律和宗教。

上面所说的一切，是从那些虽不确凿，但却像我们的信仰一样坚定的证据上推测出来的人，我们没有理由不相信。首先，我们看到的那些远古的神话和传说，并不显得幼稚和天真，相反却非常成熟和完善，充溢着智慧之光。这些神话和传说不可能在短暂的时间内创作出来，必须经过几代人的加工积累才能完成。另外，在当今世界的一些偏僻的角落里，仍然生活着一些部落，他们的生活像我们远古的祖先一样原始，我们把他们称为“野蛮人”，意思是住在森林里的人。在那些野蛮人面前，我们常常有一种优越感，不可否认，我们的确比他们要进步一些，但是，如果来到这些“野蛮人”身边的是我们最渊博的学者，他们便会发现那些不知经历了多少万年而流传下来的故事和习俗。尽管这些野蛮人能够写一点简单幼稚的文字，但与他们在说话中所表现出来的丰富知识和杰出的智慧相比，则要逊色得多。可以推测，我们的祖先也是与他们类似的“野蛮人”。和他们一样，在尚未发展出文字之前，我们的祖先也是将文学的基本内容思之于心，发之于口的。

妈妈教我们唱歌

虽然今天的原始部落与我们远古的先人所讲述的神话并不幼稚，相反却复杂而“成人化”，但是，从某些方面来说，年轻而未开化的民族的确有点像文明人所生的孩子。我们都是在口头文学的哺育下成长起来的。在我们咿呀学语的时候，当我们还无法读懂书本的时候，我们的母亲总是给我们吟唱歌谣、摇篮曲，还讲述着神话传说和良好行为的典范。现在我们当中许多人有限的音乐知识，与其在幼年时学到的语言技能相比，几乎没有什么区别：在听交响乐和歌剧时，他们也能跟着哼唱几句，但却不像音乐家那样能看懂复杂的乐谱。

口语是书面语的基础。正是因为有了语言，所以人类能超越一般的动物。在人类还不会在树上和洞穴的石壁上写写画画之前，人们就已经开始相互传授用语音表达想法的技能，并把这种技能传给了孩子。在发明文字之前，知识积累的过程非常缓慢，人们的学习和实践经常是一代一代地重复。要想充分理解这一点，我们只要回忆一下自己在学会读书写字之后思维和语言能力所发生的飞跃性进展就行了。如果没有经过学习和研究，我们是无法读懂12世纪的英文的；即使那个时代的某个人复活了，我们也绝对听不懂他说的话，虽然他的血管里流着和我们同样的血，但在我们眼中，他仍然像从遥远的地方来的外乡人。

但是，不管人们的口头语言如何嬗变，甚至消亡，我们生活的基本信念却依然薪火相续，代代流传，从父亲传到儿子，又从母亲传给婴孩。而人们总会有意识地保存那些美好的东西。那些在堪都基和坦尼斯地区的蒙昧山民中传诵的长诗，据说是他们的祖先从英格兰带去的古代歌谣的延续。近代的研究者曾将这些口头长诗的片断记录下来，并把它们与古代歌谣的印本或抄本进行了比照。虽然其中的很多诗句已经面目全非了，但幸运的是它们毕竟没有随着的时间流逝而消失。现代的研究方法和经验不但可以推测出过去可能发生的一些事情，而且也能够证明，在蒙昧无知的人们当中，类似文学的某种事物也有可能曾发达兴盛过。

在我们看来，不会读书和写字似乎是一种非常严重的缺陷。然而就在几百年以前，在欧洲的黑暗时代，受过教育的人还非常稀少，即使是在政治、军事、商业上最有影响力的人，都不会写自己的名字，但这并不意味着那些人的无知。他们通过听说来吸收和影响着同时代人们的思想。

当然，我们大可不必把读写能力看得太重。但是为了表示说话的重要性，我们不妨以那些天生耳聋或幼年失聪的小孩为例来说明一下。他们从小就对人们的言语置若罔闻，长大之后，他们的知识水平大多比那些没有受过教育的正常人低。在接受正常的学校教育之前，大多数人所接受的那些无意识的启蒙教育，往往是这些聋哑儿童所缺少的。当然，也有那些为他们而专门设立的聋哑学校，学校不但教那些有缺陷的孩子如何读写，而且还教他们说话——这是近代教育最高尚的业绩之一。本书不是有关教育的论文，之所以在这里引入聋哑儿童的话题，只是为了说明口语表达的重要性。

在学会写字之后，人还要继续不断地讲话。只有这样，写出来的思想和说出来的思想才会相互影响。在受过教育的人们中间，要想对思想表达的不同形式的作用作出一个高下之分，这几乎是不可能的。至于为什么思想可以从一个人的头脑中跑出来，跑到另一个人的头脑里去？它又是如何跑过去的？这是一个永恒的问题。

从广义的“文学”来说，即使人们没有受过专门的训练，也可以说是在天天写着文学、说着文学。关于这个观点，法国的大剧作家莫里哀在他的喜剧《中产阶级的绅士》中，曾做过一个有趣的嘲讽。正直善良的中产阶级的绅士嘉坦先生，一直努力使自己和家人成为受过教育的人。当他从请来的老师那里明白散文和诗的区别时，嘉坦先生突然意识到自己以前说过的话原来都是散文，他顿时又惊又喜。

初次听说我们有生以来所说的话都是散文和诗歌时，任何人都会吃惊。可是如果不把“我们”当成某个具体的人，而看成人类的整体，那么上述的观点就是站得住脚的。在写作出文学的散文之前，人类一直在从事创作、朗诵、记忆并书写着诗歌的活动。如果说诗歌是感情的语言，那么散文则是理性的声音。在理性地思考之前，人首先肯定是强烈地感受到了某一事物。牧师是最早的作者或记录者，为了便于人们的记忆，他们给战士、英雄以及宗教中的故事赋予了某种形式。而在通常的情况下，我们肯定会觉得有韵律的诗比散文更容易记住。诗能凝固在人们的头脑里，而散文则似乎是一个耳朵进，另一个耳朵出。在此，我们还可以看到人的幼年时代与文学的幼年时代之间的关系：大多数孩子对音韵的感觉，和他们的谴词造句，都是贴近于诗的。

据此我们可以认为，在人类的历史和每个人的心中，诗都是文学的起点。在最聪慧的诗人心中，往往会有一种类似童贞的幻觉的东西，尽管他思考的很多问题是孩子们所不能理解的，但他的心却是一颗贴近生命最源初意义的赤子之心。这也道出了在那些几百年前所写的诗篇里，和现代的一些伟大诗人的作品中，为什么会具有相同的美和魅力的谜底。当过去的诗人在吟诵自己的诗作时，与其说是为了让人们用眼睛看，不如说是为了他们用耳朵听。而对于近代的诗，如果要想充分地欣赏，也必须聆听才行。这一点，就像莎士比亚写作戏剧，目的不是为了供人们在书本上研究，而是为了让人们在剧场里演唱一样。文学的散文也是从演讲和朗诵发展而来的。听先于读，说先于写，而写下的语言也不过是说的延伸罢了。“太初有道”，圣约翰的《福音书》开头的这句话，适用于一切的创造。把它用在既是思想者、说话者，又是写作者的人类身上，是再合适不过的了。

第3章

神秘的东方文化

愿“东方”和“西方”天衣无缝地融合其朦胧的光，

就像生死之境一般；

并扩展成无涯的书吧。（丁尼生）

东半球是举世公认的文化发源地，人类有五分之三到三分之二的人口居住在亚洲。而在更早的时候，亚洲和欧洲所居住的人口比例相差更为悬殊。有记载但已经消失的最古老的文明在亚洲，而生命力能延续到今天的最古老的文明也是在亚洲这个居于五大洲之首的洲。美国的哲学家杜利先生就曾经风趣地指出：当我们的祖先还在森林里用胡乱砍伐的时候，中国人已经学会阅读他们祖先的知识遗产了。

毫无疑问，那些令人敬佩的民族曾经给我们传授了很多知识和智慧。但是，在古代亚洲各民族中，对我们的思想和文化产生很大影响的，却只有居住在这个大洲西部的人。将《旧约全书》传给我们的犹太人其实离欧洲很近，他们几乎可以被视为欧洲人。在人们的心目中，直到近代以前，欧洲人仍把东亚和南亚的民族视为遥远的似乎是别的星球的人。18世纪之前，旅行者和商人把有关契丹、中国和印度的传奇故事带到欧洲，但他们对丝绸和香料的兴趣比对文学的兴趣更浓。直到19世纪中叶，在西方人的眼里，日本仍然是一本有待开启的神秘的书。

远东的古书一直没有西方人揭秘，一个最简单的原因就是没有人能读懂它，直到近代，翻译工作才有了点头绪。有些国家为了借鉴思想文化会派遣学者，而我们更大的兴趣却是发动军队去劫掠都市。即使这样，我们也不必过于苛求自己。那些肩负着统治异教徒的使命、极富同情心的传教士们，随身携带着笔记本和辞典，承担起“白种人的重任”。东方的亚洲人也派遣对政治、宗教以及文学颇有研究的使者来到我们西方，这些人精通我们的语言，能够帮助我们了解他们国家的民众。几乎所有欧洲和美国的大学都有研究东方语言的教授。近年来，为了寻求灵感，我们的诗人和作家远赴亚洲，然后用翻译和抄袭的作品来装点我们的文学乐园，这似乎已成为一种时尚。

孔子

但在本书中，我们不得不犯一个荒谬的错误，即无视公正均衡的原则，而只用短短的一章来讲述那些比我们的文学更悠久古老，而且可能也更丰富的四五个民族的文学。这种不公平，一方面源于彻底的无知，而另一方面又反面说明文学世界是多么的广博。西方的文化和思想发展得非常迅速，以致我们对历史无比悠久的东方也无暇顾及。我们只能本着真诚的谦虚和虔诚的好奇心，对中亚、南亚和东亚作一个简略的探讨。只有这样才不致违背古代中国的一句名言：“知之为知之，不知为不知，是知也。”这句格言是中国的圣人孔子说的，他比耶稣基督大约早五百年。在某些方面，孔子和基督有点相似，他也是站在平民百姓的立场上讲话的导师，他宣扬的是“己所不欲，勿施于人”这类被动的守则；他崇尚中庸，主张在静默中反省，在这两点上，他又与苏格拉底等古希腊哲学家相似。他不仅提倡谦逊和重义轻利等守则，而且身体力行。他的学生和信徒们对他极尽颂扬，把他奉若神明，很多以孔子署名的书籍的作者实际上就是这些人写的，而这些书中的丰富的智慧，当然也都是以孔子的思想为基础的。

除了用他那贤明温顺的人格来感化世人之外，孔子对古代中国文学的编纂和保存也作出了贡献。这些文学文献包括历史传说、诗歌和一些道德训诫。孔子在道德伦理方面的教

孔子讲学图

导非常实际，这对持神秘主义、热衷于宣扬和谐和广大无边的自然之“道”的老子来说，则从常识的角度进行了补充。这两位圣人和他们的弟子孟子（他是孔子的信徒）和庄子（他是老子的信徒）对近两千年来的中国文化产生了重大影响，而且至今还在亿万中国人的思想中保持着旺盛的生命力。除了孔子的个别思想之外，浩瀚的中国文学被翻译成西方语言的很少。然而近来，人们对中国抒情诗人却表现出了越来越大的热情，这些诗人中最伟大的就是李白。他生活于公元8世纪，如果用西方的语言来描述，他也许是一个集合了弗朗索瓦·维永、欧玛尔·海亚姆和海涅特点的快乐而放浪的异教徒。下面的一段译文出自小幡重义之手：

A lovely woman rolls up
The delicate bambo oblind,
She sits deep within,
Twitching her moth eyebrows.
Who may it be

That grieves her heart?
On her face one sees
Only the wet traces of tears.

怨情

美人卷珠帘，深坐颦娥眉。
但见泪痕湿，不知心恨谁。

这首小诗让我们管窥了李白的仁爱。有兴趣的读者可以去阅读小幡重义的译本，或者读一本书名为《诗》的装帧精美的译文集小册子，书中附有阿瑟·韦利的注释。至于中国的绘画和雕刻，只要是去过博物馆，甚至是瞥过东方艺术品专卖店店铺一眼的人大概多少都会知道一点。在观赏中国花瓶的美丽时，如果单单只是用眼睛来欣赏，也许是会产生一些隔膜，但这种隔膜不是语言造成的。

李白

专家告诉我们，中国的诗人的艺术想像力非常瑰丽，优美的诗歌就像那些象牙雕刻、瓷器、刺绣和丝绸一样能给人以美的享受。文学只是人们用来表达其幻想的一种媒介。对于更接近西方世界的日本，假如说我们对它有所了解的话，则几乎全是从显然与文学有别的美术里发现的。传入欧洲和美洲的版画、陶器和屏风多得简直都不可思议了，这样似乎表明日本艺术家的清高在商业诱惑面前已经土崩瓦解了。但日本的诗却没有因此腐败，它无意于去占领西方的市场，而是沉醉在悠远的过去。正如近代的欧洲从希腊和罗马获得思想源泉一样，日本人则从中国吸收了古典文学的养分。不过日本的抒情诗的独创性和自发性却是不可否认的。日本诗的黄金时代在8世纪，磨和赤便是当时的两个主要的诗人。日本抒情诗的魅力表现在其短小而具有暗示性上，但是平直的翻译却给我们留下了不少的遗憾。这一点不仅体现在诗上，在东西方之间的文学交流上，也有不少影响。擅长于把日本的生活用英语介绍给西方国家的杰出代表小泉八云说："日本的诗，是一幅文字绘成的日本彩色画，它把存在于内心的情感用美妙的版画和朴素的小诗重现于我们的心灵和记忆。"他接着说："海涅、莎士比亚、卡尔德隆、彼特拉克、菲兹、萨迪的伟大的诗，即使被译成另一种语言的散文，也不失其伟大，因为这是用人类共通的情感和幻想作成的。那些不能翻译的诗，不但不会为世界文学作出贡献，甚至算不上真正的诗。"

日本已经成为一半欧化的近代国家了，而那个虽然被欧洲的大炮和机械所击败，但仍懒散地排斥欧化思想的印度似乎离我们越来越远了。我们把印度人称为雅利安人或印度欧罗巴人，他们是欧洲人的一大分支，也可以说他们是我们最早的兄弟。3000年前或更早的时候，他们就有了高度发展的文明。他们的宗教哲学比希腊人的哲学更古老，对希腊人的

日本扇面上的紫式部在写作

思辨作出了很大的贡献。早在加黎利（Galilee）的岸边听到柔和的声音之前，印度的教师就开始讲述人类的同胞性和神的父性了。印度的民众没有发现他们西方同胞的可爱之处，而他们以世袭阶级或种姓制度划分人群的非民主方法，不能不说是对历史的讽刺。在普遍实行种姓制度，或在自己的生活里实现其圣人的最高理想方面，印度人失败了，这一点与今日基督教的失败如出一辙。但是，他们的思想、观念，即使没有在现实上实现，却仍然存在着。而作为思想的载体，文学是不管人们是怎样无视它，怎样拒绝它的。在很早的时候，印度人就非常擅长表达自己的思想，而且他们把自己的文字精心保存着，使之比起其他种

族的文字蒙受了较少的变化和损失。我们之所以能接触到印度人的思想，主要是通过两条路径，一条是古代的，一条是近代的。古代的影响以希腊人为中介，间接而模糊地传入到我们的思想系统。早期的希腊哲学家，尤其是毕达哥拉斯，从印度的学者那里学到了智慧是精神的静观，了解到在物质的背后存在着本质即观念。这成为后来柏拉图哲学的基础，而柏拉图的哲学则养育了一切现代哲学，渗透了我们的灵魂。有一句印度谚语说："精神寄寓在一切人心中，但并不是谁都知道这一点。"

印度思想传到西方文学中的另一条途径是近代文化的发展。欧洲军队征服印度期间，西方的文艺爱好者和研究者翻译了印度的文学，这个工作得到了印度学者的支持，这样，对于西方世界来说，印度几乎成了一本可以翻开的书了。但这是一本历经数千年才被创造出来的鸿篇巨制，在我们中间，真正读懂这本书的人并不多。布赖恩·布朗编纂了一本叫《印度人的智慧》的小书，就给我们提供了有关的生动概念。这里包含了印度宗教思想最古老的财富《梨俱吠陀》(或称《讼诗吠陀》) 里选出的格言和赞歌，这本书影响了数百万印度人的生活。而对于即使没有这种信仰的西方人来说，这里也洋溢着美和善。而印度的两大叙事诗《 摩诃婆罗多泰》和《罗摩衍那》的韵文章句，因其把浪漫的色彩与英勇的冒险的故事结合在一起，更吸引人的注意。印度著名诗人迦梨陀娑的杰作《沙贡泰拉》的译本，被英国列入了"人人丛书"的发行计划，这表明英国民众对梵语文学的兴趣逐渐浓厚起来。阿瑟·赖德的诗意的雅典式的翻译，更使我们明白了歌德对这出诗剧情有独钟的原因。

在印度所有的思想家中，最有号召力的当然是佛教的创立者释迦牟尼。他大约生活在公元前500年。他的追随者最初是在印度，后来遍及印度东部及亚洲中部，其人数远远超出了其他宗教先师的崇拜者。与其说他是一个文人，不如说是一个说教者，他之所以受到我们的关注，就是因为他的思想所渗透的亚细亚思想，以及与他有关的思想所形成的绚烂的文学主题。英语读者在埃德温·阿诺德的流行诗《亚细亚的光》里，可以看到释迦的事迹和信仰的魔力。西方学者所欣赏的那种佛教精神的美，可以从小泉八云的《释迦田野里的落穗》中看到。

在《东方诸圣典》的英文集子上，有翻译过来的佛教文学。以前，在西方各国人之间，只有叔本华等哲学家或学者对佛教感兴趣，一般民众对此并没有太深的印象。由于基督教在西方的统治地位，我们对佛教的理解也许未免太东洋化。

佛教认为：欲望是一切痛苦的根源，所以避免痛苦的办法就在于摈弃一切欲望，而生命的终结涅槃则是忘却。从本质上，这种理念是一种生命的退却，这一点与积极进取的欧洲理性是很不协调的。除非我们的文明经历了真正痛苦的失败而衰退，否则我们的思维很难接受这种消极的处世哲学。但佛教却不仅是柔弱者的哲学，它对勇敢的人们同样有一种魔力。不论是厌世主义者叔本华，还是朴素的乐天主义者爱默生，他们对佛教理念都有着自己文学的理解和感悟。即便如此，他们也无法把佛教的使命深刻地传达给欧罗巴的后裔。

释迦牟尼鹿苑说法

对于亚洲的另一个伟大的宗教伊斯兰教，基督教世界同样难于理解。欧洲人与先知的信奉者进行过连绵不绝的战争，这种纷争至今依然没有停歇。公元7世纪初，在亚洲和非洲的许多地方，穆罕默德和他的继承者领导下的阿拉伯人用利剑和舌头征服了改宗者，今天，他们的信仰者多达两亿多人。伊斯兰教的圣书被称为《古兰经》，由穆罕默德启示其教徒的只言片语汇编而成。每一位伊斯兰教徒都要诵读《古兰经》，因此该书成了世界上受到最广泛阅读的书之一。关于这部书，罗德韦尔的英译本非常出色。卡莱尔在《英雄和英雄崇拜》的论文中，对穆罕默德的伟大作出了公允的评价，这不仅表现了卡莱尔的同情心非常广泛，也可以看到他几乎没有任何地方偏见。卡莱尔说："我认为从整体来看，'古兰'的真义就是诚实。"对于那些对《圣经》不太感兴趣的读者来说，也大可不必花许多工夫去读《古兰经》。但在关于世界书籍的历史故事书里，这本从12世纪以来就一直引领着成千上万人生活的书，却理当成为重要的一章。

从文学及美学的角度说，我们更青睐《一千零一夜》（即《天方夜谭》）这本壮丽故事集中的几篇故事，而对《古兰经》无动于衷。18世纪，《一千零一夜》经由法文译本传遍了整个欧洲。几乎每一个欧洲孩子都对"阿拉丁神灯"、"水手辛伯达"、"阿里巴巴和四十大

穆罕默德，劳托洛作。

《一千零一夜》中有关水手辛伯达故事的插图。

《一千零一夜》中有关阿拉丁的插图。

盗”等故事了如指掌，就像他们对安徒生童话如数家珍一样。而善良的科里甫则成了故事中伟大的帝王之一，不管他在历史上究竟如何。而那些充满了神话与魔术的故事，更是普遍地激发了读者的兴趣。此外还有许多故事，虽然它们与近代趣味有一定的差距，但表达方式却极其巧妙。如饶舌的理发师埃尔·萨美忒则成了喜剧型人物的代表。在西方读者看来，《天方夜谭》似乎就是东方的故事，许多故事来自波斯、埃及、印度等国的世俗生活。

西方人印象最深的东方诗歌是波斯的诗。它由于优美的旋律，而深受东亚的阿拉伯人和土耳其人的广泛喜爱。在欧洲艺术家和学者的介绍下，英语读者也能享受其中的美妙了。欧玛尔·海亚

《一千零一夜》中有关阿里巴巴与四十大盗的插图。

姆的《鲁拜集》是波斯诗中最出名的。波斯的大叙事诗人非弗尔杜撒莫属，他生活于10世纪，其作品是《诸王之书》。这是一部鸿篇巨制，讲述了早期的波斯历史，其中的许多对话和篇章都极其优美，这似乎也是世界英雄史诗的一个基本特征。叙事诗的价值就在于它体现了某个种族或某国人民的传统。但这并不意味着它只是狭隘的国民性的东西，而是既能在国内伟大，又能超越时空的限制而广为流传。除了欧玛尔·海亚姆，波斯著名的抒情诗人还有萨迪和非兹。萨迪最著名的著作是《果树园》和《蔷薇园》，意味隽永却并不沉闷，而且时时流溢着哲学的睿智。非兹是萨迪的女婿，沉迷于酒和女人，喜欢诗歌和大自然。他继承了欧玛尔·海亚姆的精神，却又比欧玛尔·海亚姆走得更远。欧玛尔·海亚姆的人生观有些忧郁和悲观，非兹则在很多时候沉醉于生命的喜悦。

英国画家沙利文为欧玛尔·海亚姆译波斯《鲁拜集》画的插图。

在这一章结束时，我不妨再重申一句，悠久文明的中国文学至少有长达三千年的历史，但我们可能只会花上三分钟时间瞥上一眼，这的确有点荒谬，违背了时代精神。赫伯特·翟理思教授在他的《中国文学史》里，把我的视野带到了诞生于公元前550年的孔子及其更久远的时代。但不管那些中国古人的书怎样智慧优雅，欧洲的思想界却对此一无所知。直到近代学者对此进行研究和翻译之前，欧洲对那些文书还闻所未闻。中国人肯定在很多方面存在共鸣，我们却始终没有清楚这一点，这不能不说是个天大的误会。对我们的无知，北京人也许只会宽容地付之一笑，或者引用翟理思的谚语表达他们的理解：“没有错误，就不会有真理。”

第 4 章

犹太人的圣经

把圣书的语言看成是

流体的，运动的，文学的，不是固体的，静止的，科学的，

这是通向正确理解的第一步。（马修 · 阿诺德）

如果从广义的美学、诗学或故事性的角度来说，《圣经》也可以算得上文学作品，正如我们阅读或玩味别的书籍一样，这个论点我们应该没有什么异议。至于《圣经》是不是神的语言，这个词是否包含着圣灵感应之义，我们在道德上是否有把它当成绝对的真理的义务，这些问题都可以留给神学家以及各种犹太教会的人去解决。因为这里，我们感兴趣的是文学而不是宗教。

不过，我们仍然无法回避一个纯粹宗教的考虑，一个谁也无法否认的事实，那就是许多世纪以来，《圣经》已深入了成千上万人的心灵，其宗教价值已经远远超出了其他价值。教徒们对《圣经》的由衷而特殊的爱，以及牧师们对《圣经》虔诚的研究，与其说是出于纯文学的兴趣，不如说是出于宗教的热忱。我们的大多数祖先在文学上是没有什么概念的，如果缺少了这种虔诚的热情，那么《圣经》也会像印度的圣典一样，最后就只有为少数的学者所知了。正是因为《圣经》的宗教意义被大大淡化，所以它里面的成语才能演变成我们日常语言的一部分，其中的主要故事、比喻和寓言才能为全世界的人所理解。所以，即使那些没有宗教信仰的人，也能在日常的交谈中引用或误用“箴言”，尽管他们并不知道这

些字句的出处。

我们的思想和我们的语言往往很难逃脱《圣经》的影子，这要归因于宗教而非文学。至今，宗教的趣味仍很流行，尽管现在的人在诵读《圣经》时没有往昔人们的虔诚，但美国却有记录表明，每年新印的《圣经》数都不下几十万册。在美洲，只要留心一下，我们就可以看到，几乎每一个家庭甚至每一家旅馆的房间里都有一部《圣经》。

如此看来，我们不得不承认宗教是《圣经》的原动力。如果缺乏这种动力，那么《圣经》的大部分都不会成形，我们也不会听到《圣经》的名字了。不过，如果对神学上的一切辩论都视而不见，把《圣经》看作人类的智慧传统，也不失为一件美事。就像蒲柏在提及女人胸前的十字架时说，“犹太人可以在此接吻，而异教徒却只有羡慕的份。”

我们也许做不到像我们的先人那样，每天都要诵读一章《圣经》并烂熟于心。不过，在学者和文学爱好者中间，把诵读《圣经》当成受过教育的人的必要修养，像研究希罗多德和吉本一样来研究《圣经》的历史部分，像欣赏莎士比亚和歌德一样来欣赏《圣经》中的诗篇，这是理所当然的事。从文学和历史研究的角度来说，这种态度是很有益处的，而从最广泛意义上的宗教方面来说，也没有什么害处。如果只是因为宗派的冲突，就禁止公立学校使用《圣经》，把它拿到加利福尼亚州的法庭上，这对人类的高尚趣味来说是一种不幸。如果一个人不太理解《圣经》，在演讲或文学中对《圣经》中那些非常简单的事实都弄不明白，那么，他对自己民族的精神生活，肯定也不会了解多少，对自己本国的文学也很难真正欣赏了。

《旧约全书》是希伯来文学和犹太教的根源，也是基督教的基础。所以，在那些信仰基督教的国家的文学中，这是“书的源泉”，在人类思想的全部历史中，没有一本书能与《圣经》比美。其他民族的人们也从其中吸收了宗教的、文学的丰富养料。与此相映成趣的是，诞生于印度的佛教，在中国和印度以东的其他国家却发展得更加繁荣。当希腊、罗马和北欧的所有宗教都被基督教所压服的时候，《旧约全书》内部却又分化出两个互相对立的宗教。犹太人和基督教徒对共同的渊源抱着相同的尊敬，却在《旧约全书》的最后一句分道扬镳，成为互相敌对的陌路人。回顾一下人类思想的历程，的确很耐人寻味。

就这样，基督教徒携带着他的《新约全书》走上了这条路，而犹太人则走上了那条路，之后又发展出了犹太文学，对此，我们不妨作一番简短而不太充分的叙述。正如基督教《圣经》的第二部分是《新约全书》一样，犹太教《圣经》也以《律法书》进行了补充。《律法书》收录的是律法和各代教法士对律法的解释，这是以能回溯到摩西的口碑为基础的。时至今日，正统的犹太人仍把它视为神圣。为了维持其宗教和种族的安宁，欧洲的犹太人和异邦人曾展开了不屈不挠的斗争。他们始终坚持自己传统的律法。由于《律法书》影响了一个繁盛的种族的无数人的生活，凝聚了其中最优秀的思想家的智慧，所以成了世界上最伟大的书籍之一，而这也是许多学者对这些律法进行研究的原因。不过，由于犹太人的思想领域比较孤立，《律法书》对周围的文学几乎没有产生过什么影响，读过这本书的人数极少。《律法书》的英译本共有二十卷，而关于它的研究著作则算得上汗牛充栋了。其中有些谚语早就被异邦人的文学所引用，而在描写犹太人的小说里，我们往往会经常看到引用的此书中的话语。《旧约全书》共有三十九章，如果我们把“撒母尔记”、“列王记”和“历代志”算在一起，那么就是三十六章。为什么人们公认上述的各章是《旧约全书》的“正经”，而把其他章节当成非权威的而编入“亚经”呢？这一点值得神学家和历史学家研究。从文学的角度来看，不管犹太的故事和“传道书” 这两章是否编入正式的圣经，其中所体现的精巧的智慧以及浓郁的文学趣味都是不可否认的。

一般认为《旧约全书》分为三个部分：即法律的书，先知的书和包括“路得记”、“约伯记”这种性质不同的圣典的杂集。这种分类是以题材为依据而划分的。除了法律的书，即“摩西五书”是最初的五书之外，排列的顺序并不是很恰当。例如“路得记”排在“士师记”之后，而“雅歌”则在“以赛五书”之前——关于这个复杂问题，学者们的意见也各不相同。对于普通读者来说，这些分类和顺序也许不是太重要。一般的读者可以像看莎士比亚戏剧和狄更斯的小说一样，把《圣经》每一章分开来看。而且这样看《圣经》也许更合适，因为它本身就是许多作家的作品，是人为地创造出来的单元。

上帝造光，古斯塔夫·多雷作。太初之时，上帝创造天地。地上全是水，无边无际，水面上空虚混沌，暗淡无光。上帝的灵运行在水面上。上帝说：“要有光！”光就立刻出现了。

比较现实的问题是《圣经》的物理形态，它不是大得不便取携，便是小得难以阅读。对这个问题，在牛津大学出版社用漂亮的印度纸印行的版本里几乎得到了彻底的解决。不管《圣经》是以什么样的历史因缘来排列顺次的，我们却大可不必循规蹈矩地阅读，每一章的内容并非有着同等的趣味，为了不致让沉闷的系谱和枯燥无味的僧侣律法破坏我们的阅读兴趣，直接跳到壮丽的故事和诗篇去是一种明智的选择。虽然对虔诚的信徒来说，其中的每一页都是非常宝贵的，但普通读者感兴趣的却是幽默的对话和浪漫的抒情。人类历史中最重要的问题，以及人类本身的宗教说明则往往是晦涩、沉闷而且深奥的。导致这种晦涩有多种原因，一是为了追求简洁，而把很多事情压缩在一本书里所造成的；另外，也许作者认为不说明底细更能显示其价值，也许出于嫉妒而拒绝插入别人的话语。

该隐杀弟，古斯塔夫·多雷作。

《圣经》往往会在一个简短的篇幅里说许多事情。在“创世记”短短的四章里，包含了创世、伊甸园、亚当、夏娃、该隐和亚伯的全部故事。而在比现代短篇小说还短的“创世记”的其他部分，则涉及了挪亚和亚伯拉罕，以撒和雅各，约瑟和他的兄弟，以及许多其他人的生平。兼狂热的宗教信徒和文艺巨匠于一体的托尔斯泰曾说，约瑟的故事是完全真实的故事，其理由是约瑟是活的人物，是有血有肉、敢于冒险的人。而他的祖先回溯到亚当以后，就逐渐染上了神话的色彩，变得神秘莫测了。后来的文学作品加在约瑟身上的许多故事，其真实性就更值得怀疑了。后代的诗人弥尔顿则使创世以及人的堕落的那些模糊不清的故事更丰富明澈起来。他还对那些富有暗示意义的《圣经》故事，进行了诗意的解释。《旧约全书》的第二章“出埃及记”是摩西传记的第一部分，而古时的传说则认为是他的自传。在“利未记”、“民数记”、“申命记”等篇章，一

摩西十诫，古斯塔夫·多雷作。它们是：除上帝之外，不可信仰别的神；不可雕刻、跪拜和侍奉任何偶像；凡恨上帝者，由父及子，罪究三代；凡爱上帝守诫命者，必得上帝慈爱，直到千代；等等。

直到“摩西五书”结束，都体现了以色列民族的历史。这是关于以色列民族的迁徙和再度兴盛的伟大的叙事诗。摩西是犹太律法的缔造者，这些律法的某些部分只具有地方意义，但像十戒等少数几种则被列入现代人的信仰和习惯里。

对《圣经》中的各章进行详细研究，并不在本书的范围之内。在此，我们只能走马观花地依次做些考察了。我们的目的不同于学者式的研究，不妨采用一种简略的方式去了解一下其中的某些章节。

摩西的后继者约书亚因创造奇迹而著名。他率领以色列的百姓渡过了约旦河，却没有把脚弄湿；他通过喇叭或呼喊的声音就把耶利哥城占领了；他甚至能使日月停止转动。这是用神话和宗教编成的一个英雄的伟绩和一个民族的历史。这里还书写了一个浪漫的故事，小说家和剧作家都可以此作为创作的素材：一个叫喇合的姑娘，将本城的秘密泄漏给约书亚；后来，当她的同乡成了剑下客的时候，她却得到了赦免。约书亚原本是个冷酷的将军，是克伦威尔等冷血杀人者的先驱。约书亚的征服虽然没有像亚历山大的范围那么广泛，但是对于犹太人来说，这些征服却相当于亚历山大对希腊人的征服。不同的一点是：亚历山大的功绩是不可动摇的，约书亚的胜利却归功于他的以色列民族，而且这一点在他和他的祖先长眠之后才得以实现。不过这个问题可以留待历史学家去考虑，历史的争论对故事的文学价值并无妨碍。

约书亚率领以色列人横渡约旦河，古斯塔夫·多雷作。抬着约柜的祭司们刚把脚踏进约旦河，波涛滚滚的约旦河便立刻沉降下来，河床空荡荡地袒露出来，干干爽爽，一滴水也不见了。

“士师记”也是《圣经》中的重要篇章，从中我们可以了解女中豪杰底波拉。她的事迹可以和贞德媲美，不过我们对她却知之甚少。她鼓励巴拉引导百姓取得了胜利，随后她和巴拉共同创造了最古老的希伯来诗——欣喜和感激的二部合唱。“士师记”还有参孙的戏剧性的故事，与赫拉克利特一样，参孙也来自于传说中的超人英雄的种族，他为复仇而进行的自我牺牲被称为崇高的悲剧。弥尔顿的《力士参孙》对这个故事进行了完美的诗意发挥，法兰西作曲家圣桑还巧妙地以此作为歌剧的主题。那部歌剧结构庄严，在近代歌剧中十分突出。

也许我们对《圣经》中的故事部分过于感兴趣，但这种偏重也有十分正当的理由。罗伯·路易·斯蒂文森曾说，故事是文学的典型样式。谁都愿意听故事，相比之下，那些一味关注议论或事实的说明往往很难吸引我们的注意力。希伯来的作者和其他一切种族的作者一样，都善于用故事表达自己的智慧。《圣经》中的故事很多，这些故事主要分为两种类型：一种是以记述事件为目的，另一种则是用寓意来实现道德训诫。《旧约全书》如此，《新

参孙与非利士人同归于尽，古斯塔夫·多雷作。参孙一左一右，抱着两根巨大的石柱，向下屈身，双手同时运力，把头一晃，往怀里使劲一搂，大吼一声“我愿与非利士人同归于尽”，顿时，两根石柱被拉断，轰隆隆，大厅坍塌下来。

约全书》也是如此，《新约全书》的中心主题就是耶稣的传记，而耶稣则喜欢借比喻说话，比喻是他最擅长的训导方式。

“士师记”之后是不到一百节的短章“路得记”。据说这个简短的故事涵盖了初期犹太部落里的女子状态与后续的律法。许多读者都可以从这之中感受到深沉而哀柔的伤感。作者以一种奇异的情感力量表现了两个女子的遭遇，就连最冷酷无情的讽刺家也会对这两个女子的幸福结局感到欣慰，这真是一种稀有的人间体验。在《旧约全书》中，世上的男人和女人一样背负着生活的重荷。这个故事得以流传的原因还在于所体现的那种淡淡的乡愁。济慈在他的《夜莺颂》里曾将这种美丽的痛苦归结为下面的诗句：

当路得含着泪，站在麦田的中间
苦苦思念着家乡的时候，
在她那悲哀的心头掠过的
是一首忧伤的歌。

《圣经》里的“撒母耳记”和“列王记” 二书是犹太王国最光辉时代的故事。当时，在伟人引领之下的以色列民族孜孜于夸耀自己的胜利。激愤的先知们说，这是被胜利冲晕了头，所以忘记了神，最终会遭受惩罚、饱尝失败和被俘的苦难的。以上四书被搭建得像坚固而高贵的拱门一样伟大。这些结构宏伟而优美的叙事诗，即使是由许多人共同创作的，其中也至少有一位是伟大的诗人。

撒母耳是一个有坚定信仰并且勇敢无比的男人，他与外部和内部的敌人战斗着。但是最后他终于年老体衰了，他的儿子们却软弱和奢靡。扫罗上场了，这是一个悲剧性人物，他对事业无所担承，终致沦落到受尽屈辱和唾弃的命运。他的儿子约拿虽然是个勇敢的战士，但却没有能力指挥以色列的百姓作战。这时，《旧约全书》中最伟大的人物大卫出现了，他是一位勇士，膂力惊人，并且极其智慧，为人贤明。他击杀了歌利亚，是将军兼诗人式的人物。

《圣经》的作者为什么会让大卫成为耶稣的远祖呢？这一点不难理解。不管系谱的事实怎样，文学的描写总趋向于圆满。新的英雄、新的国王理应诞生于往昔诸王中最勇敢的系统。大卫是王家的缔造者，耶稣则是天国的创设者。大卫身披黄金，而耶稣则赤足行走。大卫在血腥的战争中拼杀，而耶稣则是温和的不抵抗者。大卫犯了奸罪，而耶稣则过着清苦的生活。这些不调和可能会让我们迷惑，但如果把其作为人类的故事来看，则完全可以解释这其中的矛盾。大卫比约瑟和扫罗更优秀，而且是真正有血有肉的人物。与其他叙事诗中的英雄一样，他脸上也戴着神话的面罩，具有超人间的色彩。但我们却又能真切地感受到他，感受他的热情、悲哀和愤怒，他的宽容和爱情，他的非凡

大卫巧杀歌利亚，古斯塔夫·多雷作。

所罗门智判疑案，古斯塔夫·多雷作。

的意志力和他的极其普通的弱点。他就像《伊利亚特》中的阿喀琉斯一样被描绘得十分生动。虽然《圣经》中的有些故事混乱而模糊，但大卫的故事却是上乘之作。

关于大卫的儿子所罗门，圣经也几乎有同样生动的描写。所罗门是以色列繁荣富强和版图辽阔时代的执政者，他的周围闪耀着璀璨的光芒。《圣经》不可置疑地记载了国王的荣华富贵，同时却又流露出一丝淡淡的哀愁。这些记事显然发生在以色列已然衰弱后的不幸岁月，而编史者是在追忆着犹太人的光荣。传说中所罗门的性格也是矛盾的，这也是实际生活中的人物性格矛盾的反映。他一方面是智慧的典范，另一方面却也很愚笨，至少老年时如此。因为他任由女人操纵陷入了偶像崇拜，致使他身后的王国沦落到很不健全的状态。犹太人和基督教徒的《圣经》作者都把女人看成带给这个世界苦恼和混乱的祸水。先知中的以利亚、以利沙预示了颓废的到来。他们都能创造奇迹，在划分约旦河的事件中，他们模仿摩西，在为寡妇增加食品这些事情上效仿着救世主，但他们却并不可爱。他们无法使老百姓去信仰他们，这激起了他们冷酷和复仇的心理。如果说对于他们所起用的对政治上失策的诸王的惩罚，还可以理解的话，那么他们强加给四十个孩子的血腥刑罚，却是非常残酷的。显然，希伯来的历史学家无意于为他们的英雄和先知们的坏事遮丑，甚至都不想美化与解释一番。这也导致了他们的散文往往残忍却有感染力。他们记录下来的历史事实的确是悲剧性的，此后，虽然犹太人中出现了两三个善良的王，如希亚加和约西亚，但总的衰败趋势却无可避免，耶

重建圣殿，古斯塔夫·多雷作。回到耶路撒冷的以色列人，第二年便由利未人祭司监督，动工重建耶和华圣殿。

路撒冷陷于巴比伦王尼布甲尼撒之手，以色列的黄金时代遂以犹太人的被俘和流亡而告终。

“历代志”二章是对以前各章曾经提及的诸多事件的并列或补充。接下来的两章“以斯拉记”和“尼希米记”，则记述了犹太人从巴比伦归来及耶路撒冷的重建。经过了诸王的灾难和阴影之后，现在这两章的气氛是十分愉悦的。尼希米和以斯拉堪称伟大的建筑师。尼希米从物质的角度复兴了耶路撒冷；而以斯拉则通过发表宣言，重新整理已经失落了的律法和记录，在精神上复兴了耶路撒冷。他和五个书记员在四十天时间内写了二百零四本书，不论这件事情的真实性如何，这却是《圣经》中最美的故事之一。

我们可以把“以斯帖记”当成历史传奇的早期蓝本，这并没有什么不敬。对于犹太人(以及那些几乎全盘接受希伯来的《旧约全书》的基督教徒)，“以斯帖记”是神圣的书。这本书赞扬了波斯王的犹太皇后的才智与美貌。她和她的养父末底改，改变了曼哈的局面，把犹太人从毁灭的边缘拯救出来。为了纪念这一切，犹太人至今仍祭拜着普列莫。不管这个故事是神圣的还是有“亵渎”的嫌疑，都能真正使人震惊。在种种谋杀计划中牵扯到聪明美丽的女人，这的确可以成为丰富的浪漫材料。这个故事直接而且紧凑，不知是出于偶然还是借助于文学技巧，故事中的许多描写都是想像出来的。

以斯帖的姐姐犹滴是女中豪杰。在《圣经》的希腊文版本和拉丁文版本里，她出现在

以斯帖揭露奸臣，古斯塔夫·多雷作。以斯帖冒险当着国王面指着哈曼说："仇敌就是他，就是这坏蛋哈曼。"

以斯帖之前；而在英文的新教《圣经》中，她则被贬黜到"亚经"里去了。仅仅是因为文学的缘故，我们就已经对这位女性的命运非常神往了。犹滴的冒险非常不凡，简直可以说震撼人心。她迷惑诃罗芬思，当他醉倒时，她把他的头割了下来，这真是很有兴味的故事。在我们把称之为小说的文学形式当成近代的发明之前，别忘了包含结构和人物的散文故事也是非常重要的东西。

"约伯记"是《圣经》中最富戏剧性的故事，描写的是人物的境遇，人和恶势力的斗争，最后是人因为不屈不挠的忍耐与信赖而得救。这是以人、恶魔和神作为主要描写对象的。对此，莫里斯·贾斯特罗有深刻的见解。他认为，约伯本来是与恶魔、恶鬼或普罗米修斯一样，是天国可怕的叛逆儿，但是不管遭受什么样的苦难，他总是不屈不挠。后世的文人就将他的罪过降低、减弱了，只是使他长期经受了一些磨难，为了酬答他的坚定信仰，他们给他安排了幸福的老年。

不管这样的解释是否有历史依据，但是却具有史诗般的人类精神的价值。这出戏剧以大团圆的结局而告终，正如我们当今的戏剧一样。为了对约伯开始的磨难，以及他曾经被夺去子女的不幸作出补偿，戏剧的结局就是把更多的财富和子女赠给了约伯。其实这种补偿无论从人性还是从戏剧性上来说都是很肤浅的。孩子们，并不像牛羊、骆驼一样可以从数量上作出赔偿的，即使赐给他的是七个儿子和三个美貌的女儿，但人们所怀念的肯定是那些最初从自己手中被夺去的孩子们。不过即使戏剧有如此漏洞，但接下来的"诗篇"却名句不断，夺人心魄。现在，我们从"约伯记"又谈到了"诗篇"。读过希伯来文的人们认

约伯接受考验，古斯塔夫·多雷作。约伯对上帝无限忠诚，撒旦不信，与上帝立下誓约，让约伯从头到脚长满毒疮。即便如此，约伯仍坚信不疑。图为约伯的三个朋友听到一切灾祸降临到约伯身上后，从各处赶来看望他。他们为约伯悲伤，默默地坐在地上，陪他七天七夜，一言不发。

为，原来版本中的美是无法转译成另外一种语言的，这句话也许是正确的。但是我们也有理由相信，在阅读英语的《圣经》时，我们仍然很愉快，即使我们因为无法读懂希伯来语的版本而丧失许多东西，但我们却可以从英语中获得很多。如果我们回顾一下《圣经》是怎样来到我们手中的情形，就可以明白这一点了。《旧约全书》原是用希伯来语和别的一种塞姆语，即亚拉米亚语写成的，在公元前不久被翻译成希腊文。希腊文译本称其为"*The Septuagint*"，是由意指七十的拉丁字母组成的，因为据说这个译本是七十位学者共同智慧的结晶。那时，还没有拉丁文译本，公元4世纪末，杰罗姆翻译的*The Velgate*（普及的）《圣经》被作了许多修正，至今仍是天主教会公定的译本。17世纪前，《圣经》的节选或完整的英译本有数种，其中最重要的是16世纪威廉·廷代尔翻译的那本。廷代尔不仅是精通希伯来语、希腊语和拉丁语的杰出学者，而且是朴素而品位很高的英语作家，他的人格之光至今仍在英语《圣经》的每一页中闪耀，人们把他尊为英语散文之父。毋庸置疑，近代英语的一切重要的著作几乎都受到了英语《圣经》的影响。

17世纪初，詹姆士王钦定了《圣经》的译本。许多虔诚的英国人都相信，这一伟大的事业是在主的特别的好意之下促成的。许多极具牺牲精神的最优秀的翻译家们在一起通力合作，他们几乎浏览了《圣经》初期的所有译本。他们通晓希伯来语、希腊语和拉丁语的语法和韵律，在翻译的过程中，英语也得到了丰富和扩展。时机成熟了，这时的英语正适宜翻译那些充满诗和朗朗上口的语言的发达阶段。因为这是伟大的诗的时代，莎士比亚的时代，那时的散文既柔顺又庄重，既奔放又坚实，它还没有被始于18世纪的合理化过程所约束。在伊丽莎白和詹姆士的璀璨时代，几乎所有的散文大家都采用《圣经》式的英语写作，说得含蓄一点，《圣经》的翻译者写的都是伊丽莎白时代的英语。

所以，如果说在希伯来语、希腊语、拉丁语《圣经》中，有着英语版本所没有的美或暗影，那么我们也可以十分骄傲地说，钦定的英语《圣经》也有其特定的价值。事实上，精通古代和近代译本的八个勇敢的批评家已经宣称，无论和哪种译本相比，我们的译本都可以算得上是文学的杰作。

19世纪又出现了“改订译”《圣经》，这似乎比原来的译本更精确。但是很多人却更喜欢“钦定本”。“faith，hope and charity”（信仰、希望与慈爱），在“改订译”中变成了单缀语“faith，hope and love”（信、望与爱）。改订译者告诉我们，“诗篇”作者说的并不是“我们要以琴对你歌唱”，而是“我要对你弹琴”。噢，也许是这样吧，但诗人们却是喜欢用琴歌唱的。

无论英语的天才们对希伯来人的创作作了多少修正或修饰，英语的翻译者并没有过于减弱或曲解原来的精神。而且正如《圣经》三番五次强调的，重要的是精神而不是文字。在“约伯记”、“诗篇”、“箴言”、“传世书”、“雅歌”中，尤其可以看出翻译者的突出表现。以上诸书充满了比喻，犹如蜂巢充满了蜜一样，而不管其文句的旋律是否动听，却总是像上等的银器那样炫目。

“我的美人呀，求你快来，如羚羊或小鹿在香草山上。”在这样美丽的尾声中，“雅歌”结束了。接下来的一页是“以赛亚”，以赛亚的抒情和可爱与那些严肃的先知们形成了鲜明的对比。论先知，以赛亚并不能排在第一位，古老的先知有摩西，稍近的先知我们至少可以回溯到以利亚。先知们为百姓的罪恶而叹息，用神的惩罚威胁百姓，在劝说百姓要信神的时候，这些先知是最为雄辩的，不论当时他们是悲哀、厌世，还是热情和崇拜的。而在以赛亚书中的文句中，则反映出作者极高的艺术天分和诗人的造诣。

即使只是大致一瞥，我们也可以发现：在诸种先知书的背后，不管僧侣们的加工使之发生了多大的改变，总还是带有各自个人风格的明显痕迹，在英语《圣经》中，这些差异也仍然存在。最高贵的以赛亚先知既是审判者，又是安慰者。他痛斥坏人，歌颂拯救耶路撒冷的耶和华。他集正直与慈悲于一体，这两种特质几乎形成了戏剧性的情绪对照，“以赛亚书”的结局就像是交响乐中优美的渐强音。有些学者认为，“以赛亚书”中的冲突表明这部分篇章似乎不是单个个人所能完成的，就这一点，他们提出了相当有力的证据。就让他们去自由地争论吧，从人类艺术的观点看来，天才诗人的内心冲突是不可避免的。

在四大先知中排第二的是耶利米，虽然他没有以赛亚那样伟大，但却同样热情而雄辩。在被俘时代以前犹太历史上最黑暗的时代，他就开始演讲了，耶路撒冷陷落后，他遭受了监禁和流放的磨难。所以，对于他成为厌世者这一点，我们是不足为奇的。在耶利米创作的“耶利米哀歌”中，我们可以明显地看到他的厌世主义，这位先知不仅在灾难面前呻吟，也对腐败潦倒的国家和空虚的宗教发起反抗。这种反抗激发了文学的诞生，并引发出了《新约全书》的新观念。即使国家衰亡，国家与作为国民和民族神性的耶和华之间的联系中断，那么也会存在一种更坚实的东西，那就是神与个体之间的关系，并在这两者之间缔结一种神与信神的关系。就这样，悲观的耶利米就会变成一种新信仰的先知，并成为先知中最伟大的梦想家。

以西结也是梦想家，喜欢幻想和比喻。在他的书中，到处都是璀璨的幻影和精致的文学寓言。在传达宗教观念上，寓言往往是绝好的载体，而以西结不但是寓言艺术的巨匠，更是启示文学的先驱。启示文学最优美的实例就是《新约全书》的最后一章“启示录”。真正的诗人所运用的启示的寓意很有效果，当以西结把埃及沦亡的国王比作被折断的柏树枝时，那种效果比始终将法老当作人物表现更有悲剧性。当然，以西结并不会让他的思想躲藏在神秘的云翳里，他能摆脱他所塑造的人物的厚重包裹，并能像耶利米一样，通过平易的散文达到鞭挞和非难的效果，水到渠成地引出道德的训诫。他当之无愧是先知中最复杂和最富想像力的人物。

但以理在大先知中位居第四位，他喜欢冒险，也最有声望。用但以理命名的基督教和犹太教孩子的数量比前述三位大先知的总和还要多，至少也与大卫·约瑟和撒母耳不相上下。但以理书虽然篇幅短小，但有不少的故事。这些故事是犹太人在被俘时代住在巴比伦时所遭遇到的，还是仅仅只是在尼布甲尼撒王之后几百年后一个作者的空想？对此，我们不必打破砂锅问到底。那

但以理辟邪禳灾，古斯塔夫·多雷作。但以理被俘后因向上帝祷告而被扔进狮子坑，但他安然无恙，因为他信靠上帝。

大鱼救约拿，古斯塔夫·多雷作。约拿违背上主的命令，想乘船逃走，于是上主使海上刮起狂风暴浪袭击那条船，约拿赶忙跳进大海，上主安排了一条大鱼把约拿吞下，约拿在鱼肚里呆了三天三夜。后约拿在鱼肚里向上主祷告，祈求上主宽恕他。于是上主命令那条大鱼把约拿放在沙滩上，大鱼就照样做了。

书的主旨是安慰和鼓舞犹太人，它也达到了这个目的。但以理有一种天赋，即他能够解释异教徒的魔术师无法阐释的梦境，因此他在异国的宫廷里颇受尊重。当他被推到狮坑里时，他的肉体一点也没有受伤，他那被抛到烈火中的三个朋友也是如此。就这样，借助故事，犹太人把自己的聪明才智以及围绕在起身边并将犹太人从敌人的围困中解救出来的神力，形象地表现出来了。以西结的幻象是复杂晦涩的，但以理的幻想则直白朴素，宛如儿童故事一般。但以理可以说是第二个约瑟，他们两人都是凭着自己的才智与神的恩宠在外国政府里得到了崇高的地位。

在《旧约全书》的结尾，是小先知的十二章，这里所涉及的思想几乎先前的各章中都已提到，所以颇有重复之嫌。阿摩司和何西阿都是最早的先知，他们是开路先锋。何西阿所留下的话语虽然没有以赛亚和耶利米的言辞那样精彩，却体现了同样优美的精神。在绝望与希望、愤激与信赖之间，同耶利米一样，他的情绪冲突正是《旧约全书》的精神所在。他之所以被编入到小先知的补遗中，并不是因为他是任何意义上的小人物。除了他们，我们不可忘记一本令人惊叹的小书——那用了四章的篇幅讲述的有关约拿的深沉的故事。约拿起初被抛进了大海，被一条大鱼吞没了，后来，他又被鱼吐在干燥的地上——这是一个家喻户晓的神奇故事。在此，寓言以象征的语言表达的是：约拿象征着那被吞并但因神的恩宠又得救再生的以色列。约拿的故事还有着更深远的意义，不仅是以色利，一切人类都要再生的思想在这里都得到了体现，而在《圣经》中，作为这一思想的发展，衍生出了基督再生的故事。

走向《新约全书》的道路有很多，这些道路都非常宽阔，足够无数顶礼膜拜者通过。我们不妨沿着坦荡的传记街道去走近它。《新约全书》是关于那些曾经生存或曾经想像出来的最重要的个人传记。在信仰基督的国度里，没有什么故事能得到这样广泛的阅读、默诵或讨论的了。在宗教或世俗的历史上，没有任何一部作品能像它一样影响了千百亿的人们。即使是那些对基督教漠不关心或对之持敌视态度的人们，至少也了解这些故事的轮廓，因为它已渗透到所有欧洲国家的文学和生活去了。

在马太、马可、路加和约翰的四福音中，以及"信徒行传"中补足的记事部分，关于耶稣的故事其实都只有寥寥的几笔。福音书的故事加在一起只是很短小的书，如果除去福音书中互相重复的段落，就显得更短了。耶稣简短的传记与后代有些政治家和陆军少将那些长篇累牍的回忆录形成了鲜明的对比。耶稣传记执笔人并不是信徒及其后继者，他们与自己的主一样，习惯于用口口相传的方式去激励人的信仰。即使是耶稣教最博学的解释者保罗，也似乎只是出于许多信徒不能与之面谈的考虑，才产生了文字记载的说教。

耶稣降生，古斯塔夫·多雷作。

在十字架上的刑罚

很多年后，终于产生了光辉夺目的基督文学。这些文学并不是在《圣经》的范围内，而是从《圣经》以外的材料，如许多后代的著作中去寻找当时的历史和社会背景，并对诸种福音书之间的分歧进行了调整或说明，企图重建一种统一的基督传记。作为这样尝试的结果之一，法国哲学家欧内斯特·芮农所写的《耶稣的生涯》已经被一致认为是文学上的杰作。以此为例并不是肯定本书的历史价值，因为我无意于让他的怀疑态度激怒许多虔诚的基督徒，而使它从纯粹的文学领域陷入我既没有智慧，又没有意志去追随的狂热争论之中。

对与《圣经》有关的浩瀚的近代文学，我们仅能一瞥而已。对博学和忍耐力强的人们来说，这类文学可以激发他们去寻求更多的知识。说到这里，我不禁想起往昔的说教者对苦心经营的注解书的评价："这是广袤的书，上面流溢着《圣经》之光。"如果说《圣经》的记录不是那么完整，那么，这反倒能给读者发挥自己想像力和臆测的空间。所以，正是由于简略这一缺陷，《新约全书》的故事反而显得出奇的丰富和明晰。这些故事的确是我们所知道或必须知道的一切事情的基础。而剩下来的一切，则正如"约翰福音书"的结语所说："耶稣的故事还有许多，如果都一一写出来，恐怕这个世界都有点显小。"至于那些故事是什么，永远不会有人来告诉我们了，但已经写出来的那些不是足够了吗？

从《新约全书》中可以看出，保罗是耶稣生命的延续，保罗的地位仅在耶稣之后。缺乏了保罗文才的协助，耶稣也许就无法

保罗讲演，古斯塔夫·多雷作。保罗抵达帖撒罗迦，那里有犹太人的会堂，他引经据典给他们讲解耶稣的受难与复活，并且说："我所讲的这位耶稣，就是基督。"

征服西方世界了。在“四福音书”和“启示录”之间，保罗是主要人物，是中心思想家。他的书信不仅使我们了解了他的神学和他对耶稣使命的解释，还知道了他自身的性格。这是一种极富挑战和诱惑力的性格。对于他的宗教或哲学观点，你可以置之不理，但对他表现出来的勇气和精力，以及他自我表现的高超技巧，你却做不到无动于衷。除了内心的信仰，他并没有要求什么权力。在朴素的人间阶段，他的生涯是高贵的，而且是可信的。面对亚基伯的提问，他的回答所体现的机警和勇敢，与他的书信完全一致。在优美的“达腓列门书”中，他那精彩甚至幽默的言辞表现了他在困境中的机敏。对亚基伯的话：“你差不多说服我了。”我们也只能点头称是。的确，那些听到保罗声音的人们和追随他的人，“差不多”都被他说服了，这在历史上是毋庸置疑的。

《新约全书》以圣约翰的“启示录”结尾。对于这篇充满幻想、寓言与神秘色彩的诗，有过无数的说明，但这些说明除了说明者本人，几乎没有谁对此感到特别满意。18世纪瑞典哲学家和神学家伊曼纽尔·斯韦登伯格的说明是最有意思的说明之一。他认为，新耶路撒冷的幻想，是以“启示录”为主要基础的，而“启示录”则必然永远是含混而朦胧的。像《圣经》中的一切美好事物一样，耶路撒冷这座城市只欢迎那些信仰者，而地狱则是为无信仰的人而敞开的。

第5章

希腊的历史和历史学家

报告那些我所听说的一切是我的认为；

但我没有义务去相信听到的一切。（希罗多德）

我们从希腊的历史开始希腊文学的简单故事吧。这里我们首先应当明确，历史并不是文学的最早形式。当人们学会用诗、戏剧以及其他艺术形式表达自己后，历史才逐渐发展起来。以《圣经》中的犹太文学为例，就可以看到其中的历史元素与宗教、伦理的元素融合在一起，即使是用现代最精密的知识，也很难把纯粹的历史材料从中剥离。

对于希腊文学，我们不仅可以准确地推知历史书写始于什么时候，而且还可以明确史实和传说之间的界线。因为在讲述自己的故事时，希腊人比犹太人更准确、更形象、更具批判性。从希罗多德开始，希腊就开始记述那些我们现在称之为历史的事件了。当然，生活和文学的发展是一个漫长的过程，没有哪一种形式和方法是某个人心血来潮的结果。想像这种东西更是没有时空界限的，这是人类历史的第一准则。

帕拉斯·雅典娜女神是勇猛地从宙斯的额头跳将出来的，对于这一点，甚至包括希罗多德在内，我们都不知道这样的事到底是根据诗中女神形象还是源于人类的想像。作为历史学之父，希罗多德一直以批判家、研究家和怀疑者著称。直到当今的科学时代，历史学家们仍然把这一尊号让给他，这就足够说明在他生活的那个时代，有多少文明充满了神秘气氛。

那是怎样一种文明啊！公元前5世纪，在雅典的小城邦里，居住着世界上绝无仅有的天才人物。没有哪个城市的文明可与雅典相比，直到20世纪佛罗伦萨出现，才打破了这种现象。在那个特殊的时代，为什么会有那么多的天才人物聚集在那个特殊的地点呢？当时的历史学家即使是希罗多德的弟子，也没有给我们一个说明。我们今天所知道的只是陈述出来的事实罢了。当时的希腊刚刚把波斯的侵略者赶跑，国内各城邦战乱不止，从文化形成学的角度来讲，这种文明很有可能是一种融合下的文明。因为“雅典”一词的含义，就是“希腊之光的中心”。

在这个城邦中，原来就有很多优秀的本地人，他们也热情地欢迎从希腊其他地方来的优秀男女。希罗多德也来到了此地，成为雅典人，但在他的一生中，可以称得上衣食无忧的生活只有短短的几年。他出生于小亚细亚，晚年是在意大利的希腊殖民地度过的。他沐浴过雅典

希罗多德（公元前485年～公元前425年），劳托洛作。希腊历史学家，曾遍游小亚细亚和中东，前443年移居图里，又访问了西西里和南意大利，为他那部记录了希腊和波斯人之间的多次战事记述体历史巨著收集资料。西塞罗称之为“历史之父”。

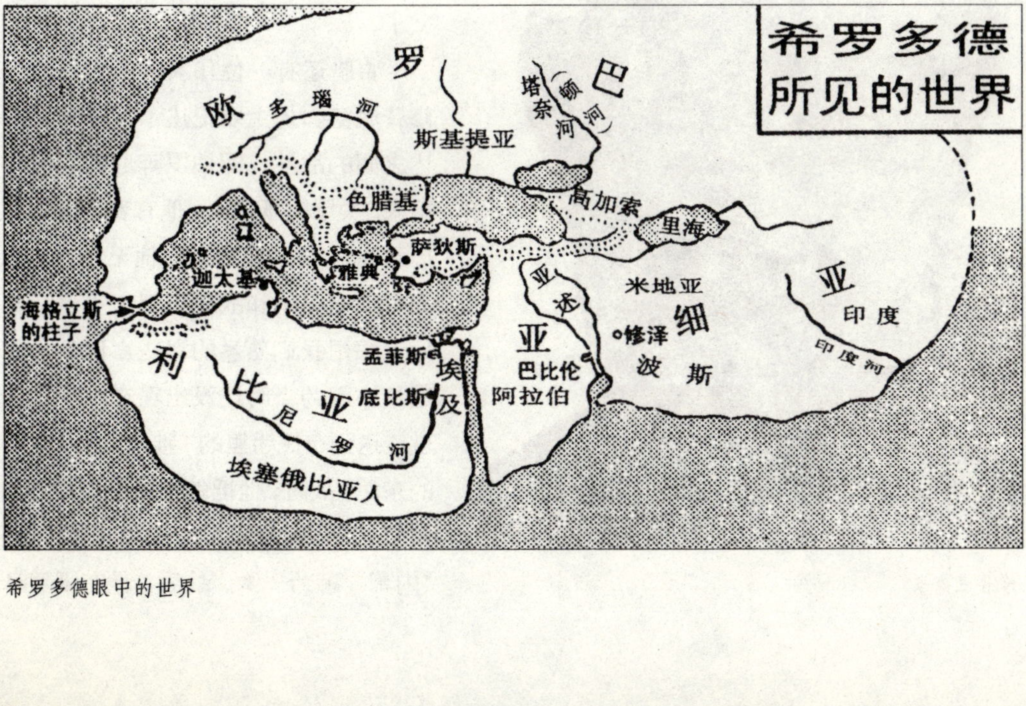

希罗多德眼中的世界

以及希腊以外的各种文化的阳光，当之无愧于当时的“世界公民”、大旅行家。所谓希腊以外的地方，并不是说脱离了希腊文化，因为我们必须铭记的一点是：在希罗多德以前和以后的几百年里，包括亚历山大征服世界以后的希腊，在地中海的任何地方的一切生活中，无处没有作为一种文明的希腊的痕迹。在希腊对几乎整个欧洲进行武力征服的同时，它也将自己所接触到的各种思想和文化兼收并蓄，孕育出了希腊精神。这是一种多么令人惊异的力量。

希罗多德历史的主题，是歌颂希腊人战胜了波斯人的事迹。虽然他的历史大多都是散文的形式，但却不仅具有广阔的视野和戏剧的魅力，而且还充满了叙事诗的热情。由于他曾周游过世界，所以他的想像力极其丰富，而描述起来又不失于浮夸。在赞美祖国人民的伟大功绩的同时，他也能客观地批判他们。除此之外，他还用大量的文字记载了别的国家尤其是波斯帝国的事情。他尊重希腊的敌人，诚然，这部分是因为敌人越显赫就越能衬托胜利者的威严，但是胜利不过是事件的一个高潮。希罗多德无愧于研究人与国民的专家，从战争与生活的其他关系中，他发现了和平的交流、商业、风俗等。如果说近代历史学家比他所知道的要多得多的话，那么这也应该归功于希罗多德。尽管人们对他的记述的准确程度各执一词，但我们仍不可小觑他的观点，在描写和处理史料方面，他是一个居高临下的艺术家。有些能阅读希腊文的人说，他的文体甚至比英译本更优美，如果果真如此，那么可以这样说，希罗多德不仅是历史学之父，而且是散文、故事之父了。

修昔底德像

希腊还有一位伟大的历史学家叫修昔底德，他主要记述了雅典和斯巴达之间的战斗，即伯罗奔尼撒战争的始末。关于这场战争，他有着亲身的经历和知识，对我们来说，他无异于这场战争的通讯员和战地记者，不同的是他无法用我们熟悉的那些言词来写报道稿，因为当时还没出现在早餐之前就能送到市民手里的“雅典日报”之类的东西。战时，他把就地写下的记录与他从当时的头面人物那里了解到的“内幕”融为一体。战后，他在闲暇时

温泉关之战

间整理着他的记录。与现在很多尝试写世界大战书籍的人不同的是，他碰巧是个天才的艺术家。为了更准确生动地表现事件，他像剧作家一样为历史人物遣词造句。他的著作生动有趣、充满着智慧，这说明当时的希腊文明正处在上升时期。他出生的时候，几乎全世界都相信神和预兆，但他却和休谟、吉本一样是个唯理主义者，他写下的都是合乎逻辑的真事。他一直认为希腊各国的战争是人类曾经发生过的最重大的事情，这是他最大的错误，这在当时及今天看来，都有点夸大其词。在我们看来，希腊最值得夸耀的光荣历史，应该是其和平交往的故事。关于这一点，修昔底德却缺乏应有的兴趣。这位古代历史学家的记录的偏失和错误，也许能给今天及将来的历史学家一个教训：对于仍然没有从可怕的战争悲剧里摆脱出来的我们来说，人类生活的全部真相并不是只有杀戮。事实上，在某些编年史家看来，战争不过是人类生活中的一个重要插曲。

活动家兼著述家的色诺芬的历史著述开始于修昔底德之后。作为一名将军，他指挥着一万人的希腊军队，后来，他把那支军队大撤退的故事写成了《远征记》。作为自己故事的主角，他与罗马的司令官兼历史学家朱利亚·恺撒极为相似。在这两个人之间，有一种幽默的巧合：恺撒对高卢战争的《高卢战记》，被当作拉丁文近代儿童的课本，而色诺芬的《远征记》，则成了希腊文最初的儿童课本。两篇文章被不谋而合地选入教材，出于同样的理由，那就是恺撒和色诺芬都是用单纯纪实的文体去记述动人的故事。如果说把那些复杂的语言，留给哲学家和诗人们揣摩还无可厚非，那么把这些扔给学生和教师，则只会让他们一头雾水。当然，我们也清楚色诺芬的希腊文有些地方难免幼稚，但他所叙述的故事却是生动的。文学家，顾名思义就是用文字记录生活而已，但难度就在于文字的文化含量与其所记录的事件的本身及其思想含量，对这些元素，要进行精确的测量是不可能的。关于这个问题，最简洁的答案就是：色诺芬知道怎样才能写得有趣。他在《言行录》（或译《回忆苏格拉底》）中回忆了他的老师苏格拉底，并描绘了这位圣哲最生活化的肖像，仅仅因为这一点，我们也应该感谢他。色诺芬不是一位深刻的思想家，他对苏格拉底的描述，相对于柏拉图来说，当然显得肤浅。在柏拉图笔下，苏格拉底成了柏拉图派哲学智慧的传递者，而色诺芬则把这位雅典最贤明的人放在生活中，致力于去表现他的现实生活，并因此把他的形象栩栩如生地留给了后人。

从色诺芬之后，大约两百年的光景，才出现了伯利比亚。伯利比亚是希腊继前两位历史学家之后最重要的历史学家。他讲述了从公元前2世纪起罗马帝国兴起的故事，其中的六分之一都是对那段浩瀚史实的真实记载。他的历史朴素而注重史实，对于历史事件的观察和评论也十分公允。作为一名历史学家，这一点弥足珍贵。当时的罗马几乎成了世界的主人，伯利比亚虽然是希腊人，但却对罗马的武力与政策极尽赞美。即便这样，他的目的与其说是赞美，毋宁说是准备，至于自己的感情，他是珍藏在自己内心的。

伯利比亚之后的历史学家就无足轻重了，因为我们至今还不知道他们都有些什么作品，虽然学者们珍藏着他们遗留下来的某些片断，但一般读者对此却不太感兴趣。公元1世纪，出现了一位在历史和文学上都占据着重要地位的作家：普卢塔克。

在普卢塔克的《传记》中，我们再次读到了天才般的记述，邂逅了值得欧洲不同语言读者珍藏的珍贵的杰作。普卢塔克是希腊人，使用的也是希腊语，但在他的历史中，他几乎把一半文字留给了罗马人。他的记述特点就是把希腊人与罗马人的英雄并列或比较着写。在他的作品中，我们既见不到英雄崇拜者的影子，也没有发现褊狭的爱国主义的痕迹。关于人性，他不仅有着透彻的理解，还有健全的道德和温和的伦理标准。除此之外，在对外部的事实及所描写的人物的背景方面，他也有着深厚的知识和深刻的理解。虽然近代研究对他的史实有不少修正，但这丝毫无损于他的形象，而且他的人物正像他所描写的那样，即使在近代的传统仍栩栩如生。他所创造的有些善人与伟人，至今还被人们津津乐道。而他所描述的有些肖像，已经成为莎士比亚剧中的恺撒、克利奥雷娜和安东尼、克里奥帕特拉的基础。经过戏剧的传播之后，这些形象在人们心中更加鲜明了。

对普卢塔克，英国文学一直保持着浓厚的兴趣，在托马斯·诺思的译本出现一百年后，翻译大家德莱顿对普卢塔克的传记进行了补充，但他只在一部分原文上下了功夫。19世纪英国诗人阿瑟·克拉夫又对这一译本进行了校订，使之成了英语读者的标准译本。

如果说希腊最大的历史学家不是希腊人，而是近代的学者，这未必是信口胡说。因为从本质上说，文艺复兴正是古典趣味的复活。意大利文艺复兴之后，希腊文明遂成了历史学家和文学家共同崇拜和研究的对象。而19世纪后，这种研究更因为对古文物和其他材料进行考察的科学精神而加强。正因为有了这种精神及视界，近代的历史学家知道了很多连希腊人自己都不知道的历史。关于修昔底德的生涯和时代及其周围的环境，近代英国文学中的卓越学者比我们从那些希腊大历史学家那里了解得更清楚。

虽然某些务实的职业教育家从一些学校和大学课程中取消了希腊语，对这种行为的动机和结果姑且不说，事实上，在现代教育里，我们仍能看到古代希腊文化的精神。而那些职业教育家之所以这样做，也许是基于下面的理由，那就是，与教育会议和大学评议会相比，文学更能了解我们应该读什么和喜欢想什么。举个例子来说，许多专家就因为格罗特的《希腊的历史》诸多不准确之处而颇有微词，但不管它在严密的历史系派中地位如何，却在英国文学中占据了一席之地。而至于为什么要把吉本、格罗特、达尔文或赫胥黎等人所写、真正属于专门领域的作品，移入到广阔的文学世界里去，我就不得而知了。写作者一般都没有清楚的界限。虽然格罗特的文体易读易懂，但是不是学生们读了格罗特就可以领会希腊的本质精神呢？对这一点我心存疑惑。当然，读他的作品可以让人们更确切地体会英语清新直接的语法特点，这是毋庸置疑的。马哈菲的作品也是如此。他称得上是一位艺术家，在他的《希腊社会生活》里，我们仿佛可以看到一种文明在复活，或者说还在持续发展着。而剑桥大学的近代史教授J．B．柏里则比这些维多利亚时代的人们要稍晚一点，在他的《希腊历史》一书中，学者精神与艺术家的气质融为一体，无愧于去记述曾经存在的最艺术的城市文明及其国民的生活。这真是一种幸运的结合。

第6章

希腊的叙事诗

当一颗新的行星滑入眼界，
我觉得自己宛如天空的守护神。(济慈)

公元前9世纪到公元前8世纪左右，在小亚细亚古希腊的诸城邦中，传说曾经出现过一个咏唱歌谣并把传奇故事改编成情诗的游吟诗人，这个人就是荷马。流传至今的《伊利亚特》、《奥德赛》据说就是由他创作的。传说中的荷马是一个盲诗人，但“荷马”究竟是一个人的名字，还是一群、一派诗人的集体名称，至今仍是一个不解之谜。在今天的希腊，有许多城市都试图证明荷马这一传说中的伟大诗人诞生在自己的土地上。

由于时代的久远，我们已无法了解荷马的详细情况。大约在公元前5至前4世纪，希腊的历史学家、批评家才着手研究、调查、搜集有关荷马的资料。荷马在那时的希腊人的眼中，有点类似于近代人眼中的史前神话。那时的大学者柏拉图、亚里士多德所了解的荷马诗文的数量，还不如今天的读者所能了解的莎士比亚的作品多。是什么原因导致了这一巨大的差异？答案有可能是：莎士比亚生活在印刷术盛行的时代！莎士比亚在世时，基本上就能够看到今天的读者们所能看到的其作品的各种版本。但是在伯里克利时代，即便是一些受过教育的希腊人，也未必能见到荷马诗作的手稿本。当时人们所能做的只能是以某种形式在心中记忆荷马的诗，而具体采用何种记忆形式，今天我们已经没办法去详加考证和了解。大约在公元前6世纪，文学家、政治家庇斯特拉图搜集整理了荷马的诗文，并最终以一定的形式记载了下来。有可能是以类似于今天的这种形式，但这一切尚待考证。不过值得肯定的是：近代的学者们所编纂的《荷马史诗》版本是依据庇斯特拉图的原本而来的。18世纪末，德国学者弗里德利克·沃尔夫最早提出《荷马史诗》到底是由何人创作这一问题，这一争执一直到今日也没有定论。

荷马，劳托洛作。著名的希腊两大史诗《伊利亚特》和《奥德赛》的未详作者，传说中一个四处漂泊、吟诵自己诗歌的双目失明的老人。

以上所讨论的问题，属于专家们研究的范围。但是在其中的一些方面仍然对我们有所启发。诗这种文学形式最初是以口头吟咏的形式存在，无论在蒙昧时代，还是在近代高度发达的文明社会，无一例外都是如此。我们之所以这么说，理由在于：荷马的诗歌，连同诗文中的神话传说，都已经摆脱了幼稚的痕迹，其成熟的程度不亚于但丁、弥尔顿、丁尼生的诗歌。在《伊利亚特》和《奥德赛》这两部传世之作中，其严谨的结构、娴熟的写作技巧，令后世的诗人们望尘莫及。对身处古代社会的荷马来说，笔下的诸神早已成为过去；而对于近代的希腊人来说，诗人自己的本来面目也早已为历史的尘土淹没。然而这一切并不是说近代的几个世纪最为

荷马群像，有人认为“荷马”乃“组合”之意，暗示《荷马史诗》是由许多作者各异的散篇传说而成的，故而有“各种各样”的荷马像。

荷马向行人朗诵自己的诗歌。

宏伟。荷马绝非一件深埋地下的古董，他的思想至今仍为世人所接受，是人类社会宝贵的精神财富之一，正是这位传说中的盲诗人给人们带来了较高的审美情趣。可以这么说，荷马已经以其艺术造诣在世人心中赢得了不朽的地位。

荷马的诗文被一些喜爱吟咏的诗人口头反复吟唱，其诗文听起来和谐、悦耳。这固然是荷马诗文比其他人高明的地方，但还不是荷马诗文的全部魅力所在。现代散文、韵文的作者们在创作过程中，也都是反复地向人吟诵，然后观察听众们的反应，看看自己的作品是否能让听者感觉到悦耳动听。文学作品记录和保存的形式也已有了很大的改变，然而创作散文、诗歌对丰富的想像力和敏锐的感觉这一要求基本上没变。据华兹华斯的近邻说，“他经常在乡村的小路上徘徊，低声吟诵着自己的心爱之作。”丁尼生则喜欢在公开发表自己的作品之前，先向自己的朋友们诵读。不论是自惭形秽的诗人，还是声名远播的大家，在进行诗歌创作时，无不反复吟诵自己的诗歌。因此，盲诗人荷马在希腊的土地上反复吟唱着自己的作品时，他所给予我们的启示，并非如吉卜林主观强调的那样。恰恰相反，吉卜林对荷马诗歌的口头传唱才是对我们的真正启示所在。

因此我们也可以这么说，荷马就像是一位生活在“近代的”诗人，他仿佛就是一位几个月前尚活在我们中间的栩栩如生的人物。这客观上也是对两个文学传记问题的简短解答。其一，传记到底是怎样产生的；其二，传记怎样与我们发生联系。另外，还涉及第三个问题：无论这个人是不是叫荷马，历史上是否确实存在这样的一个天才，创造或根据材料改编成了《伊利亚特》和《奥德赛》这两篇结构严谨、风格一脉相承的鸿篇巨制？挑剔的批评家们虽然可以从中挑出一些毛病和缺陷，但是就总体而言，这两部著作仍然可以说是称得上脉络分明，浑然一体。有关这两篇史诗创作方面的一切问题，阿诺德在《论荷马的翻译》中都已经做出了最令人满意的论述和分析。近代的学者们在阿诺德的基础上，对他的书进行了部分修正。我虽然没有确切证据来肯定这一切，但是也从来没有怀疑过这种说法。在阿诺德武断的外表之下，掩盖不住的是其敏感、执著、锲而不舍的宝贵精神，他是欢迎后来的人们去改正他的缺点的。要想更好地把握《荷马史诗》的原著精神，最好的办法是直接阅读原著，不受充当中介的批评家们意见的干扰。这是就一般的研究而言。对我来说，最好的方法还是阅读阿诺德的论文。因为我认为这对英文读者有两种价值：第一，这是有关荷马这一历史巨匠的论文；第二，这还是一篇文采四溢、言之有物的英文散文杰作。

希腊陶罐上描绘特洛伊战争的画面

《伊利亚特》描写的是希腊人攻打特洛伊的故事。集中讲述战争末期连续数天发生的事情，同时穿插、回顾了此前持续九年的战争及引起战争的原因。希腊神话大部分取材于此书。该书直接的线索是阿喀琉斯的愤怒。他是希腊联军中最优秀的英雄。由于统率联军的队长阿伽门农把阿喀琉斯俘获的女奴全部占为已有，于是引起了阿喀琉斯的愤怒。他退出战场，导致希腊联军在战场上接连失利。直到阿喀琉斯亲密的朋友帕特洛克拉被杀，为了给死去的朋友报仇，悲愤交加的阿喀琉斯再次回到战场，杀死了推罗王赫克托耳。

以上这些只是《伊利亚特》故事的

阿喀琉斯替受伤的帕特洛克拉包扎伤口，劳托洛作。

大概轮廓。而了解该诗的具体真实情节，领略该诗的强大魅力和雄浑之美，并非只有希腊学者才能做到。精通希腊语的诗人、批评家阿诺德对许多公认的优秀的《伊利亚特》英译本，都挑出了许多漏洞。不过总体而言，《伊利亚特》的英译本还是生动、准确的。莎士比亚的同时代人乔治·查普曼用十四行诗的格式翻译了《伊利亚特》。他并没完全按原文翻译，而是在翻译过程中加入了自己的创作部分，结果却使译本更加生动，更富有诗的韵味。在查普曼之后两百多年，他的译本激发青年诗人济慈写出了《初读查普曼译荷马史诗》这一优美的短诗。在查普曼译本的序文中，我们可以看到他本人对荷马的热烈崇拜之情。

查普曼死后一百年，亚历山大·蒲柏发表了著名的《伊利亚特》译本，顷刻之间成名。至今他的英文译本仍是最通俗易懂的一部佳作。学者本特利如此评价：“这优美的诗文，与其说是荷马的诗，不如说是蒲柏的个人创作。”此话有一定的道理。可能蒲柏那简洁有力、灿烂绚丽的押韵句，已完全不再是荷马连续流动的六脚韵式了吧。在18世纪，读者感受蒲柏诗文之优美，更胜于今天人们的感受。对于那些不精通希腊语的读者，我建议他们读利夫·兰和迈尔斯译的散文体的《伊

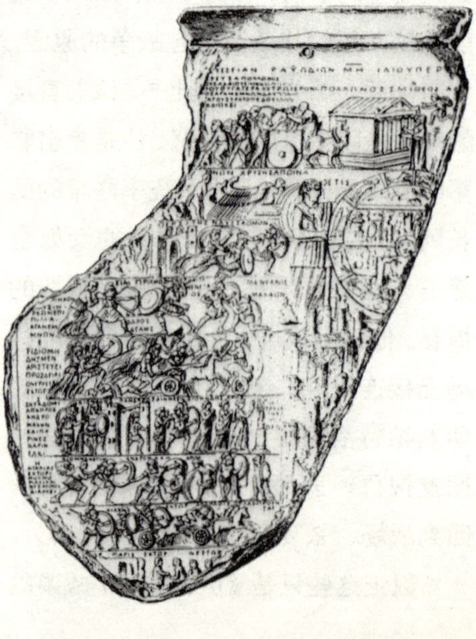

攻打特洛伊城

利亚特》。这两位先生的译作，摆脱了韵文形式的束缚，基本上忠实地保持了原诗的风貌，英文流畅，明白易懂，韵律独特，淳朴自然，犹如一部生动流畅的一流小说。如果有人把这部以散文体译就的《伊利亚特》称为历史传奇的话，我个人认为这绝非歪曲的评价。

《奥德赛》与《伊利亚特》紧密联系，二者都是围绕诸神传奇、英雄之歌展开的。至于其他的题材和内容，在《奥德赛》这部叙事诗中，有的方面可能会有所涉及，有的方面则没有面面俱到。《奥德赛》和《伊利亚特》的表现形式非常相似，这说明两篇史诗是出自于同一个天才之手，或者是同一个民族智慧的结晶。《奥德赛》描写了希腊联军和特洛伊战争的最后结局，主要是描写希腊联军用木马计攻占特洛伊城后，希腊军首领之一奥德修斯的冒险历程。当奥德修斯及随从跋涉在艰辛曲折的归程中时，他的妻子珀涅罗珀则被一群求婚者纠缠。他们欺她儿子年幼，威逼她改嫁，而珀涅罗珀则坚守她的贞洁，最终得以同丈

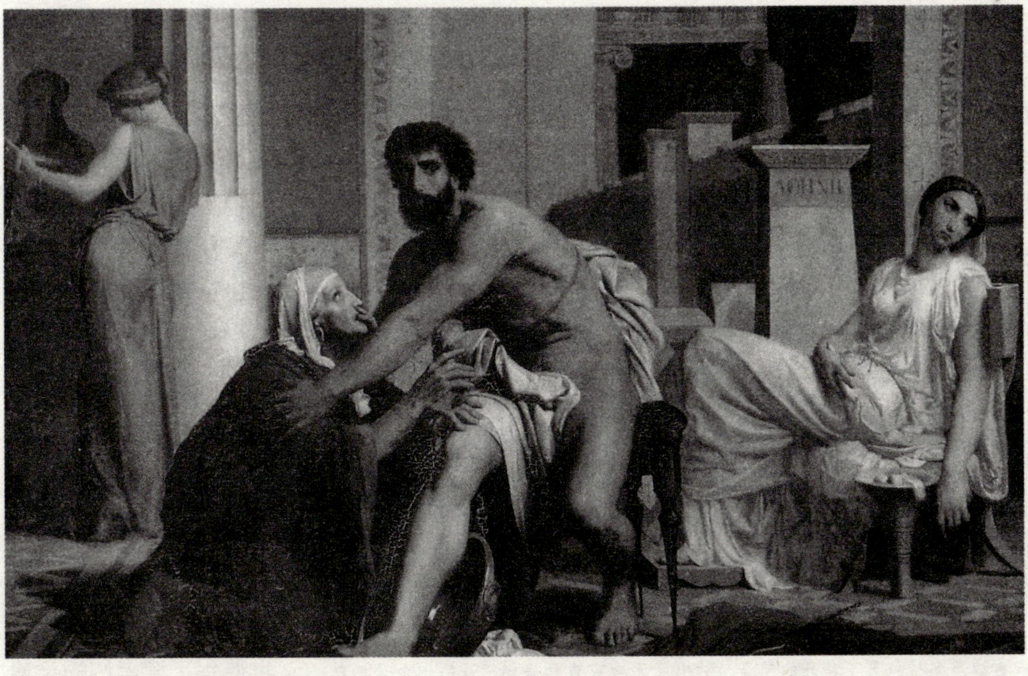

特洛伊战争的英雄奥德修斯冒险回到家里，被老奶妈认了出来。布格罗绘。

夫团聚。从战场上归来的奥德修斯最后设计杀死了那些求婚者。

在世界文学中，神话史诗《奥德赛》堪称首屈一指的趣味作品。与《伊利亚特》相比较，《奥德赛》的结构可以说更紧凑、严密。《伊利亚特》主要描写的是在没有神干预下的斗争，以及持续多年的正面战争。这些争斗有点类似于塔尔王骑士远征，或者像近代悬赏格斗一样，内容可以说早已为人们所熟知。

奥德修斯环绕世界的冒险经历，反映了人类的原始情感和活动。奥德修斯的英雄事迹

比之阿喀琉斯更精彩。生活在现代的人们以近现代的道德观去看待史诗中的英雄，难免会有所偏颇或偏离了希腊精神。但如果一定要指责阿喀琉斯任性自负，也是说得过去的。奥德修斯大胜而归，结局的完美令人不胜艳羡。他才智出众，耐力超群，手段强硬。他的功绩和遭遇紧张、惊险而又扣人心弦，同时又瞬息万变、趣味横生。作为一个超凡的部落首领形象，奥德修斯将会在历史人物的长廊中永葆其光辉的形象。

神话中的人物形象往往具有双重含义。如果说奥德修斯代表太阳神，而珀涅罗珀则代表春天。太阳神回归，与春天一起打败肆虐的冬天（求婚者）。也有人认为珀涅罗珀代表从太阳中分离出来而悬挂在天空的月亮。关于神话中人物形象的象征意义这个问题深究起来令人头疼，今天的我们仅仅略知一二而已。一般的读者完全可以通过阅读I．G．弗雷泽的《金枝》，来领略史诗中所描述的神秘的神话世界。哪怕我们只是了解荷马史诗的一些大概，并未完全进入史诗所描绘的宏大场面，我们仍然能欣赏和体味这些优美神奇的神话故事。奥德修斯成为后世诗人们创作时最喜爱的题材之一。在历史学者维吉尔的笔下，奥德修斯则是一个狡猾刁钻的恶汉。维吉尔更偏爱特洛伊一些，他颂扬的主题是特洛伊。但丁的不朽名著《地狱》里，第三十六篇中有一段描写奥德修斯之死的诗文，其精彩程度有人甚至认为超过了《荷马史诗》。丁尼生的《奥德修斯》则是另一篇大手笔之作，也是他早期最著名的代表作之一。

古希腊神话中的世界。左边是以公牛形式出现的宙斯，他赢得了少女欧罗巴；旁边的是勇敢的珀耳修斯，他手里拿着被杀死的蛇发女妖美杜莎的头；右边潘多拉打开了禁开的匣子，放出了无数灾难和病痛，最后一个是柏勒洛丰骑着他的珀伽索斯升向天堂。

与《伊利亚特》一样，《奥德赛》的英译本也得到了读者们的普遍认可。查普曼用壮丽的十缀音联句译就的《奥德赛》情节紧张、结构严谨，甚至比他所翻译的《伊利亚特》还更胜一筹。蒲柏与他的合作者也翻译了《奥德赛》，他们的译本同样生动形象，通俗易懂。就《奥德赛》的译本来说，读者们应该说是极其幸运的。假如我们从单纯的娱乐角度出发，只要阅读乔治·赫伯特·帕尔默译的散文体《奥德赛》即可。此外，还有一个由布希合郎所译的优美译本。我之所以屡次强调重视翻译，其原因在于人类的文化思想在不同国度之间的传播是经由翻译者完成的。小到国家，大到种族，所有这一切无一例外。翻译本身也无疑是一门艺术。在古典文学翻译上，英国人翻译艺术水平最为高超。

除荷马及《荷马史诗》外，还有一些以小诗形式存在的《荷马赞歌》，这实际上是一些长的叙事诗、故事诗的序言。这些小诗的作者究竟是谁？同伟大的《荷马史诗》一样，这些至今仍是一个谜。不过，小诗中也有一些壮美宏伟、格调高昂的诗句，例如雪莱翻译的《献给雅典娜的赞歌》中的一些诗行读起来就十分引人入胜。

和荷马相仿的另一个传说中的诗人是赫西俄德，他传世的作品有两首诗，其中之一是教育诗《工作与时日》，大约在八百行左右；第二首是取材于神话传说的约一千行的《神谱》。赫西俄德的诗作大部分已失传了。有关他的生平，人们则知之更少。在若干世纪前，据说赫西俄德同荷马一样备受希腊人的尊崇。伟大的罗马诗人维吉尔创作的诗歌大部分就受益于希腊巨匠赫西俄德的创作。从现代人的眼光来看，《工作与时日》主题是劝告农民、水手，这一作品的社会意义和文学意义都不算大；《神谱》和壮丽宏大的荷马史诗相比较也显得黯然失色。赫西俄德和我们提及的许多作家一样，只是文学史的一部分，在图书馆浩瀚的书海里，其地位可能是微不足道的。至于希腊的其他几位叙事诗人，漫长的历史长河里虽然也留下了他们的名字，但其作品却早已散失殆尽。不知道这究竟是人类文化的损失，还是文化在历史长河中淘汰、净化的必然结果。

第 7 章

希腊的抒情诗

上帝，因了人

神明似的急行，

谁都同样是希腊人，同样是自由……（斯温伯恩）

和世界各国的文学一样，希腊文学最早也是起源于民谣和音乐这两种艺术。毫无疑问，荷马的叙事诗，其故事结构框架，便是以民歌民谣为基础发展而来的。目前有限的文献资料表明，抒情诗的兴盛晚于叙事诗。这是时代发展的结果，也是人类发展史上极其有趣的现象。

早期的人们以客观公正的态度谈论与自己无关的事件和事物，议论着形形色色的人物和英雄传说，他们的诗作可以说具有纯粹的客观性。当人类社会逐步进化，日益走向文明时，诗人们的内心情感随之变得复杂化，他们在诗歌中开始歌唱和吟咏自己的内心世界。从此以后，诗的主观色彩日益增多。抒情诗人们抒写着自己的欢乐与悲哀，挥洒个人心灵的呼声。这些特征在雪莱的《西风颂》中表现得最为明显：

把我同树木一样，做成你的竖琴吧！

抒情诗中的竖琴（lyric）来源于一种乐器名称。这种乐器是希腊人从其他民族中学来的，主要在吟唱诗歌时用以伴奏。这种乐器弹奏出来的声音低而弱，听起来似乎和希腊雄浑响亮的诗歌神话不相适宜。近代的一些抒情诗，如雪莱的《西风颂》和济慈的《夜莺》，只适宜用小提琴伴奏，若改用竖琴，效果就要差远了。以上观点正表明了在诗歌创作中音乐与语言两者之间的重要关系。至于希腊抒情诗中音乐与语言的关系究竟怎样，目前我们还只能靠推测。这是因为古希腊的一些乐器虽然流传了下来，但是当时人们的乐谱记录方法，以及音乐的旋律、和声的精密程度等，我们却无从知晓。除了目前已经被世人所知的神话文学和精美的雕塑外，希腊人也许还曾经在音乐艺术上取得过不为我们所知的登峰造极的成就。今天，神话史诗、大理石雕塑以及乐器犹存，而古希腊的音乐却永久地消亡了。

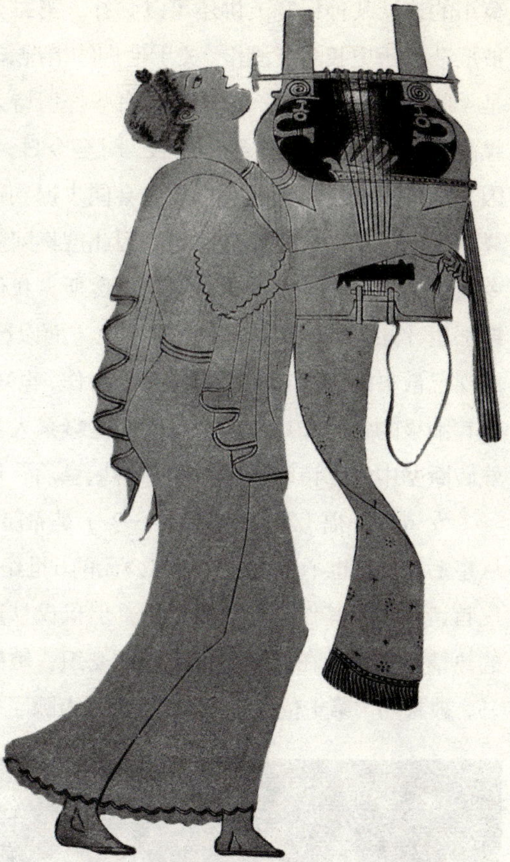
身披长袍、头戴花冠的诗人在竖琴的伴奏下吟唱自己的诗篇。

抒情诗属希腊诗歌中一个独特的部分。生活在那个时代的希腊评论家，将所有的诗歌都加以门别类的区分和归类。他们的精确与犀利决不逊色于古往今来的任何评论家。倘若时光能够倒流，相信他们在看到这样一幅歌剧广告“本歌剧由杰罗姆·史密斯作词，维克托·鲁滨逊作曲”时，他们可能会大惑不解了。如果我们以现代人的眼光来审视这幅广告使用的语言时，我们会认为其所用的语言是完全贴切的。当时的语言，反映着当时的现实。热情的讴歌之词，无论顺序如何，也无论是否有乐器伴奏，更不论是否用富于变化的音调吟唱出来，我们都认为它是抒情诗。同样地，那些具有“抒情意味”的散文，我们也可以把它们归之于抒情诗一类。具体应该怎样区分抒情诗，我们没必要在这里进行认真的论证，叙事诗和戏剧诗之外的其余诗，统统都可以归之为抒情诗。毫无疑问，荷马和维吉尔的叙事诗，以及莎士比亚的戏剧中，都包含有抒情的段落。此外，抒情诗既可用笛子伴奏，也可以由交响乐的领班吟唱，甚至可以不用乐器伴奏，单凭耳闻目睹，人们就可以在头脑中感受它的魅力所在。

就目前我们所知的情况来看，希腊的抒情诗曾经遭遇过两次重大的损失。第一，关于朗读抒情诗的具体节奏与语感，目前已无人能知，包括那些希腊语的教授们。这个损失还算小的，从某种程度上讲还可以弥补。第二大损失则无可弥补：多数的希腊抒情诗人，已被茫茫的历史长河所湮没。关于他们的情况，我们只能凭借片断的资料而从中推断一二。这是希腊抒情诗最大的一个损失。有些抒情诗人的声名之所以被湮没，并不是被时代淘汰的缘故，而往往由于天灾人祸所致。时至今日，我们还能够模糊地知道一些抒情诗人的名字，因为后世的一些作者在其作品中会偶尔提到这些人的名字。这些作者们在作品中对前人的摹仿也可以从中大略知道一点。因此搜集阿尔凯奥斯和萨福的残留作品，不能不说是一件令人头痛的事。关于大诗人阿尔凯奥斯，我们还是从他的崇拜者和追随者、拉丁诗人贺拉斯那里才知道的。贺拉斯在文学评论方面以严谨和全面著称，他不仅了解阿尔凯奥斯的诗，连现已散失的一些其他希腊诗人的诗作，也知道得不少。文学史正如同人类的生存历史，也有其消极的章节和片断。一想到那些凝聚人类智慧的寺院被毁，以及那些被埋没在历史的残砖断壁中的“诗歌王子”和“诗坛皇后”们，人们无不为之扼腕痛惜。

女诗人萨福（公元前612年～？）是希腊早期最杰出的抒情诗人之一，把她称之为“诗坛皇后”一点也不过分。大约在公元前6世纪，萨福被公认为莱斯博斯诗坛盟主，现存的两三首诗作只是其作品的只鳞片甲。但仅仅从这两三首诗歌就可以看出她的气质、风格和她的热情，还有她在恋爱过程中悲欢交织、敏感脆弱的内心活动。在希腊，她的地位直追荷马，被誉为“第十位缪斯女神”。希腊人除了把她作为诗歌天才倍加称赞外，还一致认为她就是浪漫主义传说中的女主人公。关于萨福的生平，流传着一个著名的故事：传说萨福被她的爱人法翁抛弃后，便愤而投海自尽了。但是她是否真的是自杀身亡，至今仍是一个不为人所知的疑问。乔治·桑用她的笔描述了一位才华横溢、热情勃发、出类拔萃的女性萨拉·伯恩哈特，可以这么说，萨拉·伯恩哈特

萨福（公元前610年～公元前580年），古希腊最著名的女诗人，所作抒情诗在描绘感觉、激情的深度和文笔的优美方面无与伦比。相传她因法翁不理睬她的爱而从留卡底亚悬崖跳进大海。

萨福和她的学生在岛上。

就代表了萨福本人。由萨福的创造的一种长句式最终以萨福的名字命名。对于这一创造尽管还有所争论，有人说不能算是萨福的发明，但是最终由萨福加以完善和改进是不容置疑的。罗马诗人们多喜欢以萨福句式从事写作。尤其是贺拉斯最为知名。我们如果想了解这种句式的大概表现形式和节奏，最好的办法就是阅读一下斯温伯恩的一段诗句。斯温伯恩精通诗的各种表现手法，可以说具备一个近代人所能有的各种才能，此外他还深受希腊文化的熏陶。他的诗原文如下：

All the night sleep came not upon my eyelids,
Shed not dew, nor shook nor unclosed a feather,
Yet with lips shut close and with eyes of iron
Stood and beheld me.
彻夜未眠，
没有眼泪，也没有眨眼。
紧闭双唇，目光如钢铁般坚毅，久久注视着我自己。

除了萨福句式以外，还有一种句式以阿尔西阿斯的名字命名，因为这一句式是由阿尔西阿斯最终完成。这一句式也曾被一些希腊、拉丁诗人所模仿。不过对英语来说，这一句式似乎不大适用。令人吃惊的是丁尼生却曾用此句式写出过优美的诗行。丁尼生不仅能熟练运用各种英文音律，而且还精通古代音律，他所掌握的古代音律知识，不会比近代任何诗人少。为了了解他的阿尔西阿斯句式，我们不妨看看他献给弥尔顿的一首诗：

O might-mouth's inventor of harmonies,
O skill'd to sing of Time or Eternity,
God-gifted organ-voice of England,

Milton,a name to resound for ages;
Whose Titan angels,Gabriel,Abdiel,
Starred from Jehovah's gorgeous armories
Tower,as the deep-domed empyrean
Rings to the roar of an angel onset.
啊，有着有力的嘴的和声的发明者，
啊，善于歌唱“时光”和“永恒”的人。
英吉利神所赐予的声音，
弥尔顿，永垂千古的名字；
你的大天使，加百利·艾伯迪尔，
在耶和华那壮丽的武器塔闪耀
正如深深的穹隆般的天空
回荡着一个行进中的天使的咆哮。

如果希腊诗人的所有作品都能保存下来，那我们图书馆的库藏将会何其丰富！公元前7至前6世纪，雅典贤明的执政官梭伦也就保存下了三百行左右的诗句。他的诗与其说是优美的诗歌，还不如说是道德说教。还有两个诗人是墨加拉和提奥格尼斯，他们的作品也仅仅残存数百行。今天我们对他们全部的了解，也仅限于这数百行诗句提供的信息。这些诗人们作品中表现出来的道德说教，正是希腊人性格的部分反映。根据这些抒情诗人们诗歌的结构特点，人们把他们称之为哀歌诗人。

关于诗的结构问题，属于创作技巧讨论的范畴，在此无须赘言。在谈及格雷《墓园挽歌》时，我们曾经就“哀歌”一词做出过解释。今天这一词语已不再是昔日古希腊人所了解的定义了。抛开诗的形式不谈，提奥格尼斯的诗歌内容，也有别于那些以哀悼死者和以反映贫苦人

希腊风景画

民生活为主题的哀歌。提奥格尼斯是个精干暴戾的贵族，从本质上讲，他憎恶贫苦的劳动人民。他笔下少有雄浑壮丽的诗歌流传下来，这不能不说是文学史上的一件憾事。

另一名诗人阿尔岂洛库斯在希腊人眼中享有与荷马同等显赫的声誉。他是哀歌诗人的杰出代表。这位诗人还发明了一种句式长短交替的讽刺诗。这种诗与德莱顿、蒲柏的十缀音讽刺诗有相似之处。浩瀚的历史长河洗尽、掩盖了阿尔岂洛库斯的风采。他那些曾经令希腊、罗马诗人竞相仿效的情景以及令贺拉斯惊叹不已的“愤怒”究竟是怎么一回事，我们只能通过残存的片断诗句去主观臆断了。

像其他大多数希腊诗人一样，阿那克瑞翁的诗目前也仅存一些片断。与萨福相比较而言，他的诗似乎更平实、轻柔，其内容主要以爱情、饮酒为主题。他那细腻的描写、朴素的语句，深受希腊人及近代诗人的喜爱。一些模仿者纷纷效仿他的风格，最终写成了《阿那克瑞翁》这部作品。在随后的数个世纪里，这部作品一直被认为是出于阿那克瑞翁本人之笔。较之真正的阿那克瑞翁诗歌，近代的模仿者和翻译家更多的是参照这部作品。而且实事求是地说，《阿那克瑞翁》中的确有几篇精美之作，把它们称之为巨匠阿那克瑞翁的作品丝毫也不为过。萨福和阿那克瑞翁的抒情诗都带有强烈的个性色彩，充分流露着他们个人的情感，诗歌就是他们人生种种经历的真实写照。在他们的笔下，你可以看到欢乐、痛苦、怜悯交融在一起的复杂情感。

合唱诗是一种较为广泛的抒情诗。顾名思义，合唱诗就是一种由集体演唱队演唱，表现集体共同情感的诗。赞美神灵、讴歌战争中凯旋的勇士，以及礼赞英雄的颂歌，都可以归之于合唱诗的范畴。这些合唱诗由一些天才的诗人创作出来，并摆脱了小我有限的视野范围，反映了当时政治、宗教等方面的社会生活。故而可以这么说，这类抒情诗近似戏剧诗，也近似戏剧中合唱的歌曲。但是有一点必须做出说明，创作戏剧类作品的诗人未必写过颂诗，而抒情诗作者们也未必写过剧本。以创作合唱诗而知名的抒情诗人中，巴基里得斯、品达以及生于提奥斯的西蒙尼得斯，是成就最高的三个人。这三人生于公元前500年前后，比上文提到的萨福要晚一世纪。他们准确的生卒年月我们无须精确掌握，但他们生存的大致时间段研究者们应该有一个粗略的了解。颂扬英雄业绩的合唱诗最终在西蒙尼得斯的手上得以完善起来。他的合唱诗特点之一就是以过分夸张的笔调追述和赞美传说中的一些英雄人物。虽然诗歌本身反映的主题或许已被人们遗忘，但其中描写的一些传说故事却依然流传至今。巴基里得斯死后，他的声望依旧极高，这在文学史上是不可思议的实例之一。在漫长的岁月长河中，他的诗作已经散失殆尽，保存下来的为数不多的几篇，还是1896年从一些破烂不堪的埃及旧纸莎草卷中发现的。

记载人类冒险历程的书籍，其命运也是一部劫难史。巴基里得斯写过一篇赞美马的诗篇，该诗中的马曾在奥林匹亚竞赛中获得过冠军。其诗作充分显示了他的才华，而且还表

为追悼帕特罗克洛而举行的赛马比赛，公元前580年的阿提卡陶罐。

现出了希腊讴歌战争胜利类诗歌的精神实质。当时的希腊人对运动的重视程度远胜过今天的大学生。因为运动竞赛既能体现人们的爱国之情，同时也反映了人们的神圣宗教信仰。巴基里得斯在对那匹马的赞美中包含对塞拉库西城的统治者亥厄洛的称颂。同时，这一诗作也是希腊文学中惟一一篇类似小说的部分。在奥林匹亚城、德尔斐以及其他城市的祭神仪式上，古希腊人曾经举办了各种竞技比赛，包括格斗、竞走、音乐、雕刻、哲学演讲辩论等。近代学者们的研究表明，当时的哲学家们认为人们对运动的关注程度过高，部分人因此还愤愤不平。不过生活在那个时代的很多人和现代的许多人一样讨厌那些哲学家。而诗人们则以其壮丽的诗篇，讴歌、颂扬那些在比赛中获胜的马匹和战车，这些在当时声誉极高。

品达是公认的最优秀的歌颂胜利的颂诗诗人。这是一个幸运的诗人，其才华在生前就得以充分展示，死后其作品也极其幸运，大约有四分之一得以留传后世。为了庆祝在奥林匹亚、匹第阿斯、伊斯明、尼米亚诸城举办的竞技比赛胜利，品达热情地写下了许多颂诗。这些颂诗除残存的数百个片断外，还有几篇保存齐全的完整之作。近代人一提到颂诗，自然就会把它与品达联系起来。虽然品达的才华实际上并不比其他几个颂诗诗人高出多少。

其实，颂诗是用于跳圆舞曲时由合唱队伴唱的歌曲，诗的第一章节被称为“左方旋转舞歌曲”。当人们跳舞，从右向左旋转时，就以此章节歌曲伴唱；诗的第二章节所表现的舞蹈动作与第一章节相反，名称也随之改为“右方旋转舞歌曲”；诗的第三章节就是诗的“尾声”。唱完“尾声”，合唱队的使命也就此结束。诗人们可以根据自己的需要，反复交叉地安排这三部章节。在英国诗歌中，颂诗无疑是一种形式考究的优美诗体。

与希腊颂诗比较起来，英国颂诗的结构显得较松散，这两者之间几乎找不到什么共同之处。雪莱的《西风颂》，济慈的《夜莺》、《希腊的瓮》，华兹华斯的《永恒性的暗示》，丁尼生的《威灵顿公爵》，都可以被称之为近代颂诗。他们的作品有一个共同特点，那就是主题格调高雅，情感真挚，有古希腊人之遗风。洛厄尔的《纪念颂》从艺术成就方面来讲算不上太高，但是美国人对它却极感兴趣。在马尔巴罗战役（Marlborough）胜利这一消息的鼓舞下，威廉·康格里夫挥笔写就了一首赞美女王的颂诗，这一作品的最大特点就在于完全继承了古希腊颂诗形式。威廉·康格里夫第一个发表观点，提出品达的颂诗不但结构严谨，而且还有特定的规则。17世纪的另一名诗人考利把那些杂七杂八、长短不齐的句式称为“品达风格”，这无疑是一种误断。品达的诗歌除了形式优美之外，主题思想也往往是高尚并且鼓舞人心的，这一切使得品达的颂诗艺术价值更高。可以这么说，诗人品达具备各种艺术细胞。希腊人的特长之一是艺术感觉敏锐，品达的独到之处在于他能用各种恰当的表现手法，把这些艺术感觉昭然于世。举例来说，他在阐述诗与雕塑的密切关系时，用了下面这些句子：“我不要做一个只会坐在座位上雕刻的工匠，让我美妙的歌声从伊齐那飘出，飘到载货的船上，飘到娱乐的小舟之上吧。”这些语言极其精美和准确，即使在经过翻译之后，也仍然能从字里行间看出其魅力之所在。

在长达几百年的时间里，雅典一直是希腊文化的中心。公元前5到前4世纪更是如此。但是希腊文明的传播范围更大，从小亚细亚、西西里岛直至南意大利，到处都可以看到希腊文明的痕迹。在希腊的众多城邦里，各种艺术兴盛一时。先后有七个城市声称是荷马的诞生地，这是文学史上一件有意思的事。品达出生在底比斯附近，巴基里得斯和西蒙尼得斯则诞生于克阿斯，阿那克瑞翁和阿尔凯奥斯则分别生于小亚细亚的特阿斯城和莱斯博斯的米蒂利尼城。雅典城之外的希腊其他城邦的诗人和艺术家对雅典极其向往，他们渴望能在那里定居或作短期逗留。这就像现代社会里法国、英国的作家、艺术家们时刻梦想着前往巴黎和伦敦一样。当时的雅典尽管不像近代的大都市那样有着稠密的人口，也不是政治、商业中心，但是它依然吸引着众多的希腊人。

在亚历山大王征服世界之后，希腊的城邦虽然没有立刻丧失其地方特色，但是势力却逐渐衰落下去，繁荣一时的文学也沿着几个方向逐渐衰落下去。这种趋向并不是由天才人物断言出来的，而是人们普遍的认识。那个时候全世界的人民依然说着希腊语，文学家依旧用希腊语写作，读者也由原来的主要面向大众而变成主要面向少数博学之人。文学逐步脱离了生活，成了僵死的字符。文学作品互相模仿，分工过于细致。当时主要的文化中心是埃及的亚历山大城，在很短的时间里，这个小城的人口就激增至三十万。亚历山大城创建于公元4世纪末，征服者在夺取埃及后修建了该城。城市居民中有一部分是从外地迁移进来的。统治者托勒密在此城创办了一个宏伟的图书馆，这一举措引得众多的艺术家和诗人蜂拥而至。亚历山大、帕加蒙以及其他新老城市的统治者们竞相采取各种措施，努力发展艺术、文化。这些行为的直接结果是哲学研究和文学评论兴旺发达起来，但是艺术的发展却不尽如人意，尤其是诗歌艺术的发展最令人失望。

亚历山大图书馆遗址

亚历山大时代的诗歌为什么没有把古希腊诗歌的壮美和气魄继承下来？我们至今仍无法了解其中的确切原因。据说有一种可能性，那就是新一代诗人们只注重创作那些在阅读时能够令人耳目一新的作品。这一点不同于古希腊诗人的审美趣味，他们必须字斟句酌地创作出适合于吟唱、便于观众欣赏的作品。还有一种可能是：古希腊天才诗人们早已将能说的全部说尽了，新一代诗人们无论在立意还是在表现形式上都很难再有新的突破。

值得一提的是那时也出现了一个风格独特的田园诗人忒奥克里托斯。他的诗形式独特，题材清新。田园诗正是从他开始走向完善。后世的人们把田园诗和他的名字紧紧地联在了一起，这正如品达和颂诗的关系一样。田园诗，顾名思义，就是描写牧人的生活图景，描写他们的爱情和迷信思想等内容的诗。在忒奥克里托斯的笔下，牧人们一个个变得谈吐优雅，口中吟唱着优美的歌谣，生活充满了诗的意境。这引起了后世评论家的疑惑：那些粗俗的农夫怎会有那样精美的言语、细腻的情感？我们应该知道，那些在底层默默无闻的劳

田园诗诗意场景之一

动人民，他们创作出来的民谣往往在语言和韵律上有着超凡的想像和创造力，这是不争的事实。事实上忒奥克里托斯的牧歌本来就产生于牧人的生活。古希腊的牧人像他们今天的子孙一样，在西西里岛翠绿的丘陵上放牧，头顶蓝天，脚踩大地，口吹长笛，引吭高歌！

忒奥克里托斯善于运用各种复杂的技巧来组织他的素材。他能够成为一个生气勃勃的写实诗人的关键，就在于他的诗歌取材于真实的劳动和生活场景。他的诗是质朴的劳动人民田园生活的图景式描绘。对农夫、牧人生活场景进行描摹的田园诗是他最有艺术价值的作品。当他由牧歌转向传统的叙事诗主题时，他就不再是西西里岛上的田园诗人了，这时候的他只能说是亚历山大时期的又一位候补的玄学诗人。和忒奥克里托斯一样，拜温和摩斯科斯也从事田园诗创作。这两人分别以《悼阿多斯卡》和《悼拜温》名留诗坛。这两篇悼诗一篇属哀歌性质，另一篇属圣歌性质，是田园牧歌的代表作；并且正因为这两部作品有其代表性，所以我们可以说田园诗在模仿艺术中有着极高的地位。

田园诗成为近代各国文学中的传统诗体。维吉尔的《短诗》就是模仿忒奥克里托斯的田园诗风格而来。该诗虽然内容不错，但缺乏独创性，这是青年诗人维吉尔还未发现自己独特潜能前的作品。日后维吉尔凭借成熟的诗风而身价倍增。维吉尔对罗马以及英国的影响，毫无疑问已经超过了任何希腊诗人。牧歌数量的增多和牧歌的发展，在很大程度上正是得益于他的贡献。近代各国的田园文学，许多是虚假、拙劣之作，犹如法国宫廷内那些惯用丝绸和花边把自己装扮成男女牧人的小丑。不过，近代田园诗中也有至纯至美的诗篇，这大概是因为一些诗人特别钟爱乡村之故吧！如果有一位可爱的少女，诗人们称呼她克洛伊，那么即便是我们改称她特斯或安妮，这少女难道就不可爱、不美了吗？

田园诗的发展先后经历了四个阶段。第一阶段是短牧诗或忒奥克里托斯、维吉尔式短诗阶段。在若干世纪前，这种类型的短诗成为诗人们竞相追捧的形式。伊丽莎白时代的英国文学画廊中，各色牧人形象比比皆是。英国牧歌中也不乏可爱清新并且自然的诗歌，这其中最著名的大概要推斯宾塞《牧人月历》中的十二篇。每篇正好相当于一年中的一个月，这十二篇牧诗虽然有模仿古典作品风格之嫌，但其中也确实不乏英国精神的内核。18世纪诗人约翰·盖伊在《牧人的一周》中，开始审慎地进行牧歌英国化尝试。他写道："我们应该描写本国勤劳的农夫生活，我们所塑造的农夫形象应决不逊色于西西里岛或亚卡地（Arcady）的农夫。"

田园诗兴盛的第二阶段可以称之为戏剧对话阶段。最著名的作品有塔索的意大利语作品《阿明达》，以及另外两部英文作品《悲哀的牧人》和《忠实的牧女》。《悲哀的牧人》由本·琼森创作，该作品真实地反映了英国林区的风土人情；另一位名叫约翰·弗莱彻的诗人创作了《忠实的牧女》这一作品。从阅读这一作品中，我们不难看出约翰·弗莱彻明显受了塔索《阿明达》的影响。作品的背景和人名以及作品中的神话故事都是希腊式或半希腊式的。此外，阿伦·拉姆齐的《温和的牧人》也值得一提。该作品用苏格兰方言写成，人物形象栩栩如生，诗风素朴而又纯美。

田园诗的第三阶段是浪漫主义散文体阶段。著名的作品有意大利诗人圣纳扎罗(Sannazaro)的《埃卡第埃》，菲利普·锡德尼模仿圣纳扎罗的作品《埃卡第埃》。菲利普·锡德尼的作品语言矫揉造作，但是又雅俗皆备，丰富多彩。我们今天所看重的散文体田园诗有点类似于乔治·桑和托马斯·哈代以农村生活为题材的浪漫主义小说。田园诗作者们继承了忒奥克里托斯的传统，在他们的笔下，羊群和牧人一个个变得生动逼真起来。因此，同忒奥克里托斯一样，他们也属于田园诗人之列。

田园诗诗意场景之二

第四阶段是田园诗最成熟的阶段。主要作品有弥尔顿的《利西达斯》和雪莱的《阿多尼斯》。作者在诗中哀悼亡友时，常常把自己和友人虚拟成希腊人。在《阿多尼斯》中，田园诗的风味几乎已荡然无存。诗中哀悼的对象济慈不是虚拟的牧人，而是被作者当作他的所爱及一切思想的化身。

《阿多尼斯》的主题是哀悼诗人济慈，只不过把诗人的名称冠以希腊式罢了。在《利西达斯》中，弥尔顿在田园诗中采用了象征主义手法，描述自己与大学密友的手足之情。在诗人的笔下，两位朋友就像是放牧在同一座山边、泉水旁、树林里、平川前的羊群。哀悼死者的诗歌是人工雕琢的作品，而借希腊人的名字来哀悼自己的英国亡友，寄托个人的哀思，这种手法人工雕琢的痕迹就更为明显。但是弥尔顿显然做得很巧妙。虽然作品中掩盖不住矫饰的痕迹，但仍不失诗歌之美。阿诺德甚至比弥尔顿走得更远，在他的作品《撒伊利思》中，诗人充分展示了自己作为一名希腊学者的渊博学识。后世的任何这类作品是否有必要对其加以注意？我对这个问题没有明确的答案。除了古代的一些杰作外，对此类田园诗，人们的热情已早已消退。在近代文学中也绝不会再重生了。

现存希腊诗歌当中最珍贵的一部当数《诗选》。《诗选》收集了公元前6至前5世纪众多诗人的短诗。诗集中的众多的颂诗、爱情诗、牧歌、讽刺诗、爱情抒情诗等，以简洁的语言表达了人类几乎所有的情感。和叙事诗以及戏剧、历史著作相比较，它们更容易使我们了解古希腊生活的核心部分，至少也会是部分片断。

《诗选》最早在公元前1世纪由诗人麦勒亚泽着手编纂。他将前几百年里大约四十个抒情诗人的作品搜集起来，编成了《花环》集。而“花环”一词本身就含有诗选的意思。《诗选》一时间出尽风头，人们争相模仿里面的作品。后代的诗选编纂家们继续增加它的数量。到了公元9世纪，即麦勒亚泽死后又过了一千年，康斯坦丁鲁斯·塞法拉斯从前人留下的诗集中筛选出自己认为最精美的部分，并对其进行增补和修订，编成一部诗选中的诗选。该诗选的编纂在书籍史上留下了引人注目的一页。公元14世纪，僧人帕鲁德斯删去塞法拉斯所编纂的诗选中的许多优美的诗篇，自作主张增加了其他一些诗篇（这其中当然不乏优秀之作，也的确也有一些中等水平的作品），这样一个新的版本又诞生了。此后在相当长的一段时间里，帕鲁德斯诗选一直被当作标准范本，塞法拉斯则逐渐地被人们遗忘了。直17世纪初，一名青年学生在海德堡大学图书馆里发现了塞法拉斯的手稿，他的声名才得以重新被人们记起。这部沉睡了三百年的优秀作品，在此后又经历了几番历险。德国30年战争期间，一切容易捣毁的东西都时刻面临着被毁的危险，出于安全的考虑，这部手稿被送往意大利的法迪坎（Vatican）城。18世纪末，法国战胜了意大利，并乘机在意大利大肆掠夺，这部手稿就这样被带到了巴黎。各地的学者们汇聚巴黎，竞相传阅这部手稿。

即使把《诗选》的价值说得再高一些也不过分。如果不是它，许多诗篇可能早已散失。诗选同时还给人类留下了无数精美的“奇葩”（当然，其中也有些人工矫饰的作品）。就诗集总体而言，它涉及的领域包括情感、人生经历等等。虽然我们暂时还没法得知诗集中每部作品确切的作者，但这部诗选却可以称得上是一部希腊诗歌的兴衰史。《诗选》延续时代之久，题材范围之广，除中国文学外，在其他各国文学中实属罕见。希腊人——准确地说是整个希腊民族——擅长用文学的形式表达人们的所思所感。希腊人精明能干，说话直言不讳，极富表现力。他们善用犀利的讽刺，猛刺人类的敌人，还能以不屑的态度、达观的心态静观人生最后的敌人灭亡。这些都是《诗选》中最为关注的热门话题。英国人把这些短诗翻译成优美的英文。在这里我就以卡利马卡斯的诗为例（卡利马卡斯生于公元前3世纪，是诗人兼学者，曾任亚历山大大图书馆的图书管理员）。这首诗由19世纪英国诗人兼学者威廉·科里翻译。

赫拉克利特，
听到你去世的消息，
我的泪水在心中涌起。
想起我俩长日漫谈，直到夕阳西归，
我痛苦哀泣，不知有过多少回。
啊，我加里亚的老客人，
你长眠在泥土的怀抱中，是否睡得安稳？
我的耳畔还回荡着你快乐的声音，你的夜莺可曾远行。
死亡也许能带走一切，但无法带走你的声音。

第 8 章

希腊的戏剧

奇异得不可思议的东西无数，
但比人类更奇异更不可思议的却没有。（索福克勒斯）

人世间所发生的可怕事件如战争、杀戮、暴死等，就是我们所说的悲剧。我们也把小说或戏剧中“悲惨的”结局称为悲剧。悲剧“tragedy”一词是从希腊语“山羊”演化而来。在我们的眼中，山羊也许只是一只可笑的动物，它和悲剧的含义大相径庭，那么这究竟是怎么一回事呢？原来作为一种伟大的文学形式的希腊悲剧，最初竟起源于祝祭丰收之神狄奥尼索斯的社戏或游行活动上，在游行仪式上，演员们装扮成半人半山羊的萨提儿形象。此后经诗人们的“文学”之手，原始的萨提儿剧逐渐演化成精美的戏剧。当然，这一演化过程是极缓慢的，具体的演化时间的轨迹，今天我们已无从知晓。但有一点我们清楚，比起从最早的宗教剧到莎士比亚戏剧所历经的诸多世纪来，其时间还要漫长。

埃斯库罗斯是希腊三大悲剧作者之首，他的戏剧有一些被完整地保存下来。现存的他的八种戏剧中有三种构成了一部三部曲，即《俄瑞斯忒斯》，这也是幸存至今的惟一的一部希腊三部曲。埃斯库罗斯一生共创作了 70 多部作品，大部分已经散失，这其中可能就包括他最优秀的作品。要说起戏剧的深邃和雄浑这方面，他是一名后人无法超越的天才。像其他许多希腊剧一样，他的戏剧也取材于神话传说，主要描写神惩罚那些犯罪的人，比如说

埃斯库罗斯，劳托洛作。希腊第一位伟大的悲剧家。他在希腊戏剧中首先采用了两个演员，这不仅打破了只有一个演员和合唱队的传统，而且使情节和对话更多样化；并因首次使用一些引人入胜的舞台效果及奇特可怕的面具服装，有“悲剧之父”之称。

傲慢罪或者贪婪罪等。在神的背后还有“不祥”的命运之神操纵，谁也无法摆脱“命运”之手。希腊人的人生观具有乐观的成分。包括苏格拉底在内的希腊的许多圣贤们都经常以乐观的、微笑的态度看待人生和世界。悲剧作者们则正好与之相反，他们总是以悲观的、阴郁的、严肃的态度看待周围的事物。

公元前5世纪是一个伟大戏剧家辈出的时代。那时的剧场早已在历史的长河中毁灭了，所以现代人已无从得知当时剧场演剧的设备究竟怎样。在埃斯库罗斯《被缚的普罗米修斯》中，海洋的“尼谟甫”合唱队，必须脚不着地立在空中演唱，直至普罗米修斯吩咐他们退场为止。从这一点上我们不难看出，那时演剧的设备技术应该是相当精妙的。我们今天所说的戏剧动作，在那时尚不多见。我们所读的希腊剧本，不包括近代戏剧中经常使用的会话这一戏剧动作，主要是一些抒情诗的合唱和一些故事内容的朗诵。当时希腊的舞台只允许两三个主要演员登场，他们在合唱队的伴唱下高声朗诵：当主人公处于迷茫、苦闷、意志动摇状态时，合唱队把高尚的、公正无私的神的意旨，以诗的语言和当面辩论问题的形式传授给主人公。要想深入了解埃斯库罗斯的作品，途径之一是去阅读罗伯特·勃朗宁所译的《阿伽门农》，以及勃朗

希腊舞台上的合唱队

希腊演员面具

索福克勒斯

宁夫人所译的《被缚的普罗米修斯》。对英国诗歌比较熟悉的读者相信都知道斯温伯恩的《卡刹同的阿塔兰塔》。权威专家J. P. 马哈菲教授这部作品称之为“埃斯库罗斯精神近代最真最深的摹本”。

希腊的第二大悲剧诗人索福克勒斯生活的时代比埃斯库罗斯要晚上一个时期。当时希腊的诗人们经常举行诗歌比赛，争夺有关的奖牌。在一次竞赛中，28岁的索福克勒斯战胜包括埃斯库罗斯在内的所有竞争对手，获得了这次竞争的奖牌。也就是从那个时候开始，直到公元前400年他90岁去世时为止，在戏剧方面他几乎取得了全部的成功。他的作品应该有不下一百篇，但只有七篇流传至今。在取材方面，索福克勒斯和埃斯库罗斯一样，主要着眼于神话传说。希腊的剧作家们有点像莎士比亚和近代的诗人们，他们不努力在结构方面进行新的挖掘，而是将精力主要投向戏剧的写作方法上。这样做的结果是戏剧作品中戏剧冲突、戏剧高潮、戏剧效果诸方面取得了很大进步。索福克勒斯的剧作《俄狄浦斯王》以及《安提戈涅》的相关译本经稍事改编后，拿到英国、法国和德国上演，获得了很大的成功。这足以证明索福

索福克勒斯的俄狄浦斯

克勒斯戏剧的巨大感召力。作曲家门德尔松给《安提戈涅》谱了曲，最近里查德·施特劳斯又将这部作品改编成了歌剧，而霍夫曼斯特尔的剧本则直接效仿索福克勒斯的《伊勒克特斯》。就英译本而言，尤其是就R.C.杰布的散文译本和E.H.普伦普特里的韵文译本来说，它们主要靠故事的趣味性吸引读者，而索福克勒斯作品独特的品位，恐怕只有那些精通希腊语的学者才能真正体味到。俄狄浦斯和他母亲悲剧式的乱伦结合故事，不能不说是一件有违人伦的可怕之事。索福克勒斯用嘲讽的手法来处理俄狄浦斯的故事，令当时的希腊观众为之惊叹不已。熟悉这一故事的希腊人都知道俄狄浦斯的命运是命中注定的。但是在戏剧中，俄狄浦斯本人却缺乏对自己命运的认识，他在盲目和骄傲中迈向厄运的包围圈中，其悲剧震撼力无与伦比。

希腊的第三大悲剧诗人欧里庇得斯比索福克勒斯小五六岁。在长达半个世纪的时间里，

《安提戈涅》中的一幕

这两位诗人一直是希腊观众追捧的对象。和同辈的剧作家比较起来，神秘的命运之神似乎格外垂青欧里庇得斯。他的90篇戏剧中，一共有18篇得以流传下来。在欧里庇得斯的作品中，爱情成了推动剧情发展的重要因素，因此我们可以说他是一个比其他希腊剧作家更富于浪漫主义气息的艺术家。当然，爱情并非欧里庇得斯作品的专利，在《荷马史诗》中，引发特洛伊战争，使1000多只战船永沉海底的直接原因就是帕里斯和海伦的私奔。但是，浪漫的爱情和民众的热忱正是欧里庇得斯创作的主要题材，他关心人更甚于关心神。在他的笔下，神和所有的传奇人物都说着人的语言。欧里庇得斯对日益走向繁荣和文明的雅典洞若观火，也知道自己该如何吸引观众的兴趣。他描写的内容主要是人的普遍情感和人的热忱。在他的笔下，女巫美狄亚亲手杀死了自己的儿子，这一行为令人痛恶不已。美狄亚的独特个性和她最后的去向都具有传统神话色彩，但是她的语言、她的心理却完全是真正苦闷的女子所具有的。在作品《希波吕托斯》中，主人公菲德斯因养子忘恩负义而自杀身亡。菲德斯的形象类似于近代传奇剧作中的人物。欧里庇得斯和后世的小说家一样打心眼里喜欢美丽的少女。他在《易菲机奈亚在托鲁斯人中间》以及《易菲机奈亚在奥力斯》中，塑造的主人公都是可爱的女子。因此我们不难理解为什么他会对法国和德国浪漫主义古典剧产生重大的影响。除了描写现实性的内容以外，欧里庇得斯的杰作《摆基》全部是描写神的故事，剧作叙述盆条斯王因反对祝祭狄奥尼索斯神的仪式而遭到狄奥尼索斯的惩罚。即使没有古希腊神话传说的知识，读者也可以通过吉尔伯特·默里的译本从中感受到一部杰作所带给人的无穷乐趣。

美狄亚，劳托洛作。

世人普遍认为希腊悲剧是从祝祭狄奥尼索斯神的礼拜仪式上演化而来的。奇怪的是希腊喜剧也是由此演化而来的。悲剧表达了严肃的主题，而喜剧则代表着欢笑、盛宴和酩酊之醉。公元前5世纪后半期，雅典最负盛名的喜剧家是阿里斯托芬。雅典的喜剧不仅仅只是博人一笑，其中不乏对社会、政治的讽刺和批判，有点类似于近代的社论和政治讽刺文。想一想近代的E．L．戈德金、托马斯·纳斯特、W．S．吉尔伯特、杜利、乔治·埃德以及维尔·罗杰斯和阿特·杨等剧作家，我们就会发现希腊喜剧及“喜剧之父”阿里斯托芬与近代精神的相同点了。现代人评价阿里斯托芬作品风格具有浓郁的“地方特色”，这的确是他的风格。他的戏剧，不论如何深刻，都逃脱不了时代的限制，因为是专为当时的雅典人写的，在近代人看来，其作品的没有什么趣味性可言，如果没有注解，人们甚至很难读懂这些东西，而注解本身就是一件极煞风景的事。但是他的一些作品中的诙谐、讽刺的手法却流传下来。在现存的十一篇阿里斯托芬的戏剧中，有两篇直指当时雅典的政治家克利温，政治煽动性一目了然。《云》主要针对哲学，实际上就是写给苏格拉底的讽刺书。《蛙》是对埃斯库罗斯和欧里庇得斯的文学批评。还有两篇就斯巴达与敌国媾和之事进行了政治辩护。阿里斯托芬最杰出的喜剧作品《鸟》以喜剧的手法描写了飞鸟在空中建立理想国度，这一故事极富幻想性，戏剧抒情气氛浓厚。阿里斯托芬实际上借此作品讽刺了人类的一些弱点。

《云》中“质疑苏格拉底”的场景。图中苏格拉底被吊在悬挂于人们头上的篮子里，受到剧中另一个人物的质疑。该剧嘲讽了苏格拉底的“新知识”。

阿里斯托芬后继无人。显然没有人敢效仿他，可能也没有人想效仿他。后来希腊喜剧和新喜剧不再专注于对政治和人的讽喻，关注点主要转向了风俗、私情和笑话、打趣等轻松的话题上。新喜剧的代表作家是米南德(公元前342年～公元前291年？)，目前我们仅发现有关其作品的一些片断，而他本人则长期被湮没在历史的长河中，直到最近20年，人们才重新发现了他。罗马的剧作家普罗塔斯和忒斯

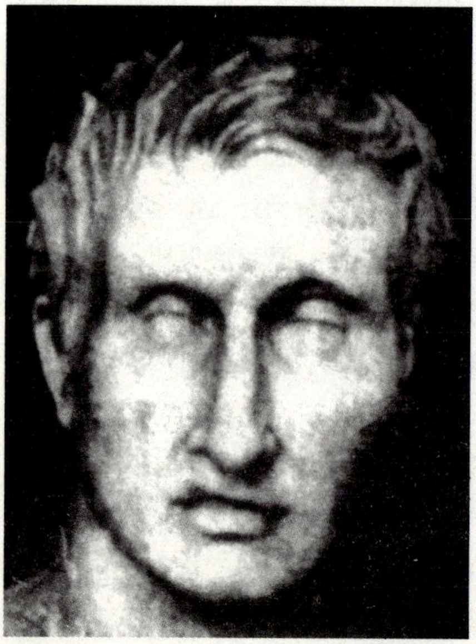

米南德

的创作风格和创作精神都直接来源于米南德，近代的戏剧家如莎士比亚、莫里哀等又从这些罗马剧作家的作品中获益。如果米南德及同时代的菲力门(Philemon)等在摇篮中就被扼杀的话，后世就不可能产生像莎士比亚、莫里哀这样伟大的喜剧作家了。这种说法不能说没有道理，因为历史上“假如……那么……”之类的东西的确是个谜。正因为后世的戏剧家们继承了希腊喜剧作家的风格，所以我们今天才得以一览他们的风采，换句话说，这样他们才得以生活在我们的生活中。

希腊的悲剧诗人主要依靠法国的古典剧场和随之而起的德国古典剧场直接把他们的戏剧搬上舞台。如今我们对这些人的了解正缘于这些剧作。拉辛和歌德的创作直接取材于希腊悲剧，英国人用华丽的词藻尽可能完美地翻译了他们的作品。英国的悲剧成就不高，基本没人能赶上歌德和拉辛的新希腊剧。杰出的戏剧家、学者本·琼森对希腊的悲剧诗人的了解不多，但他却非常熟悉塞涅加风格，而塞涅加又非常了解希腊悲剧诗人的风格。传说中的事大部分都靠不住，不过毫无疑问的是，从希腊大剧作家出世前的数百年到近代的大剧场，在这段漫长的时间里，希腊半宗教式的宴会和仪式确实在一直举办着、延续着，可以说和古代一脉相承，绵延不绝。

第9章

希腊的哲学、雄辩术及散文

求知是人的本性。(亚里士多德)

在世界各国的图书馆里，除了近代哲学之外，没有也不会有比希腊哲学更深邃的书了。希腊人喜欢思辨，并且喜欢对事物的起因和人类精神的发展过程进行追根究底。像狂放不羁的亚里士多德那样受过教育却又对形而上学的论辩不感兴趣的雅典人几乎不存在。受过教育的希腊人对哲学的接受几乎是天经地义的。哲学课堂也不局限于学校，在日常生活中，智者们可以随时随地以谈话的方式向弟子们传授哲学。亚里士多德曾说："求知是人的本性。"如果这确是人类精神的普遍写照（排除一些人纯粹的猎奇欲外），那这句话也应该是享有特权的有闲阶级的一员亚里士多德本人的写照。

两千年的时间里人类在思想上进步不大。当然，就算是博学的柏拉图对于天体运行的了解，可能还赶不上现代天文台里一个普通的天文研究者多；而近代的物理学也早就不在古代提出的四大元素问题上纠缠不休了；心理学关于心理机能和心理习性的研究，连最博学的古希腊人也望尘莫及。由此可见，哲学研究的物理基础极大地丰富起来。但是希腊人对哲学上一切本质问题研究得实在太深太透，以至于近代流行的哲学虽然比较深奥，但当我们沉浸于柏拉图、亚里士多德哲学时，我们就会沮丧地发现近代哲学的成就远远赶不上

雅典学派，拉斐尔作。

聪慧的古希腊人所取得的成就。柏拉图和亚里士多德对前人的思想进行了总结，还做了大量的独创性贡献。他们的学说构成了近代哲学家大部分哲学思想的基础。

哲学是大众化的，绝不是哪一个人的专利。我们每个人都是哲学家，只不过那些被称为哲学家的人比普通人更善于思考，思考得更深、更透、更有条理罢了。哲学家的任务是研究和整理人们的思想，然后再把自己的思想用晦涩的术语表达出来，乍一看好像令我们的头脑清楚了，其实只会让我们感到更加困惑。不过这也怪不得哲学家们，因为生命这个问题实在是过于复杂和难解。通常情况下，专业的哲学家即便在头脑不清醒时，也能迸发出灵感的火花。在文学领域里，没有什么东西会比哲学更令人们感兴趣，更能引发人们的深思了。近代最伟大的思想家之一乔治·桑塔耶那曾经说："哲学这玩意儿不仅仅是哲学家的事，诗人和小说家更能以纯粹的形式发现哲学思想。"让我们记住这些话吧。

赫拉克利特

言归正传，让我们把话题重新转回到希腊人身上。在柏拉图之前，曾经产生过几位有成就的思想家，我们不妨在这

恩培多克勒

里温习一下他们的大名。赫拉克利特认为生命是连续变化的，事物是运动的、瞬息万变的。他认为构成世界的最基本的元素是火，火凝结之后变成液体和固体，液体和固体经过分解又成为火。另一位哲学家恩培多克勒提出世界由火、风、水、土四种元素组成。这一观点一直到近代仍为大多数研究物理的学者所接受。不仅如此，恩培多克勒还提出“适者生存”和“人是逐渐进化的”这样的基本理论。毕达哥拉斯或毕达哥拉斯学派在数学、天文学等方面推动了科学的进步，他们认为物质的差异都是数的差异，两个物体之所以会有差异就在于构成物体的电子震动规律的不同。具有丰富想像力的古希腊人无法在实验室里通过科学试验来验证真理，只能凭借自己幼稚的直觉推测真理，这不能不让人觉得有点可惜。

古希腊哲学从个人兴趣发展到教授哲学成为一种有报酬的职业时，被称作“sophist”的教师随之产生了。在公元前5世纪，雅典的街头出现了一个与索福克勒斯、欧里庇得斯同时代的、高贵且富于独创精神的思想家苏格拉底。他是一位一生从未留下任何著作的大哲学家。他毕生的大部分时光在和人辩论，他嘲讽智者们的自以为是，激励青年人去探索真

毕达哥拉斯

理。有时他直接提出自己的主张，有时则以提问的方式间接提出自己的观点。他大智惹愚，这不是说他故意要装出一副怪癖的模样，而是说他天生一副戏谑的人生态度。从总体上说，他是庄重的，相信在冥冥之中有一道命令在敦促他教化他人。理解他的人无不热爱、崇拜他。但由于他激进的思想，爱国而又愤激的言词，独特的辩论方式，以及对习俗的漠视等，导致他树敌众多。他被控有罪，罪名就是引诱青年堕落和信奉新的神。我们当然明白这些指控完全是无中生有的，但当时的陪审团显然是一群有预谋的政治骗子，他们宣告苏格拉底有罪。苏格拉底坦然地接受了宣判，他通过和友人谈论灵魂不灭这个话题来打发余生。人类自身自酿的苦酒之一就是对善良者和勇敢者进行扼杀。我们不妨把苏格拉底和耶稣的命运拿来进行比较，通过比较我们就会发现，二者的差异就在于苏格拉底在70岁时寿终正寝，并说完了自己该说的一

苏格拉底学堂

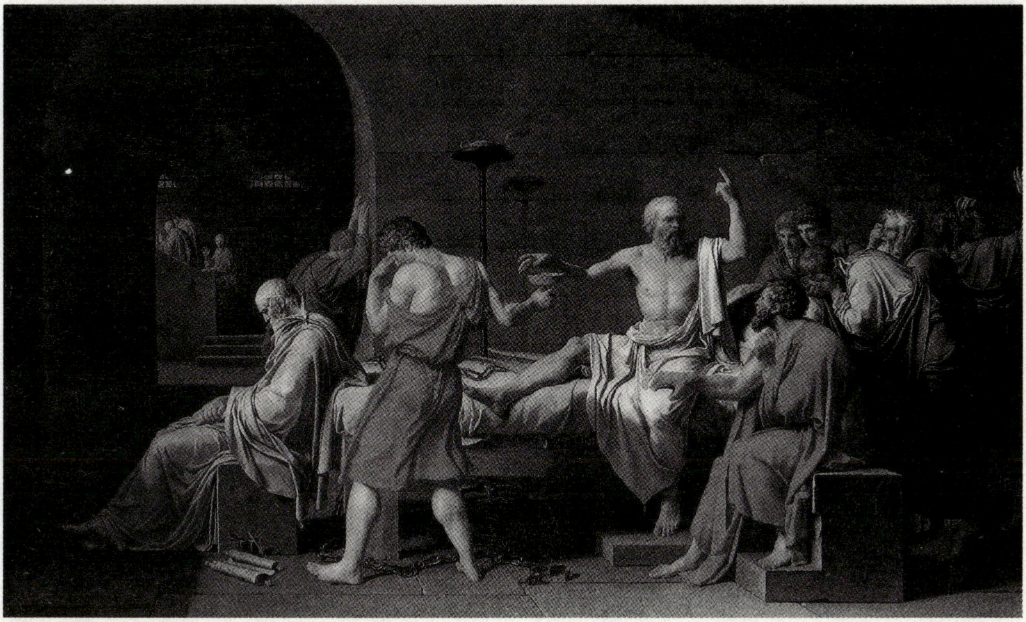

苏格拉底之死

柏拉图，劳托洛作。

切，而耶稣则年纪轻轻就被钉死在了十字架上。

如果要详细了解苏格拉底的思想，我们还须回过头来谈谈他的得意门生柏拉图。柏拉图借老师之口传播自己的思想。在柏拉图的哲学对话中，我们已经分不清哪些思想是他自己的，哪些是其老师苏格拉底的。不过这并不要紧，因为这些思想都已经被人类思想的宝库珍藏。这对师生是古希腊最高智慧的代表。柏拉图用对话录的形式来传播自己的思想，对话内容轻松活泼，富于人情味和戏剧色彩。他的整个对话录大约有20篇，内容几乎涉及了人类思想的方方面面。苏格拉底是对话录中的主要人物，柏拉图借这位老师之口讲述自己认为得意的观点，尽管这些思想也许并不完全合乎苏格拉底的本意。柏拉图以惊人的冷静和公正，借他人的言论表达自己的思想，并反映出了问题的各个层面。有些问题本身就带有浓郁的哲学内核，这些问题无须回答也会带给世人无尽的思考。本杰明·乔伊特认为："许多思想，甚至基督教思想的萌芽，都见之于柏拉图学说中。"他所翻译的柏拉图著作成了英语世界的经典之作，他就柏拉图的几篇对话所写的评论也成了文学评论的杰作。

想全面揭示柏拉图思想几乎是不可能的，不过有两点很清楚，第一：道德即知识；不道德即无知。这是苏格拉底最引以为傲的思想。他认为人之所以会做错事是因为他不知道如何更好地完成这件事。这种思想在今天流行甚广，曾被认为是一些犯罪心理的最好解释。这和临终时说："主啊，请宽恕他的无知吧"的教诲相吻合。第二点是柏拉图形而上学思想的核心：世界是由理念的产物，万物是理念的反映。也就是说，如果你喜欢美貌的男人或女子，实际上你真正爱的是美的理念，而并不是这个人的实体。这是柏拉图对爱情的一种不为人所喜爱的说法。从《会饮篇》中我们可以看出，柏拉图的思想实际上还要宽广深奥得多。

对专门哲学不感兴趣的读者一定会对柏拉图的《理想国》、《申辩篇》、《会饮篇》等产生兴趣。《理想国》不仅仅是理想社会的纪事，还是关于人类灵魂和正义性质的分析。在一个理想的国度里，国王既不是政治家，也不是大富翁，而是由思想家、政治家合二为一的哲学家担任。在这样的社会里，精神统治一切。《申辩篇》记叙了统治集团对苏格拉底的审问以及苏格拉底晚年的生活，文笔优美，内容感人。在《申辩篇》中，苏格拉底所说的话语究竟是他本人说的，还是他的学生柏拉图的创造，这实际上已经无关宏旨。作品借苏格拉底之口增加了自身的说服力度。《申辩篇》最重要的结论就是善良的人无论生前还是死后，都不会遭到恶的报应。

《会饮篇》是世所公认的柏拉图最吸引人的文学作品。该作品描写了包括圣贤苏格拉底在内的各色人等。内容主要是苏格拉底和雅典政界占有重要地位的英俊青年亚尔西巴德之间展开的对一切情形下爱的辩论。在那里，我们可以看到"柏拉图式恋爱"原始的说明：爱是爱美、爱理念，所爱的客体只是理念的一个映象或反映。这种理想之爱，在莎士比亚的短诗中也有所反映，但"柏拉图式恋爱"在后世被人误解，在平常人的谈话中这一词语经常被滥用。在《会饮篇》中，不乏智慧和欢乐，幽默和典雅，也有关于柏拉图剧作家般的性格、诗人般的艺术手腕等方面的生动描写。

《会饮篇》中的场景，该文是探讨爱的本质的最著名的文章，图中表现的是政治家亚尔西巴德来到诗人阿迦同的家中与他彻夜长谈。

近代各流派的哲学家们都竞相把柏拉图归到自己所属的一派，并以此而感到光荣。柏拉图最有名的弟子是亚里士多德。在长达两千年的时间里，柏拉图的哲学思想一直是欧洲哲学的基础。直到17世纪为止，他的名字一直是哲学家的代名词。基督教思想部分地渊源于柏拉图，但是直到他去世400年后，教会才得以创建。他的权威令所有的人把他的理论奉为真理，当作严格的信条，结果导致近代像弗兰西斯·培根这样的哲学家反对把他的思想奉为圣经，主张人们应该从事独立的研究。这其实符合亚里士多德精神（但一些学者和玄学家并不这样认为），因为亚里士多德精神的内涵就是崇尚自由，力主探索事物的本来面目。亚里士多德本人曾就哲学上一个决定性的重大问题和他的老师发生过严重分歧。被誉为空想家、神秘学家、艺术家、诗人的柏拉图相信"世界是由抽象的理念创造的，万物只不过是理念的映象"。而亚里士多德则客观冷静地指出："万物都与它的外表相符，都是具体存在的实体。"他认为人、石、木是现实的实体，而"人"、"自然"以及"美"这些概念，并没有真实地存在，只有当我们出于分类的目的在心中感受到它时它才存在。

亚里士多德和柏拉图在世界观方面的根本差异，长期以来一直是是哲学上一个悬而未决、争论不休的问题。争论的结果除了可能会偏袒某一方外，问题本身可能永无解决的可能。如果亚里士多德生活在今天，可能会被归入实验主义者或物理科学实验家行列当中。不赞成实验主义的人马上就提出了否定这一说法的理由。伟大的唯心主义者乔赛亚·罗伊斯有关亚里士多德以及其他哲学家的精辟的叙述理应引起我们的重视。

作为哲学基本原理的“形而上学”这一名称的得来极其偶然。亚里士多德写了一篇主题是“第一”的哲学作品，但是一位对其作品进行编纂的学者把他那篇论文放在了他的关于物理学（physics）的论文之后，“后”这个字在希腊语中写作meoa，于是产生了meo-aphysics（形而上学）这个新名词。因此哲学原理“形而上学”本身就是对亚里士多德的形而上学的曲解。亚里士多德通晓他那个时代已知的一切知识，他着手整理了第一原理、自然史、伦理学、政治学、文学批评等各方面的知识。由于知识的分化和专门化日渐加剧，近代的哲学家们谁也不想再做这方面的努力，因此近代的哲学家无论是康德、黑格尔，还是斯宾塞，谁也没有这样对知识作过如此巨大的系统整理分类工作。亚里士多德的形而上学早已被后世思想家的作品取而代之。而柏拉图那种使自己的思辨保持永远清新的文学手法在亚里士多德那里也找不到。对哲学没做过专门研究的一般读者，从亚里士多德的《伦理学》、《政治学》以及文学评论杰作《诗学》中，完全可以充分地领略到亚里士多德的精神。萧伯纳在他的滑稽喜剧《范妮的最初戏剧》中，嘲笑了那些对亚里士多德戏剧观过分迷信的评论家。两千年后的今天，亚里士多德的《诗学》在文学史上依然占据着重要的地位。文学评论家们（包括对近代小说进行评论的评论家）对《诗学》的价值都给予了充分的肯定。无疑该书在文学史上会永远散发着耀眼的光芒。

继亚里士多德之后又产生了两大哲学流派：斯多葛学派和伊壁鸠鲁学派。这两大学派的思想在当时的希腊和罗马思想界占据统治地位。这两大学派吸收和借鉴了亚里士多德和柏拉图这两位哲学大师的哲学精髓。在当时已经趋向世界化的社会环境中，一些聪明人接受了斯多葛主义和伊壁鸠鲁主义。因为这两大哲学都是注重实际的哲学。亚里士多德最有名的弟子亚历山大王当时已经征服了所有对希腊人有战略意义的国土，并且在埃及修建了亚历山大城（关于该城，我们在前一章提及过），该城很快成为希腊文化的又一个中心。

然而，在希腊的文化中心雅典，人们的反抗从未停止过。亚历山大帝国解体以后，罗马人控制了希腊。罗马人很快就受到希腊文化的同化。被征服者希腊人成了征服者罗马人的教师，讲求实用的哲学很容易被那些缺乏纯粹思辨能力的罗马人接受并发扬光大。

“斯多葛”这个词语来源于斯多葛派。当我们说一个人“斯多葛”的时候，我们的意思就是说他具备“平静忍受痛苦”的勇气。这一点的确是斯多葛派哲学的精神，但并不是其全部内容。斯多葛派哲学的内涵不仅包括平静忍受痛苦的勇气，还包括控制和压抑愉快心情的勇气。在斯多葛派哲学家的眼里，不为感情所累的人才是真正的贤人。人生的意义是追求理性和智慧，最高形态的幸福就是高尚的行为。

斯多葛派最著名的两位代表人物是有过奴隶身份的爱比克泰德和罗马皇帝马可·奥勒留。爱比克泰德大约生活在公元1世纪，年轻时曾经做过奴隶，后来获得自由并做了传教士。像苏格拉底一样，他主要也用对话的形式施教。爱比克泰德的思想汇成了《讲话集》，

罗马皇帝奥勒留像

这部书稿的保存得益于他的一个学生。他否认一切世俗的狂妄和野心，关心人民的疾苦。他相信哲学的真正意义在于理解自然之道，忍受并顺从神的意志。在这一点上，他和早期基督教传道者有相同之处，他的一些思想类似圣保罗的想法。他向人们孜孜不倦地教诲道：万事万物都是一体的，要想自我实现，就必须尽个人所能对他人施以善心。不过罗马、希腊的伦理思想与基督教思想相妥协还是很多年以后的事（这也是思想史上一个极其复杂的问题）。在随后的几个世纪里，维持希腊、罗马哲学生命力的便是基督教的牧师和僧人了。所以当我们看到睿智、温和的罗马皇帝马可·奥勒留对基督徒怀有敌意就没有必要大惊小怪了。

各哲学学派的对立本来就是人类悲喜剧的一部分。马可·奥勒留皇帝认为罗马帝国是神圣的，那些不顾及罗马帝国利益的基督教徒令他十分讨厌。最有戏剧性的一幕发生在公元一世纪，罗马皇帝马可·奥勒留将自己的老师爱比克泰德以及其他一些哲学家赶出了罗马，理由是他们以“自由主义”的姿态反对杜密善皇帝的暴政。但是马可·奥勒留本人绝不是一个暴君，恰恰相反，他像林肯一样尽心尽力地忠于自己的事业和国家。他关心臣民的疾苦，对战争深恶痛绝，这一点倒有点类似于今天最彻底的和平主义和抵抗主义先锋。他从斯多葛哲学中找到了力量与慰藉，找到了与义务相连的人生哲学：节俭（这是罗马皇帝常有的品德）、自制、忍耐。在他的著作《冥想》中有一篇名为《致自己》的文章，这是一篇为了促进帝国大业而写的格言和道德规劝的宣言书。他的哲学著作记述的并不是对世界体系的探究，而主要讨论人的性格（此性格是从人生观角度而言）。这位皇帝不无悲哀地说：“生命与其说像跳舞，还不如说更像角斗。”但是在临终前他却引用他的老师爱比克泰德的话说：“没有人能夺去我们的意志。”这一点是与他思辨的斯多葛哲学核心相背离的。我们为什么要在古希腊哲学这一章里来讨论这位罗马皇帝呢？那是因为这位罗马皇帝虽然具有罗马人的性格以及罗马式的思维方式，但实际上他在以希腊语进行思考和创作。继奥勒留之后，西欧各国的绅士们便开始用拉丁语思考并且写作了。最能说明问题的一个例子是：在12至13世纪，受过教育的英国人能像法国人一样流利地讲法语。“思想无国界”，这一观念大概正是斯多葛哲学家或任何别的希腊哲学家精神的写照。罗马皇帝马可·奥勒留曾这么

伊壁鸠鲁

说过，“我们是为了彼此而活着。”而犹太基督徒保罗也说过类似的话。

从某种程度上讲，伊壁鸠鲁及其信徒是斯多葛哲学家的对头，也是亚里士多德和柏拉图哲学在更高层次上的对立双方。伊壁鸠鲁哲学主张宽容和讲究人情。这与斯多葛哲学家“清教徒式的”哲学正好相反。（在这里用“清教徒式的”这个近代才有的名词也许并不恰当。）哲学家伊壁鸠鲁具备整套的心理学知识，他了解人类的心理特征，知道人是受欲望支配的，而欲望则永远不会得到满足。他还主张人有追求自由和幸福的权利。他重视生命，相信知识的第一来源是感觉。正是因为这些，“伊壁鸠鲁”在一些文章和用语中被歪曲成“贪吃美食的人”！其实就我们所了解的资料来看，这位大师生活节制，处事稳重，绝不会做出贪吃这样的事来。他教导我们体验快乐，同时也让我们体味义务及单纯的欢愉。他了解人性，对哲学也是脚踏实地，因此，他对那些喜欢幻想、天马行空的哲学家持怀疑的态度。英文读者通过批评家沃尔瑟·佩特斯所著的《伊壁鸠鲁哲学家梅里阿斯》，完全可以领会到伊壁鸠鲁派哲学的精华。到了近代，不仅专门的学者，还有一些艺术家、诗人也进一步将希腊哲学家的精神发掘并发扬光大。近代的许多文学家过分推崇希腊人。像斯温伯恩、阿诺德·佩特，他们认为希腊的一切东西都值得崇拜。但是我们看待问题要抱着一分为二的态度。要想探究某个国家、某个时代的精华，过分地迷信希腊人是不可取的。希腊人虽然发展了一切艺术和科学，但他们并不了解和掌握近代出现的新的科学、艺术。

雄辩术是希腊各地，尤其是雅典达到炉火纯青的文学艺术之一。如果把这些口语用书面文字表达出来，那么雄辩术就构成了一种文学形式。无数的雄辩就像音乐家的音乐、演员的演唱一样随着声音的消失而不复存在，但演讲者的神采和睿智却可能永放光芒。埃德蒙·柏克本人也许并未必给英国议会留下什么印象，或者让人有巧舌如簧的感觉，但他的演讲在英国文学史上却占有不朽的地位。那些被政治家嘲笑、但是令听众着迷的演说家，如格莱斯顿，在文字表达方面却平平常常。还有一些演说家巧舌如簧，并且能用优美的文笔将其雄辩记录下来。希腊的演说家将雄辩艺术发展到了登峰造极的地步，而左右着政治家命运的也正是这些在报纸极端发达的时代无法理解的雄辩艺术。雅典的大演说家之一吕西阿斯是一名雄辩的天才，由于地位低下，他被剥夺了当众演讲的资格。于是他只好将自己的天分转移到替别人写演讲稿上，成了职业的演讲撰稿人。但是他也曾经例外地得到过一次演讲机会，那次演讲主要是攻击对自己的兄弟波勒马科斯之死负有责任的专制王忒翁涅托斯。

吕西阿斯和他的主顾之间的关系犹如法律专家和律师的关系，法律专家精通法律，提出各种出庭辩论所适用的法律条文及论点纲要，律师则用自己流利的专业语言来影响法官和陪审团的判决。吕西阿斯对他的工作可以说极其敬业。与吕西阿斯同时代的伊索格拉底也是一位演讲撰稿人，他整日埋头笔耕而不轻易抛头露面，对修辞学和演讲法做出了重要贡献。伊索格拉底也称得上是公元前4世纪时最有名的人物之一。他进一步挖掘吕西阿斯所写的演讲题材，常常将主题拓展到一些重大问题上来，演讲的技术在他那里进一步得到完善，从而进入了为雄辩而雄辩的境界。但伊索格拉底的作品并不仅仅为了演讲而作，他的作品中充满了对雅典的赞美，他鼓励希腊人反抗波斯的侵略，劝告人们宽容希腊诸城邦。从这些作品中不难看出，他创作的题材忠实于现实并且丰富多彩。

在希腊的演说家中，狄摩西尼是最为杰出的一个。他也许是历史上空前绝后、成就最高的一位演说家。有关他那雄辩口才的传说简直和神话故事差不多。传说他本来有说话口吃的毛病，于是为了发音清晰他就用嘴巴含着小石子练习发音。类似这样的传闻还有很多。实际上任何一位演说家也不会干出如此荒唐可笑的事情。但他的雄辩毫无疑问在听众之间引发了强烈的震撼力。狄摩西尼留下来的演讲稿脉络分明，思想繁杂，语言高雅，简直就是最优秀的散文。对马其顿国王菲利普的攻击是他最著名的演说。菲利普征服了除本国之外的其余希腊各地，为他儿子创建亚历山大帝国打下了坚实的基础。对菲利普国王的演讲雄劲有力，气势磅礴，富有攻击性和传奇色彩。后来人们就把此类雄浑的演讲风格称为“菲利普”式。狄摩西尼是杰出的语言大师，也是一名政治家。他为了保护雅典，冒险到武器装备优越于雅典的北方人那里去做说客，尽自己的雄辩来保护雅典。结果产生了他那最著名的演讲《金冠辞》。当时曾有人认为雅典应该用黄金做成的花环和帽子来表彰狄摩西尼的这一爱国功绩，但他的

狄摩西尼，劳托洛作。古希腊最著名的演说家，爱国楷模，以智慧超群、意志坚定、能言善辩著称。在雅典与马其顿侵略者决战的最后关头，狄摩西尼见败局已定，遂一剑结束了自己的生命。

政敌兼演讲对手艾斯基涅（菲利普的爪牙）反对这一提议。这事件的意义姑且不论，总之，狄摩西尼战胜了他的对手，并以超凡的天才把他的辩论用优美的散文形式表现出来（他的辩论效果究竟如何，在此我们只能进行想像了）。狄摩西尼的辩论散文即使翻译成其他文字，那雄浑的力度和磅礴的气势也很难被削弱。热心向往希腊文明的弥尔顿，运用了和他的故事没有多大关系的壮丽诗行，在他的《复乐园》中，他为那些演说家高奏着凯歌：

需拜访的是那些显赫的雄辩家，
他们的口才左右着民主思想，
使弹药库有用武之地，
超越希腊，摇撼着马其顿和阿塔修斯国王的御座。

后期的希腊文学和语言的发展也非常吸引人，但对此我们只是略知一二罢了。希腊以雅典为中心，这一地区历史上曾经被马其顿和罗马征服过两次，在这两次征服中，被征服的地区都是希腊文明高度发达的地区，包括雅典，以及它附近的诸城邦。在古代拉丁语全盛时期，受过教育的罗马人普遍说、写希腊语。到了公元4世纪，由于罗马政治的昌盛和罗马教会文化的传播，拉丁语开始成为教育的主要语言，而希腊语却从此沉寂了1000多个春秋，直到文艺复兴时期，那壮丽的语言，那辉煌的希腊文化才被人类重新发掘和认识，古老的希腊文化得以重放光彩。

后期的希腊作家中有一个名叫琉细安(Lucian)的天才讽刺作家，他的作品以独创性而闻名于世。由于其作品对近代作家有着深远的影响，琉细安的声名日著。琉细安富有独创精神，才智超群。此外他还是一个深沉的戏谑家，被誉为当时的“斯威夫特、伏尔泰、马克·吐温”。琉细安生活在公元2世纪。岁月流逝，但无法带走他留下的一部部经典作品。那些优美的文字已经被译成英文。其文笔欢快、流畅，内容清新、自然，不逊于希腊文学中的任何作品。他的《真正的历史》以幻想的手法描写了月中旅行，以及太阳、月亮两星球居民之间的大战，是一篇极富想像力的浪漫主义作品。读过之后会自然地让人联想到拉伯雷、斯威夫特和朱尔斯·魏尔兰。

斯威夫特的《格利弗游记》无疑是受琉细安作品的影响而创作的。琉细安是个怀疑论者，一方面他极其崇拜柏拉图和苏格拉底，另一方面他没有简单地接受他们二人的任何学说。他敢于怀疑，勇于向神话中的诸神和前代的哲学家挑战，如果他早一点诞生，也许命运和遭遇会和苏格拉底一样。在《亚历山大》中，他揭穿了影响希腊和罗马的以《神论》闻名于世的宗教骗局。在琉细安看来，所有的宗教都是迷信，而所有的或大部分的哲学都是诡辩的语言游戏。不论他的观点正确与否，琉细安都无愧于一个想像力丰富的杰出艺术家的称号。无论喜欢读希腊语作品的人，还是装作喜欢读的人，无不称道其作品的优美。他思想的力度以及他的才能，他的智慧，通过翻译家的辛勤工作，早已为世人所知晓。

在随后的历史中，希腊文学开始走向衰落。诗歌创作也随之进入萧条时期。希腊精神中最优秀的天分——希腊哲学也难逃厄运，哲学从此堕落成为诡辩学。而诡辩学派只是玩弄诡辩的技巧，没有提出过一个有价值的新理论，对人类思想上的进步谈不上任何贡献。

在古希腊末期，文学上出现了两种新的重要形式，其一是小说，另外一种则是希腊思想与基督教结合的基督教文学。希腊的小说或浪漫故事成就算不上高，价值也并不大。那时，真正有才能的人从不写小说。虽然价值不大，但希腊小说的重要性却不容忽视，它对罗马以及中世纪文学有着重要的影响；并且对我们今天最新的小说以及冒险故事也有着一定的影响。比如说，公元2世纪隆加斯(Longus)的《达夫尼斯和克洛伊》从产生之日起就一直流传久远，对后世的小说具有不可估量的贡献。

较之小说更重要的是希腊思想和基督教融合的基督教文学。很多对教会创建产生过重要影响作用的哲学家不仅使用希腊语，而且在其精神上也继承了希腊人的精神。从根本上讲，基督教产生于希伯来，是希伯来人的宗教，宗教的主要传道者保罗就称自己为希腊的希伯来人。到了后期，随着罗马的崛起，拉丁语成了教会的正式语言。但是，像我们在翻译过来的希腊语《圣经》上见到的那样，在基督教早期的几个世纪里，教会中流行的不是希腊思想，就是希腊语。保罗接受的宗教思想肯定来源于希腊语的《圣经》，并且他本人在传教时使用的语言大概也是希腊语。这也许是因为那时所有从事文学创作的人都懂希腊语的缘故。重要的希腊作家、《圣经》的传教者以及编纂者奥利泽(Origen)将希腊思想小心谨慎地灌输给基督教徒，与其说他是文学家，倒不如说他是传教士。公元4世纪的阿塔内西(Athanasias)和巴锡耳(Basil)也类似于他。基督教文学一直发展到古希腊政治衰亡时为止，始终没有成熟和繁荣。但我们应该记住，基督教文学在长达一千年的时间里，虽然没有垄断文坛，但确实也曾经起过支配作用。而14世纪的文艺复兴运动——一次希腊文明的复兴运动——确是文学史上客观存在的“文学”事实。在希腊文明繁盛的1000年时间里，希腊一直是世界的智慧中心，而在差不多被遗忘了1000年后，希腊再次成为世界的智慧中心。今天我们并没有必要学习希腊语，通过后代的文学作品，我们完全可以了解希腊文明的精华。

第10章

罗马的历史和历史学家

我来了，我看见了，我征服了。（朱利亚·恺撒）

记载历史事件的人并不一定是历史事件的亲历者，可能他们并不谙熟用兵之道，也可能他们在生活中生性羞怯，木讷寡言。但文学就如同生活一样，没有一成不变的模式和规律。二者兼备的双重天才在历史上也不乏其人。拿破仑和恺撒就是两个最好的例子。恺撒一方面导演了历史，另一方面又忠实地记载了历史。他的有关高卢战争和国内战争的评论简洁明晰，真实地反映了罗马的历史生活。《高卢战记》内容详实，脉络分明，结构严谨，是学习拉丁语最恰当的启蒙教材。相对于其他拉丁文书籍，它可能更易于为人们所接受。但是许多年轻的读者往往对这本书极其厌恶。这一点类似于我们读英文名著。在我们没有系统地整理、认识和理解这些英文名著之前，我们经常会产生厌恶情绪。而阅历丰富的读者完全可以从恺撒的原著或文才并茂的译文中领略到它独特的魅力。可以这么说，我们对古罗马北方诸州的知识，一半得益于《高卢战记》。而《内战记》则是我们了解当时罗马国内内幕绝无仅有的资料。

恺撒著述的目的无非是为自己辩护，以便赢得民众的拥戴。像众多注重节制的历史家、政治家一样，他的作品少有空谈和夸饰，也不会因个人原因而歪曲事实。不仅在罗马，就连德国、俄国也曾经用恺撒这个名字来专门尊称皇帝。由此可见他的影响和伟大了。

恺撒的命运可以说比拿破仑的命运更富戏剧色彩，并且最具讽刺意味。以卡西乌斯为代表的自由主义者或者爱国主义者，早期敬慕恺撒，最后又是这帮人杀害了恺撒。英文读者从几百年盛传不朽的莎士比亚戏剧中，可以充分了解恺撒的悲剧命运和伟大人格。恺撒的生平事迹吸引了后世无数的历史学家去探究，这些历史学家的著作又令无数读者流连难舍。在众多有关恺撒的著述中，最有价值的当推德国西奥多·莫姆森的《罗马史》，意大利葛利尔摩·费雷罗的《罗马的兴盛与衰落》。这两本书都有英译本可读。恺撒的著作显然是他个人发展的记录。它们是一系列比他自身更伟大的冒险事业的记录。近代类似的例子是格兰特将军的《言行录》。今天要想把参加了1914～1918年世界大战的那些将军、元帅、外交官们的自传和回忆录、辩解书之类的东西统统收集起来已经是不可能的事了。

恺撒，劳托洛作。作为罗马帝国的真正缔造者，在他身后，最高统治者有了全新的称号“皇帝”(Kaiser)、“沙皇”(Tsar)，二者都来源于他的名字“Caesar”。

萨拉斯特(Sallust)和恺撒生活在同一时代，他既是恺撒的拥护者，又是第一个公正客观的历史学家。他原本是政治家出身，因担任罗马在非洲的领土奴米底亚洲的长官而家资殷实。公元前40年恺撒遇刺后，他退隐于自

恺撒遇刺(局部)。恺撒后期实行独裁统治，引起了元老院部分贵族的强烈不满，后来被曾经崇拜过他的布鲁图和卡西乌斯暗杀，他们认为这是为捍卫即将消失的自由。

己的豪华住所，过着学者兼绅士的生活。他治史严谨，雇有专业人员研究、核实历史资料，是一位严肃的历史学家。同时他还是个兼有文学、戏剧才能的艺术家。其代表作《卡提莱因的谋反故事》(*the story of the conspiracy of Catiline*)。这本书流传至今，影响颇大。虽然恺撒和萨拉斯特的著作只不过是罗马历史长河中的一小段插曲，而罗马的历史也不过是人类历史长河中一小段插曲而已，但是有一点我们仍应该肯定：恺撒的著作生动地再现了罗马帝国的北方画卷，而萨拉斯特的作品则反映了罗马帝国在地中海之南的历史缩影。

恺撒、西塞罗、萨拉斯特之后，历史进入了公元后。此时的罗马帝国处于显赫一时的皇帝奥古斯都的统治之下。文学史上把这一时期称为奥古斯都时代，这就像英国把诞生莎士比亚那一历史时期称为伊丽莎白时代一样。一流的历史学家、拉丁语散文集大成者李维就诞生于奥古斯都时代。他计划以浩繁的史卷记载罗马迁都以来到他那个时代的历史，书名大致定为《都城创建以来的历史》。遗憾的是直到李维去世，尚有四分之一的工作没有完成。但这已经足以使他跻身于最伟大的编年史历史学家之列，事实上他备受历史学家的推崇。他写的有关罗马的抒情散文诗，丝毫不逊于维吉尔的韵文叙事诗。这种诗的体制较之维吉尔的作品甚至可以说更丰富多彩。公元前的罗马史可能是由李维编写，或者是他在前辈历史学家研究的基础上再编写而成。这些东西没有超脱一个历史学家对其时代的悲观印象。李维的爱国热忱主要表现为追忆罗马光荣的过去。这有点类似于文艺复兴、美国宪法之后，人类绝少辉煌的进步，从而令近代的学者们对时代只有悲观失望。当然，这并不是一种自我批评的态度，它实际上有助于雄辩和戏剧趣味的产生。一个不以自己民族历史为荣的历史学家绝不是真正的历史学家。李维博览群书，勤奋好学，前代历史学家的哪怕是微不足道的长处，他也要拿来借鉴并使他们相形见绌。李维成了后世历史学家学习的典范。他的著作文通字顺，适于阅读和欣赏，既适合于学有所长的研究者，又适合于一般的历史爱好者。

公元1世纪下半期到2世纪初，罗马历史上出现了第三大史学家塔西佗。他的《日耳曼尼亚志》为我们提供了两千年前条顿民族最早的习俗风貌。和恺撒一样，塔西佗尊重那些在罗马人眼中尚未开化的民族。这正是罗马精神的体现，也就是说，即便是其在文明尚未开化的地区掠夺其他落后民族的时候，也要给予他们充分的理解和认可。罗马之所以能长期统治其他的民族，原因恐怕就在于此。针对当时罗马奢靡淫逸的社会风气，塔西佗极度推崇日耳曼民族的正直和朴素，企图以此来彰显一种良好的道德风范，矫正不良的社会风气。这一点在他替其义父、罗马的不列颠知事所写的传记中表现特别明显。相信英文读者对此会深有体会。

从遗留下来的片断资料看，塔西佗的历史著作着重记载罗马帝国初期皇帝们的品行，特别是那些皇帝的罪恶行径。今天我们对这一段历史的了解，不能不归功于塔西佗。他擅长刻画历史人物的独特性格，语言简洁流畅，在文学上取得了极高的造诣。从某种程度上说，他是一名当之无愧的道德卫士。在他的书中，毫不遮掩地揭露了皇帝们的种种罪恶行径。此外，像当时其他的罗马贵族一样，他也坚信罗马帝国及罗马人本质的优秀。他说："我坚信，历史就是不让那些永放光芒的伟绩湮没。"贯穿塔西佗全部精神的是道德、爱国和艺术思想。这种精神一直影响着后世的历史学家和一切公正客观的研究者，正是塔西佗为他们树立了实事求是地创作和批评的典范。

近代人读到的罗马历史早已不是罗马历史学家们"原汁原味"的创作，而是近代和现代的历史学家们在仔细研究罗马的历史资料之后，从中提取素材，然后再以个人的语言、个人的风格加工而成的作品。爱德华·吉本是英国罗马历史学家，他对英国文学的贡献就是《罗马帝国衰亡史》。在他的著作发表之后，1775至1800年间人们又陆续发现了许多有关罗马历史的资料。后来的历史学家根据新发掘的历史资料，对他的著作进行了部分修改。就吉本所处的时代而言，他已经掌握了所有有关罗马的一切资料，并将自己掌握的第一手材料尽可能详尽地编写出来，因此近代的批评家们盛赞他为"曾经记载罗马历史的最大的历史学家"。吉本接受启蒙教育时兼学英语、法语，这有助于他更准确地领会罗马精神。近代的研究者们也不过如此。他初期的作品都是用法语写成。从他后期的英文作品中，人们仍然可以看到法文的影子。简言之，他属于英文运用最娴熟、最优秀的散文家之一。

吉本不相信宗教，是个潜心于文学的学者。但他的视野并不局限于英国。在他的眼中，牛津大学并没有任何神圣之处。他的异教徒思想在殉道者中间激起了巨大的非议。他对历史的偏见和著作的偏颇之处，伟大的历史学家、剑桥大学教授柏里在其所编的《衰亡》的注释和序言中，已经进行了矫正。吉本笔下的罗马史起于公元2世纪，最详尽的罗马史，还是美国学者坦尼·弗兰克教授的《罗马》。

第11章

罗马叙事诗

啊，热情的曼都安的精神啊，他的声名还在世界上留存，
而且将长久地留存。（但丁）

无论过去还是现在，维吉尔都是罗马最杰出的文学家。除了19世纪初颇受诟病嘲讽之外，所有诗人、文学家、批评家一致公认他是拉丁文学家中最伟大的诗人，是世界上少数几个最伟大的诗人之一。当时，在戏剧上，罗马人没能超过希腊人；而出于精致完美的艺术追求和爱国热忱，罗马文学家的夙愿便是创造同希腊文学相媲美的罗马文化。维吉尔实现了历代罗马前辈诗人的梦想，创造了一个堪与希腊相媲美的诗歌顶峰。正惟如此，如果说亚里士多德是哲学家的哲学家，那么维吉尔便无愧于欧洲几个世纪以来“诗人的诗人”。不可否认，拉丁文化曾一度逊色于希腊文化，并曾学习过希腊文化，但是，中世纪欧洲文化属于拉丁时代，而希腊时代已成过往烟云，属于昔日辉煌。在基督教世界里，他被称为圣人、预言家和魔术师，充满了传奇色彩，令人惊叹。而在13世纪，但丁更是尊奉维吉尔为鼻祖和导师。歪曲诋毁，都不能玷污他的伟大声名。

早于维吉尔一个世纪，诗人英尼尔（Ennius）创作了具有民族特色的长篇叙事诗《编年史》。从流传下来的残篇看，它的诗风浑厚深沉，有戏剧力度。但是诗歌民族风味不浓，特别是民族语言运用不纯熟，尚欠火候。英尼尔诗中的押韵方式为希腊六脚韵，而六脚韵到维吉尔手中，才日臻成熟。对此，丁尼生盛赞为“人能说出的最壮丽的句子”。

维吉尔，劳托洛作。

短诗在维吉尔的早期作品中占主要部分，他模仿希腊忒奥克里托斯风格作的《牧歌》一诗，取材于田园生活和神话传说的田园诗，诗风素朴，洋溢着对自然的热爱，饱含诗人对故土——北意大利——的深深眷恋。单《短诗》就足以奠定他在意大利历史上伟大的民族诗人之地位。维吉尔以其他人无法做到的细腻、敏锐，传神地刻画了意大利的旖旎风光、如画景致。虽然诗人笔下的人物，诸如牧人、神，过于矫饰，流于雷同，但是因为诗人倾注了广博的爱心和无人可比的怜悯心，而不失可爱、生动、形象，富有生命力。这也弥补了处于早期阶段韵文诗形式的不足。早期作品的质朴稚拙并不会掩盖诗人的天才光华。维吉尔《短诗》之一，记述了一个以救世为己任的儿童的降生——正好被基督教解释为基督的预言，手法是荒诞了些，但是在文学史上价值却很高。而维吉尔本人，因为迎合了基督教精神，而备受基督徒尊崇。难得的是，在无数珍贵文学作品被毁的文化浩劫中，维吉尔虽不能幸免，略有损害，但是部分声望犹存。

《短诗》美则美矣，但和《农事诗》比较起来，只能算作练笔。《农事诗》是淳朴“田园之歌，农牧之歌，森林之歌”等自然诗中的精品。不可否认，被命运之神眷顾的维吉尔之所以创作自然诗，在客观上诚然是受他的庇护者梅塞纳斯“回归大地”（back-to-the-land）思想的鼓励。但是最主要的原因是诗人能得心应手地处理自然题材，从容悠游于其中，比创作《伊尼亚》更显得游刃有余。两千年后的今天，他笔下的场景读来依然那么清新活泼，他笔下的夜莺啼声婉转清丽，一如济慈诗中夜莺的轻啼。

《伊尼亚》讲述了主人公伊尼亚忠诚勇敢，缔造了罗马城的故事，在某种程度上，它属于爱国诗。维吉尔的诗歌取材于一个早期在诗人们著作中流传着的这样的传说，即推罗国没落贵族漂泊到罗马，创建了罗马城。主人公伊尼亚从推罗国到拉丁漠园的历程，充满了冒险艰辛，扣人心弦，不亚于奥德赛。全诗贯穿着“武器与人”的竞争，而在竞争背后，照例涉及神的组织社会以及受神秘莫测的命运操纵之下的罗马城的命运。在诗仅仅是一种欣赏艺术的今天，我们已经很难想像当时罗马人对《伊尼亚》的赞誉和礼待了。《伊尼亚》讴歌了罗马国家一切美的事物。爱国主义的主题，娴熟的拉丁语言运用，使《伊尼亚》在拉丁文学史上的独占鳌头。维吉尔生前并没意识到自己的伟大，他的诗都是在他死后发表的。据说，他对自己的诗作从来没满意过（精益求精的艺术家大抵都如此吧），甚至多次想一毁了之。若不是他的朋友奥古斯都皇帝的命令，维吉尔可能早就将自己的作品付之一炬了。维

表现维吉尔诗意的收获葡萄的场面

吉尔诗的最后一段总以讴歌主人公皇帝为主题，这也是奥古斯都要保护他的诗作的一个特殊原因吧。或许，如果他没死，他的威望将仅次于皇帝。事实上，人们给予他的盛誉，无人可及，他的坟墓被基督教奉为圣地。

不懂拉丁文的人们，可以通过清楚明白的译本来欣赏维吉尔。比如，约翰·柯灵采用散文译过来的《伊尼亚》完全可以使人们像罗马人或专家那样流畅地欣赏其中内容。金无足赤。围绕罗马城的战争是《伊尼亚》必不可少的情节。诗人必须要描写战争。但是，维吉尔本性温和沉静，心灵柔婉，善于思辨，故腥风血雨的战争场面并不是他擅长驾驭的题材。迥异于荷马擅长、喜欢描写激烈的战斗。因此，《伊尼亚》惟一的缺陷就是对战争场面的描写——伟大中的失败！比较他与荷马孰犹孰劣是极其愚蠢的，因为绝无仅有、举世无双的东西是无从比较的——正如维吉尔在其附加的“诗序”中指出的那样，他的主旨就在于反映罗马和创建罗马的勇敢、艰辛和牺牲。

在记载着古罗马辉煌业绩的诗行中也夹杂着诗人淡淡的“悲哀”。令人生厌的“浪漫”一词，便是从“罗马”这一词中衍生出来的。当时的罗马人——除了即将提到的特洛尼阿·阿比特（Petronius Arbiter）的作品外——尚未创作过类似小说的作品。他们从戏剧和诗中的爱情故事中获得对浪漫情调的认识。维吉尔是一个罗曼蒂克的作家。他拓展了文学中的浪漫气氛，在伊尼亚的英雄业绩中，加入了女子狄多的爱情。这只是主人公伊尼亚人生历程中的一个插曲，并且狄多的爱情以悲剧而告终，但是，正因为有了这一插曲，使原来纯粹刚性的作品富有了人情味。并且因其人情味对后来小说、神话叙事诗等文学创作具有巨大的指导作用。

拉丁语对后来欧洲文学语言发展的基石作用，加上他的天才创作，这一切使维吉尔风靡了整个英伦（即使在拉丁语已经过时的时代）。人们痴迷他的诗，竞相翻译他的作品。威廉·莫里斯尝试着长行翻译了维吉尔的诗。虽然比不上查普曼译的《荷马》那么精美，但是基本上反映了原诗的精神风貌。阿诺德在《论维吉尔的翻译》中，像他写过论荷马的文章那样，对莫里斯以及一切翻译维吉尔的人进行了无情的批评。我认为，在《伊尼亚》的散文译本中，柯林顿、J.W. 麦克尔为个中翘楚。麦克尔如精通母语般精通拉丁语，译文典雅富丽。柯林顿的序论婉转流畅，超过先代维吉尔诗作的翻译，开两种不同语言契合的先河。

诗人也是人。如果我们承认诗人的创作受冥冥之中灵感的支配，那么评论伊尼亚的话语同样适合维吉尔自己：“他是神的后裔。”

第12章

罗马的戏剧、哲学和抒情诗

死这东西有什么可怕的呢？（卢克莱修）

罗马的所有文学基本上都继承了希腊文学的传统，这在戏剧方面表现得尤为突出。几乎半数以上的罗马戏剧都是从希腊戏剧承袭而来的，有些戏剧与希腊戏剧的场面、人名甚至完全一样。这与纽约和法国戏剧之间的关系极其相似：纽约戏剧除了加入一些美国式的幽默和地方特色之外，其语言、布景基本上都沿袭了法国的戏剧风格。不论是平庸的还是造诣极高的戏剧家，往往都是非常出色的模仿者。如果说莫里哀、莎士比亚时期的戏剧家们还只是吸收前人戏剧中的精华而已，那么到了近代，世界各国的戏剧家们已经开始毫无掩饰、赤裸裸地抄袭甚至是互相抄袭——不管他们承认与否，这确实是一个不争的事实。希腊、罗马剧作家的喜剧诙谐幽默、风趣生动，深受当时各国观众的喜爱，因此，对这些具有独特风格的作品进行冷嘲热讽的批评是不合适的。普劳图斯(Plautus)、泰伦斯(Ter-ence)是罗马戏剧史上最杰出的两位喜剧家，窃以为，当今读者甚至通晓古典文学的学者都很难完全领会他们的喜剧内涵。普劳图斯出生于公元前2世纪，他所流传下来的作品仅仅是一些不完整的剧本。他关于文学最重要的观点是：文学是一脉相承的，文学创作者——不论普通人还是天才——的思想会一代代地流传下去。普劳图斯在戏剧史上占有非常重要的地位，他流传至今的戏剧有20篇左右。普劳图斯的喜剧汲取了希腊戏剧特别是米南德戏剧的精华，虽然米南德戏剧至今基本上已经全部失传，但人们可以通过普劳图斯的作品来回顾米南德戏剧的独特风格。普劳图斯的戏剧结构为法国、意大利、英国等世界各国戏剧家所借鉴学习，莎士比亚正是以其艺术价值最高的《孪生兄弟》为蓝本创作出了《错误的喜剧》。

泰伦斯继普劳图斯之后把戏剧的模仿艺术发展到了最高境界，他所创作的戏剧甚至具有比希腊戏剧更高的艺术价值。泰伦斯的戏剧《自责者》中的台词“我是人，人世间的一切都与我有缘”成了流传千古、妇孺皆知的名言。

罗马戏剧在模仿希腊戏剧的同时还汲取了希腊其他文学的优点，并取得了一定程度的突破和创新，但令人不解的是，罗马戏剧的文学成就并不高，至今人们都难以知晓其中的原因（从某种意义上来说，文学自身的不解之谜恰恰是文学研究的价值之所在）。对于罗马戏剧不景气的原因，我们也许可以作出以下推断：罗马人过于热衷格斗和其他观赏性的趣味活动，因而忽视了本应该受到大众喜爱的戏剧。如果一个优秀的剧作家创作出平庸乏味的作品，人们也许并不会觉得奇怪，但近代诗人对令人厌倦的塞涅加式悲剧作品情有独钟实在是让人难以理解。莎士比亚时代公认最为博学多识的学者琼森对塞涅加作出了非常高的赞誉，他在为莎士比亚早期的戏剧集作序时指出，塞涅加完全可以与欧里庇得斯、埃斯库罗斯相媲美。如果对塞涅加的悲剧作品进行客观公正的判断的话，我们可以这么说，琼森的评论只不过是一句戏言而已。莎士比亚也曾经对塞涅加进行了评论，只是他的态度并不认真，他借助于《哈姆雷特》中性情古怪、遭遇悲惨的罗尼阿斯之口说：“正如普劳图斯的历史地位不可能太低一样，塞涅加的历史地位也不可能太高。”

塞涅加，后期斯多葛派哲学家、政治家，罗马皇帝尼禄的老师。公元54年～公元62年间，参与了罗马帝国的管理。

塞涅加虽然在剧作方面成就平平，但他在哲学方面却作出了伟大的贡献，他是斯多葛哲学的杰出代表，并且是勇敢哲学的奠基人。他起初为性情暴戾、喜怒无常的尼禄皇帝做家庭教师，后来擢升到了显赫的职位，但最终被尼禄赐死。

罗马人在希腊哲学思想的影响下极富哲学思辨，这一特点在卢克莱修（Lucr-etius）的拉丁文诗歌中得到了充分地体现。卢克莱修的诗作之一《物性论》优美典雅，不仅探求了人类的生命本原，而且还预言了人类的未来。早期的希腊哲学是以韵文诗的形式写作的，可后来人们逐渐认识到，散文体裁更适合自由地阐释和表述哲学思想。卢克莱修是罗马历代以诗体形式表述哲学最成功、为数不多的诗人之一，其诗作谐于韵律，意象明晰，完全合乎诗歌所独有的特点与价值。最令人惊奇的是，他虽然生活在近代科学尚未萌芽的古代，但却预言了近代的原子理论和鸿蒙开启以来的人类进化理论。流传至今的卢克莱修诗作是弥足珍贵的人类文化遗产，完全可以与伟大诗人维吉尔最为辉煌的拉丁诗篇相媲美。美国诗人、学者威廉·埃勒里·伦纳德出色的翻译再现了卢克莱修诗作的原貌，使今天的读者得以重温其诗作的瑰丽风采。卢克莱修的哲学继承了伊壁鸠鲁的哲学风格，他把自己的观察想像与其哲学思维有机地融合在一起，从而创作出简洁明快的哲学作品，对于经常翻看晦涩难懂的古代哲学著作的读者来说，诵读他的作品简直就是一种美妙的享受。近代哲学家乔治·桑塔耶那所写的《三个哲学诗人》一书，是我们进一步了解卢克莱修乃至希腊、罗马哲学精华的最佳作品。

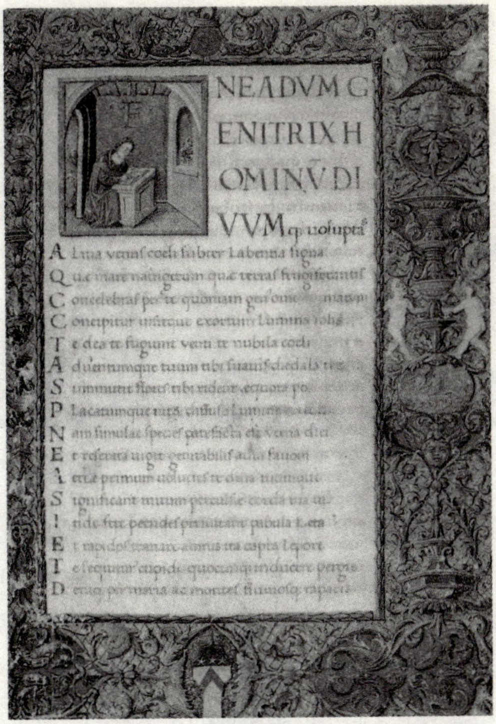

卢克莱修，伊壁鸠鲁派诗人，图为《物性论》第一章第一页，页中左上角为卢克莱修在写作。

卡图鲁斯是与卢克莱修同时代的杰出青年诗人，他30岁早夭，他当时的地位类似于后世的雪莱、济慈在同时代人心中的地位。卡图鲁斯所关心的只是诸如友谊、爱情、厌恶、怜悯等限于个人狭小情感范围之内的事情，对“万物本性”之类的哲学则毫无兴致。他在其诗作中记述了对郝列斯亚加的倾心爱慕以及失恋之后的失意与诅咒，这些都成了文学史上永不磨灭的辉煌诗篇。卡图鲁斯的诗歌优美典雅，以极为完美的艺术手法表达了他汹涌澎湃、热情奔放的真挚情感。

通过诵读伊丽莎白时代诗人如锡德尼、莎士比亚的短诗，或者后代诗人彭斯、雪莱雄壮豪放的抒情诗，我们可以领略到卡图鲁斯诗歌的风格。后世的读者，不论古罗马人还是近现代人，只要是拉丁文读者，他就能够领略卡图鲁斯优美典雅、秀丽清新、飘逸自然的诗风和浑然天成的艺术才华。假设我们可以征询诗人丁尼生和斯温伯恩的意见，让其推选最伟大的拉丁诗人，他们也许会告诉你是维吉尔，但很难说他们心里是怎么想的，或许会首选卡图鲁斯。

罗马圆形剧场遗迹

贺拉斯是继卡图鲁斯之后罗马文化繁荣昌盛时期的诗人，与其他拉丁诗人相比，他影响最大、译作最广、读者最多。贺拉斯睿智稳重、不善言谈、严肃冷静，但却有一颗赤诚火热的心灵，这使他与激情万丈、豪迈奔放的卡图鲁斯无论在生活中还是在文学上都表现出截然不同的气质与特点。贺拉斯的世界观合于自然规律，其诗作语句精美、韵律和谐、对仗工整、情文并茂，深受世人的仰慕与喜爱。18世纪的英国议员在演讲中特别热衷于引用他的诗句，不苟言笑的政治家格莱斯顿和聪慧超群的诗人尤金·菲尔德都非常喜爱并曾翻译过贺拉斯的诗作。近代一位不知名的诗人曾经翻译了贺拉斯颂扬庇护神米西那斯的一首诗作，从中我们可以感受他的艺术魅力。

我已经走到了今日，
多么轻松自在的陈述！
不管未来是阴雨连绵还是艳阳高照，
逝去的时光将永远珍藏在记忆中。
让命运之神挥舞他的利斧，
尽情地涂炭生灵吧，
逝去的时光将永远珍藏在记忆中。

贺拉斯在清闲之时最喜好的事情就是与挚友开怀畅饮。他的内心世界充斥着惆怅、踌躇和自责，但作为诗人，他的情感是率真和诚挚的。借助奇妙壮丽的想像，他能够用活泼明快、韵律优美的诗句随心所欲地描述生活中的一切，英文读者可以通过弥尔顿精心译作的《颂歌集》(*To Pyrrha*) 来欣赏贺拉斯抒情诗典雅清新的风韵。贺拉斯在理论与实践上都堪称是诗坛巨匠，其理论名著《诗艺》言简意赅、说理透彻，在近代世界文学史上占有不可取代的地位并产生了极其深远的影响。意大利诗人维达和法国诗人兼批评家布瓦洛都以《诗艺》为蓝本进行理论创作，而英国诗人特别是蒲柏则直接学习和临摹布瓦洛的诗歌理论。19世纪，在欧洲盛行一时的浪漫主义运动（虽然并不成熟，但它的影响范围非常广大）对蒲柏宏伟的《批评论》发起了强烈的攻势，使其丧失了一切赞誉和好评，甚至波及到了影响世界文坛将近两千年的贺拉斯。可是，无论诗歌理论怎样发展，也不管人们的审美情趣如何变化，贺拉斯倾心投入于艺术的境界都是后代诗人难以企及的。贺拉斯具有深邃的洞察力、卓然超群的智慧和登峰造极的语言能力，其诗作意境高远、诙谐幽默。与其炉火纯青的艺术造诣相比，现实生活中的他也同样伟大，他的诗风正是他人格的真实反映。罗马诗歌并没有随着贺拉斯的去世而衰亡，其繁荣景象一直延续了几个世纪，但之后再也没有任何诗人能够超越贺拉斯。

在贺拉斯稍后的公元前后出现了一批哀歌派诗人，他们与贺拉斯基本上处在同一时代。哀歌派诗人在诗界产生了较大的影响，这一点我们曾经在希腊文学部分简要地提及过。“哀歌”只是针对诗歌称谓而言的，其内容并不一定哀婉悲伤。诗体是诗歌创作的核心部分，可是本书并不讨论题材和艺术技巧这两个范畴，此外，在哀歌诗中也曾经对二者作了较多的论述，因此在这里只以柯尔律治哀歌中的诗句为例来作一个简单的诠释：

在六步句中，泉水如银柱般涌出；
在五步句中，阶音永久地落下。

有些诗歌以悼念挚友、歌颂旧人和述说悲欢离合等内容为主题（如丁尼生的作品《怀念》中“哀歌”的意思是“悲哀之歌”），“哀歌”诗也许正是由此而得名。就哀歌诗的形式而言，哀歌诗人应当把死亡作为诗歌表现的主题，但事实并非如此。最先尝试把希腊文学形式转变为罗马文学形式的诗人伽鲁斯，就没有把死亡作为诗歌的主题，恰恰相反，他的诗歌主题是爱。他的诗歌在当时产生了极大的影响，深受人们喜爱，很多人为此纷纷加入哀歌创作的行列，形成了极其庞大的队伍，最为出色的三大哀歌诗人普洛佩提乌斯、提布鲁斯和奥维德就位列其中。

普洛佩提乌斯熟练掌握了希腊诗歌的写作技巧，20岁时就已经形成了自己的独特风格，可谓是大器早成（几年后去世）。普洛佩提乌斯的诗歌主要以爱情为主题，他所刻画的女神辛西娅（Cynthia，青年的庇佑女神）是世界文学宝库中永葆青春的女性形象。正如麦克凯（Mackail）所说的那样，普洛佩提乌斯是19世纪浪漫主义诗人的先驱。普洛佩提乌斯的诗歌迷惘、忧伤和凄美，而诗人格雷正是模仿和继承了普洛佩提乌斯的诗风，从事英语文学研究的学者一定对他的诗歌会产生浓厚的兴趣。

普洛佩提乌斯激情四射，洋溢着青春的活力，但由于他性情暴躁刚烈，与那些生活习惯日益希腊化的罗马人格格不入，因而招致了他们的非议和不满。我们在这方面所掌握的资料有限，因此就不便作太多的评介。就形式的优美程度和内容的意旨深度而言，提布鲁斯远远不及普洛佩提乌斯，但他的诗歌文采华丽、韵律优美，深受性情刻板的罗马人的欢迎与喜爱，毕竟，思想与意旨的深度只是抒情诗的一个方面而已。提布鲁斯沉醉于爱情诗的写作之中，他常常一往情深地为其诗歌中多愁善感的女主人公抹眼泪，他甚至把无情的迪莉娅都描绘成了纯洁多情的恋人。人们有一个共识，那就是，在欣赏爱情诗的时候总能够与诗人产生共鸣。提布鲁斯在现实生活中也许真正接触和经历过许多女子的悲剧或喜剧故事，但他并不是在歌颂西莉娅、辛西娅、迪莉娅或者珍妮这些女主人公本人，而是通过她们来赞美热烈纯真的爱情。正如莎士比亚短诗中的女主人公黑妇人一样，提布鲁斯诗歌中这些女子或许也是现实生活中真实存在的形象，不过，诗人心目中真正的玛丽、梅布尔或黑妇人只存在于诗人丰富的想像中。

奥维德对同时代的诗人曾经做过如下评价："第一位当属迦鲁斯（Gallus），第二位是提布鲁斯，第三位是普洛佩提乌斯，然后才轮到我，我只是排在第四位而已。"事实上，在近代，奥维德是三大哀歌诗人之中最负盛名的诗人。

奥维德（公元前43年～公元18年），古罗马拉丁语诗人，出身于骑士阶层家庭。《美狄亚》是他的第一部成功的悲剧；代表作《变形记》以其对心理状态的惊人洞察力和象征手法，成为自古以来最有影响力的杰作之一；但极富个人色彩的作品《爱经》为他带来了无尽的麻烦。

奥维德出身名门望族，地位显赫，经常出入宫廷，后来不知什么缘故得罪了皇帝——大概是他的诗歌《爱经》招致了皇帝的震怒——而被逐出罗马。至于奥维德对当时风气日益污浊的社会是否产生了强烈的震撼，我们并没有确凿的资料来加以证明。奥维德的诗歌风趣幽默、优美典雅，也许不适于作为教材使用，但却能够带给读者美轮美奂的意境和感觉。《爱经》的言辞虽然晦涩，但流露出的情感却是真挚诚恳的。应该指出的是，奥维德所描述的爱情故事缺乏浪漫情调，这似乎并不符合那些追求纯真圣洁情感的读者的审美要求，但由于其诗歌形式轻快活泼、情感真挚激扬、想像琦丽多彩，所以他还是备受后代诗人的青睐。奥维德在其作品《变形记》中大量引用希腊、罗马中的神话传说，并融合了自己丰富的想像——其想像之雄奇壮美简直达到了登峰造极的境界。从文艺复兴时期的意大利诗人、莎士比亚与其同时代者一直到17、18世纪的英国诗人，甚至包括近代诗人，无一例外地把奥维德诗歌中的神话传说作为其写作素材。倘若奥维德生前能够得知后人竟然赋予他如此至高无上的荣誉，那么即使在悲凉凄苦的流放地也能够得到些许的慰藉。奥维德的诗风质朴无华，尽管从事拉丁语研究的学者在其诗作中很难找到任何石破天惊的诗句，但他确实是天才的故事讲述家。总的来说，奥维德在近代世界文学史上有着不可取代的地位和作用，维吉尔的影响也未必在他之上。马娄、德莱顿以及后代英国诗人对奥维德极其仰慕钟爱，不仅因为他能够以诗的语言和形式将神话传说明白朴素地讲述给人们（以前的诗人也曾经讲述过这些神话传说，早已在大众中广为流传了），还因为他在《爱经》中能够从诗人、学者的角度出发勇敢地直接挑战社会现实，而不像伪道者那样消极地回避统治者的禁忌。

奥维德《爱经》插图，发现于庞贝古城的壁画中。

在奥古斯都时代之后（人类社会已经进入了公元世纪，不再明确指出具体纪年），罗马诗歌经历了繁荣——平淡——衰落的历史过程。文学及其所反映的社会现象和人类生活的发展过程，不像设计师随心所欲地设计图纸那样简单，罗马诗歌与罗马帝国的衰落也不是一个直线下降的过程，而是在此起彼伏中逐渐衰败的。这个过程一直经历了几个世纪，而且，在此期间仍不乏优秀的诗人。

卢肯（Lucan，塞涅加的外甥）是公元1世纪的青年诗人，同时又是雄辩的演说家，其韵文体史诗《法尔萨利亚》（*Pharsalia*）在中世纪广为传诵，他所塑造的主人公康奈勒的光辉形象为他在法国古典文学史上奠定了举足轻重的地位。马娄把卢肯的《法尔萨利亚》第一卷翻译成了英文，正是由于他精美的翻译和

奥维德《变形记》插图

介绍，卢肯在英文读者中产生了重大的影响。叙事诗诗人斯泰提乌斯(Statius)是1世纪影响最大的诗人，很多人认为其诗歌之优美在维吉尔之上。英国诗人蒲柏和格雷对斯泰提乌斯的《德贝特》(*Thebaid*)给予了极高评价，其中思想价值不高而仅仅是词句华丽的诗歌部分居然也被他们译成了英文。

马希尔和朱文纳尔是公元1世纪“黄金时代”的讽刺诗人，他们与前代诗人的诗风迥然不同。罗马诗歌继承发扬了罗马人善于讽刺的风格，贺拉斯就曾写过非常优美的讽刺诗，不过，讽刺远远不是他天才的全部，他的讽刺诗也并不特别的尖锐犀利。马希尔、尤其是朱文纳尔的讽刺对社会具有强烈的鞭挞力量，腐化黑暗的社会成了他们猛烈攻击的对象。诗人们从纷繁复杂的社会生活中汲取丰富的现实素材，但并不是所有的诗人都能够熟练掌握讽刺的艺术技巧。英国讽刺技巧极高的诗人为数不少。伊丽莎白和雅各宾时代的诗人往往能熟练地把讽刺作为批判各种社会现象的有力武器，德莱顿把讽刺打造成锐利的长予，蒲柏则把讽刺铸炼成锋芒毕露的利剑。总的来看，英国诗人的讽刺技巧和水平远远比不上罗马诗人，能够与朱文纳尔相媲美的诗人则更是凤毛麟角。

马希尔的《碑铭体诗集》(*Epigrams*)内容繁杂，形式浅陋，其中也不乏失败的作品，但这并不能掩盖其伟大的价值：其诗作质朴真实，原原本本地反映了诗人的所见所闻，深刻揭露了当时罗马社会生活的丑恶现实。后世的讽刺诗基本上都继承了马希尔的现实主义精神。朱文纳尔的讽刺比马希尔更为尖锐泼辣，在其言辞激越的批判现实主义作品中，他对社会上普遍存在的阴险、欺诈和伪善以及不平等的世袭制度表达了强烈的憎恶和不满，并对之进行了犀利的攻击和批判。他在谈及自己的诗歌创作时声称他是“愤而做诗”。正直的人对他的真实或公认的粗暴是不负什么责任的。朱文纳尔驾驭语言的才能是无人能够超越的，他游刃有余地运用暗喻和比喻的艺术技巧更是他人难以企及的。德莱顿翻译了朱文纳尔《讽刺》中的五篇，其余部分由他的助手进行翻译。约翰逊写了两篇算是忠实于朱文纳尔的仿作，因为，约翰逊虽不是天生的诗人，却是卓越的学者。

罗马诗歌在进入黑暗的中世纪之前就已经开始衰落了，读者可以从罗马诗选中看到它凋谢衰老的容颜。与希腊诗选不同的是，罗马诗选不是由本国诗人所编纂的，从英尼亚起一直到公元一千年间所有诗人的诗作，以及罗马的最新诗集，都是由近代学者收集编纂而成。诗集中最美的一首是维勒母 (Venus the Mother) 的春祭之歌《维纳斯的维吉尔》，作者已不知其名，具体创作年代也只能推测。从《维纳斯的维吉尔》中，今天我们所能知的也仅限于：诗中所写的那种祭祀场面，表现了从希腊借来的罗马人的优美的想像。作者是真正的歌手。我们在此与罗马诗告别。拉丁诗衰亡了，取而代之的是形式活泼自然的散文，它们一直繁荣昌盛了数百年。

第13章

拉丁散文

卑劣的东西绝不是有益的，即使你得到了你自认为有用的东西。（西塞罗）

西塞罗生活在公元前1世纪前半期的罗马，是一位集政治家、历史学家、演说家、批评家、道德哲学家于一身的人物，无论在当时还是后来，他都是一位极具影响力的拉丁语散文家。他一边写散文，一边向人们演讲，极富创见。不仅如此，在以后16世纪拉丁散文的发展中，他更是充当了楷模。在他之后，用拉丁语写的优秀散文基本上都是西塞罗风格的。尽管中世纪的神职人员、哲学家所写的拉丁散文有许多比他的更为典雅，但是他独特的艺术个性以及对民族语言的使用，几乎是无人能够望其项背的。他死于罗马一个残暴的统治者之手，虽然他的舌头被马可·安东尼之妻用发钗戳穿，但他的声音却穿透了几个世纪。

引用与比喻的大量使用，使西塞罗成为前代知识的保存者。例如，当今我们所能见到的优美的英尼阿诗片断，正是由于被他作为“诗的雄浑力量”的范例加以引用才得以保存下来。在伦理观念上，他倾向于斯多葛学派，而哲学思想则属于亚凯台派。严谨的道德观，使得他能够被那些恪守圣杰罗姆、奥古斯丁教诲的基督教著作家接受。直至18世纪后半期，在英国文坛上，其雄辩的文体、典雅的风格，仍然是许多英国文学家学习的榜样。

不管我们意识到没有，实质上我们或多或少都受到了他的影响。也有批评他的观点，认

西塞罗，劳托洛作。罗马演说家、政治家和作家，曾在罗马学习过法律、雄辩术、哲学和文学，后走上政治道路。公元前63年当选为执政官，公元前43年发表著名的“反腓力辞”，后因此获罪被杀。

为他没有独创精神，只会转引别人的东西，充其量只是个擅长剽袭的“匠人”。确实，激起他演说热情的那些政治法律问题，相比于那些去年在国会上引起强烈反响的问题，实在是有点味同嚼蜡。但只要是读过他著名的攻击喀提莱因的演说的读者，不由得也会同他一样对谋反者深恶痛绝。就算西塞罗只擅长遣词造句，他也是一位极其高明的文学巨匠。因为，不论语言浅显还是深刻，文学家谁都不能不擅长于遣词造句！西塞罗是一位伟大的文学家，他的作品轻松活泼、亲切动人、简单流畅。同时他也不是眉毛胡子一把抓地把历史事件毫无选择地写进自己的著作里面。小普林尼吸取了他的创作精神，写出了可传之久远的关于生命与自然的论文。在某种程度上说，18世纪杰出的英国散文家，也是他的正统传人。

在他之后的拉丁语作家虽然仍受到他的巨大影响，但拉丁散文却从此凋零下去了。即便如此，在黯淡的古典时代，却也继续涌现过一些出色的作品。如皇帝尼禄的朋友匹特罗乌斯（Petronius），他的散文《萨迪里康》如一幅幅素描，真实地展现了当时罗马社会生活的各个方面，具有非常重要的意义。今天，《萨迪里康》虽然仅存一些片断，但是它却是拉丁文学中惟一类似小说的作品。《萨迪里康》是当时社会的百科全书，可爱而真实。面对当时污秽猥亵的社会风气，该作品不可避免地沾染了某些生活习气。最近出版的英译本，便引起了一些保守道德家的非议，然而，英国文学、拉丁文学的权威，牛津大学的麦克凯教授却给予了匹特罗乌斯很高的评价，把他提高到与莎士比亚、菲尔丁同等的地位。在此，应该简单地提一下文学欣赏的一个基本原则：一个聪明的读者应该去把握作品真正的内涵，而不要被道德家的观点所左右。至于那些偏激而缺乏判断力的读者，是不会欣赏文学的，更不要说理解与评价作品。作品在他们那里不会得到严肃的阅读与分析，无所谓优劣。

匹特罗乌斯散文同现代反映日常生活的小说非常相似。在他之后一个世纪，阿普勒乌斯（Apuleius）写出了《金驴记》(*Golden Ass*)。该书主要讲述可爱迷人的丘比特和赛姬浪漫的爱情故事。如果用它代替伟大的恺撒、西塞罗以及枯燥无味的尼颇士（Nepos）的作品做教材，恐怕更易于激发人们对拉丁语的喜爱。现在，只有凭借现代的翻译，我们才能了解拉丁语作品的内容。威廉·莫里斯的《地上乐园》里继续出现丘比特和赛姬的故事，而画刊故事《吉柯德先生》、《吉尔·布拉斯》、《十日谈》都取材于《金驴记》。阿普勒乌斯瑰丽的想像与创造，在当时犹如汪洋中一片风景秀丽的岛屿。其时，一些宗教僧侣控制了拉丁语——诚然他们之中也确实存在很有才华的人物，但他们的总体思想以宗教教义、说教、哲学为出发点，而并非艺术。他们中有些人并非文学家，但却在历史、哲学、宗教方面有不可抹杀的地位。恶棍、无赖、理想主义者往往拥有魔术般驾驭语言的天赋，批评家、修辞学家昆体良就是这样的人。他并不能算是一位杰出的艺术家，但是如果从促进拉丁古典文学的发展上来说，他的贡献同西塞罗不相上下。拉丁语的有关文献告诉我们，他的有关演讲术的作品，比罗马人的文学著作还要多。他凭借自己二十年的教学经验编写出了优秀的教材，这一点使他成为古罗马历史上大概惟一取得成功的教师。在那个时候，教师并不像我们今天大学里研究学问的教授那样拥有很高的社会地位。昆体良完全靠着自己的努力，以其事业上的杰出成就来获得了自己的崇高地位。在思想深度上，他虽然不能与亚里士多德相提并论，但也相差不远。关于他不如亚里士多德的原因，存在着大量繁冗琐碎的比较和专断任意的概括，简单地说，这是因为：罗马文化在思想深度上无法和希腊哲学相提并论。昆体良的传统承自学者西塞罗，而这一传统又出现在小普林尼的作品中。小普林尼是罗马皇帝图拉真的宠臣，也是伟大的历史学家塔西佗的朋友和崇拜者。大普林尼——他的伯父，一个著名的博物学家和政治家，为小普林尼提供了非常好的教育机会，只有通过这样的教育，他才能够跻身上流社会。通过自己的学习以及更重要的他的伯父大普林尼的言传身教，小普林尼变得博学多才，但同时也狂傲自负。他的作品迎合了当时社会、政治生活的趣味，在那时有着重要的影响。但如果从其所具有的文学意义上来说，他的作品仍然不能算是一流的。

虽然基督教征服了罗马帝国，但同时基督教也不得不沿用当时罗马帝国的语言——拉丁语。今天，只有天主教在使用拉丁语，但在这之前的许多世纪里，拉丁语作为人类早期智慧的结晶，在众多语言种类中脱颖而出，是一切教育者从业前必须掌握的“第一语言”。

罗马帝国不仅是世界文化中心之一，也是基督教早期盛行的地区，这保证了拉丁语一直被延续使用。在这漫长的一千年里，学院派的哲学著作、有关宗教的著作以及通俗文学作品，都是用拉丁语写成的。在基督教控制下，相比于古典拉丁语的典雅，这一时期的拉丁语著作逊色不少。但即使在西罗马帝国灭亡之后，仍然涌现出了很多杰作。例如，4、5世纪之间圣·奥古斯丁的《忏悔录》、《上帝之城》、圣杰罗姆译的拉丁语《圣经》、13、14世纪之间圣·托马斯·阿奎那的有关宗教、哲学著作，因为思想深邃而被罗马教会奉为哲学的标准之作。文化知识当时并不仅被僧侣和牧师们所掌握，在这些宗教神职人员之外，就连斯宾诺莎这样的哲学家在进行日常的写作时使用的也是拉丁语。

地狱的折磨，《上帝之城》一书的场景之一。该书是中世纪影响最大的著作之一。在奥古斯丁看来，人类堕落以后，就被上帝分为选民和罪人。在这幅图景中，尘世与天堂相互融合，但在耶稣复活之后，只有那些选民才能得到上帝的拯救，罪人们则只能经受地狱永恒之火的煎熬。

在今天，即使一个文学造诣极高的学者，也并不一定就能准确地读懂西塞罗或维吉尔的一句诗。作为文学最早载体的古典希腊语以及古典拉丁语日趋消亡，已经淡出了我们的视界。然而，不管我们是否承认，拉丁语已融入了我们的灵魂：西欧各国语言，如法语、意大利语、西班牙语以及从古拉丁语分化出来的诸国语言、甚至于那被普遍使用、拥有极强生命力的英语也是从拉丁语系演化而来。法语是近代语言中在内涵和形式上保留了最多拉丁语成分的一种语言。英语在形式上和其语系来源相同的日耳曼语极为相似，而日耳曼语本身则更多地融合了拉丁语的成分，总是宣称英语为“盎格鲁－萨克逊语”不免显得有点欲盖弥彰。英语中的日常用语大部分来源于盎格鲁－萨克逊语，而那些反映人际交往、社会文明的高级词汇则主要来源于拉丁语。确实存在着不懂拉丁语却依然能熟练使用英语进行创作的人，但无可否认的是：近代伟大的作家几乎都有过古典文学方面的严格训练，对古典语言以及其词汇有一定的理解和把握。在古代，学校的课堂教学只是一种填鸭式的教育，没有任何实际的效果。那些想像力贫乏的玄学者，确实能一目了然地读懂拉丁诗，但他们没有任何独立思考的能力，更没有巧妙地驾驭语言的技巧。在现今学校教育中，有一些人否定拉丁语教学，认为普通学生根本没有必要对拉丁语有任何了解，这些人根本不懂什么是教育。马可尼认为：真正的学者应该是那些即使把脚搁在荆棘上却仍在读柏拉图著作的人。这不仅是对学者的定义，也是对文学爱好者的定义。读书真正的动机不在于以此为工具来改善自己的处境或者去谋取功利，而仅仅在于愉悦我们自身。不管是否存在着马可尼所说的这种学者，埋头于阅读和翻译古典文学的总是大有人在。我们先不要急于宣称拉丁语为“死语言”，就其对近代语言学研究的重要性而言，就其本身的高贵优雅而言，它是永恒的，罗马依然是“文化的中心”。

第14章

日耳曼、哥特和罗曼司的起源

欧罗巴各国形形色色的语言逐渐取代了古代语的地位，

现在，即使学者也几乎不用拉丁语写作了，

没有什么革命比这样的变革更重要的了。（詹姆士·哈维·鲁宾孙）

古代拉丁语被新演化出的欧洲各民族语言逐渐取代也许是一场空前绝后的革命，以至于学者们几乎都不用拉丁语进行写作了。罗马的语言、文学和宗教统治大部分欧洲的状况一直延续到近代，在某种意义上，这使它成了一座永恒的城市。中世纪，恺撒以日耳曼族为基础重建了神圣罗马帝国，伏尔泰用不准确然而精妙绝伦的语句这样描述它："它既不那么神圣，也跟罗马没有半点关系，而且并不是什么所谓的帝国。只有作为全世界教会力量人格化身的罗马教皇，才能不仅在精神上，而且在实质上拥有统治欧洲各邦国以及各公国的无上权威。至少像教皇格里高利七世这样的伟大人物是无愧于统治欧洲各国的。"

欧洲并没有丧失其承自罗马的传统和风格，尽管它经历了我们通常所谓的"黑暗时代"——漫长的中世纪。从传统历史学的角度而言，所谓中世纪指的是起始于5世纪中叶迄止于15世纪中叶大约一千年的历史进程。文艺复兴时期热衷于古典人文精神的人们，总觉得他们精神上极其接近于古代希腊人和古代罗马人，因而认为在他们和他们向往的"古代"之间，是一段无比黑暗的历史，这样他们便拥有了某种优越感和使命感。事实上，他们的历史观并不是正确的，这植根于他们对刚刚过去的几个世纪的"伟大"误解之上。今

建于1248年的德国科隆大教堂。对哥特式建筑的精当的论述当数德国诗人海涅，他写道：“（哥特式）建筑和诗歌一样，也表现了同样的譬喻说教的倾向。这些哥特式教堂建造得如此飞拔、纤巧、华丽、晶亮，……只要站在外面望一下这些高耸的建筑物，就会真正感受到那个时代的威力，它是如此善于使顽石低头，使之显得几乎充满了灵怪气，甚至使这种最坚硬的材料也表现出基督教的唯灵论。”

天，在人们的常识里，“中世纪”这个词仍然带有明显的蔑视意味，这里面有对欧洲文明发展过程一种深深的误解。

在过去的那一千多年里，的确存在着黑暗的阴影，从这个角度上说，那段历史确实是“中间的”。然而即使在那段“黯淡”的历史里，也仍能看到灿烂而伟大的光芒，也有虽然微弱但却从未熄灭的文明火焰。虽然充斥着蒙昧、迷信、连绵不断的战乱和艰难的生活，但我们在中世纪依然能看见那些战胜了所谓的“黑暗”而留存下来的顽强的生命力、伟大的乐观精神以及对艺术的热忱。另外最重要的是我们应该记住：并不能简单粗暴地把人类思想和人类生活的历史分开，永远存在着灵魂与肉体、善与恶永不停息而又紧紧缠绕在一起的斗争与妥协。5世纪的时候，日耳曼人鄂尔多瓦废黜了最后一位罗马皇帝后成为亚平宁半岛上新的统治者。而在这个时候，人类的智慧和精神并没止步不前或者发生急遽的变异。那么，文艺复兴的第一道曙光是什么时候露出地平线的呢？我们无法推断出准确的时间，因为历史的发展的并不是那么层次分明的。所有重大历史时段之间的过渡与转换都是模糊不清的，并没有一个清晰的界限。4世纪渐渐地消失在5世纪后面，16世纪也渐渐地出现在15世纪面前。我们还应该想到，人类的活动和思想，不论以种族、语言还是以地理为标准来划分，都不能够得出一个严格的界线。在欧洲，没有哪个民族、哪个国家或者哪个地方孤立于其他的民族、国家或者地方而显得尤其与众不同。

本书主要的研究对象——文学，并不能算是中世纪最伟大的艺术成就，建筑以及与其相关的艺术种类才是其艺术成就的天才部分。如果哥特式教堂不能使近代人在它面前感到自身的渺小，那么它的建造者无论如何也没有资格傲视他们中世纪的前辈们。

如果从艺术审美的角度来评判，我们可以说中世纪文学最丰富、最有价值的部分是诗歌：包括叙事诗、抒情诗以及罗曼司（Ro-mance）等等。对历史、哲学和宗教来说，散文理应是最合适的表达文体，然而中世纪学者们却选择韵文来表达他们的思想、来进行学术著作的写作。日耳曼人直到13世纪时也没有意识到散文的创作价值，在英国也差不多只是在乔叟之后才出现了优美的散文。采用口语标准进行书面写作的出现，是一个极其缓慢的过程。如果以种族和语言演化为标准来考察，我们认为中世纪文学大体上应分为如下几部分：日耳曼文学（包括斯堪的纳维亚及英国），哥特文学，法兰西文学，西班牙文学，意大利文学。它们之间并不像有些人说的那样泾渭分明，而是相互借鉴、相互影响的。如果我们要如实说明这些文学之间互相依存和影响的关系，那就需要从比较文学的角度进行深入研究了。在此，我们只需了解这样一个重要的事实：在诸侯割据、战乱频仍的“黑暗”年代，正常的交通极为困难，但思想却在整个欧洲飞速流传。那些引起人们关注的传说最初往往是从一个偏僻的小地方悄然传出，逐渐地为人们所熟知甚至成为创作的主题的。在许多地方，我们已经无法分辨一个传说故事的真实内容与外表形貌、它的原初形式与演化结果。所以，我们只能从整个欧洲文学里选取一部分来进行分析，以便能从整体上看清中世纪文学的轮廓。

罗曼司、叙事诗、传说以及民谣是以上所有文学分类的共同特征，它们大多是讲述发生在骑士们的战争和爱情中的离奇故事。这其中又可以按内容分为以下几类：关于亚历山大大帝的，关于恺撒的，关于查理曼大帝的，关于亚达尔的，或者是关于某个虚构的帝王的故事。这些故事的结构和内容大同小异，大多是得到传说中的神的授命、解救一位落难的小姐或者是保护被欺负的弱者以及惩罚作恶多端的坏人之类，其中有关神的素材大多混合了基督教与异教的成分。在这些故事中，理想化的骑士都是些基督徒，他们为主而战，与东征圣城耶路撒冷的十字军骑士们有着共同的使命。而现实生活中的骑士们虽然一定程度上还遵循着某种“骑士道”，但他们还得遵循社会伦理法则。如果说上述这些内容是现实世界里的骑士们在罗曼司中的影子，那么，其他内容则大都属于离奇的幻想了。“骑士道”的理想在文艺复兴时期得到了实践，谈吐文雅、心地善良而勇敢无畏的法国人贝亚德和英国人菲利普·锡德尼就是实践这种骑士理想的范例。在大多数的罗曼司传奇故事中，冒险者往往做出怪异可笑的举动，塞万提斯在他的大作《堂·吉诃德》中以辛辣却不乏同情的笔调“讽刺”了他们。西班牙的罗曼司虽然受到了

十字军战士像

法国的影响，但其表现方式却完全是西班牙式的，如曾经非常流行的《高卢人阿马狄斯》（*Amadisof Gaul*），就极其悖于常理。即便如此，我们仍然能体会和同情他们的那种坚强而倔强的精神——难道我们不正是为此而读塞万提斯的作品吗？

拉丁文化对古代传说的并不完整的翻译和保存是中世纪罗曼司的来源，在当时，只有少数的牧师和学者才能了解并掌握古典知识，虽然他们的知识也并不全面和无误。在依尼亚、带多及其周围的地方产生了浩如烟海的故事，就连荷马、维吉尔在面对它们时也会变得迷惘和茫然。我们在前面谈到过的写故事的行家、精于爱的艺术的奥维德，因为他所写的缠绵优雅的爱情故事被贵族和淑女们深深喜爱并沉溺于其中，所以他竟被当成通俗著作的权威。亚历山大大帝则被描述为神或封建君主，而这即使是景仰他的希腊人也无法认同。哥特人对中世纪罗曼司文学的发展在两个方面作出了贡献：第一，是产生了用韵文和散文写成的伟大的史诗故事，这也是爱尔兰、苏格兰、威尔士文学的一部分。这些故事虽然对欧洲大陆后来的浪漫主义文学的发展有一定的影响，但在早期文学发展史上并没有多大地位。由于麦克弗森的《奥西安》（*Ossian*）[奥西安：生活在3世纪末的盖尔人，也就是苏格兰高原地带的哥特人，是一位游吟诗人兼勇士。]和格斯特夫人用威尔士语写的《马比诺吉安》（*Mabinogian*）[马比诺吉安：威尔士语Mabinogi的复数，是一个在威尔士流传的神话，对当时的青年人有很大的教导意义。]等著作被近代人翻译成现代语言，以及哥特文化复兴运动领袖们更近时期的一些作品的出现，所以上述那些史诗故事才能被今天的许多英国人所了解。哥特文学包含有大量的诗歌和罗曼司，在好几个世纪里，它们与欧洲文学的其他部分处于隔离状态。

湖中之手高举亚瑟王之剑

“不列颠故事”是哥特人在早期第二个更重要的贡献，这也是许多法国罗曼司故事，尤其是那些与亚瑟王有关的故事群的创作素材。英国（或者称为不列颠岛）海岸的康沃尔和威尔士一带，当时还是哥特人的领土，而法国西北部的布列塔尼正好与英国隔海相望。而在更早的时候，整个海岸都是哥特人的领土。萨克逊人入侵之后，许多原来的不列颠人越海逃亡。他们在语言和生活习惯上受到法国人的影响，逐渐融入了法国，但是却保留了哥特人有文字记载的历史出现以前的传说故事。于是我们就会看到下面两种现象：要么是法国西北部的哥特人后裔将这些故事讲授给法国的作者；要么是留在英国的哥特人将这些故事讲给英国的诺尔曼人作者，而后者又将这些故事传到法国。不论是哪一种情况，就目前已发现的而论，所有与亚瑟王有关的故事，最初都是用法语写成的。历史上是否真的存在过亚瑟王，他是否只是传说中的人物？我们已经不能详考。如果历史上真有其人，那么他就是哥特人的国王，也是英国人的敌人。之所以在传说中把他描绘成威名远扬甚至扫荡了罗马的征服者，是因为这些传说明显地受到了查理曼大帝和亚历山大大帝传说的影响。

以法语讲述的（不管是最初用法语写作的，还是法国人从其他语种翻译过来的）亚瑟王和他的圆桌［亚瑟王身边的术士墨林所造的一张桌子。为了不使他的臣下在座位上有高低尊卑之分，亚瑟王特意让他的臣下围坐在这种桌子旁。］的故事，又越过英吉利海峡回到了英国。用英语写作的亚瑟王故事最早出现在13世纪时莱亚蒙所写的韵文编年史《勃拉特》(*Brut*)中。莱亚蒙根据泽基岛的诺尔曼诗人韦斯所写的一本法语韵文编年史而写成了《勃拉特》，而另一本拉丁文编年史——可视为不列颠人的历史，由蒙姆斯［英格兰西部的一个郡］的杰弗里所写——则是韦斯的这本书的材料来源。从文学的角度来说，即使莱亚蒙在他的著作中掺进了过多的想像成分，那也是无可厚非的。在这些文字中，我们不仅可以看见亚瑟王及其术士墨林，更可以从中窥见李尔王的雏形。

亚瑟王故事的讲法在用法语流传的过程中越来越多，15世纪后期，托马斯·马娄里根据法国的罗曼司故事编纂了《亚瑟王之死》，从此，罗曼司这种文体和各种各样的插语被引进了英语文学。尽管当时也已经有了几篇以英语写的讲述兰斯洛特、兰法尔、加尔文等伟大骑士冒险故事的格律体的罗曼司故事，但大多数的英语读者仍然坚定地认为马娄里的作品是亚瑟王故事最杰出的代表。而且，马娄里的作品也成为许多近代英格兰诗人重写、改写这类题材时的灵感的来源。在这些改写之作中，我们最熟悉、印象也最深刻的是丁尼生的《国王的田园诗》。在《国王的田园诗》里，丁尼生把亚瑟王描绘成一位十分英国化的国王，锦衣玉食、富贵豪华，但其金戈铁马的雄风却荡然无存，毫无古代传说中的那种剽悍、勇猛和神奇。尽管现在的批评界对丁尼生一致贬低，甚至比丁尼生更加中世纪化的斯温伯恩对他也颇多非议，但是，丁尼生的《田园诗》仍然是英国诗歌的杰作，它的许多精美篇章仍在被一代代的英国人阅读。

与亚瑟王有关的故事不计其数，它们的情节或者是互相雷同，或者是来自别的毫无关系的传说，但大体上可以分为两类：第一类，主要包括亚瑟与女王圭尼维尔的婚姻，亚瑟王的不贞，圭尼维尔对兰斯洛特的爱情以及借凶狠的摩德瑞德之手颠覆宫廷，亚瑟之死。第二类，是最富有诗意的圣杯的故事，其最初的蓝本与基督教中的圣杯故事没什么关联。或

《特里斯丹和绮丝》插图

许可以把它们作为一个例证，来向我们展示那些前基督教的传说与基督教故事的融合（圣杯里盛放的是基督的血，是“完好”的象征，只有像基督一样圣洁的骑士才能看它一眼。兰斯洛特的品德是有残缺的，因此他不能看圣杯。）。在各种用英语改写的作品中，最后获得成功的主人公是加尔文、加拉赫和帕西法尔，而帕西法尔在用法语和德语讲述的故事中却是纯洁的骑士，也是后来瓦格纳歌剧中的同名者。

本身完全是独立的另一种和亚瑟王有关的故事，是关于特里斯丹（Tristan）和绮丝(Iseult)的故事。绮丝是爱尔兰公主，而那位派特里斯丹将她带到自己宫中来的则是马可王也就是康沃尔国王，很明显，这样的人物及其背景都是哥特式的。这是中世纪最为流行的罗曼司之一，在欧洲家喻户晓。从约瑟夫·贝蒂埃的《特里斯丹和绮丝》（*Tristan and Iseult*）中，法国人可以体会到作者所描述的精彩故事，而斯温伯恩的《雷欧内斯的特里斯丹》(*Tristan of Lyonesse*)则是用非常优美的英文创作的韵律感很强的作品，这些故事在瓦格纳的歌剧中都被写成最庄重的爱情乐章。

在比较流行的传说中，骑士加尔文——也是主人公——是与兰斯洛特竞争的人。他虽然与亚瑟王有些关联，但自身也成为一些罗曼司的中心人物，在早期的故事中，他甚至比亚瑟王更加重要。《加尔文和绿衣骑士》是英国的浪漫中最好的作品之一，这是一部纯正的哥特人（或威尔士人）的作品，而不像其他故事那样源自法国罗曼司故事。它的笔调比中世纪的松散闲适更加紧凑，故事内容也显得更加清新生动。另外，它还是用来研究早期英文头韵体诗的典型作品。

中世纪英国文学并不是完全靠哥特文学才得以发展，也并不是只有靠法国文学才能获得灵感，在这里我们还得提到另一点——拥有强健的德意志人血统的萨克逊人。这些英国的萨克逊人的想像力不能和哥特人以及邻近的法兰西人相比，因而他们的艺术成就显得有点逊色。学者们所使用的拉丁语和绅士们所使用的法语占据着非常重要的地位，是文学的载体，而其他语言如果要取得一定的地位就必须进行艰苦的斗争。即使是这样，萨克逊人的语言最终仍然取得了一定的成就。英语诗歌由节奏和韵律而来的抑扬顿挫的音乐感以及其中所蕴含的意义，直至今天仍然能发现哥特式的影子，尽管古代韵文的格律已经大大不同于近代英语诗歌。今天，盎格鲁－萨克逊语并不是作为一种独立的语言而是作为与其相近的荷兰语或德语一样的“外语”而存在，它留给我们的文学成就，虽然不算很丰富，却也值得细细品味。

英雄故事《贝奥武甫》(*Beowulf*) 是用盎格鲁－萨克逊语创作的诗歌当中篇幅最长、保存最好的作品，容量远比叙事诗要小，它的素材与散见于各国传说中的骑士冒险传说在情节上大体相同。这个故事大概被编纂于5世纪(亨吉斯特和霍尔萨统率的日耳曼人入侵不列颠时)与11世纪初(这个故事现存的最古老的版本保存在大英博物院，其上附署的日期是公元1000年)。虽然此诗用盎格鲁－萨克逊语写成，但诗中的主人公和故事发生背景却有斯堪的纳维亚和日耳曼的印记，这说明它可能来源于欧洲大陆，并且在被文字记录下来之前的很长的一段时间里，它一直被口头传诵着。诗中一些插话与冰岛的古代传说《强者格莱蒂尔》(*Grettir the Strong*) 中的有些相似(关于冰岛文学我们过一会儿会谈到)。贝奥武甫是一位伟大的勇士，当邻近的国王的宫殿受到一只可怕的怪物攻击时，贝奥武甫挺身而出与怪物格斗，后来他杀死了那只怪物和它的母亲，最后又杀死了龙，但他自己也被龙的毒牙和龙吐出的烈焰所杀死。这里面的完美的神话素材，是欧洲文学中这类题材最古老的标本。虽然这些素材并不能被称为杰作，但它们的内容却充满勇敢和正义。这个故事的现代译本以偏爱古代和中世纪作品的威廉·莫里斯和美国诗人兼学者威廉·E. 伦纳德的最为出色，前者译笔遒劲有力，后者也相当优秀。

《贝奥武甫》中的激战场面

盎格鲁－萨克逊诗歌当中还有其他一些佚名之作，比如Widsith和Deor。虽然这些作品本身的意义并不是很大，但它们能证实当初盎格鲁－萨克逊文学曾经拥有的内容，至少从文学史家的角度来看是这样的。有一篇题为《航海者》的真实而优美的短诗与约翰·曼斯菲尔德的大海诗一样伟大，是这类诗中留存下来的最早文本。

还有两位宗教诗人，凯德蒙(Cadmon)和辛涅武尔夫(Cynewulf)。他们的生卒年月和作品已无法确切考证了。但我们知道凯德蒙的《创世记》和《出埃及记》的韵文翻译是在8世纪完成的，其中《创世记》中的一节被弥尔顿读到。另外还有一个关于凯德蒙的很重要的故事，这个故事不仅与一位高贵的萨克逊人比德有关，而且能反映出那个时代的色彩和特征。因为阿尔弗雷德王翻译了比德的《教会史》，所以将他也圈入了英语文学的范畴。这个故事讲的是：凯德蒙是一所寺院里的仆役，他既不会唱歌，也不会弹琴。当轮到他在祭祀仪式上弹奏竖琴时，不会弹奏竖琴的他只好从仪式上退下来。后来他在梦中见到一位陌生人，命令他歌颂造物主创造万物的伟大时刻，这时，那些他从未曾听到过的诗篇竟然从他嘴里脱口而出。

我们可以知道辛涅武尔夫创作了圣诗集《基督》中的三篇，因为他用“离合体”诗[一种英语“藏头诗”，指各行的头一词连成一句话或几句话。]的形式将自己的署名表达出来。戏剧性和故事性都很强的四圣徒传记可能也是由他创作的。诗歌常常是宗教的婢女，辛涅武尔夫在审美和精神这两方面对宗教诗的发展有着重要的贡献。他认为，来自于吟咏者内心的对上帝真诚的信仰应该最终升华为诗的灵感并进行诗歌创作（这一点并不是所有虔诚的宗教诗人都能体会到的。）。

最初，诗人的工作是将我们的祖先历代相传的吟咏用文字表达出来，从而赋予它们一种文学形式。诗歌早于散文出现，或许是由于诗歌比散文更加适合于表现崇高的主题；或许是由于散文是理性的语言，而诗则是感性的语言，而一般情况下，理性的语言晚于感性的语言。尽管如此，用盎格鲁－萨克逊语创作并留存下来的散文还是十分丰富的，阿尔弗雷德王的作品是其中最令人感兴趣的。在公元9世纪的后期，他施行仁政，不但通过法律，更通过艺术和哲学的精神教化来教导他的国民。他翻译了罗马哲学家波义提乌(Boethius)的作品，这可能对《编年史》一书的写作产生了影响。《编年史》是用盎格鲁－萨克逊语创作的最重要的散文作品，也是我们得以了解8世纪中叶到9世纪中叶之间英国历史的重要文献。此书具有极其重要的历史和文学价值，今天我们已经能看到它的现代英语译本。

作为一种纯粹的语言，盎格鲁－萨克逊语是由于诺尔曼人的征服而走向衰败的，但这也并不是惟一的原因。在一千多年后，中世纪英语才逐渐形成。散文在12～14世纪时还不很发达，诗歌、韵文的罗曼司以及那些多数来自英国本土少数来自哥特和法兰西的诗歌是那个时期主要的文学遗产。有两部脱颖而出的作品值得一读，一部是具有真切、哀婉之美的诗——《珍珠》，内容是咏叹少女之死的；另一部则是篇幅冗长的故事《兑因人哈维罗克》(*Havelock the Dane*)，他可能源自斯堪的纳维亚半岛，我们从其标题可以知道。当意大利文艺复兴时期到来的时候，中世纪英语已经发展成虽有古风余韵但依然可以被认定为和现代英语大体相同，在乔叟的伟大史诗中，英国文学露出了它的绚丽光芒。现在，让我们渡过海峡到英国的伟大邻国——法兰西、西班牙和德国那里去看看吧。

第15章

中世纪的法兰西文学

在这里，可以窥见高贵的骑士道，
礼仪，仁爱，友谊，胆量，爱，怯懦，杀戮，怨恨，以及罪恶。
弃恶从善吧。(马洛里《亚瑟王之死》序)

与它的地理和政治一样，中世纪法国的语言和文学也分为南北两部分。在法国中部偏南的一条从东到西的界线把法国分为南北两部分，北方的部分大于南方。在文学上也是北方的文学占据了优势，而南方却日益衰亡。今天，只有在南方布洛温斯［法国南部古老地区的居民］的诗作中才能看见文学的流风余韵，在他们身上还能看见一种具有爱国主义色彩的献身精神。

腓特烈·米斯特拉尔是近代南方的布洛温斯诗人中最著名的一位，布洛温斯文学在中世纪达到它的鼎盛时期，在12～14世纪时融合了其西边的西班牙文学和东边的意大利文学的成分，从而在灿烂悠久的历史上孕育出了欧洲最绚丽、也最具有吸引力的文明。

游吟诗人这些文明的具体体现者，这个称呼同时含有“发现”和“发明”的意思。法语中的trouver（看出）和英语中的treasure-trove（发现的财富）都和这个词有关。在歌剧中，游吟诗人一般都穿着华丽的衣服、吟唱时用六弦琴伴奏，而实际上，在他们的艺术全盛期，他们都是精通诗歌与音乐的绅士、骑士甚至是一些王公贵族。游吟诗人的等级是相当严格的，只有那些显示出自己具有作曲能力的人才可以申请加入。下层社会的人也可

游吟诗人的黄金年代。图中描绘的是1324年5月，欧洲的游吟诗人齐聚托洛斯的一个美丽开阔的花园中，在那里吟诗比赛。

以获得这一令人羡慕的称号，即使现在看来，这一点还是颇有民主精神的。那些不能拥有游吟诗人称号的贵族们，也会尊崇当时的风气来慷慨地赞助诗歌——在自己的庄园里供养游吟诗人，并热情款待那些来自其他贵族庄园的游吟诗人。

除了游吟诗人，当时还有一种人叫作Joglars（英语中写作juggler），他们不一定是诗人，但大都是一些职业优伶——精通演唱，并能熟练地背诵民谣和罗曼司。游吟诗人们吟唱的都是一些爱情歌谣，有许多被保存下来了，其中有的像民间歌谣一样纯真感人；有的则精雕细琢，极为精致。同时游吟诗人们还创作和保存了许多长篇叙事诗，今天来看，散布于欧洲的许多罗曼司或许也是他们的杰作。布洛温斯游吟诗人的艺术成就主要是建立在封建庄园的基础上，直到今天，还有百位以上的布洛温斯游吟诗人仍然有迹可寻。然而在13世纪之后，南部贵族们在战争中衰败下来，游吟诗人变得无所依靠，人们再也听不到他们的吟唱。在西班牙北部和意大利，他们也逐渐消失了。

上帝似乎一直站在法国北部地区的文学一边，几个世纪以来，这一地区的年轻诗人一直在写抒情诗，这一传统在近一千年的时间里一直支配着欧洲文学的发展。与布洛温斯游吟诗人的作品相对应，北方文学的成就主要体现在treuvére上。相对于南方游吟诗人的创作，treuvére在艺术创作上更为专业化，而不像前者那样带有被贵族们所供养的门客色彩。而且最重要的是，从文学的角度看，北方的诗人们对对话、情节和生活细节的关注超过了音乐。于是我们看到，南方文学在几个世纪之后依然是歌谣的天下，而北方则是以故事情节为主的罗曼司一统江湖。布洛温斯的游吟诗人们虽然也曾吟唱出美妙的故事，但法国的抒情诗也早已成熟并一直被延续下来。

最早的诗是具有一种豪迈遒劲风格的Chansondegeste（纪功诗）——含意是“战功（或冒险）颂歌”，主人公通常是骑士或极为忠诚的人。Chanson虽然是叙事诗，但具有强烈的民族主义爱国色彩。一般情况下，Chanson是取材于法国历史的，但有时也取材于诸如亚历山大大帝一类的伟人以及荷马和维吉尔神话，还有一些则来自不列颠的关于亚瑟王及其骑士的传说。这些卷帙浩繁的Chansons和先用韵文、后来又用散文写成的罗曼司在一定程度上满足了当时人们对传奇人物冒险经历的天然需求，这种需求和今天的人们对各种流行小说和杂志的需求是一样的。除了那些把古代的只言片语也视为珍奇的学者，现在一般人

公元8世纪时的基督教世界的传奇斗士罗兰正在接受查理大帝授予其作为骑士标志的宝剑和服饰。画中年轻的骑士双手伸展的恭顺姿势象征他的效忠宣誓。通过宣誓，骑士承诺为其领主的尊严而战。作为回报，他能够在其生命和领土受到敌人威胁时得到领主的庇护。

对这些故事过目即忘，因为在今天看来这些故事是极为乏味的。但在上百篇的Chansons中，仍有两三篇杰作，比如我们都知道的《罗兰之歌》。罗兰是查理曼大帝的一个骑士，在西班牙打了败仗从比利牛斯山脉撤退时战死。即使在最后关头，他也拒绝向查理曼吹响求援的号角，最后与他的兄弟奥利维一起壮烈战死。实际上，纯洁的罗兰最终是在向神挑战并与神战斗，因而极为悲壮。

Chanson和其他许多早期的法国诗一样，直到一百多年前还不为人所知，之后才陆续出版了几次并出现了现代的法语和英语译本。罗兰的故事从中世纪到文艺复兴时期一直在被人改编，在意大利，它成了阿里奥斯托的杰作《疯狂的罗兰》的创作素材。虽然这个故事最后已经变得极为乏味，英国人似乎也对它不太熟悉。只有前面提到的关于亚瑟王的传说是法国人和英国人都熟知的，而关于查理曼的故事并不属此类。

在早期的法国诗人中，玛丽·德·弗朗斯和克雷蒂安·德·特罗将自己的天赋用于对那些传说故事进行改编与创作。弗朗斯是英王亨利二世的食客，在前者的宫廷里度过了她的大半生。皇后埃莉诺是布洛温斯的公主，宫廷的装饰是也法国风格的。从弗朗斯的《艺妓》(*Lais*)中，我们可以窥见具有童话色彩的特里斯丹和兰法尔的影子。弗朗斯是一位纯真的诗人，不太顾及故事的形式和技巧，但同时，她却非常内行地意识到了自己的职责。现代的研究家们倾向于认为诗歌并不存在一个从幼稚到成熟的发展过程，"早期的"诗人并不像一般人所说的那么幼稚——从这个意义上来说，是没有所谓"早期"的概念的，因为他们的创作也有极为丰富的积淀——在他们之前有更早的先驱，只不过以我们现在的研究水准，还无法恢复那些古老"天书"的原貌。《艺妓》现有直译和意译多种版本，在英译本当中，一些非常有趣的、随意的意译，出自于19世纪诗人阿瑟·奥肖内齐的手笔。

对亚瑟王的故事的发展和演变作出了最重大贡献的诗人是克雷蒂安·德·特罗，他从12世纪后半叶起就一直住在查理曼的宫廷里。他创作的《里昂的骑士》、《埃里克和爱尼德》，以及关于兰斯洛特的故事《马车骑士》、《特里斯丹和绮丝》和《帕西法尔》等不仅是法国早期叙事诗的精华所在，同时也成了我们在马娄里的英译本中所看到的后代散文体故事的

列那狐前去朝圣，图为德国浪漫主义画家考尔巴哈为《列那狐的故事》所绘的插图。

素材。我们在后面还要谈到克雷蒂安·德·特罗在德国文学史上的重大影响。

在许多毫无价值的作品当中，除了关于亚瑟王和其他英雄的罗曼司，还有三种诗值得注意，其中的有些杰作可以让我们感受到离奇的想像力。第一种是“诗体故事”[fabliau，12～13世纪时流行于法国，以十缀音的韵文写成。]，是以动物为主角的寓言，类似在哄小孩子睡觉时讲的狐狸和兔子的伊索寓言故事。将这些“诗体故事”编在一起的书叫《列那狐的故事》，在英语中的对应物则是乔叟的《修女的故事》。在这些故事中，狐狸并不像通常那样通过投机取巧获胜，而是像在伊索寓言里那样被拆穿了把戏。在后来的法国文学中，拉·封丹是一个讲故事的高手，他并不是取材于中世纪的作品（事实上，直到19世纪，中世纪的那些作品仍不被人们所重视），更多的时候，他以古典作品作为素材，凭借其敏锐的讽刺和丰富的想像力来创作。中世纪这些诗体故事并不试图去影射当时的社会生活，而只是为了制造幽默、滑稽的气息而已，就像美国的《利玛大叔》(*Uncle Remus*)那样。

第二种诗中的人物是爱、恨或者忌妒等情性的化身，具有道德规训的寓意。其中最杰出的作品是《玫瑰传奇》。这部长诗充斥着对恋爱技巧的说明，还有对艳遇尖锐的讽劝。虽然在中世纪人们非常崇尚骑士精神，遵循社会生活规范并欣赏优雅的举止，但人们也沉迷于放纵享乐。《玫瑰传奇》以认真而又略带诙谐的态度忠实地描述了那个时代，在这方面，相对于其他作品来说，它是最重要的。更为难得的是，虽然它是由两个未曾谋面的诗人先后完成的，但这部长诗却出奇地维持了风格的统一与完整。13世纪上半叶，吉约姆·德·洛里斯完成了上半部，下半部则是二十年后让·德·默恩完成的。默恩是一位非常杰出的诗人，他的创作并不仅仅以爱情为创作素材——广泛而真实地反映中世纪的社会生活与思想是他的主要着力之点；更为重要的是他还关注着未来。法国文学批评家兰森教授说，在这位诗人的作品里，我们可以看到一种正在发育生长的东西，一种萌动着未来的东西，因为那是精神的生命，是一个民族的生机。《玫瑰传奇》中的一些部分被乔叟翻译成英文，然而学者们却一直怀疑他翻译的那些部分是否准确。这部长诗不仅在它问世之后的三个世纪里大大激发了人们的想像力，更重要的是如今它又向我们显示出中世纪的社会生活与精神以及一种更广泛意义上的人文精神的丰富性与多样性。因此，它具有非常高的历史价值，这一点并不同样适用于阅读它给我们带来的感受。今天的读者显然不像中世纪的前辈那样对那些冗长烦闷但有道德寓意的故事感兴趣，即使它能因滑稽和幽默而显露出一些生机或者是类似于埃德蒙·斯宾塞《仙后》中的那种诗意，它也并不能吸引现代的读者们。

第三种中世纪诗歌是一些浩如烟海但内容多样的抒情诗，虽然有许多抒情诗仍然有迹可寻，但更多的是佚名之作。这些无名氏作者遍布于当时的社会各个阶层：有的是学者——将自己的学养与诗歌相结合，试图用他们的作品来改进文学及其语言的品位和形式；有的是贵族——热爱艺术而且亲自尝试着创作。在那个时候，就连国王也是诗人，其中香槟的迪波尔特四世颇有代表性。与他同时或相差不远的几个君主如英格兰的“狮心王”理查一世、苏格兰的詹姆斯一世以及西班牙的“博学之王”阿尔方索十世等等，都具有诗歌天赋。另一方面，诗歌之花也并不仅仅开放在贵族们的花园里，平民诗人的作品更多，而且在形式和技巧上也并不逊色。他们创作的民谣诗和所有国家、民族的民间诗歌一样，更加贴近日常生活，如实地表达着人们朴素的喜怒哀乐。

傅华萨的《编年史》是一部14世纪的骑士罗曼司，几乎记载了一个世纪之内法兰西、英格兰、苏格兰以及西班牙诸国的历史变迁，是那个时代的真实写照，读起来仍能感受到那种激情与力量。傅华萨是一个不知疲倦的旅行家，他永远都在以强烈的好奇心观察着这个世界，并将其所见所闻加以记录。他的文笔活泼清新而真实客观，这使他不仅成了一名著名的历史学家，同时还是一位讲故事的高手，托马斯·格雷说他是“未开化时代的希罗多德”。在伯纳思将《编年史》译为英文之后，它还成了16世纪初英国文学的一个组成部分。虽然傅华萨还是一位拥有高超的诗歌技巧的小诗人，但他却生活在一个散文的时代。直到随后的下一个世纪，法兰西的抒情诗［Lyre，该词源于竖琴“Lyric”］才会发出令人如痴如醉的天籁之音。在傅华萨之后，法国散文的发展开始趋于全面，尽管他的记述有些烦琐和凌乱，然而却指明了前进的方向，可以算是那些世纪中法国散文的代表。

西班牙文学与中世纪法国文学尤其是南方的布洛温斯文学有着紧密联系，法国有《罗兰之歌》，西班牙也有民族英雄史诗《首领之诗》。所谓“首领”是反抗摩尔人的领袖人物，真名叫罗德里戈·迪亚斯·德·比瓦尔，“首领”是阿拉伯语中“王”的西班牙语音译。和罗兰以及其他难分真假的历史人物一样，“首领”的伟大业绩成了传奇的主题。富于智慧的塞万提斯巧妙地借他作品中人物之口说：“过去历史上确实存在过‘首领’这样的人，然而传闻中他所做的那些事情却是令人怀疑的。”这是一个对文学与历史的关系中肯的说法。当阅读中世纪的那些罗曼司时，我们最好记住这一点。在其他欧洲国家的文学史中，“首领”通常也是文学创作的主题，比如在法国剧作家皮埃尔·柯内耶的悲剧作品中就是这样。就连关于13世纪时博学的阿尔丰索王的许多离奇怪异的事迹，在史籍中都有记载：这位西班牙卡斯蒂利亚国王一方面以武力征服整个世界，一方面又在文学上有所作为——他从主观上判断他所见到的一切事情、他钦定了卡斯蒂利亚诗歌的形式规范、亲自创作或指导创作各种有关艺术与科学的作品，并接纳了那些在法国特别是在布洛温斯的政治叛乱和社会动荡中无处安身的艺术家和诗人，把他们供养在自己的宫廷里。因为西班牙比较贫穷，所以这里的游吟诗人并没有法国那么多，尽管如此，西班牙仍有大量的抒情诗和民谣，从感情、内容到格律、形式都很可观。在西班牙以及受到它影响的地方，源自中世纪抒情诗的风格和色彩从一开始便深深影响了西班牙音乐——直到今天，我们仍可以感受到那种令人如痴如醉的优美旋律。虽然西班牙是现代欧洲中最不发达的国家——在其外表上仍然保存着中世纪的一鳞半爪。在后面的章节里，我们将看到文艺复兴时期的西班牙向我们展现的风采。

第16章

早期的德意志及斯堪的纳维亚文学

在古代故事中讲给我们听的是伟大的奇迹，

关于那些驰名的英雄和勇敢的冒险。(《尼伯龙根之歌》)

尽管存在着政治、民族、语言等等方面的巨大差异，中世纪欧洲各国各地在思想文化上并不是相互隔绝的。如果我们从人类思想史发展的角度来把握时间，我们会看到在中世纪人们的思想以闪电般的速度互相沟通：无论在欧洲哪个城市，只要有正在或将要施工的建筑物，我们便会看到那些建造各个教堂或寺院的木匠和石匠们以及那些富于创造性并长年穿梭于欧洲各城市之间的艺术家们的身影；牧师和学者无论到哪个国家都不会有交流上的困难，因为大家都讲拉丁语；文学使节无论在哪儿都会受到郑重的接待；虽然政治家往往会被人算计或者被人用暴力手段杀死，但对那些不问世事、专心诗歌研究与创作的人来说，卷入政治阴谋的风险几乎没有（虽然他们私人之间的斗争和冲突很多）；上流社会为诗人和吟诗者提供食宿，而平民则聚集起来倾听那些艺人的吟唱，感受战争、骑士精神和幻想的仙境所带来的激情与冲动。当人们可以通过吟唱诗篇来满足基本生活需求的时候，以“游吟诗人”为职业的人自然就会多如牛毛，为了更好的回报，他们必定会去研究诗的技巧与形式。

如同上面所说的，只有在德意志的各个国家（即讲德语的国家）如巴伐利亚和奥地利，诗人才会受到人们的极大尊敬。在法国南部布洛温斯游吟诗人的影响下，在德意志产生了

“恋歌”这样一种充斥着大量繁文缛节的宫廷恋爱传说。德意志的爱情诗人比布洛温斯诗人更为直爽热忱，而少一些戏剧的味道。德意志诗人们对待自己的艺术非常认真，所以他们能在12～13世纪时让抒情诗走向繁荣。有些作品虽然是因袭前人之作，但我们从中依然能发现后人的天才成分，而另外一些作品则与那些质朴的民谣一起成为德意志文学中短歌的旋律和文辞的创作素材。在旋律和文采方面，日耳曼人的成就无人能比。由于“爱情诗人”大多是些低级骑士，所以我们会看到恋歌的主题通常都是地位低微的骑士对那些高贵妇人的憧憬。这些妇人往往是主人的妻子，或者是作者幻想出来的人物。情窦初开的年轻人对那些可望而不可及的女人那种纯洁的献身热情，在中世纪以及文艺复兴时期的许多诗歌当中比比皆是。这些是有一定的戏剧味道，但那种由最纯洁的感情所激发的灵感也往往使诗人们要在诗艺上一争高低。

沃尔瑟是最著名的爱情诗人，他不仅诗艺精湛，而且其抒情诗内涵非常深远，我们甚至能从中感受到一种非常强烈的现代情感。他从来都是吐露自己内心的纯真感情，而不是像其他人一样从宫中弄臣的角度来歌颂贵妇人。现代的诗人对他评价非常高，他比起大多数同时代的诗人更接近我们，海涅的创作在很大程度上便受到了他《菩提树下》的引导和启发。在他的抒情诗中，女主人公并不是贵妇人，而是清纯的平民少女，但我们仍然可以看到那种缠绵而真挚的感情。

13世纪初叶，沃尔瑟在图林根（Thuringian）的宫廷里遇到了沃尔夫拉姆·冯·埃申巴赫——这是两个最富有创造力的德意志诗人的会面。沃尔夫拉姆·冯·埃申巴赫不仅是“爱情诗人”，同时还创作了优美的罗曼司叙事诗《帕尔齐法尔》。这个关于圣杯的传说故事来自法国，其中一部分来自克雷蒂安·德·特罗，其他则另有出处。沃尔夫拉姆·冯·埃申巴赫比特罗更有力度，而且对于故事性以及戏剧性有着更为准确的把握。有时候他的文字显得有些生硬而且不那么清晰流畅，一部分原因是：在当时用来叙述故事时的德语还不像的后来的德语那么便利。沃尔夫拉姆·冯·埃申巴赫与那些与自己一同生活在罗曼司世界的其他诗人一样，最后也成了罗曼蒂克传统中的一个罗曼蒂克式的人物。在瓦格纳的歌剧《汤豪瑟》中，他向那些数以百万计的从未接触过他的诗的观众们歌唱着。那歌词唱的是和希腊时期的诗人和剧作家并没有很大区别的“爱情诗人”，他们都靠着艺术上的技艺来一比高下。也许是汤豪瑟生得太晚，所以这位历史上的“爱情诗人”并没有见到那个并不值得人们尊崇的沃尔夫拉姆·冯·埃申巴赫，这未免有点遗憾。在罗曼司当中，一切时间都是具体而准确的，而在真实的文学史上，人们更为看重的是精神，并不是“具体而准确的时间”。

与沃尔夫拉姆·冯·埃申巴赫和沃尔瑟同时代并在中世纪德意志诗坛上构成三足鼎立之势的另一位诗人是戈特夫里德·冯·斯特拉斯堡，他创作出了当时德意志或者全欧洲最优美的罗曼司叙事诗。虽然他的作品《特里斯丹和绮瑟》的创作素材源自法兰西，但它的作品所体现出来的那种强大的表现力、完整统一的构思以及强烈的世俗气息，却比当时的任何一部法语作品都更为出色。不时出现的恋爱情节以及其他离奇描写并没有伤害到这部作品的旨趣，而《麦克佩斯》中出现的魔女显然有点让人遗憾。在哥特弗里德的《特里斯丹和绮瑟》之后，后人继续叙述的有关特里斯丹的故事（包括瓦格纳的歌剧）都以哥氏的这个故事为基础（关于特里斯丹与亚瑟王两个故事系列的关系，我们在前边已经谈过了）。

在中世纪德意志诗歌中，只有《尼伯龙根之歌》不仅具有成熟完整的形式，而且纯粹源自德意志文学自身，是德意志诗歌发展史上的一座里程碑。《尼伯龙根之歌》是一首由中部和南部德语方言连缀而成的长诗，由13世纪一位或多位佚名诗人把诸多英雄故事以及与之多少有些密切关系的神话编纂而成。因为其中的故事有些远在文字记载的文学出现之前就在被人们口头传诵，所以我们并不能确定其素材来源，只能推测一二。这一系列的故事，以后又因为瓦格纳的那些有世界性影响的歌剧而被德意志以外更广泛的世界所知。瓦格纳是否为了适应自己的个人风格以及他所处的那个时代的特征——19世纪的象征主义来改编这个故事已经无关紧要，即使传诵者按照他们各自的传统或风格而各取所需，那些最基本的故事核心大体上总是相近的——其中心人物总是半人半神的英雄以及非常女性化的神齐格弗里德和布伦希尔特。齐格弗里德的原型就是冰岛传抄本故事中的希格特，那个故事本身也是一部罗曼司。

《尼伯龙根之歌》插图《密语》，表现的是赫岑从克里姆希尔特那里得知齐格弗里德在两肩之间有一处致命的弱点后，把这个秘密告诉了布伦希尔特。后者设计杀害了齐格弗里德。

德意志人和英吉利人在斯堪的纳维亚的堂兄弟——诺思人——甚至在远至美洲沿岸广阔的海洋上也进行了许多探险、征服及海盗抢劫，在法国北部的诺曼底和意大利南部的西西里，当然也有他们的印记。他们虽然在此延续下来，但却放弃了他们原来的语言而采用被征服者的语言，这一点还有隐约的痕迹。在冰岛这个孤岛上并没有可以征服的民族，长期以来，由于与欧洲大陆频繁的战乱相隔绝，他们反而发展出了值得细细品味的文明，一种与爱尔兰、苏格兰及其西部岛屿上的哥特族人文明相混合的文明。我们可以肯定冰岛上的那种文明与德意志文学有一种非常密切的关系，虽然我们无法从冰岛的居民那里考证这种文明的来源，而且今天我们仍很难说明它与德意志文学之间到底存在着一种什么样的关系。

我们的祖先——“维京人”[Viking：直译就是海盗，是8～10世纪时在欧洲西海岸地区抢劫的海盗群。此处

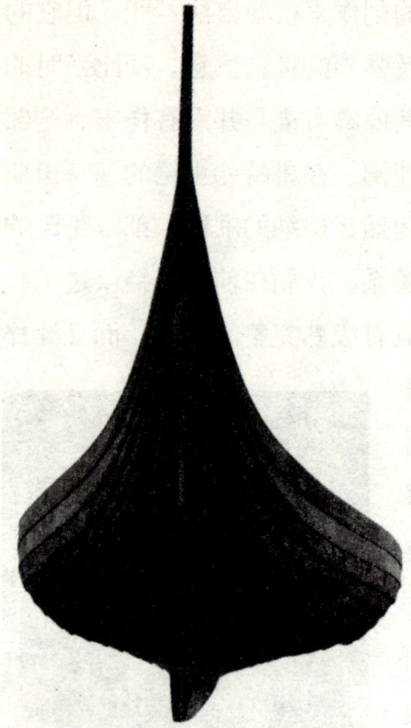

北欧著名的海盗维京人所使用的海船。发现于挪威的一处墓地。优雅高耸的线条、厚厚的龙骨和坚固的船板，显示出他们的造船技艺达到了极其完美的境界，这种船十分坚固但重量却很轻，吃水很浅，这使得他们的航船既能够在变化莫测的公海上航行，又能够逆流而上深入欧洲腹地。

是指上文所说的诺思人的后代。]是一个同时具有勇士和诗人气质的伟大部族。只有很少的记载可以用来考证他们当中那些歌咏者的生平，但幸运的是我们拥有他们创作的很多诗歌。13世纪，一位名叫斯诺里·斯图尔拉逊的诗人兼学者创作了一部故事集——《埃达》(the younger Edda)，“埃达”一词有童话的意味，因为它的本意是老祖母——喻示这些故事是拥有智慧和技巧的故事家讲给小孩子听的。《埃达》的第二卷较长，由诗组成，17世纪时一位博学的僧侣重新发现了它们，而在这之前它似乎已经失传了（或许冰岛的居民是用口头传诵的形式来保存这些东西的）。这些诗的片断在18世纪时传入英国文学，当时的僧侣托马斯·珀西和托马斯·格雷以及其他人对北方诗歌都非常感兴趣。不过直到五十年前威廉·莫里斯创作《古来梯尔强大王》(*Grettirthe Strong*)和《伏尔生人和尼伯龙根的故事》(*The Story of the Volsungsand the Nibelungs*)时，冰岛人流传下来的这些故事才通过英语发出灿烂光芒，这些故事就是今天我们熟悉的关于英雄齐格弗里德的故事。正如我们都知道辛德莱拉和巨人杀手约克一样，我们也都熟悉齐格弗里德锻出一把有魔法的剑杀死龙的故事，我们还知道布伦希尔特的恋爱和哀伤，以及她最后杀死齐格弗里德的故事。虽然莫里斯说伏尔生的故事是“人们曾经讲述过的最壮观的故事”有点夸张，但它仍然是壮观的故事。这些故事在斯堪的纳维亚语中表现得更为雄劲，而在具有中世纪罗曼司色彩的德语中便有些逊色。撇开其中巨大的音乐成分不谈，瓦格纳那部以这一题材为基础而创作的英译剧本虽然缺乏诗意，但说它很有意思却也并不过分。萧伯纳的那篇《完全的瓦格纳主义者》中的评论与分析含蓄而精彩，或许有些地方甚至可以让瓦格纳大吃一惊。

《尼伯龙根之歌》的脱颖而出在一定程度上是基于其他周边国家的平庸，但它本身的伟大也足以使它成为显示古代德意志民族智慧的壮丽丰碑。在我们发现Meistersinger（14~16世纪盛行于德国的诗人和音乐家团体）和新一代牧师、诗人、反叛者以及路德的宗教改革之前，德国文学几乎没有产生出什么值得一提的作品。Meistersinger在诗歌形式及其组织上虽然有些欠缺，但他们的学院风格十分明显，他们毕竟是爱情诗人抒情诗传统一脉相承的直接继承者。

第17章

但丁与《神曲》

他是世界的中心，
他是融合了最高水平的想像、道德、智慧和才艺的化身，
这个人就是但丁。（拉斯金）

历史上每个时代的开始或终结之处并没有什么明显的标志，是人们在其间人为地划定了界线。对于历史这样一条迂回湍急的河流来说，划分时代并没有多大的意义，对我们自身也没有什么明显的益处，只不过是某种人为设定的标志而已，之所以要划分，只是为了让我们更为清晰地看清历史发展的轨迹。如“中世纪”、“近代”这样的词语只是我们自如地人为划分时代的工具，而如果人类历史在什么时候停滞不前了，那么这两个词就根本不可能存在。盲目地认为“中世纪”或“近代”必然比其前代更为优越只是一种无知的错误，卓越的天才超越时空可以出现在任何时代，至于追问天才何以出现在某个特定的历史阶段，这是一个无法说明也不需说明的问题。

但丁生活在13与14世纪之间，他本身就是一个文化“复兴”的先驱，虽然人们公认他是“文艺复兴”之前的人。但丁出生在佛罗伦萨，在当时以及以后的两三个世纪中，这个城市相当于文学、艺术盛行时期的雅典。在残酷的政治斗争中，他被逐出了佛罗伦萨，后来辗转于意大利各个城市特别是威罗那、拉韦纳城的一些富裕的拥护者府邸里避难。在这些地方，但丁写出了他的那些杰作。我们最熟悉的但丁著作莫过于 Commedia——我们通

但丁，劳托洛作。意大利最伟大的诗人，通常被认为和莎士比亚、歌德齐名，西方文学中的世界三大名家之一，他的杰作《神曲》是最重要的基督教诗。

常称之为《神曲》，《神曲》包括在地狱、炼狱、天堂游历的三个梦，在这部作品宏伟的想像面前，所有形容词都将失色。《神曲》既不属于“叙事诗”，也不是任何其他的文学体裁，无论是以前还是后来，都没有与它体裁相仿的作品。虽然从文学思想上来说，任何作家的创作都不免要受到前人的影响，但面对《神曲》那种独特的表现形式和绚丽奇特的语言，我们可以说这完全是但丁个人智慧的结晶。

但丁的作品包罗了当时世界上的所有学问，他研读了他所能见到的所有历史文献和人物传记。他用简洁的韵文诗描述或隐喻各种罪人、好人和幸运者，这些神幻的故事大多以人间生活为模型，这一点在《地狱》里最为突出。但丁以清教徒的眼光审视他笔下的那些罪人，所以他的有些叙述在今天看起来有点难以接受。在他笔下，罪人同时受到包括肉体和精神两方面的惩罚，但我们可以看到洋溢于其中的不是认同和歌颂这种惩罚的态度，而是一种深深的怜悯之情。同时在他的作品中，我们还可以看到一般人的感情，像罪人的苦恼或者是幸福者的快乐，比如《地狱》第五篇里描写保罗和法朗赛斯加动人的爱情故事时，那种真挚而热烈的感情是其他任何叙事诗也无法相比的。更可贵的是，在全诗所有想像的人神世界之间，我们都能看到这种这种真挚的感情合乎情理地流露着。现在大家一致认为但丁创作的目的是拨开幻象的迷雾，使神游中感性和理性的冲突最终在上帝之爱中融合为一体，从而引导世人从不幸中踏上幸福之路。他这一愿望在当时没有产生预期的效果——没能解除当时人们的困苦心态，这不是诗人力所能及的事，即使那些但丁所仰慕的先哲们，恐怕也不能完成这个任务。但丁不仅是成功的诗人，而且还成功地塑造了各种人物形象。他在神学和哲学上遗留下来许多问题，虽然经历了6个世纪的探究，仍然没有一个一致的结果。通过诺顿翻译中提供的有限解释，我们只能去泛泛领会《神曲》的表层意义和表层之美，即使在这表层美中，也蕴含着许多深邃的东西。至于但丁表达自己的心声时所大量运用的象征手法，我们可能永远也不得其详。而引导但丁进入天堂的女子贝雅特里齐，是确有其人，还是只是一种象征，对此，批评家的意见是：她是一个以“面纱”掩盖其美丽的女子，是但丁理想人物的化身。

《神曲》不仅内容博大，其表现思想内容的形式更令人惊叹，从它的形式技巧来说，它实在是一个创造性的奇迹——整齐、系统而又脉络分明的形式是其他任何诗歌都无法相比的。《神曲》分为三大部分：《地狱》、《炼狱》、《天堂》，每一部分又由33篇构成，加上地狱序篇共一百篇。每篇有140句左右，长短大致相当。这就是所谓的三韵句，下面，不妨列举一下近代诗人沃尔特·阿伦斯伯格所翻译的《地狱》篇第15首歌的最后10行，这些诗句堪称三韵句的标本：

当我们看到一个好色之徒，
如何亲吻到了他渴望着的微笑时，
那是理当常在我身边的人儿。

战栗着亲吻了我的嘴唇，
这是哥略特所写的书，
到那天止，我们再也没有重温过。

《神曲》的第一部《地狱篇》中的插图，但丁是这样开始这一巨著的："在人生的中途，我发现我已经迷失了正路，走进了一座幽暗的森林……"

但丁与贝雅特里齐，Hery Holiday作。但丁在9岁时第一次见到贝雅特里齐，虽然但丁没有和她说过一句话，但对她的爱情却从未泯灭。在这幅画中，画家描绘的是在许多年后，在法洛林斯的一条街上，但丁邂逅贝雅特里齐时的情形。

一个灵魂在说话时，

别的灵魂却是怎样悲哀地哭泣，

因为恐惧，我垂死般昏厥，我像死人般倒在地上。

三行一段，三段相连，采用连锁式押韵，即前段中一句与中段前后两句相押，《神曲》一百篇都采用这种押韵形式。但丁的三韵句是形式和内容的统一，使整个诗篇井井有条、无懈可击。它的内容包罗万象，包括有讽刺意味的哲学思想。后世众多的诗人都竭力模仿但丁创造的这种三韵句，但都劳而无功。除了这种三韵句以外，但丁的语法以及语言的运用也很有独创性。当人们还仍在千篇一律地用拉丁语写作时，但丁已经开始采用通俗的多斯加纳语来进行文学创作。通过以但丁的用法为基础的对多斯加纳语的修正，这才产生了古典意大利语。当时在意大利还流行着许多通俗、纯净同时也具备文学艺术特点的方言，或许佛罗伦萨及其周围的邻邦也能成为意大利的文化中心，但只是因为有了但丁，多斯加纳语才在众多方言中脱颖而出，成为正式的教育语言。《地狱》中引导但丁神游的是诗人维吉尔，但丁在年幼时十分仰慕维吉尔，认为是他授予了自己“美的诗体”。维吉尔对但丁以及欧洲“中世纪”、“近代”的诗人和学者都具有重要的影响，但是，“美的诗体”确实是诗人但丁自己创造的。

朗费罗在翻译《地狱》时，面对但丁博大严密的体制和离奇宏伟的想像，在附加的一个优美的短诗序中，他把《神曲》比作一座宏伟的大寺院。对于富有智慧的人来说，用石头建造的建筑杰作与用言语建造的文学杰作之间并没有多么明显的区别。当我们进入这个诗的宏伟的大寺院时，我们怎能不倾倒于它的宏伟壮丽呢？尽管在很多时候，一个很细小的部分对我们来说已经足够了。读但丁的诗时所感到的宏大的美，是读其他的诗所没有的。但丁设想《神曲》的体系应该是与宇宙一样的完整球体，各个部分有机地结合成整体，而无法单独存在。但是我们在阅读《神曲》时会发现，精彩的章节到处都是，比如说我推荐的《地狱》第5、第26两篇。我在参观罗马圣彼得寺院时，久久仰望着米开朗基罗的塑像，手扶高耸的皮亚塔——虽然这只是整个寺院装饰很小的一个部分，但我瞬间完全领略到了朗费罗企图展示给我们的大寺院。这可能不是一般的文学欣赏方法，但我觉得这可能是最接近但丁审美趣味的方法。

不懂意大利语的英文读者可以通过好几种英译本去了解《神曲》的内容与精神，这其中译得最优美最值得推荐的是查理·艾略特·诺顿的散文体译本。除了《神曲》，诺顿还细致地翻译了但丁的早期作品《新生》，这是记述但丁少年时代对贝雅特里齐的爱情诗，同样也是《神曲》最原始的创作素材。在19世纪初，亨利·F．卡里将《神曲》翻译成无韵诗之后，它成了英文古典之作。朗费罗也是用无韵诗的形式翻译的《神曲》，译文虽然优美而且忠实于原著，但我们从中不能感受到原作那种激情与冲动。而如果是略懂意大利文的读者，在读完《寺院古典丛书》中缩略的三卷《神曲》之后，一定可以获得那种难以言传却十分美妙的审美趣味。该译本右边是逐字逐句翻译的英文，左边附有意大利原文。但丁的思想十分深奥复杂，但如果从其运用意大利语的字面意义来看，却并非像他的思想那么深奥。但丁的立言对象是所有的人，因为他极为相信自己作品的价值，认为它并不亚于基督的传道。如果计算一下各种译本、解释以及传记等文献的数目，可以肯定地说，《神曲》完全达到了但丁“成一家之言”的愿望。

第18章

意大利的文艺复兴时期

文艺复兴这一术语，

意味着欧罗巴诸国民开始了一个新鲜而生机勃勃的新阶段，

那就是比中世纪更充实的意识，更自由的行使能力。（约翰·昔蒙）

几年前，T·P·摩根花巨额资金购买了一些中世纪的文学稿本，使那些无名的书记员和被埋没的文学家重见天日。但丁的同时代人薄伽丘在参观一座著名寺院的书库时，发现僧侣们把一些文学稿本撕成碎片，作为魔法符咒卖给那些祈福免灾的人们。虽然今天的野蛮程度并不比那时逊色，但在今天却几乎不可能发生那么大规模地摧残文化的事件。在19世纪，人们非常尊重知识、学者以及书籍，这大大不同于极为蔑视文化的9世纪。

比但丁晚一个时代的彼特拉克是文艺复兴的先驱之一，在当时以及后来的两三个世纪里，他的声望一度超过了但丁。他被称为“罗马桂冠诗人”，并拥有当时的一切荣誉，红极一时。彼特拉克凭借他独特的抒情诗和短诗，奠定了他在文学史上的崇高地位，直到今天，英文中那种优美的诗体还被命名为彼特拉克式。彼特拉克不仅是诗人，同时还是一个文化使者，虽然在他眼里，文化仅仅意味着希腊和罗马。

说薄伽丘是一个完美的人文主义者可能有些夸张，但他确实是一个出色的现实主义者，同时他的意大利散文故事也无人能望其项背。许多评论家甚至认为，即使是现代的小说家，在短篇故事的创作中也难以取得他那样的成就。同友人彼特拉克一样，他也潜心于做学问和搜集、整理文学稿本，同时非常勤奋地进行着希腊文化的研究。他比他的同代人更能理解但丁的伟大，可能有关但丁的最早传记便出自他的手笔。他是一个多产的诗人，但其短篇故事集《十日谈》光彩夺目的艺术魔力使他的其他作品黯然失色，在这部作品中，我们能最充分地欣赏到薄伽丘伟大的艺术成就。这部故事集共包括100篇故事，17世纪的英文译名《欢乐、机智、雄辩和谈话技巧》倒是能准确反映原作的风格。无论是插科打诨，还是细微的感情描写，在他笔下都是惊人的生动。至于故事内容，既包括琐碎的日常生活，也有不适于社会伦理的比较污秽的内容，但从文学角度来看，它们却从不像绝大多数作品那样枯燥烦闷。《十日谈》既有薄伽丘自己的想像，也有他对当时流传的民间故事的改写，而其余的部分则直接取材于法国古代诗歌中的故事。《十日谈》是欧洲文学的一个重要组成部分，从乔叟到济慈的英国诗人无不从中撷取创作素材并被激发创作的灵感。我们永远都不会忽视《十日谈》中浓郁的地方色彩，它忠实地反映了14世纪时意大利社会生活的各个方面。

彼特拉克像

薄伽丘，劳托洛作。意大利文坛上最伟大的人物之一，他同其年长的朋友诗人彼特拉克一样，是人文主义的奠基人，在意大利文艺复兴中起到了积极而重要的作用。

无论从哪方面来看，薄伽丘优美的散文都具有极高的审美价值。在薄伽丘之后的马基雅弗利笔下，散文变成了演讲和辩论的有力工具。马基雅弗利是一位兼政治家、事务家、文学家于一身的人物，这在今天似乎不大可能，可是在意大利文艺复兴时期，并不像今天这样有极为严格的职业划分，有的人不仅是诗人，同时也是出色的政治家；雕塑家除了写诗还能领兵打仗，又能参与政事决策，佛罗伦萨的统治者洛伦佐·梅第奇王就是这样的一个人。他是一位文学

《十日谈》插图之一

《十日谈》插图之二

家，也爱好其他各项艺术。洛伦佐·梅第奇出生于薄伽丘之前，马基雅弗利对他的生平做了仔细研究。马基雅弗利曾被任命为驻外使节，这使他有机会在宫廷之间行走，从而极大地增强了他对世界的了解。他观察所驻国——他生活、受苦的地方——的政治，并以此为基础来对本国政治进行考察。他在《君主论》中最早记述并讨论了社会政治问题，指出了君主维护其统治地位所必须采取的手段。

在马基雅弗利笔下，政府撕下了伪善的

马基雅弗利（1469年～1527年），劳托洛作。政治家、作家、政治理论家，曾因谋反罪入狱，获释后从事文学创作。其《君主论》的主题是："统治者可以不择手段以维持权力，但统治者的恶行要根据他是否对被统治者背信弃义来作出判断。"这一思想后来被称之为"马基雅弗利主义"。

面纱，无情地展露其历史的真面目，从前那些用来掩饰政府真实职能的诸如正直、仁慈等说法统统都被抛开了。"马基雅弗利主义"也逐渐演变成玩弄权术的政治术语。马基雅弗利相信政府存在的必要性，极力强调政府的系统原则与组织方法，他并不是一个虚无的无政府主义者。《君主论》虽然有很多陈腐的内容，但从总体上来看，仍然光芒夺目——它体现了马基雅弗利伟大的独创思想。那些热衷于政治主题的作者特别是接二连三地评价社会道德、国家声誉的作者，以及那些误解《君主论》而挑起冲突、动乱、战争的近代政治家和外交家在内心深处深深信服马基雅弗利，认为他如实地说明了人类世界政治生活的真相。《君主论》含蓄而坦诚地显示了政府统治中存在的危险的专政，然而在精神上和方法上它则是极为科学的。虽然马基雅弗利在推定必然出现暴政的前提下设计了一系列维护统治的法令和规则，并强烈主张应该遵守这些法令和规则，但政治权术和阴谋只是在表面上和他的名字有关，正像人们以发现某种疾病的医生来命名疾病一样。

《君主论》扉页

我们这本书所关注的是文学，文学是艺术的一部分，而艺术又不过是生活的一部分。如前所说，只有在文艺复兴时期，各项知识才能达到某种和谐与统一，现代的人们根本无法想像这种情况。在佛罗伦萨的街道或在梅第奇宫殿里的同行人群中，沉浸在国家构想中的马基雅弗利可能会遇到一个杰出人物——以刚劲的风格著称的天才米开朗基罗。米开朗基罗是雕塑家和画家，同时也是文学家，在雕塑、绘画的同时他还在写诗，直到六十岁时他仍在用仅有的精力进行诗歌创作。米开朗基罗之后数年，另外一个雕塑家切利尼(Benvenuto Cellini)那部著名的《自传》为意大利散文增添了一道亮丽的风景，也给世界各国的读者们贡献了又一道精神大餐。《自传》是浪漫主义的先驱之作，也是切利尼自负的精神画像。他塑造的那座珀尔修斯的青铜雕像[珀尔修斯是希腊神话中杀死女妖美杜莎的英雄。]至今仍屹立在佛罗伦萨，这也表明他确实拥有自负的资本。

文艺复兴时期的文学家、艺术家之间可能同时具有浪漫主义和古典主义的特征，在这两者之间并没有什么明确的界线。在阿里奥斯托的浪漫主义叙事诗《疯狂的罗兰》中，骑士传奇与古典故事完美地融合于一体，这一点使得它在15至16世纪的众多罗曼司故事中脱颖而出，也为阿里奥斯托赢得了"圣罗道味哥"的称誉。直到今天，这部作品仍没有精彩的英译本，所以我们并不能准确地认识到它的审美价值。约翰·哈林顿在16世纪末发表了一个英译本，伊丽莎白时代的诗人们对它很熟悉，就像他们熟悉众多的法国和意大利罗曼

阿里奥斯托(劳托洛作),意大利文艺复兴时期的文学巨著之一、富有浪漫主义和喜剧色彩的叙事长诗《疯狂的罗兰》是他的杰作。

司故事一样。疯狂的罗兰就是查理曼帝国的大贵族、我们前面提到过的法国英雄传奇中的罗兰。

在16世纪的意大利，值得一提的诗人还有托尔夸托·塔索，他的诗风最为雄浑壮丽。他的《被解放的耶路撒冷》叙述的是在十字军东征时哥德弗雷占领圣城耶路撒冷的故事，虽然诗的规模并不比一般的叙事诗大，但不可忽视的是该诗的宗教内涵对塔索本人以及他的同时代人所产生的巨大鼓舞力量，虽然对今天的我们来说可能缺乏一定的吸引力。

在我们看来，《被解放的耶路撒冷》的意义与价值并不比司各特的小说《护符》逊色多少。19世纪诗人兼批评家卡杜奇称塔索为“但丁的继承者”，这是一个光荣而公正的评价。除了伟大的《被解放的耶路撒冷》，青年时代的塔索还创作了大量的作品。然而遗憾的是，在步入中年之前，塔索就因病致残，不过他凄婉的人生际遇也和他生活的那个时代的历史趋势合拍——在他之后，意大利的文艺复兴已经开始走向了终结。但文艺复兴从未“终结”，它因为那些伟大的雕塑、绘画以及文学作品而成为人类文明发展史上的一座丰碑，文艺复兴的精神光芒从未熄灭，而是在世界各国继续照亮人们前进的方向，“文艺复兴已经开始走向终结”与其说是历史的真实反映，还不如说是对这一伟大运动的赞美与讴歌。在意大利，虽然诗歌度过了它的辉煌期，政治也愈来愈黑暗，但我们在布鲁诺和伽利略的哲学散文中却窥见了含蓄而强烈的民主思想光芒。布鲁诺、伽利略不仅是专门的学者，而且是文学家，这一点，他们那些卓越的文学作品即是明证。据说当宗教官员强迫伽利略放弃他那地球围绕太阳转的观点时，他大声说道：“它的确是那样转的。”这个故事是不是真实的已经无关紧要，重要的是，这句话对天文学、生命科学以及文学中的生命主题的发展产生了巨大影响。

《被解放的耶路撒冷》一书插图，表现的是“艾米尼娅公主见牧羊人”的情景。卡斯泰洛作。

第19章

19世纪以前的法国散文

对于那些能适当地选择它们的人，

书籍是包藏着种种愉快的质素的。（蒙田）

拉伯雷与蒙田是19世纪文学史上最具独创精神、最不颓废悲观的两位文学家和思想家，他们共同支配了16世纪法国散文的发展。拉伯雷生活在16世纪的前半期，而蒙田则比他早半个世纪。两人的性格正好相反：拉伯雷放荡不羁，精力充沛；蒙田则十分认真、和蔼并富有自我批判精神。现在没有任何证据证明蒙田阅读过或知道他的这位前辈——拉伯雷的伟大作品。蒙田是一个纯粹的学者，坚守一些古典主义的价值理念与原则，他非常鄙视只知道一个劲地跟在法国人后面的作家。他们两人用他们的天才和创造力共同缔造了法国散文，他们的作品对英国的论文家和讽刺作家也产生了巨大而深远的影响。我们在近代作家特别是在阿纳托尔·弗朗斯身上，还能够窥见拉伯雷和蒙田的流风余韵。

诗人和喜剧家在文学史上并不多见，拉伯雷就是这样一位并不多见的喜剧家。斯威夫特和拉伯雷是两种不同的风格，他们之间到底有什么区别一直是心理学和哲学的研究题目，但是直到今天，也仍然没有一个可以接受的结果，我们只能用一些简单的实例来进行粗疏的对比。毫无疑问，斯威夫特是知道拉伯雷的，但前者的幽默诙谐都具有悲剧色彩，往往并不是使人发笑，而是使我们的内心受到震撼。即使是经历过凄惨生活而且性格严肃的司

拉伯雷，劳托洛作。大约在1519年，拉伯雷到法国西部的圣方济各修道院当修道士，并因某种原因离开了修道院，四处漂泊。在其半流浪生涯中，他从自己漫游途中所遇见的每一个人身上汲取并积累了渊博的学识；也正是这些生活经历使他萌发了对人们的深切同情，从而使其作品寓意深刻，耐人寻味，至今负有盛名。

各特和马克·吐温，尽管他们两人性格严肃，他们的幽默也能制造一种快乐轻松的氛围使我们大笑不止。同他们一样，拉伯雷的幽默也是一种既聪明又高明的幽默。他在那部结构松散的《巨人传》中，描述了主人公卡冈都亚和他的儿子庞大固埃以及众所周知的那位滑稽而无用的家伙巴汝奇三人离奇的冒险——既有现实世界的影子，也有虚幻的成分。对他们三人冒险过程的叙述，如实地反映了当时社会生活的各个方面，没有一点虚假的感觉。在小说中，他们遇到了各种人物：学者、职员、牧师、律师等等，整部小说就是由与他们发生的故事构成。拉伯雷先是僧侣，后来又当了医生，但他极为蔑视法衣及其所代表的权力和学识。与其他伟大的喜剧文学一样，透过表面的喧嚣、讽刺、愚弄、嘲笑，我们会看见这部作品本质上十分严肃认真的内涵。他说律师是“披着法律外衣的猫”，无情地嘲笑并讽刺他们，我想在律师公会集会时大声朗读他写的这些东西将是一件十分危险的事情。他的不敬使当时一些心胸狭隘的人怒不可遏，即使在今天，我们对他的这种嘲笑和讽刺也会感到不舒服，因为拉伯雷所鄙视的那些人并不是只存在于那个时代。然而对那些伪善、阴险的心灵之疾来说，他笔下的卡冈都亚那坦荡的胸怀便是最好的良药，假如这些弊病是能够医治的。在拉伯雷的作品中，不仅随处可见瑰丽的想像与奇特的比喻，更为重要的是我们还可以看到他创造的许多词汇。对拉伯雷和我们来说，更为幸运的是，17世纪时出现的厄克特和莫托克斯的英文译本，不仅重现了原作那种奔放雄浑和他那令人捧腹的怪诞的句法，而且英语的表现

《巨人传》插图

手法和方式也因这部作品的翻译而更加丰富。

厄克特和莫托克斯的译本后来成了英文经典并被多次再版，其中伦敦某出版社的版本不仅内附古斯塔夫·多雷所作的插图，而且完全能体现出原作那种神韵，而只想粗略地了解的读者可以在莫利的《世界文库》中找到该小说的删节本。对于那些睿智并富有阅读经验的读者来说，拉伯雷的作品不会产生任何不良影响。拥有极高审美能力和文学素养的学者柯尔律治说:“虽然一篇文章并不能够完全充分地赞美拉伯雷作品中那种高尚的品德，但我还是应该写一篇文章来赞美他。”这种说法一定会让教士们瞠目结舌，让律师们怒不可遏。当然拉伯雷并不需要这样的一篇论文，他本身就是一位杰出的文学家，他的非凡的幽默令读者大笑不已。

拉伯雷经常会说:“开怀大笑吧，小朋友！”而蒙田永远都不会这样说，他只是照着自己的想法静静地著书，绝不会考虑到年轻人的喜怒哀乐。没有谁能弄清楚戏剧、抒情诗、短篇故事以及小说的漫长而模糊的起源、形成经过和它们的创始人，但论文却是惟一有确切的出现时期和发展渊源的文学形式，没有论文和出现论文及其发展之间并没有一道清晰的界线。当1571年3月从浮华世界隐退的米歇尔·德·蒙田在自己城堡的一个塔楼里开始写作时，论文就产生了。蒙田是文学史上第一个论文作家，同时也是最伟大的论文作家。如果说蒙田之前的柏拉图、西塞罗的对话也是论文，那么在他们之前用母语写作的东西也都可以叫做论文。蒙田被认为是“论文之王”，直到今天，当我们写作论文时，似乎仍能听见从那座塔楼上传来的王者之音。

关于写作，他说:“两个人见面时用嘴交谈，我则用笔与我的心灵交谈。”“我自己就是我的创作素材。”跟他相比，没有人能像他那样站得高，看得远，写作题材如此多样。蒙田阅读过几乎所有他的藏书，并力争通过思考和写作把这些知识转化为自己的思想。蒙田是一个怀疑论者，他对同时代的诸多事务和人都持一种怀疑的态度，在书中，他用有趣而客观的笔调无情地剖析自己，但对于人性的种种说法，他却持一种包容的态度。蒙田的矛盾是社会与人生的矛盾，也是一个从各种角度观察人生的思考者所不可避免的矛盾。他说:“我并不是哲学家。”如果把哲学定义为一种思想体系的科学，或许他说得对。但如果哲学家是指那些智慧超群的人，那么他完全是一个出色的哲学家。面对生活中的种种苦难，他不屈不挠；面对病痛的折磨，他一笑置之。艺术家约瑟·康拉德说他是“从不唉声叹气，微笑面对生活苦难的人中的佼佼者”。蒙田说:“世界由废话和语言组成。”人们一直没有忘记这句名言。

蒙田的《论文集》是一部瑰丽的“对话”集锦。曾任牛津大学法语和意大利语教师的意大利人约翰·弗洛里奥17世纪初的英译本最为可靠，他的翻译使蒙田的作品也成为英语中的杰作，同时也使那个以自我为中心、从小塔楼上眺望世界的蒙田广为人知。从此，英国读者最喜爱的世界文学家中，多了一位孤独的哲学家蒙田。

在从小就读他们作品的法国人眼中，拉伯雷和蒙田永远都不会过时，也没有人胆敢说他们是“无名之辈”。他们风格朴素、平实、自由，走着一条独立的创作道路，就像伊丽莎白时代初期英国的散文家那样。17世纪的法国散文不仅在形式上进一步完善，同时在鲜明性、精确性上也有所改进。大约与拉伯雷同代的加尔文不仅有极好的文学功底，同时还是一位演讲的高手，在重大场合演讲时泰然自若、清晰流畅。他演讲时采用的文体，已经不是原先惯用的拉丁体，而是新的法国体。在宗教研究者的重要文献《基督教的制度》中，他的口吻虽有些冷漠和晦涩，但优美流畅的文笔及其显示出的文学天赋却掩盖了这一点。17世纪初，让·路易·巴尔扎克对法国散文的贡献，类似马勒布在法国诗的发展上作出的贡献。巴尔扎克希望法国散文在思想深度和韵律节奏上进一步成熟起来的理想也得到延续。在古典时代这一“伟大世纪”，法国的散文家甚至是那些不知道他的理想的散文家都自觉地向这个目标迈进。而在后来设立的法国学士院，巴尔扎克这一理想更成了评价作品优劣的基本原则。对法国散文来说，演讲的准则以及西塞罗所创设的狭隘标准并不会产生不良的影响，那个时代的天才人物能在自由接受老师传授的知识及思想的同时，在精神上不受束缚。我们知道，因为受法国的影响，稍后在英国文学史上也出现过一味讲究形式而忽视内容的趋势。虽然与法国人相比，英国人在精神上更具有不受束缚而专心走自己的路的传统。

具体判断一位思想家是哲学家、科学家还是文学家并不是一件容易的事情，普通读者并没有必要去辨别这类问题，他们可以根据自己的兴趣来选择适合自己的书籍——这也是最好的一种读书方法。然而对于那种法国人称为“美文”的散文，我们还是要在这本简略的文学史概述中把它与其他文学体裁粗略地划分开来。先不说戏剧、小说、民谣，即使是对哲学史的一个简单叙述，规模也远远大于本书。可能因为不可避免的错误判断或者是定义的模棱两可，这个粗略的划分或许会很模糊，所以我们可以举出一些实际的例子来概述。柏拉图不仅是一位伟大的哲学家，也是一位出色的文学家，弗朗西斯·培根和叔本华也是如此。如果专从文学的角度来看，托马斯·阿奎那、康德以及黑格尔这样既是文学家又是思想家的人物大可忽略不提，因为这些例子会将我们的划分引入歧途。

帕斯卡像

在17世纪的法国哲学家当中，笛卡儿和帕斯卡是出类拔萃的散文大师。和培根一样，笛卡儿也用英语教哲学。正如我们所见到的那样，许多极具学识的演讲稿都是用拉丁语写成的，笛卡儿和帕斯卡的很多作品也是如此。笛卡儿用法语写成的《方法论》条理清晰、层次分明，堪称理论著作的范本。笛卡儿散文的优点仅仅是法国散文里最平常的优点，至于他的哲学，我想这一问题更适合于哲学家去讨论。但是在这里我们却不可不提到他哲学思想的核心——强调理性与思考的力量，这个核心思想的形成比蒙田的死晚了一两年。笛卡儿的哲学思想开始于“我思故我在”这一众所周知的命题。笛卡儿的哲学著作简洁流畅、明快精练，这一点使他成为后世的法国思想家甚至于那些反对其哲学观点的思想家的学习榜样。他的主要作品被译成英语以及其他各种语言，已经成了世界文化遗产的一部分。

笛卡儿是一个理性主义者，他认为理性是一切真理之源，而一个世纪之后的帕斯卡则根本不相信理性，他认为真理并不存在于我们的内心而是外面，人们可以凭借信仰来发现它。致力于改革天主教会并因此而敌视所有基督徒的冉森派强烈谴责帕斯卡是异端，对于这场古老的争端我们并不感兴趣，但值得注意的是，帕斯卡的《致外省人书简》和《思想录》正是产生于这场论争。在这两部书中，我们可以感受到来自神学议论和宗教沉思的乐趣，正是这一点为他赢得了很高的评价。帕斯卡的文章文采斐然，并且到处充斥着热情而激烈的辩论，同时他还是一个警句名言的多产者，他的警句大概可以组成一大篇文章。他说：“人们最期望看到朴素自然的文章，因为没有了那些辞藻和形式上的东西，反而更容易看出作者的品性。”伏尔泰极为欣赏帕斯卡，他认为《致外省人书简》“囊括了所有的雄辩”。为帕斯卡所赞赏的蒙田，同样也可能会深深喜爱帕斯卡。

笛卡儿提出了理性与行为的准则，主张一切要依据“人是思维的动物”这一事实，他以“我思故我在”这一原则作为自己论据的例子。该图描绘了笛卡儿的主要生活场景。左上描绘的是笛卡儿的私生女弗朗西娜于1640年9月去世。右上描绘的是笛卡儿成为瑞典女王克里斯蒂娜的私人教师，这一角色一直扮演到他1650年2月11日去世为止。

精力充沛的博须埃(Bossuet)是古典时代最多产也最有活力的散文家，先后做过教师、牧师以及僧侣，勤奋和多产使他成了当时法国文坛上的领袖。凭借着大量的论文、演讲、传教作品而并非文学作品，他在法国文学研究者心目中享有极高的声誉。博须埃极其雄辩的演讲甚至使得演讲这种以前人们不大看重的文学形式在人们心中变得重要起来，他攻击剧场中的弊端、驳斥异教徒的教义、宣传新的天主教义，从他使用的方法和取得的效果来看，博须埃的确称得上是一位天才演说家。博须埃不是繁琐的布道者和保守僵化的教士，也不是一个玄学家，而是一个很有个性并且多才多艺的人物，他出语犀利却使人叹服，在他朴素自然的文体后面有一种肃穆的崇高。

来自喀谟布(Cambrai)的善良僧人费纳隆(Fenelon)像博须埃一样，也是个出色的演说家，虽然他的演说效果并没有博须埃那样强烈。他写的文章有两类：一种是为他的职业服务的；另一种是用来阐明他的教育、道德、宗教观点的。在宗教全盛时期，才能非凡的人几乎都是僧侣出身，那些对天主教历史了解不多的读者可能对这一点有点陌生。那时，意大利画家在画室作画时穿着僧袍，内阁总理也是由主教来担当的，而市民们所收藏的散文、诗歌书籍全都出自各级教士的手笔。只有宗教热忱消退之后，人们才开始重视那些僧人出身的艺术家、文学家，才开始郑重对待他们的作品。费纳隆在《圣徒的格言》中表达了自己的信仰："在神面前，我们应该忘记自己。作为耶稣的罪人，我们不仅要为自己赎罪，而且还要为全人类赎罪。"由于博须埃反对他这种宗教信仰，因此费纳隆的书为罗马教廷所不容。我们并不关注这两个牧师的论争是否有价值，不过我们可以肯定，在文学史上，他们都拥有不朽的地位。法皇英诺森十二在责难费纳隆时有两句话值得一提："过于爱神是费纳隆的一个错误，而博须埃则太不爱费纳隆了。"这并不是一句戏言。费纳隆并不是一个躲在象牙塔中的学者，在《忒勒马科斯历险记》中，他便用寓言方式描绘了一幅理想社会的图景，这也是18世纪的自由主义者和民主主义者的梦想的最早表现。

除了有学问的牧师之外，出身其他阶层的一些著名散文家的创作也构成了17世纪散文的一部分，律师拉布吕埃尔就是其中之一。他的《性格论》模仿了希腊哲学家忒奥克里托斯的风格，刻画了当时社会上的各类人物，但他比忒奥克里托斯更为出色。拉布吕埃尔深刻地揭露了当时社会生活的各个方面，他犀利的笔法激怒了许多同时代人。然而他并非刻意表现那些人的浅薄和鄙陋，虽然他们确实是这样，他感兴趣的是研究人性方面的问题。他的格言与讽刺诗深邃而充满智慧，即使是格言作家拉罗什福科，相比拉布吕埃尔的天分也要稍稍逊色一些。他才华出众，感觉敏锐，但却因为受到失败的打击，最后竟沉沦颓废下去了。他并不嘲笑生活，"讥笑家"的称号不适合他，他最主要的思想（或他的思想之一）是认为利己主义是人类一切行动的根本动机。即使在两百多年之后，他的许多格言仍然是那么鲜活与生动，虽然他所说的并不都是放之四海而皆准的真理。我们知道很多他说的警句，例如："我们都具有接受别人不幸的能力。"

古典时代妇女的教育除了在某些方面受到限制以外，在大部分时候她们享有很大的自由，在政治以及文学领域都有她们活跃的身影。有才华的妇女，无论受教育的程度如何，在她们的居住地都会有很大的声望。而那些高贵优雅的妇女所主持的文学沙龙所产生的巨大影响力，是众所周知的。在当时的文坛上有几个著名的妇女，当然，她们都来自上流社会。

塞维尼夫人是这些女作家中影响力最大的一位，她被誉为书信作家中的"女王"。虽然早年生活充满坎坷，但她并没有悲观颓废，而是用自己坚强的个性、冷静的头脑、豁达的胸怀来超然地面对生活。虽然塞维尼夫人只是用书信来记录生活中的琐事以及表达她对一些文学和政治问题的看法，但她的写作也并不是随心所欲，而是非常严肃认真地选择自己的主题和表达形式，就像一个女子欣赏一件漂亮衣服的质地与款式时那般审慎。她的书信反映了当时社会生活的一个方面，体现了她正直的性格，也袒露了她复杂的心迹。

曼特农夫人是另一位极具文学天分但出身卑微的妇女，后来她竟成为路易十四的王妃。在三十多年的时间里，她实际上拥有女王一样的权力，虽然她并未干涉内政，但她却用自己的聪明睿智来帮助国王处理一些事务。她的文章是对当时社会生活、政治活动的最详实也最重要的记录。曼特农夫人曾在宫廷中设过讲堂，并撰写了一些十分精彩的关于女子教育的文章。她似乎生来就具有明白年轻人想法的天赋，更重要的是，她能用这种天赋来指导自己的教育实践。

虽然塞维尼夫人和曼特农夫人无意于当所谓的大家，但她们的文学才能和作品却使她们自然而然地跻身于这一行列。相对而言，拉法耶特夫人的文学地位要低一些，但本质上她仍然是一个文学家，她的小说《克莱芙王妃》是第一部由女作家创作的现实主义作品。与过去的那些冒险或传奇不同的是，她的小说直接取材于现实生活，内容充实，语言朴素自然、不着痕迹。虽然拉法耶特夫人文学功底并不如其他人那样好，但她对真诚的追求极大地影响了后来法国的小说家的创作。

18世纪，小说开始繁荣起来，而别的文学形式则开始与文学拉开了距离——演说家和论文家一般都是思想家。虽然18世纪也难免有疯狂和轻率的时候，但它仍然是一个理性时代。注重理性思辨的传统对文学产生了两方面的影响，有利的一面是小说逐步完善健全起来，弊端是诗特有的风格受到了破坏。在理性时代，最初的小说家主要从事戏剧故事的创作，这其中的一位杰出人物是凭借《吉尔·布拉斯》成名的勒萨日。《吉尔·布拉斯》是一部关于流浪汉的冒险故事，人物和背景都是以西班牙为原型，然而小说的形式和情感则完全是法国风格的，极富人情味。在小说中，相比于主人公的情感纠葛，他的冒险经历更引人入胜。小说发表后轰动了整个欧洲，并且在英国的影响超过了法国。这是因为在法国，勒萨日没有继承者，而勒萨日的这篇小说在英国却极大地影响了许多人的创作，甚至包括它

吉尔·布拉斯像

的翻译者斯摩莱特和伟大的艺术家菲尔丁。

维·普莱伏的伟大浪漫主义小说《曼侬·列斯戈》的题材与风格完全具备小说的典型样式。作品中描写的爱情故事热烈而又凄婉，具有极强的现实意义。它的文风淳朴自然，不假雕琢。甚至在两个世纪后的今天，这部小说的读者仍不禁要为曼农的悲剧流下同情的眼泪。

与18世纪法国诗歌和小说的繁荣同步的思想界也充满活力、名家辈出，我们可能永远都会记住这四个人：孟德斯鸠、伏尔泰、卢梭、狄德罗。他们不仅在哲学著作或论文中宣扬自己的思想，还积极通过各种手段来反抗当时的社会制度。他们反抗社会的手段以及因此形成的宏伟的思想理论，为后来的法国大革命作了思想启蒙。

法国插图画家让·吉古笔下的《吉尔·布拉斯》中的安东妮亚像。吉尔·布拉斯看到这么美貌的少女时，“目眩神迷，仿佛查理曼大帝的骑士罗兰见到美丽绝伦的公主安杰丽嘉一样，一见生情”以至于“仓皇失措，目瞪口呆，一句话也说不上来了”。

卢梭，劳托洛作。著名法国哲学家卢梭提出了许多精辟的见解，但他恐怕比其他任何伟人都极少以此行事。他著文赞美大自然，自己却长期留在拥挤的巴黎，他颂扬婚姻生活并对儿童教育进行了明智的论证，自己却与女仆同居并置他们所生的孩子于不顾。他的著作《社会契约论》，成为推动三十年后法国大革命爆发的主要力量之一。

伏尔泰，劳托洛作。伏尔泰集历史学家、散文学家、剧作家、小说家、诗人、哲学家、才智出众的小册子作者、富有的商人和实际的经济改革家于一身。

狄德罗，法国著名文学家、哲学家，启蒙运动的发起者和解释者之一，18世纪这一运动的基本信念是：正确的理性或唯理论能发现真知，导致人类进步和幸福。

当时，孟德斯鸠是一位介于卢梭型的空想家和激烈的革命者之间的自由主义改良家，他的声望仅次于伏尔泰。从本质上讲，他是一个保守的贵族，因为他并不像其他人那样激烈，他赞成贵族阶级拥有特权与地位。他在早期作品《波斯人信札》中尖锐讽刺了教会、政府、社会以及文学中的种种弊病，虽然他以后的作品更为出色，但我们仍对这部使他一举成名的作品中调侃的笔调下所蕴含的智慧记忆深刻。在历史和法律方面，他都作过精深的研究，这使他成为历史学家和政治学的先驱，他的《罗马盛衰原因论》对后来英国的吉本创作《罗马帝国衰亡史》有一定的影响。如同孟德斯鸠受到一部分英国式教育一样，他也深受法国文化的熏陶。以偏概全是后世的天才历史家包括吉本在内都力求避免的一个坏习惯，但孟德斯鸠却未能免除这一缺点，因此他的许多历史学观点并没有得到大部分睿智的历史学家的赞成。然而孟德斯鸠那种不拘俗套的学术观点却激起了这些

孟德斯鸠，劳托洛作。

历史学家的关注，他们由此出发去细致地阐述和说明某个事件的来龙去脉。孟德斯鸠是一位天才的历史学家，他的著作清晰流畅、通俗易懂，而且其中包含着他的许多思想观点。我们熟知的《论法的精神》是一部关于法律、社会、政府机构以及古代至近代各国习俗研究的不朽巨著，今天，我们大概需要至少十个不同专业的教授来精深地研究才可能解决这部著作中所涉及的众多问题。

18世纪是知识空前丰富的时代，当人们在许多问题上能自由地给出解答时，也感到很有必要将知识进行分类以便更接近真理，聚集那些天才人物的智慧是最便捷的途径。在这方面，《百科全书》是这种想法的一个直接结果，这部分的功劳当属狄德罗。《百科全书》是一部关于科学、文学、哲学以及其他各学科的知识总集，也是许多杰出的思想家的智慧结晶，后来又增加了许多卷。虽然我们把狄德罗的名字和《百科全书》紧紧联系在一起，但把他推上第一流文学家和极有独创性的思想家地位的，却是他的论文。他的论文良莠不齐，就像一部百科辞典，从中我们既可以看到充满天才的思想与洞见，也很可能遇到那些不值一提的平庸之作。狄德罗以一种革新的姿态来面对他所触及的社会问题，在他的全部作品和他的哲学思想中，我们可以强烈感受到他那种精进无畏、无所退避的精神。同当时的许多思想家一样，他的哲学观是自然主义的，自然主义即认为自然是万物的最初起源，也是思想和诗歌的源泉。与卢梭的自然主义所蕴涵的那种淡淡的伤感和诗意不同的是，我们在他的自然哲学著作中会发现遍布全书的理性，而很少碰到一些诗意的东西。经过伟大的歌德的翻译和介绍，他的幻想讽刺小说《拉摩的侄儿》被人们誉为杰作并在欧洲广为流传，虽然并不是这部小说而是那些机智敏锐的对话代表了他最高的艺术成就，也真正显示了其天才之处。

狄德罗小说《拉摩的侄儿》插图，法国画家贝尔纳·诺丹作。

布丰是研究动植物及矿物的博物学者及生物学专家，他与同时代的狄德罗和现代的那些在野外或实验室从事研究的坚持自然观的学者不同的是，致力于发现并阐述自然界的秩序。虽然科学界对他的《博物学》褒贬不一，但这无法改变它是一部文学杰作的事实，对我们来说，这已经足够了。

布丰像

布丰用一种平静的心态观察自然，他心目中的自然并没有向它抱怨，而自然在爱默生那里则说："渺小的人类，你为何为我如此激动呢？"当时的风尚是人们普遍真诚地或者假装热情地关注自然并由此写下他们虽然繁多却并不客观准确的东西。

下面让我们来面对那位经历了18世纪3/4的多才多艺的伏尔泰，他尝试过戏剧、诗歌、讽刺小说、历史、文学批评及书信等几乎所有的文学创作形式，在他的作品中，我们能感受到那种因贴近生活而来的对人生深刻的体悟，这一切使他成了那个时代的代表和缩影，同约翰逊博士一样，人们对他的生平比著作更感兴趣。伏尔泰虽然一度是普鲁士腓特烈大帝的座上客，但一生却很少在政治和宗教势力面前低头。尽管人们公认他是基督教的敌人，但实际上他只是抨击知识文化里宗教的独裁专制，对于基督教本身，他并没有多少兴趣。不仅当时的批评家叹服于他的睿智，甚至后来像卡莱尔这样的大批评家也在他面前困惑不已。我们关注的是他大量的散文，其中许多被译成各种文字，而后来的法国散文家更是从他那里获益多多。在《查理十二》中，我们能感受到他的那种真诚，而在《老实人》中，我们则能领略到他的喜剧讽刺气质和乐观向上的精神；另外在他的书信中，我们则可以看清他思想和性格的清晰脉络。

《新爱洛漪丝》插图，法国宫廷画家莫罗作。

如果说伏尔泰是"天赐良才"的喜剧家，那么年少的同代人卢梭则是感情上的美学家。当卢梭对当时社会制度进行严厉的攻击和反抗时，他实际上扮演了法国大革命的预言家和启蒙者。虽然我们不能说法国大革命是由他或者其他的哪个个人引起的，但他却雄辩而准确地说明了这场运动的动机和目的，并且我们所熟知的是，即使像杰斐逊那样的美国革命的预言家也

《忏悔录》插图，表现的是卢梭和华伦夫人见面的场景："听到她说话的声音，我的心颤栗了一下，不由得扑倒在她的膝下……"

从他的思想中获益匪浅。虽然在今天看来，卢梭的一部分思想有些过时，但大部分却仍然保持着生机与活力，影响着一代又一代人。从经济学的角度来看，卢梭的《社会契约论》为我们描述了一幅乌托邦式理想社会的宏伟画卷；但在政治学中，它却是一部引起无休止争论的伟大哲学著作。他相信"人性本善"，而人之所以会堕落，是因为私有制的社会制度将人性扭曲了。故而他主张"返回自然"，他也神往古代希腊和罗马。在《爱弥尔》中，基于人性本善，他提出了自己的教育思想——对孩子应当不加干涉、任其自由发展，更不应该用家长和老师的学识经验去影响他们的思想和行为。而《新爱洛漪丝》也是充满优美恬淡的感伤的那一类小说的首创。在这部作品中，善良的人性和美好的自然界相得益彰，互相融合在一起。不过很遗憾，在后来我们看到，这种艺术成就在后世的小说中却常常因为那些虚伪的感情而变得沉闷繁冗，最终索然无味。自传体的《忏悔录》是他的晚年之作，这部作品的重要之处在于从中我们可以窥见作者的性格和品质。

第20章

19世纪以前的法国诗歌和戏剧

“爱”在这一群歌者的中最先呼出的是

维永，我们这个忧郁而可憎、欣喜而狂热的同胞的名。（斯温伯恩）

15世纪以前，抒情诗人倾心于创造繁复多样的句式和诗行，诗歌创作追求纯粹的技巧而流于感情和诗意的缺失、贫瘠。然而，这一缺失却给了后来诗人大有作为的空间。15世纪，天才诗人横空出世。其中三人尤为突出，他们是查理·德·奥尔良、弗朗索瓦·维永和克莱芒特·马洛。

查理的歌声虽不新颖但却真实。虽然他的诗歌从形式和内容而言，都带有中世纪的贵族气息，但是他在用自己的声音歌唱。也许感情不那么强烈，但这丝毫不损其诗歌的魅力和诱惑力。他的“春”之歌之所以真诚，是因为他自然、素朴地表达了对于女子的殷勤。并不是只有历史大人物才被世人反复追忆，人们同样不会忘记这个曾做过英国俘虏的诗人，不会忘却他从不列颠的海岸抒发的对法国的乡愁。

和他形成鲜明对比的是晚于他、但是比他伟大得多的弗朗萨·维永。做过流浪汉，当过小偷，多次几乎被处以绞刑的他，因为其诗人的性格，被命运之神垂青，庇护他的人把他送到学校读书。事实上，我们对他的了解并不多。在他的诗歌中，前代宫廷诗人缔造的诗歌形式因为他狂放不羁的人格而充满了“前不见古人，后不见来者”的活力。下面的这首诗是维永想到自己和同伴们第二天就要被处以绞刑时所写的民谣，斯温伯恩翻译：

人们，在我们死后还活着的弟兄们，
对我们的心肠不要太硬；
如果你们同情我们这些可怜的人，
你们也就可以得到神的怜悯。
看哪，我们五六个人被绑了起来。
在这里，我们那被喂养得好好的肌肉，
就要被吃掉，腐烂，撕成碎片。
而我们的骨头，也终将化为尘土。
你们切不可幸灾乐祸，
最好是企求神灵保佑我们吧。

虽然我们理当受到法律的惩处，
但是，当我们请求你们的宽宥时，
你们不会嘲笑我们的心愿吧。
你们应该知道，
凡是活着的东西，
不可能永远正确。
所以请你们真心地祈祷
那位从处女之胎中诞生的君主。
请求他的恩惠不要像干涸的泉水一般，
请求他不要让地狱的雷霆降落到我们头上，
如果我们死了，
你们也不该打扰虐待死去的我们，
还是祈求神灵宽宥我们吧。

雨水将冲刷着我们，
太阳将使我们变得干燥黝黑，
见我们死了，
那些尖嘴厉齿的鸦鹊
挖出了我们的眼睛，

拔出我们的胡子和眉毛。
我们片刻也得不到休息。
而肆虐的狂风
把我们的肉吹得一片狼藉，
像园里墙上的果实一般，
引来群鸟争相啄食。

人们啊，为了神的垂爱，
不要对我们恶语相加，
还是祈求神来宽宥我们吧。

耶和华，一切的主和统帅，
愿您使我们免于堕入黑暗的地狱。
在这样的主的厅堂里，
我们无所事事。
所以，愿你不要审判我们，
还是祈求神来宽宥我们吧。

维永，劳托洛作。中世纪作家，第一个伟大的法国诗人。他是一个穷人，一个小偷，可能还是个杀人犯。但他的文字隽永流畅，堪称神笔。在一首悼念一位故世的美女的诗中有“往年白雪今何在”的名句。在一首著名的叙事曲中，他吐露了自己的悲哀和惧怕受刑的心情。处于中世纪的旧秩序日益崩溃，到处笼罩死亡的阴影的时代，维永表达了他顽强的生的欲望。

在法国诗中，直到19世纪我们才看到维永的哀抑的作品。斯蒂文森在《对人及书籍的亲切的研究》中，极富同情地批评了维永，中肯地指出他的精神和诗歌形式对于近代英国诗人影响较大。除此之外，斯蒂文森以维永的生平为题材，创作了带有空想意味的《宿夜》。斯蒂文森关于查理·德·奥尔良的研究也是颇有价值的。

纵观中世纪的法国诗歌，我们会发现维永的后继者和编纂者克莱芒特·马洛，一个领我们走到16世纪而有近代风味的诗人。其优秀作品的魅力和显著特色在于轻快的节奏，日常生活语言的使用和考究而轻松的形式诸方面。这种诗看上去单纯雅致，但并不好写，正如精美的刺绣一样。在19世纪英国诗人奥斯汀·多布森的作品中，我们可以邂逅到这种匠心。马洛的诗虽不雄浑激昂，但别有一种自然、明快、纤细、精巧的韵味，在近代也颇有读者。曾几何时，模仿古典、旨在净化法语的强有力的诗人诞生了，马洛便消失在他们的“影子”里。这些新诗人是文艺复兴的产物。他们从古诗中吸收养料，并把意大利的短诗输入法国。由于仰慕那七个希腊诗人，他们自称“七星社”。他们的目标是要与法国的诗歌告别，致力于诗歌的标准化。这最终导致诗歌脱离了现实生活的重要部分。他们决心把法国推至希腊语的高度（其成果是至少人为地巩固了法语的地位）。19世纪“自由诗”的出现终于取代了他们创造的法国古典诗。在“七星社”中，最重要的是若阿基姆·杜贝莱和皮埃尔·德·龙萨二人。他们的作品流传的时间并不长，没有超过两个世纪，但是在形式上却对法国诗歌有决定性的意义。而且他们的诗歌对英国的文艺复兴也起了推波助澜的作用。斯宾塞翻译了杜贝莱的《罗马的古迹》，这些诗人都被英国诗人，特别是伊丽莎白时代的诗人们所熟知。他们是盲从法国诗歌的形式主义的典型体现者，过于注重诗的修辞法。读一读杜贝莱的《子犬墓地》（*Epitaphona Little Dog*），不难发现法国的诗歌并非诗味淡漠而失之过于注重形式，其中不乏人情味和真挚的感情。这种诗味和感慨颇有19世纪的意味。如果说16世纪的诗仿古味过重而失之自然的话，那么，相对于20世纪后诗歌的严峻无情和过于理性，此时的诗歌又别有一种触人心扉的温柔。诗人批评家马布雷不仅没有促使法国的诗歌走上繁荣，反而加速了其凋零和冷淡。他那索然寡味、毫无生气的诗歌实在使人想像不出他有什么伟大的影响。近代人是通过冰凉的玻璃才领略到维永、德·奥尔良和马洛的温暖的。

对法国诗歌的一般概述多少可以帮助我们进一步了解近代诗。诗是自然的产物。但诗的韵律和音节是人为努力的结果。歌唱是人的一种生存状态，歌唱者可以对艺术一窍不通。所以，从源头来说，诗歌可以一分为二，通俗的诗歌和文学的诗歌，即自然的一种和艺术的一种。但再艺术再文学的诗歌也必然需要生命的自然搏动。最完美的诗是所谓“自然”和“艺术”（这两个概念都很含糊）因素的结合。但是人们往往会因为过于追求诗歌的形式而导致形式主义，其代价是思想的停滞和束缚。而这，就是法国诗坛曾出现的状况。《牛津法国诗选》的编纂者说过：“追求形式的热忱……这幽灵在诗的背后骑着帕加萨斯哩。”

这就是许多法国诗歌虽然精致但却打动不了我们的原因。同样的弊端存在于但丁以后的诗人中。但丁把平近易懂的俗语和复杂的诗歌结构最巧妙地结合起来。18世纪的英国诗歌由于受到法国诗歌的影响，注重形式多于注重内容。直到18世纪末，英国的诗歌才从形式的囚笼中挣脱出来，回复了自由的本性。此后的一百五十年中，自由成为英国诗人创作和表达的风格。近代最伟大的英国诗歌（欧洲批评家一致这样认为，而不为所谓的“语言上的爱国主义”所局限）往往韵律自然流畅，语言朴实真挚，结构严谨，形式优美。因此，所谓的“自由诗”，无论是谁的作品，无论写得如何美妙绝伦和如何让人拍案叫绝，在英国并不算新东西，掀不起丝毫涟漪。当然，在法国，民谣的优良传统几乎也没有丢失过，即使是在歌德统帅的古典时代。歌德的抒情诗依然是法国风格的，他将荷马、维吉尔的六步韵句借过来，成了欧洲最深邃的古典主义研究者。我们相信他的诗歌是丰富的内容和神圣的音乐的完美结合，而这种结合也存在于俄语、匈牙利语中。人们都认为用自己母语写成的诗是最美、最自然的，特别是被真正的诗人歌唱时，那就一定更美了。是的，诗歌本身可以被翻译成各种文字广泛传阅，但是那种由独一无二的嗓音读出来的声音却会消失在时间的慢流中。我们对文学感兴趣，一是受它本身独特趣味的吸引，二是因为外力的激发，两者是有一定区别的。但其中的区别并不明显，因此，我们可以说，英国诗是英国自己的音乐，因为缺乏一流的音乐家，所以诗歌是融通俗与文学艺术于一体的音乐。还可以说，德国的诗歌因为音乐的力量而辉煌，但仍不失通俗的风味和形式。所以不管诗人如何精雕细琢，它依然是大众艺术。法国的诗人在思想上和艺术形式上都有所创新，但又小心翼翼，害怕失去平衡，故满心赤诚地因袭前人。这一局限，在另一个方面，又造成了无心插柳的意外收获——法国散文的明朗清澈。

与诗歌一样，法国戏剧也有流于形式主义的倾向。这种倾向至今尚有余响。与全欧洲戏剧一样，法国戏剧源头有二：一是文学，即希腊和拉丁文学；二是民间。大众剧题材多来自于道德说教、传奇、圣经故事以及友善的笑话，形式是单纯的对话。（有关这些，我们在第25章谈到英国戏剧时，还要涉及。）16、17世纪的法国作家对这种中世纪的戏剧缺乏兴趣，而致力于对古典剧的改编和移植。

高乃依对法国戏剧的发展作出了巨大的贡献，其一生几乎横跨整个17世纪，是法国最初的大悲剧诗人。他创作悲剧和喜剧30余篇，其中一些“立竿见影”地轰动了当时的法国文坛，还有一些至今仍是舞台的经典剧目，长演不衰。他并不是古典戏剧的崇拜者，虽然8部戏剧取材于古代题材。如《熙德》原本来自于意大利。主人公是一个西班牙队长，一个半历史半传奇的人物，这个人我们在中世纪的罗曼司传奇中曾经邂逅过。高乃依在当时的巨大成功也给他招来颇多非议和嫉恨，攻击他的人是包括黎塞留在内的对头诗人和批评家。但这种攻击，与民众对他的狂热比较起来，显得毫无力度和不合时宜。高乃依的作品在欧洲大陆各国广泛流传。我个人认为，争论这部剧是有益于还是有损于古典戏剧是没有意义的。戏剧的活力不在于文体本身，而在于用这种文体所表达的浪漫传奇的主题。我认为，众多伟大的戏剧和故事不是因为评注，而是从戏剧本身的字里行间自然流露出来的野性的、鲜活的生命力和本原的精神力量，我们就是被它们所打动。一切铸就天才悲剧家的天赋，高乃依都有。他的戏剧布局有条不紊，有场景，有动作，人物性格的发展有始有终。他是人性的（特别当其表现人的内心冲突时）的研究者。他像莎士比亚一样保持着诗人高度的技巧和品位，虽然当时他也写了一些平庸之作。他使诗像人们挂在口头的语言一样自然的作响，在《西拿》、《贺拉斯》、《罗多格》（*Rodogune*）等作品中，我们都听到了优美的乐调。现在看来，他那些不怎么重要的作品，法国大众早就有口皆碑了。高乃依古典戏剧之后，出现了更有热情和色彩的浪漫主义戏剧，还有贴近人生的现实主义戏剧。现在，许多古典戏剧都淡出了舞台，而高乃依的作品也并非全是精品，但是，他的优秀作品却有着永恒的价值。

拉辛是高乃依之后的又一个巅峰。《安德罗玛克》和《弗德尔》是希腊和罗马风格。《爱丝苔尔》和《阿达莉》则是圣经风格。他以文体的优雅多变和确切使用而被人称誉，这些

拉辛。某些法国评论家认为拉辛堪称法国最伟大的戏剧诗人，但也有不少人认为他比法国悲剧的创始人高乃依略逊一筹。拉辛不仅赋予人物以理性，而且使他们具有丰富的感情色彩。在某些方面，拉辛确实使法国戏剧从清规戒律束缚下的矫揉造作中摆脱出来，给予作者充分发扬自己风格的余地。

文体在我看来有些冷漠，但在法国人眼里是富有感情和热情的。即使再冷漠平庸的翻译，也不能掩盖拉辛那颗秘密的心灵和他对人性的丰富了解。他笔下的人物既不是希伯来人，不是法国人，也不是希腊人，而是我们所有的人，就像莎士比亚和易卜生的人物一样。拉辛的理想是形式和辞章的完美，并且将之运用到了有完整的结构和典雅的语法（就最高意义上讲）的那五六篇最长的戏剧中。从这一点上说，高乃依以后、克罗台尔以前，没有哪个法国诗人比拉辛做得更好。他是目光敏锐的批评家。他将自己的文学观点阐述在剧本的序文中。这些观点，虽遭浪漫主义的攻击，也被近代的戏剧家所践踏，但对古典戏剧却是绝对的健全和适应。《希立坦尼》的序文表述了他的创作理想：戏剧不需要太复杂的情节——它的发展取决于人物的兴味、内心感触和热情。这是合乎常理的。就如将琼森与莎士比亚相比和将丁尼生与勃朗宁相比一样，人们常将拉辛和高乃依相比，这是没有意义的。高乃依是天生的独立的天才，而拉辛则是潜心训练的天才。

拉辛剧作《弗德尔》插图，表现的是第二幕第五场的情形：弗德尔以死威胁希波吕托斯。法国新古典主义运动画派的代表人物吉罗代·特里奥松作。

对于英国读者来说，非得下一番功夫才能领略法国悲剧的奥妙之处。但哪怕是最愚钝的读者，也可以看出法国戏剧的巨大活力，它们在人类文学史上光芒四射。文学史上最大的戏剧家是莫里哀。他与高乃依、拉辛生活在同一个时代——17世纪，但是，他的名字与拉伯雷、阿那托尔、西班牙的塞万提斯、英国的莎士比亚、菲尔丁、萧伯纳、美国的马克吐温一样超越了国界和时代的限制。

在法国的艺术界，有一点是清楚的，即莫里哀和传说中的莎士比亚一样，不仅当过演员、剧场经理等，而且他们所作的戏剧既能阅读又能上演。在文学史上，莫里哀占有极高的地位。他揭示了人类的愚钝。但他所塑造的人物过于典型和概念化，无论是伪君子还是吝啬鬼都是十足的。在他笔下，戏剧人物简洁而准确，“人物素描”贴近生活而线条坚硬。这就造成了莫里哀的戏剧不好翻译，译者甚至难以传达剧中对话的机敏。恶棍塔丢夫（Tartuffe）同狄更斯的帕克斯尼夫(Pecksniff)是同道中人，《中产阶级的绅士》中的汝耳当(Monsieur Jourdain)同辛克莱·刘易斯笔下的乔治·F.巴比特可谓是难兄难弟。莫里哀不但将他的“匕首和标枪”投向狂妄自大、炫耀、伪善、贪婪等诸如此类的罪恶，也不放过小小的过失、愚蠢和无能，他的有些“匕首和标枪”还是带毒的，这就难免为自己树敌。他被称为道德家、哲学家和社会改革家。有人说过，所谓戏剧不过是笑剧罢了。确实，莫里哀关注生动有趣的场面，他的许多作品是笑剧，有些至今还有生命力。但同时他是深刻的，幽默和滑稽是对人生笑剧的反讽。

莫里哀，劳托洛作。

拉·封丹是莫里哀的朋友，富于喜剧精神。当时，戏剧关注、描写、研究人性，人在戏剧中是穿上其同伴即动物和禽类的“衣服”走进我们的视野的。拉·封丹的《寓言》是这类故事中讲得最好的。这是一个从《伊索寓言》上溯到人类相信动物能说话的时代的古老故事。在民间故事中，动物同人一样，“言谈举止”像乔尔·C.哈里斯在《利玛大叔》之中描写的那样。新近作家肯尼思·格雷厄姆在《杨柳风》中，借小动物的形象，将他们直立行走的可爱的弟兄们描写出来。动物故事，无论是否影射人性，注定是要风行的，直到世间所有的孩子长大为止。拉·封丹用轻快的韵文代替散文的寓言，以微妙的揶揄刻画人性。没有比他更受欢迎的德国诗人了，孩子们流连其故事中，大人玩味他关于人性的辛辣诠注和精巧的韵文。

而布瓦洛则超越于一切剧作家和诗人之上。他是亚里士多德之后、阿诺德之前最富负名的天才批评家。他博古通今，傲视群伦。他直接发现了拉辛的美学趣味和莫里哀的天分。通过翻译，我们也认识了与布瓦洛的天分相仿的贺拉斯和亚历山大·蒲柏的价值。蒲柏的《批评论》和《夺发记》取材于布瓦洛的作品，布瓦洛的《诗的艺术》是以贺拉斯的《诗艺》为基础的。布瓦洛和蒲柏一样，力图寻找到自己的表述方式，而不因袭前人。虽然有些狭隘的书生意气，但不失为一个耿直、犀利的强势人物。我没有发现他诗歌的非凡之处，可能对于一个异国的读者来说，他的诗不那么好理解，略显冰清寒冷。至于他作品中包含的智慧和优美之处，我认为，和戈替尔（Gautier）的《艺术》和魏尔兰的《诗学》相比，那是差着十万八千里的。而且他说：

> 把阳光下一切令人目眩的，
> 都通通交给意大利吧！

拉·封丹，他善于结交朋友，富裕的资助人钟爱其才华，十分乐意资助他。

这个在阳光照耀之下依然炫目、癫狂的事业是指17世纪意大利诗中的弊端。然而，我们并不确信他是否能读懂但丁。从时间和地域上来说，我们这位诗评家不过是“村夫野老”罢了。

18世纪，出现了三个戏剧家，他们是勒萨日、马利弗和博马舍，他们的笑声至今仍然回荡在大地上。勒萨日以辛辣的《瘸腿魔鬼》(*Turcaret*)在喜剧史上占有一席之地，作为一个幽默小说大家，我们曾提到过他。奇异天才马利弗(Marivaux)继他之后出现。马利弗是文学界最有独创性的人物之一。他不喜重复别人讲过的故事，讨厌冗长的形容词和名词，甚至索性将一些古老严格的短语拆开来用。他喜欢尝试不同文体，且风格多变。小说《马丽雅娜的一生》古风犹存，但向近代现实主义跨了一大步。戏剧，尤其是《爱情与冒险的游戏》，机智而优美。他是所有法国批评家的宠儿。他给法语带来一个新词——“马利弗式文章”，指过于隐喻而晦涩难懂的文体。

马利弗的先锋狂飙并没有造就他事业的巅峰，他在国外几乎默默无闻。而他之后的博马

马里弗像

《塞维利亚的理发师》中的场景之一

舍却让全世界充满欢乐。《塞维利亚的理发师》和《费加罗的婚礼》，大约比包括《查理的伯母》在内的任何戏剧都更会使人开怀大笑。配上莫扎特和罗西尼的音乐，博马舍制造的戏剧效果无人可超越。费加罗是喜剧画廊不朽的人物之一。假如作家们能在天堂什么地方相遇，我倒希望博马舍和谢里登就戏剧问题谈一谈，看能否写出些关于神和人的呆气的作品来。

第21章

古典时代前的德国文学

我不能也不想取消前言，因为干有违良心的事既不安全，

也不明智。我站在这里，不知道该干别的什么。

神啊，帮助我吧！阿门！（路德）

历史上，博学多才的作家并不罕见，但集政治与文学才能于一身的却不多。其中，马丁·路德当数惟一的最杰出人物。孤立、片面地看待人性格的某一面，或完全脱离生活的文学作品是不可能存在的。我无从知道路德凭他的文学才华，在宗教、政治权力上何种辉煌。我也无从知道作为德国民族英雄，他对从萨克逊分化出来的德语的发展，以及对构成近代德国文学的基础——德语的贡献。我感兴趣的仅仅是文学事实。文学史上，可以和路德媲美的只有但丁，他们都是对本国语言（或相关的他国语言）和文学作出奠基贡献的“惟一之人”。在意大利文学上，但丁最早运用多斯加纳语（Tuscan）进行文学创作，并形成自己独特的多斯加纳语言风格。从文学的角度来说，路德通过翻译《圣经》，奠定了他的文学权威的地位。16世纪德国宗教改革，既非彻底地反抗教会的罪恶，也非完全地宣传神学，但它确实是一场轰轰烈烈的斗争运动，让人热血沸腾。路德意识到，把《圣经》译成本民族语言，让本国人民都能了解其内容，这是形成自己强大号召力的惟一的方法。此前，《圣经》用古语写成，话语权掌握在一些有知识的学者、僧侣手中。路德的目的就是把基督教的一切有记载的内容昭示给本国民众，这一点与英国《圣经》译者相同。这样，即使许多人不

能直接阅读《圣经》上的文字，购买不起《圣经》，那么通过别人向他们诵读，他们也完全能听懂、明白《圣经》的意思。那时，德国散文、哲学著作在历史发展中日趋复杂和生涩，即便是纯粹的德国人阅读起来也觉得费解吃力。而路德的共通德语，不仅使远离了人间的《圣经》重新焕发了草根气息，而且其清新活泼的文风一扫当时晦涩难懂的陈腐风格，还德语以活力。直到现在，路德在德国散文中，仍占据骨干地位。也许做文学家、艺术家并非路德的初衷。他的文章有强烈的目的性，即为自己的实际需要服务。据说：他曾向恶魔投掷墨水瓶。我们可以怀疑这个故事的真实性，但却绝对不用怀疑这个故事的象征意义。

路德，劳托洛作。16世纪欧洲宗教改革运动的发起者，新教路德宗创始人。为人厚道、精力旺盛、质朴坦诚、富于幽默感，是一位超越世俗的天才。他具有用自己的信念之火激励他人灵魂的力量。

路德译《圣经》封面

终其一生，路德都在用笔墨同恶魔作战，并非实在意义上的投掷墨水瓶。

在德国，无论王公或农民，都略通音乐。像他的同代人一样，路德也是如此，并且，还以娴熟的弹琵琶技艺而闻名。自15世纪再次兴盛起来的赞美歌，一直到路德生活的时代也未见衰微。这些赞美歌从歌词到曲调，都与英国许多赞美歌无异（英国的乐谱大多由德国传进来）。而路德自幼就生活在此氛围中。他曾写过德国历史上最有力度的赞美歌，歌词、曲谱大概都是他独立完成的。其中以《坚固的堡垒是我的神》最为著名。这首诗气势磅礴，文笔简约，其神韵意涵很难也不可

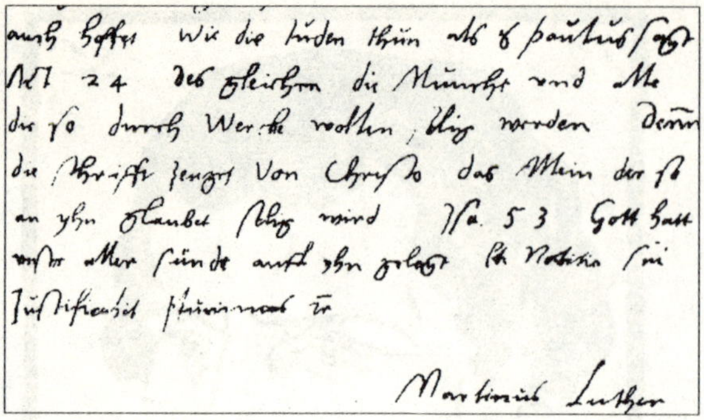

路德手稿

能被英文译者完美地把握，哪怕是德国人最崇拜的天才托马斯·卡莱尔也不例外。路德的诗句“没有神，人就无能为力”，就像来自天堂的声音，虔诚而激昂。但这么美丽的诗句却被卡莱尔译成“用人的腕力，我们什么都做不成”，没有丝毫的美感，读来索然寡味。这不仅误译了路德的意思，而且译笔也拙劣不堪。在简略的文学史概述中，这不过是一件微小的琐事。然而，这也反映了文学的一个重要问题，即翻译是一项极其困难的工作。

萨克思，劳托洛作。

16世纪路德的宗教改革，并未席卷整个德国知识界。在工匠、商人、神职人员以及骑士中，还存在多种以“歌咏师”形式组织的公民大众，现代诗就繁荣于此。歌咏师们继承了12至13世纪“爱情诗人”的传统，他们的诗歌真挚感人。要获得歌咏师的身份并不是一件容易的事，候补人员得自己创作独特的歌词与旋律，以证明自己能胜任此项工作。歌咏师在当时有一种身份优越感，地位极其重要，不亚于骑士封号和今天的大学生的地位。瓦格纳的歌剧就是歌咏师的艺术——诗歌与喜剧的艺术综合。歌咏师生活的时代，虽然仍存在君王与平民这种阶级地位悬殊的鸿沟，但却是德国有史以来最民主的时代。工匠由早先出卖劳动的奴隶转变成独立的手工业者，成为拥有公民权利的公会成员。所以歌咏师中最著名的诗人，生于纽伦堡的汉斯·萨克思，虽然是鞋匠出身，但他的地位并不比绅士、学者们低贱。这一点可以从伊丽莎白时代的剧作家托马斯·德克尔活泼、风趣的喜剧《鞋店的节日》中看出来。剧中主要描写15世纪的一个当了伦敦市市长的鞋匠的故事，虽然故事纯属虚构，但真实地反映了当时社会的实际情况。萨克思与路德同代，并是其崇拜者。他是个多产的作家，其诗歌、散文数量极丰，其中许多作品成了德国文学不朽的名著。而由平民、市民、工匠所组成的千百个训练有素的歌手，创作了大量歌曲，带给那些不会作歌的普通人一个无处不在的诗的氛围，让大地上歌声如风。一时间，在德国，吟咏巴赫、舒曼、席勒以及萨克思等人的诗歌蔚然成风。这种盛行的群众艺术，对德国各阶层的儿童产生了密切影响，他们把学习音乐、诗歌当作生活必不可少的一部分。这场“歌咏师”运动超越了任何作家的作品，具有不朽的历史意义，以整体的姿态推动了德国文学发展。这为后来德国伟大的音乐家和诗人的出现，打下了艺术基础。

17世纪英、法两国文坛，璀璨夺目、光彩耀人，而欧洲中部却笼罩在黑暗之中。在那场持续到1648年仍未结束的德国30年国内战争中，大批的青年人失去了生命。谁知道有多少个有才华的青年还未施展才华，就死于非命？而成年人却意志消沉。战火蹂躏下的德国，处于一片荒废之中。欧洲文艺复兴运动的明灯并没有照亮德国，一切都在那场战争中黯淡无光。如果说文艺复兴运动在德国真有影响的话，那就是产生了单调的拟古主义文学，或使德国无选择地一味模仿邻国的文学。直至18～19世纪，德国才开始诞生一些伟大的天才。值得庆幸的是，即便在这样黑暗的时代，德国在思想上却未消亡。当持续30年的战争终将结束时，德国最早的伟大的哲学家莱布尼兹诞生了。他的理性主义哲学风行了18世纪的整个德国，并在法国哲学家中产生了广泛影响。然而，谈及德国文学，虽未终绝，但在再次复兴前的百年间，则是极其黯淡的。关于这点，在第40章我会再次提及的。

第22章

19世纪以前的西班牙和葡萄牙文学

啊，无与伦比的著者啊！啊，幸福的堂·吉诃德先生啊！

啊，著名的达辛尼亚！啊！滑稽的桑丘·潘沙啊！

为了人类的欢乐和开心，你们穿越无边的时空，

若即若离地生活吧。（塞万提斯）

西班牙是极富浪漫气息的国家。我们常常将它与热情的人民、神幻的鬼怪传奇、华丽的衣裳、惊心动魄的冒险联系在一块。这种印象，并非从旅行者那里得来，而是西班牙的文学家、小说家笔下的作品提供给我们的认识。

西班牙人以及西班牙似的夸张、骑士风度、美的风俗还有大约是对这些进行矫正的言行都极具滑稽味。17世纪，塞万提斯创作了文学史上最伟大的喜剧《堂·吉诃德》，其成就无人可望其项背，即便是拉伯雷也无法与之匹敌（当然，不同禀赋的天才根本不存在比较的可能）。为什么这么说呢？因为拉伯雷的讽刺剧中的主人公行为极其荒唐，而塞万提斯的讽刺剧虽然天马行空，大量运用想像，但塑造的人物却无可置疑地忠实于社会人生。愚傻可笑、举止偏离常规的善良老头子堂·吉诃德，阅读了大量的骑士传奇后突发奇想，决定模仿传奇故事中的骑士，出外去冒险。在冒险途中，他错把风车当作巨人；清静的客栈，在他眼中则变成了城堡。而他滑稽的随从桑丘·潘沙则随和直率，善意地指正他冒险所犯的错误，预言他的厄运。喜剧、梦与现实交织在一起，引人发笑。塞万提斯本人以及读者，大多数偏向于同情爱做梦的堂·吉诃德。塞万提斯的意图在于揭示造成堂·吉诃德行为失常

的社会原因，其中并不掩饰自己对这种社会原因的憎恶。在该书的末尾，他表明了他的主要目的：暴露过时的骑士制度的腐朽与罪恶，让它受到应有的唾弃。

塞万提斯，劳托洛作。

也许塞万提斯在创作《堂·吉诃德》时，其惟一的动机在于批评，但《堂·吉诃德》却远远超越了这一设定的目的。塞万提斯本意在于“嘲讽”，却不料无意中走入了宏阔、充满人间味的大道。堂·吉诃德的感染力、生命力远远大于讽刺戏剧或诗文，人们在他身上看见了生命的真谛。即便是对笔下的两个傻子，塞万提斯也并非以伤感的态度写他们，而以父辈般的慈爱待他们。骑士制度最终在历史的长河中湮没了，骑士传奇大部分也消失了，一切都已随风而逝，只有塞万提斯让我们时时怀想那古典主义的浪漫，像生活本身一样深邃丰富、自由多姿的故事。那些对浪漫情调一无所知，或持不以为然乃至轻视态度的人，在塞万提斯的故事中，也会得到愉悦，得到乐趣，发现生活的可能性。《堂·吉诃德》第一部出版后，沽名钓誉者伪造了它的续篇。出于对伪冒作品的愤慨，塞万提斯迅速写了真正的第二部，比第一部更为优美轰动，这在续篇创作上是极为少见的。在续篇中，塞万提斯虚构了一个名叫熙德·哈麦特(CidHamete)的人，并假托自己的作品取材于此人可靠的记录。《堂·吉诃德》已译成欧洲各国语

唐·吉诃德和他的随从

唐·吉诃德大战风车

言，其中最标准、最完美的译本由莫忒克译出。他还是拉伯雷作品的译者。

历史的流逝不能掩饰《堂·吉诃德》的光辉，这是一部跨越历史的杰作。塞万提斯用他的生花妙笔描写了堂·吉诃德及其忠实的随从在旅行中遇到的各种各样的人和物，真实反映了西班牙的现实生活。他笔下的人物虽历经风霜，但依然栩栩如生。他们不仅是西班牙人，而且也是我们自身的影子。狂傲的骑士，怪僻的哲学家，他们今天都还生活在我们周围。事实上，即使没有《堂·吉诃德》，单凭戏剧与故事小说两项，塞万提斯也能在文学史上享有较高声誉。就像乔叟即使没有《坎特伯雷故事集》，也依然是历史上最重要的诗人，依然能载入史册。但是，一般情况是，人们往往关注作家的惊世杰作，而忽视了作家创作的同样精彩的其他作品。

塞万提斯生活的时代是西班牙政治、文化上的全盛时期。塞万提斯死后，最早的西班牙画家维拉斯克(Velasquez)诞生了。西班牙文化、艺术的繁盛一直持续到17世纪。1588年，塞万提斯四十一岁，英国舰队击败西班牙舰队，这就是“阿马达事件”(Armada)。从此以后，西班牙政治的鼎盛局面结束。西班牙戏剧的创建者罗普·德·维加原本是西班牙的一个青年水手。在17世纪的西班牙文坛上，他具有君主般的权威。他的戏剧虽对伊丽莎白时代的戏剧或多或少有些影响，但遗憾的是，其作品除了本国文学之外，对他国至少对英语文学没有一种实质性的价值。但无论如何，维加本人是西班牙文学的骄傲之一，算一个了不起的人物。至少，对于一个在24小时内能创作三幕戏剧的天才，我们不能不由衷地敬佩。其戏剧作品繁多，不下千篇。几乎没有一个西班牙人能全部读完他的戏剧。除戏剧之外，他还写过许多其他类型的作品。但可能是过于追求数量吧，我们遗憾地发现，维加没有代表作，我们找不到能代表他的特色且最具价值的作品。有关他的故事，就说到这里。

17世纪，活跃于西班牙所有剧场的人物是卡尔德隆（Calderon)。他是罗普·德·维加忠实的后继者。当时，西班牙盛行一种“Auto”剧，它类似英、法两国的奇迹剧，其实质是宗教剧。演Auto剧的演员们衣着古怪，但并非奇装异服，快走于街道上，受到国王或僧侣们的款待。卡尔德隆被公认为是写Auto剧的巨匠。卡尔德隆还写过类似《大魔术师》的浪漫主义荒唐剧，他也因此而得到了浪漫主义时代的德国、英国诗人的赞扬。从这一点上说，与其称他为戏剧家，毋宁称他为诗人更贴切。至于浪漫主义传统，我们可以列出一系列伟大诗人的名字来：歌德、雪莱、塞万提斯以及半个世纪后《鲁拜集》的作者、诗人菲茨杰拉德。而浪漫主义荒唐剧，则是无聊的人互相玩的把戏，是堂·吉诃德的胯下马同骑士道争面子的事。西班牙至今还关注它，因为它是大歌剧的绝好素材。但要将它抬到大悲剧的高度，却有赖于音乐家和诗人的努力。但卡尔德隆做到了，和高乃依和雨果做得一样好。

卡尔德隆，劳托洛作。

葡萄牙位于西班牙半岛末端，是西班牙的邻国，它是由西班牙分化出来的一个小国。但在16世纪，却拥有强大的海军军事力量。也正是在16世纪，葡萄牙诗人卡蒙斯(Camoens)创作了气势恢弘的叙事诗《卢济塔尼亚人之歌》。卡蒙斯曾是一个驾小船泊海的水手，通过自己的航海经验，他了解到达·伽马最早绕过好望角，发现开辟通往印度新航道的种种艰辛与痛苦。他的叙事诗就是取材于达·伽马残忍的海盗似的冒险生涯（达·伽马死于1524年，恰好卡蒙斯在那年出生）。虽然葡萄牙语仅是欧洲的小语种之一，但卡蒙斯的伟大叙事诗的光辉并没因此而淹没。《卢济塔尼亚人之歌》来源于葡萄牙传说中的名称，不仅是描写达·伽马的故事，也不仅是描述葡萄牙人的故事，更是发现新航路以及海战和征服异邦的浪漫史，是自《奥德赛》之后，最雄浑壮丽的写海战的诗。如果哥伦布是诗人，那么这一海战材料最适合他写。关于《卢济塔尼亚人之歌》的翻译，最气势磅礴的译书，出自于19世纪的理查德·伯顿。理查德·伯顿同卡蒙斯相同，是文学家、旅行家、冒险家。西班牙人占领里斯本后，卡斯提尔语成了官方的正式语言。而卡蒙斯的作品，则起到了保护本民族语言的作用，它激励人民起来抵抗西班牙侵略者，维护本民族独立。文学之笔也许并不比剑更具力量，但往往也在一定程度上决定了国家的命运。

第23章

伊丽莎白时代前的英国文学

在伟大的诗人中，

乔叟是将今日看作与昨日一样优美的第一人。（罗威尔）

乔叟以前的英国文学，虽从创作动机来说是艺术，但其中的大部分，读起来更像是历史著作，而不是艺术作品。有些作品，我们可以沉思、阅读并且评说，但真正从中获得的欢愉并不多。但乔叟的出现改变了这一沉闷的状况。他仿佛一场突如其来（要解释是徒劳的）的风席卷过英伦大地。他如一颗耀眼的星在平庸的英国文学界脱颖而出，其横溢的才华使他出类拔萃，鹤立鸡群。乔叟的时代，英国宫廷，如国王查理二世，以法语为高雅身份的象征，对英语有些看不上眼。因此，像17世纪的绅士一样，乔叟的教养是法国式的。他自由阅读、翻译了一些法国人的作品，并且从意大利文学中借鉴了一些有价值的东西。但是他使用的语言却是英语（当然不是全然近代的英文）。这一点是我们阅读乔叟必须了解的背景，只有这样才能了解他的词汇、重音和母音的丰富价值。这样我们也能理解将乔叟的习语和句式移用到后世的英文中为什么是不可能的。德莱顿当年在这上面碰过钉子，是在所难免的事。乔叟的不朽名作《坎特伯雷故事集》，是用一条主线将其中的许多题材贯穿起来的故事集子。讲故事的人是去坎特伯雷的一群朝圣者。他们的旅程，与其说是虔诚的旅行，还不如说是节日的远游。每个故事都是优美的，其中以记述朝圣者们的序言最为经典。

在书中，乔叟以寥寥数笔将骑士、牧师、僧侣、院长以及其他人物，惟妙惟肖地描写了出来。也许，这是我们能发现的最简洁而鲜明的人物刻画了。这些人物来自生活的四面八方，性格各异而富于变化。与其说这是乔叟讲述的故事，毋宁说这是一张14世纪的英国社会生活的缩影。从严肃的悲剧到欢乐的喜剧，人生百态，世态众相一一在书中铺陈。

乔叟，劳托洛作。其创作的《坎特伯雷故事集》内容丰富，在幽默、优美和现实主义方面皆别具一格，是一本英语叙事诗的经典之作。死后葬于威斯敏斯特教堂，葬地被称之为“诗人之角”。他是英国第一位伟大的诗人。

除了《坎特伯雷故事集》，乔叟还写过许多能使他在英国文学史上占据显赫地位的诗歌。他的长诗《特洛勒斯与克丽西德》，是依据薄伽丘的《菲洛斯特拉托》(*Filostrato*)创作而成的，写得妙趣横生。莎士比亚后来也写过这样的主题。但是，无论是乔叟，还是莎士比亚，或是薄伽丘，这都不是带有刺激味的故事。乔叟短诗中最优美的是《公爵夫人的书》。他的随笔取材广泛，风格轻松，主要是关于作者的读书体会及其相关思想。而他的散文，尤其是对波义提乌的翻译作品，至少有着考古学上的意义。波义提乌，在乔叟时代以及此前的一千年间的思想界享有崇高的声誉。但其作品已经流失，我们无缘一读，因此不好对其妄加评论。

《坎特伯雷故事集》插图之一

在那荒芜贫瘠的时代，乔叟就如矮树丛中的大青松，荒原上的椰子树。正是他的出类拔萃，使我们忽视了另外两个在思想和语言上可与他相媲美的艺术家高尔和朗格兰。

《坎特伯雷故事集》中的人物，从左至右依次为女修道院院长、学者、骑士。

高尔在当时颇受敬重，是优秀的传统作家。他能同时用法语、拉丁语和英语进行创作。但是他不注重诗歌的音乐性。《恋人自由》是他的代表作，中间不乏好的诗句。作为献给高尔的一份特殊礼物，乔叟在《特洛勒斯与克丽西德》的末章写着这样的句子：

“啊！高尚的高尔，我仅以此书献给你。”

乔叟了解他的同时代人，我们相信他对他的同代人的评价是中肯的。高尔在当时为自己赢得的声名在时间无情的流变中渐渐黯淡了。因为其诗歌流于形式而且沉闷枯燥，今天除了专门的学者，没有谁愿意去读它。虽然我们对他不感兴趣，但有的时候，沃德或其他学者所精选的高尔的两三首意蕴深长的诗却常常让我们玩味不已。

朗格兰的生平我们一无所知，这是一位奇妙的诗人。他写过《农夫皮尔斯》(Visionof Piersthe Plowman)，从这部富有独创性的作品来看，作者一定是个强健的人。这部诗歌是关于天堂、地狱和生活的寓言，结构十分散漫。与乔叟温文尔雅的风范不同，其用韵比较粗俗，是后世流行的头韵用法。总而言之，朗格兰这部作品是空幻、有趣、感情真挚的好诗。

由于诗人中没有一流的天才人物，也由于当时的诗人还没有从语言的桎梏中解脱出来，所以乔叟以后的一个世纪，英国诗歌没有取得什么进展。那时的语言既不再是乔叟的语言，也未形成莎士比亚的语言。写诗须得从头学起。最优美的情调是从北方苏格兰飘过来的，来源于亨里森、邓巴、道格拉斯及詹姆士的诗。他们都是乔叟的弟子，但并不跟在老师后面亦步亦趋。而且，由于采用永不失新鲜和自然活力的苏格兰语进行创作，他们的作品都不断地显示着自己独特的个性。

15世纪的文人诗歌不太发达，那是民谣的黄金时代。流传后世的英格兰及苏格兰民谣中的佳作，多是用17世纪的英语写成的。我们无从考证其产生的精确年代及其作者。但我们很清楚，民谣是由某个人给予最后定型的。追问民谣的起源一般不会有什么结果。民谣的内容涉及恋爱故事、人物传奇等等。

民谣和中世纪盛行的叙事诗及浪漫传奇有明显的联系，只不过民谣的篇幅较为短小。现存最早的民谣文本是珀西主教的折本，18世纪托马斯·珀西的《古英诗拾遗》便取材于此。至于美国学者查尔德的选集，则是压卷之作。从广义上说，一些模仿之作，比如柯尔律治的《古舟子吟》、王尔德的《累丁狱之歌》（*Ballad of Reading Gaol*）及斯温伯恩相关的作品，虽然在趣味上与口传的民谣有所区别，但都可算作民谣。后世诗人们的诗歌创作都受到了民谣的影响。

16世纪初叶的英国诗人，充当了伊丽莎白王朝报幕者的角色。怀亚特翻译并模仿彼特拉克的短诗，开辟了一个优良的传统。萨里的诗作虽然平平，却以其《伊尼德》（*Aeneid*）译本将最初的无韵诗——即后来莎士比亚及弥尔顿的十步诗句——带进了英国文学。这些开拓者虽不乏惊人之处，却算不上大诗人。大诗人的出现，是很多年以后的事了。

意大利是英国年轻诗人向往的地方。弥尔顿、雪莱及勃朗宁等人的名字，时刻提醒我们关注意大利在英国诗人心目中的地位。当时英国的许多小诗人都受到意大利文化的耳濡目染，怀亚特和萨里将新的音韵从意大利带进英诗中。而《托推尔诗集》（*Tottel's Miscetlany*）是英诗历史上的里程碑，许多本该流失的诗作因它而得以保存。

在此要书上一笔的是开英国讽刺诗之先河的加斯科因，其代表作是《钢铁之杯》。另外较重要的诗人还有萨克维。其描述诸王之死的《县长的镜子》（*The Mirror for Magistrates*）格调优美，是乔叟和斯宾塞之间不可多得的诗作。

所谓"诗历时而越新，文逐世而易腐"。与诗歌相比，15世纪及16世纪初叶的英国散文则显得生硬得多。也出现了几个不朽的散文大家。前面已经提及的《亚瑟王之死》的作者托马斯·马娄里便是其中之一。它是德国浪漫传奇的翻版，内容既可合而为一，又可独立成篇。其古朴的文体对我们依然有吸引力。英国文学的丰饶最初受益于对外国文学的翻译与改写。卡克斯登就是最早的翻译大家及印刷术之父，发明了英国最早的印刷机。他不但认识到了乔叟在使英语优雅化所做的贡献，而且亲自尝试，给英国散文注入了永久的活力。他翻译了20部著作，付印50多本。在他印刷发行的书籍中，有一本就是马娄里的《亚瑟王之死》。

托马斯·莫尔的杰作《乌托邦》，其标题已成为理想社会的代名词，在英国文学中占有极其重要的地位。最初以拉丁文写成，他死后被译成英语及欧洲其他主要语种。莫尔抨击时事的弊端——事实上这种弊端在现代社会依然横行猖獗，向人们展示了一幅如天堂般美好的理想社会的画卷。如果说莫尔的理想纯属子虚乌有，那么，柏拉图或其他任何一个哲

托马斯·莫尔，劳托洛作。英国历史上一位受欢迎的人物。他是政治家、学者和作家。莫尔以其才智和对宗教的虔诚而著名。

学家的优秀思想又何曾付诸实现呢？然而，颇具讽刺意味的是，当时最优秀的人物莫尔，却仅仅因为对亨利八世有所不恭而遭受了灭顶之灾。作为英国最早的人文主义者，莫尔的文学天赋虽不如荷兰友人伊拉斯谟，但就学问和人品而言，两人却不相上下。对莫尔来说，人文主义者的职责不在于成为艺术家，而在于成为古代思想的宣传家。

一般人对有关宗教内容的文章和书都不太感兴趣。坎特伯雷的第一任新教大僧侣克兰默是宗教改革史上的关键人物，也是伊丽莎白王朝以前散文领域里的急先锋。他的作品因其雄辩有力的文体而被人们争相传阅，遗诸后世。他有跨越时代的魅力，他的韵律具有纯粹的现代风味。而另一僧侣拉蒂默虽不如克兰默雄辩，但文章的力度和热忱却与克兰默不分上下。他因为宗教改革家的身份和遒劲的文体而被后人记住。

本章的最后，我们还得提一提阿斯凯。他是伊丽莎白的家庭教师，从最狭义的意义，我们可以说是他开辟了伊丽莎白王朝。阿斯凯是典型的学者，而不是什么艺术家，他还多少有点玄学者之嫌。其《校长先生》是英语中最初论及教育问题的重要著作。虽然其中的观点有不少值得商榷，但某些段落却折射着永恒的生命力。他的相对保守和狭隘，使他不能接受带给人们纯真快乐的《亚瑟王之死》(*Morted' Arthur*)，而认为这有伤风化。

第24章

伊丽莎白时代的非戏剧文学

愚者啊，我的缪斯神向我说：

要洞察你的心之后写。（菲利普·锡德尼）

16世纪中叶，英国文坛新人迭出，英才济济，文坛巨匠有菲利普·锡德尼、埃德蒙·斯宾塞和沃尔特·罗利。锡德尼的一生是诗人的一生。在受重伤生命垂危之际，他把最后一滴宝贵的水留给其他濒危的士兵，此等壮烈之举绝不逊色于罗兰或传奇中的任何一个骑士。锡德尼对另嫁别人的斯苔拉的思慕之情和倾心之爱，是否属实姑且不论；但是，他写出的浪漫故事却无疑是优雅之极，并且进一步激发了英文体《阿斯特洛和斯苔拉》（*Astrophel and Stella*）这组连续短诗的创作灵感。贯穿其中的真诚感情正是一切文学作品的价值之所在。他驾驭文字的方式也为后世提供了一定的借鉴。他工于短诗，并奠定了英国短诗的文学形式。

短诗创作在当时同剑术一样风行于世，专业诗人为之，高雅学士也热衷于此。也许，《阿斯特洛和斯苔拉》及组诗《恋情》没有使锡德尼跻身于大诗人的行列，他难以同莎翁比肩，但他的诗却有相当的影响。虽然短诗胜在形式，但其中也不乏饱含热情的佳作。至于所歌咏的女恋人是否确有所指，在锡德尼这里也许能找到答案，而在莎翁的笔下却始终是个难解之谜。

论及短诗的优美，德莱顿并不比锡德尼和莎翁两位逊色多少。

想避无法避，接吻寄别离。

像这样优美动人，情思悱恻，人情味十足的恋爱短诗，为数并不多。另一个以优美短诗见长的诗人是塞缪尔·丹尼尔。

锡德尼，劳托洛作。

她的美使一向沉默的他开了口。
这样的句子使他堪与莎翁媲美。

锡德尼被德莱顿誉为“格言散文大师”。锡德尼的散文有两篇:《阿卡迪亚》和《诗辩》。后者附在前者之后，价值较高，是散文中的上品，读来朗朗上口。《诗辩》反击了当时社会对戏剧和诗歌的轻蔑不恭，是英国文学批评的三四篇开山之作之一。可以与《诗辩》相提并论，也许还受其影响的是韦伯的《英诗论集》。而当时最重要的批评文论是《帕特纳姆英诗学》，其价值在锡德尼之上。这些小册子作品反映了当时的文坛形势。也正是这种严厉的文学批评，使诗歌奠定了坚固的地位，不至于风雨飘摇，半途夭折。我们可以饶有兴致地看到诗歌成长的艰辛和磨难。无论如何，锡德尼的论文是最优美的散文；他虽英年早逝，却不失为文坛泰斗。

让我们再来看看《阿卡迪亚》，其中虽不乏动人的章节，但结构松散拖沓；素材考究矫饰，一味迎合时尚，遁消现实，纯属虚构的爱情故事。也许，这类故事只适合在诗歌中使用，只有将其转化为诗歌的素材，才会给我们带来审美趣味，像莎士比亚把洛奇的《洛查林》改编为《如愿》，以及洛奇本身富有魔力的歌谣等。我们可以容忍诗的某种不合理性，但却不能接受散文的离奇出轨。黎里的《尤弗依斯》就是一例。其创造紧张氛围的技巧，不免显得滑稽可笑。而一旦染上诗歌的笔触，非但无害，反而平添文采。

只有对诗歌和文体无知的人才会说，《尤弗依斯》式文章对莎士比亚产生了某种不良影响。有哪个作家不艳羡如《尤弗依斯》般天马行空的文章呢？英国文人用精雕细琢的华丽

斯宾塞作品《牧人月历》插图

辞章取悦女王或别的什么女人，这本身无可厚非，正如他们穿着高雅华贵一样顺理成章。这就是最简单地说明了：为什么诗华美、壮观，而往往流于掩饰；为什么散文往往失之于浅薄和怪癖。(这里的散文指浪漫的散文，因为说理散文是完备健全而有品位的。)从某种程度上说，这些都在《阿卡迪亚》中显示出来了。其说理部分坚实，流畅，健全。一小部分的抒情则有诱惑力。余者就像结婚仪式上的蛋糕一样，显得呆滞和愚劣。

英国诗歌极富生机。如我们在前面顺带谈到的牧歌，就是非常纯真自然的艺术作品，使我们想起英国燕麦笛的调子或安马力斯(Amaryllis)的声音，以致赫里克的迷失的妓女被称为依利莎了。1597年，斯宾塞发表了《牧人日历》，宣告一流诗人的出现，英国诗坛为之一震。接着问世的《短诗集》进一步确证了这一宣告。我们常常会因为大诗人的杰作而忽视其小作品，但这种情况却没有出现在斯宾塞或弥尔顿的身上。将他两人的名字放在一起不无道理，因为，不论他们另外是什么大作家，他俩都是无可比拟的抒情诗人。

《仙后》插图

如果以诗的长短为尺度真能衡量出诗人的伟大的话，那么这个诗人必定有吞吐万象的气概和胸襟，将抒情诗所有的一切艺术特征纳入那计划或结构中。抒情诗人常常是“快节奏”的人，他们擅长在短言的四行诗中表现偌大的宇宙，所谓花中世界和沙中天堂的境界。斯宾塞就是这样一个诗人，他像乔叟一样擅长艺术地处理重大主题。精品寓言《仙后》，斯宾塞本打算写12卷，结果只写了6卷。每卷分述一个骑士的功绩，他象征神圣克制或忠贞的道德品质。

《仙后》的确是太长了，在《人人丛书》中就占有两卷的篇幅，而在格罗布版中也占有满满的四百页。显然，它不符合爱伦·坡所说的诗歌长度应以一口气读完为宜的标准。我们对寓言体浪漫传奇的兴趣并不是很大。但它却是当时及后代诗人一致公认的伟大作品。斯宾塞被兰姆称为“诗人中的诗人”，原因之一在于他诗歌中严谨的结构和流畅的力量被后人赏识。这部诗中的押韵方式是诗人自己发明的，被后人誉为“斯宾塞体”。内容沉闷的缺失被严丝密合的艺术表现手法弥补。原因之二是，斯宾塞对音韵、韵律有一种无可企及的天赋。即便不能通读《仙后》，只要随手翻开书的任何一章，都会遇到像古代挂毯般璀璨夺目的诗句。“陈旧的重言和过时的言词”反倒为他的辞章平添了色彩，虽然，他也是因为这一点遭人诟病。

这是歌谣丰沃的时代，一流的抒情诗人辈出，造就了英国文学史上真正伟大的诗歌繁盛景观。伊丽莎白王朝和詹姆士王朝，以及整个18世纪，都歌唱着抒情的乐章，连诗歌极其发达的19世纪也难以与之抗衡。实际上，19世纪诗人情感的丰富、新鲜和多样也是受益于这个时代。翻开这个时代的诗集或文集，比如《英国的佛罗伦萨》，1600年发行的《近代英国的名花独秀》和同年出版的《英国的赫里克》等等，都可以欣赏到精美细致的诗作，哪怕这些诗作出自一些无名之辈。而这个时代的任何一位剧作家，既是从事舞台创作的诗人又都是善歌的能手。为了抒情诗的“餐”（见赫里克《献于生存》的诗中），当时出现了一些优秀的选本，出自于一些有鉴赏力和辨别力的编纂者，如谢林教授的《伊丽莎白时代的抒情诗》及其姊妹篇《17世纪抒情诗》，阿伯的《英国锦囊》以及布伦的《伊丽莎白王朝歌谣集》等。

伊丽莎白王朝抒情诗的共同点在于它的可歌性，即纯粹的抒情，而不是叙事、喜剧、讽刺或警世。事实上，有的抒情诗，尤其是散见于戏剧中的抒情诗都适合口头歌唱。抒情诗或者依从传统旋律的节拍写成，或者按照新的曲调铸就。有些时候，诗人既是写诗的能手，又是弹琵琶的行家。诗人兼音乐家最突出的例子是托马斯·坎皮恩。他的经典之作《歌曲四书》，就是谱了乐曲的诗歌，每一首诗都可以入歌。即使没有配谱的诗，读起来也有一种曲调萦绕的感觉。而所有的诗歌和大部分乐谱都是出于坎皮恩自己之手。但不可思议的是坎皮恩轻视自己的歌，他主张写无韵诗，关于这一点，我们实在找不到合理的解释，颇费思量。然而最不可思议的是他竟然完全被世人忘却了，直到近来的学者再度发现他。

本·琼森被别的诗人尊为诗人之王。我们在谈到戏剧时还要提到他。

用你的眼神，敬我美酒一盅。

人人都被诗中优雅的感情和节制的热情所折服，而形式的优美和遣词的精当倒在其次了。如果说，博学多识使他的悲剧不免有些沉重迟缓，那么，在歌谣中，他的学识却被强健优雅的翅膀载着自由地飞翔，并伴随着云雀般的欢唱。他不盲目因袭古人，善于吸收真正的价值。贺拉斯、卡特拉斯、马西阿尔都是他选中的范本。他精湛的诗艺，对后世诗人的诗歌创作有着良好的影响。像阿诺德、丁尼生等后代诗人一样，他敬佩罗马诗人，并相信他们艺术的整饬对英国诗歌的重要性。当时，伊丽莎白王朝的诗歌有流于怪癖的危险，琼森则借助自身的权威，力争使它整饬而不失之生硬，考究而不犯因袭，明澈而不显得平淡。

德兰蒙德是琼森的友人，工于优雅、精美而且感情充沛的长诗和短诗，在英国诗歌史上占有较高的地位。我以为，济慈一定也曾为德兰蒙德歌颂夜莺的短诗而折服，因为我们没法在别的地方读到比之更美的夜莺低唱。

诚如丁尼生所说，伊丽莎白王朝的英国和16、17世纪的欧洲，是“洋洋大观的时代”。人们多才多艺，令人叹为观止。其共同的可取之处在于：强烈的求知欲，勇敢的冒险精神，实验新思想及尝试新表现形式的开拓进取心。身为陆军大尉，同时也是探险家的沃尔特·罗利，是最卓越的抒情诗人。当他被囚禁于伦敦塔时，用十二年时间写《英国史》聊以自慰。伊丽莎白王朝的抒情诗蔚为壮观，人类的各种品位一一上演。对它的简短的概述将愉快地结束于一首柔美的恋歌。但是，在这个时代，悲剧同样上演着，因此，罗利的有些悲凉的《临终》，无论在思想还是在行动上，也许更能恰切地表达那个复杂多样的时代。

我相信，这就是时间
它保管着我们的青春和欢乐，以及我们所拥有的一切
但当我们走完了各自的旅程，
结束了人生的故事时，
还给我们的却只有
在那黑暗的坟墓里飘扬的尘埃和灰土，
但是从着尘埃，这坟墓，着灰土中，
我相信，我的上帝依然会提携我。

培根思想独创，是英国哲学的开创者。我们不追问他是否是诗人。其最负盛名的《论文集》集各种思想智慧之大成，正如他在一封信中写的“我将一切知识取而用之”。他的行文风格清晰流畅，且有讽喻性，

本·琼森。几乎没有一个英国诗人或剧作家像琼森那样曾有过如此富于传奇色彩的经历，也很少有英国诗人或剧作家像他那样久负盛誉。本·琼森曾做过泥瓦匠、士兵、演员，也写过剧本，这些剧本已经成为古典名著。

忌幻想、重实在（这一点是有别于当时的散文风尚的）。然而，《论文集》仅仅是他拉丁语和英语著述的一小部分，他最重要的作品是他曾有志于但终究未能完成的《新工具》。培根惟一的错误在于，他认为人类能彻底认识整个宇宙，并最终把所获得的知识全部归纳起来。培根的功绩有二：一是确立了实验的科学方法，二是证明了学术权威的可动摇性。我们知道，亚里士多德及其弟子们在数世纪间几乎支配了人类一切的思辨方式，他们断守的是所谓的演绎法，即本着原理进行细则的推理。培根却把这个逻辑思维的程序颠倒过来。他说，我们必须先抓住事物的特殊性，然后从这些特殊性中推导出普遍的一般性。这种类似苏格拉底的方法就是所谓的归纳法。培根倡导的这种研究问题的方法给欧洲的思想界注入了新鲜血液，并在近代的科学研究中流行开来。对促进科学进步起举足轻重作用的"皇家学会"的创立应归功于培根《新大西岛》的问世。至于对思想自由、个人研究的权利和义务的确立，没有谁比培根的贡献大。在《学术进展》中，他明确地说："人们对自然的观摩和经验的参照偏离得太远了，这就难免缠身于自身的理性和怠慢而难以自拔。"他又说："有良知的学者要对学术的进步有所贡献，而事实上，为了博得劣质的赏赐，他们劳其心智地埋头于做诠释，编提纲。这样造成的结果是，世袭的知识财富虽然有所挖掘，但其向前发展的可能性却是微乎其微的。"即便在人类知识获得了长足发展的今天，培根的话也不无道理，绝对没有过时。

在某种程度上说，致力于介绍同代欧洲文学的翻译家，对伊丽莎白王朝文学的发展所作的贡献，并不亚于致力古典的文学家。当时有名的翻译家有我们已经谈到过的弗洛里奥、诺尔斯和查普曼（他们的译著分别是《蒙田》、《普卢塔克》和《荷马》）。与今天的译作力求忠实原著不同，伊丽莎白时代的翻译"重文轻质"，为了顾及英文的独立性，翻译家竟对原著的内容随心所欲地任意取舍。因此之故，伊丽莎白时代的外国文学与其说是翻译，还不如说是重现，烙上了浓郁的民族特色，堪称民族文学的一部分。而此时，英国的民族文学已经酝酿成熟，暴风雨就要来了。

第25章

莎士比亚以前的英国戏剧

如果所有诗人手中的笔
都表达了其主人的思想，
和充溢着他们心灵、头脑的种种乐趣，
以及对被赞赏的事情的沉思；
倘若从其不朽的诗之花，
提炼出圣洁的精髓；
如果这些造就了一个诗的时代，
并且凝结成美的精华，
那么，在他们不知疲倦的头脑里，
至少残留着一种思想，一种美，一种惊异，
那是任何言辞都无法把握的吧。（马洛）

英国戏剧取材于日常生活和文学作品。在这多种戏剧中，奇迹剧是莎士比亚最早倾心和借鉴的对象。其实最早的奇迹剧，只不过是关于亚伯拉罕、恺撒以及救世主的诞生等故事的一些对话而已。这种剧在教会排演时是十分壮观和严肃的。但演员（包括牧师和平民）却喜欢给它掺进一些尘世的思想甚至一些喜剧的因素。

这些不太严肃的作品在教会被禁演后，由于平民喜欢看，于是便开始在公众场所演出。这类戏剧就是我们说的“神秘剧”，其实，在德国与在英国一样，“神秘”这个词含有“职业”的意思，就因为演戏是一种职业的缘故。它同主题的神圣倒并没有什么联系。戏剧对话和演员就是产生于此。道德剧比奇迹剧稍晚一点出现，人物带有寓意，是抽象的。当然，道德剧也不乏真正有文学趣味的佳作，如数年前复活于现代舞台的《埃惠丽》就是其中的一例。

道德剧是做礼拜时用的戏剧，它用简单的对话表演《圣经》中的一些有趣的插话，以人物扮演罪恶、骄傲、愚昧等抽象概念。虽然此时它还缺少诗的力量，但已经具有了一出伟大戏剧所不可少的特征。尘世的欢乐被演绎尽致，当然也不乏对人性的冷嘲热讽。这些古典戏剧今天依然值得我们关注，而不应该仅仅只研究它的历史和考古价值。如塞恩斯伯里所说，“奇迹剧演变为道德剧，道德剧又演变为现代剧。因此，是奇迹剧滥觞了现代剧。”而这并不就意味着现代剧对古典戏剧有着必然的优越性。塞恩斯伯里下面这些话是有些言过其实：“虽然对古典戏剧的模仿，及其在学校的表演暂时促进了现代剧的形成；但是，从古典戏剧对近代戏剧的整体影响看，后者之出于前者，并不稍过于斯宾塞之出于维吉尔，或胡克尔之出于西塞罗。”

毕竟，是古典大师创作了略具近代戏剧形式的最早的英国戏剧剧本。16世纪中期牛津大学毕业的尤德尔创作了喜剧《佗伊斯》（*Ralph Roister Doister*），虽然，它明显地带有古典戏剧的色彩，显示出英国戏剧对古典戏剧的借鉴之处。但其生硬而轻快的英国式幽默颇有余响。

《迈伽登的针》（*Gammer Gurton's Needle*）是一出廉价而滑稽的笑剧，出自剑桥大学毕业、后来做了母校校长的约翰·斯梯尔之手。其滑稽味是粗俗、典型的英国口味。但是，其中的古香古色，对当时的英国人来说却是新鲜奇特的东西。

据说，抒情兼叙事诗人萨克维尔，早年写了辛迪加式的英国最初的悲剧《高布达克》。剧本从头至尾的韵文令人生厌。但在戏剧形式、戏剧动作及人物性格塑造上，却有一定的进步意义。

这些戏剧多半显得太幼稚，太枯燥，都是摸索中的实验作品。在那大女王掌权的早年，其他戏剧也无不如此。直到马娄的出现才改变了这一局面。而在马娄崭露头角之前，活跃着一群剧作家。他们是：黎里、格林、奈什、皮尔、洛奇及基德。他们在当时被誉为“大学才子”，同时也是抒情诗人，是小册子及随笔作者。但是他们的功绩被伊丽莎白王朝的辉煌淹没了，除了马娄，这些人并没有多大价值。

黎里的散文文风夸饰，转向浪漫戏剧的创作后笔力渐丰，对他而言这不失为一个明智的选择。《恩底弥翁》和《同世界的女人》不是永恒的想像，就是不朽的空想。莎士比亚显然熟知这两部戏剧，琼森在附于莎士比亚二折本前的记诗篇里，将黎里同基德和马娄列在一起，不是没有道理的。

伊丽莎白时代的走廊，便于阅读和表演。

皮尔在《帕里斯的受审》和《大卫和贝丝萨蓓》两剧中达到他艺术的顶峰。前者是涵盖优美田园诗的宫廷客串剧，后者是含有许多诗意节段的圣经事情的真实写照。

格林最优秀的戏剧《僧侣培根和僧人邦格》是不合情理的游戏和恋爱故事。在马娄的《浮士德》(*Faustus*)中，有着更高于此形式的类似的主题。格林的小册子比他的戏剧更有趣味，特别是《万千悔恨换一智》，其中还有对莎士比亚很不客气的言论。

与其说洛奇是戏剧家，不如说他只不过是偶尔碰一碰戏剧而已。他作为抒情诗人和小册子作者比戏剧家重要得多。

基德的《西班牙悲剧》是血的悲剧的最初作品；换言之，即极骚动的传奇剧。

在戏剧史上，以上这些人都显得渺小。而马娄不同，作为英语中最早的大悲剧诗人，马娄的成就辉煌灿烂，其光彩绝不逊色于莎士比亚或弥尔顿。他是个早夭的天才，人生旅程只有短短的二十九年。但他一生傲岸，四篇剧作，篇篇经典，字字珠玑，每篇都是关于人的野心和对权力的贪欲。他的杰作《浮士德》，取材于古代传说，主人公是为了得到权力而甘于把灵魂出卖给魔鬼的魔术师；同时，又是一个冲破人间一切藩篱而追求无限真理的诗人。文中有不少夸张之处，同时也不乏诸多精彩的段落——它们是英语中最壮丽、最雄伟的诗篇。至于其中的无韵诗，莎士比亚也难与之比肩。当墨菲斯特命令特洛伊的海伦时，浮士德说出这样的名言：

这就是那张使船舶沉没，
使云塔焚毁的脸蛋吗？
“羞花闭月”的海伦啊，
请给我一个吻，
好使我不朽永恒。
当浮士德问他：“你是怎么从地狱出来的呢？”
墨菲斯特回答说：

这怎么会是地狱，我又怎么出了地狱呢？
你以为瞥见了神的脸庞，
歆享了天国永恒之欢乐的我，
就不会在十八层地狱受折磨，
永远与幸福无缘么？

除了《浮士德》之外，马娄的另外三篇戏剧也同样有个性，其中充满优美的乐章。《帖木儿大帝》以拜伦式的英雄为主人公，气象雄浑壮观，是对诗歌世界的轻视与挑战，其中不乏琼森所谓的“马娄伟大的诗章”。马娄游刃有余地驾驭着戏剧中打破章法的华丽，使之美则美矣，却不流于矫饰。《马耳他的犹太人》是悲剧的好范本。但集中体现了马娄的不足之处：他对人物性格漠不关心，或全然不知。也许是由于青春的热忱冲淡了冷静的智慧吧。《爱德华二世》，若仅就戏剧性及人情味而言，倒是他的最好作品，虽然其中缺少他一贯的壮丽文句。但当历史的事实和现实的因素迫使他屈从时，他就显得有些招架不住了。

马娄同时也是伟大的抒情诗人和叙事诗人。单凭《英雄和林特》(*Hero and Leander*)，他就可以确立自己不朽的名声。下面这句脍炙人口的诗，就出自于此：

相爱的人，哪个不是一见钟情？

马娄对无韵诗或英国悲剧并没有发端之功。但是，“正是马娄发现并开拓了我们的一切诗歌的王国，正是马娄给莎士比亚开辟了道路”。斯温伯恩的这番话，颇为正确。

第 26 章

莎士比亚

最美妙的莎士比亚，空想之子。（弥尔顿）

1623年，英国文学中最重要的书籍，最初二折本的莎士比亚戏剧集问世了。随着集子问世，一个难解之谜开始困扰人们，一直到现在人们还在为之争论不休。那就是，莎士比亚到底是何人？他究竟能否写出极富常识和文学修养的戏剧来呢？

这是一个在英国文学中十分重要而富有趣味的谜。囿于篇幅，我们只能给个简短的提示。正如我们对于别的天才人物知之甚少一样，我们对莎士比亚的生平所知也十分有限。据传说中的传记记载，莎士比亚1564年生于斯特拉夫镇。18岁和哈莎薇成亲，20岁左右去伦敦当演员，大约30岁时以诗人及戏剧家闻名于世，并集作者、剧场经理及主人于一身，45岁左右隐退故乡，于1616年在那里去世。对于一个既没受过高等教育，又至少没有充分的机会读书的人，他是否能写出富有学识和文学修养极高的戏剧来呢？19世纪中叶有几个人终于提出了这样的疑问。对这个疑问，学术界还没有达成一致的答案：莎士比亚只不过是培根的别名而已。对此，我们在这里难以深究。培根学者认为，从斯特拉夫镇来的演员绝对写不出那样的剧本，而培根则能写得出。莎士比亚学者则坚信，从培根的散文来推断，他写不了那种戏剧和诗歌，而莎士比亚不但能够，而且事实上做到了。

莎士比亚，劳托洛作。

争论还将继续，我们还是把这个没有一致答案的问题留给学者去研究、考证吧！而我们只要欣赏他的短诗和戏剧就够了。这些作品都是英国诗中的巅峰之作。短诗是否具有传记特征，很难说准。实际上，关于诗到底有什么含义，诗人热衷的恋爱对象究竟指谁，诸般议论，丝毫无助于挖掘诗的深层价值，反而掩饰了其表面的美学趣味。勃朗宁就深为反感对莎士比亚的诗作过多的诠释，他以为莎士比亚并没有用短诗来启发心志，“果真如此，莎士比亚的价值就要打折扣了。”其实，莎士比亚时代流行写简短的恋爱诗，只是一种习俗而已。诗人写诗不一定要真有所指，也不一定非要有一个恋人作为对象。因此，就只剩下一个问题：莎士比亚能写出怎样优美的短诗来？理解下面引用的短诗是不成问题的，关键在于，只有真正的诗人才知道如何表达每个人都曾经体验过的感触。

莎士比亚在斯特拉夫镇的出生地

时运不济，遭人挤兑，
我哀叹被唾弃的自身，
徒然的呼叫不能使苍天怜悯，
我审视自己，诅咒厄运。
惟望理想长驻心中，
我渴望拥有美好的容貌和永恒的友情，
再加上这个人的本领和那个人的才能，
以便在属于我自己的人生旅程上驰骋；

沉湎于这种苦衷，未免糟蹋了我的灵魂，
偶尔想起你，我的心境就会，
像云雀一样，在黎明时分，
从幽暗的大地凌空展翅，一路高歌飞向天国的大门；
你的爱是取之不竭的财富，
公子王侯也妒忌我的拥有。

莎士比亚最初的二折本收有14篇喜剧，以英国国王命名的十篇历史剧，还有11篇悲剧。我们无从也无需知道它们创作的先后顺序。人们一般认为最差的作品往往是最初的或

莎士比亚作品《哈姆雷特》中的场景

早期的作品，我们也很难确定这一规则是否适用于莎士比亚的作品。艺术家青年时代创造出遒劲的作品，或者中途从最高处滑下来，这是常有的事。我们无需为作品创作顺序这样没有达成共识的难题劳神，我们只需关注戏剧，戏剧本身就是事实。

至今还活跃在舞台上的莎剧，在数量上比伊丽莎白时代其他剧作家的戏剧之和还多。这是一个令人感慨的事实。历经300年风雨，莎剧可能有过不太风靡的时候，但从来没有被冷落过，它们始终吸引着广大的观众，胸怀大志的演员以能演莎剧作为毕生的目标和无上的荣宠。19世纪，产生了一批以演莎剧出名的表演艺术家，如蒲士和欧文等。在过去的一代中，我们欣赏了《错误的喜剧》、《仲夏夜之梦》、《威尼斯商人》、《如愿》、《第十二夜》、《查理二世》、《亨利五世》、《罗密欧与朱丽叶》、《恺撒》和《哈姆雷特》等许许多多成功的表演。在德国，莎剧被不断地搬上舞台，而且取得了十分可喜的成果。究其原因可能是：莎剧壮丽宏伟，而这一点正是观众所企盼的。莎士比亚的时代，书籍并不像今天唾手可得，剧场实际上成了传达思想的媒介物，因而十分重要。

优美的结构和感人的故事构成大部分莎剧的根本特征。意大利的故事，英国的编年史，普卢塔克的《传记》，这些都是莎士比亚信手拈来的素材。他的长处是能用优美丰富的语言使那些被改编的故事成为“血肉之躯”，重焕光芒。他处理素材的高明手腕，使我们不觉得这样做有丝毫不妥。人物形象的塑造，词汇的使用，语言和诗的幽默感，这些都是莎氏天才的表现。即使最差的戏剧，也有莎士比亚风格的优美之处。但是，我们必须记住，这种诗体并不完全出于莎士比亚的个人天才，在某种程度上说，它得益于其时代的得天独厚。也有几个别的诗人写过绝不在他之下的诗作。莎士比亚是人不是神，他也有平庸之作，写过许多枯燥的场面和散漫的诗作。因此，仅根据文体的优劣来肯定或否定是否莎氏的作品，是徒劳的事。

我们之所以认为莎士比亚的某些段落优美无比，往往就是因为我们预先知道它们是出于莎士比亚之手的缘故。还有谁可以享有他那独到的措辞——时代不能使其褪色，引用不能使其凋萎——的艺术呢？在《暴风雨》中普洛斯如是说：

正如我所说的，那些优伶，
没有谁不是精灵的化身，
迟早会飘散在稀薄的空气中？
这虚无缥渺的建筑，
那直上云天的雕楼画栋，
那雄伟的寺院，
还有大地上的一切，

同样都会化为乌有，
如同眼前消逝的幻影，
不留下一点尘埃。
我们可悲的一生，
只不过是梦里游魂，
从做梦开始，又以做梦结束。

现代舞台用的《哈姆雷特》剧本，常常是有所删改的。事实上，整个剧本，就其适合于人物塑造和场面描写的语言而言，在莎剧中是最优秀的，无有出其右者。

听到女王死的消息，麦克白说：

是她死的时候了，
这样的消息不止一次听到。
明日复明日，明日何其多，
时光的脚印一个挨一个，
何曾停过？
昨天曾为痴人们掌灯，
送他们走向死亡的归程。

在莎剧中，这样优美的句子比比皆是，举不胜举。别的诗人可以将某一类的事圆满地

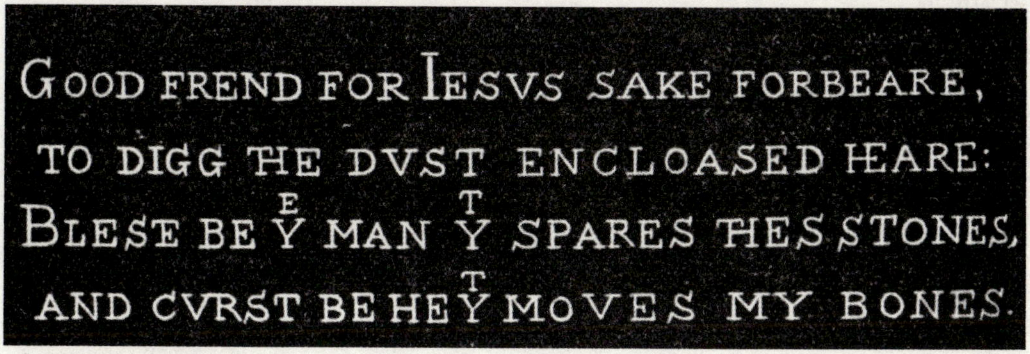

莎士比亚的墓志铭：
好心的朋友，看在上帝的份上，
切莫挪动埋葬于此的遗骸。
不动这些石块者必得上天保佑，
使我尸骨不宁者必受诅咒。

道出，而莎士比亚却能将任何事情娓娓道来。从他笔下种类繁多的人物中，可以看出他的思想范围是极其博大的。粗俗的村夫、蒙冤的国王、可爱的无赖福斯塔夫、苦闷不幸的哈姆雷特、敏感的鲍西娅或者工于心计的麦克白夫人，等等，等等，这些人的情感世界和思想情绪，从可笑的愚拙到可怖的苦恼，莎士比亚都能娴熟地表达出来。而他一个不算缺点的缺点就是太丰富多彩，当一个场景暗示某种思想时，这种思想会呈现诸多不同的风貌，这时，诗人和戏剧家往往让观者自己判断。这也许就是今天他的剧本被搬上舞台时有所删减的原因之一。例如，麦克白杀害国王后，在恐惧中屡屡说道：

啊！好像什么地方又传来呼号，
“睡不着了，麦克白瞪着睡眼呢！”

莎士比亚竟让麦克白走进含有六个隐喻的关于睡眠的抒情诗里，实在是太难为麦克白其人了。琼森说过，莎士比亚的戏剧应当抹掉一千行，我想，此语无关诗行的壮丽，而是另有所指吧。然而，也正是琼森本人，在后文这样如此地赞美莎氏的。

莎士比亚不只属于哪一个时代。他属于一切时代。

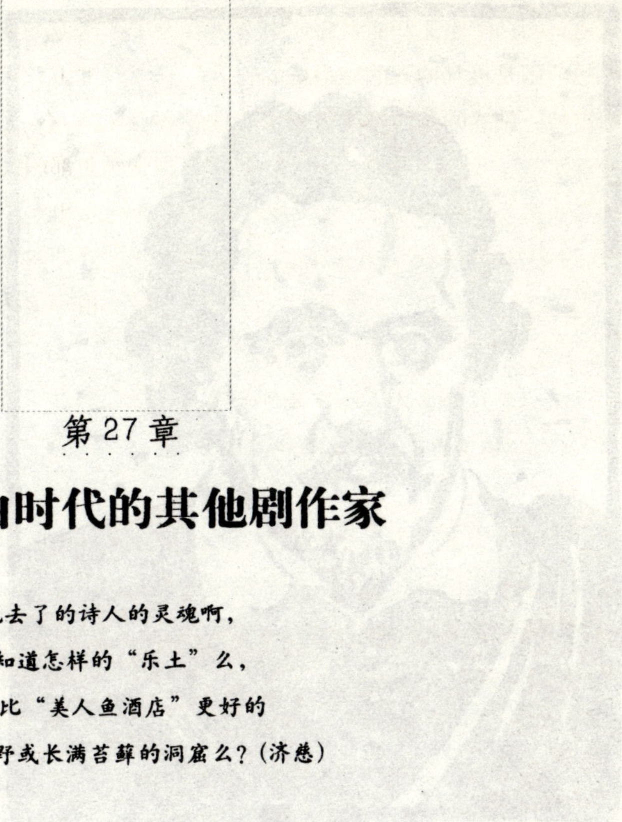

第27章

伊丽莎白时代的其他剧作家

死去了的诗人的灵魂啊，
你知道怎样的“乐土”么，
知道比“美人鱼酒店”更好的
欢乐的原野或长满苔藓的洞窟么？（济慈）

在英国文学中，为了方便，文学史常常以帝王或世纪的名称来断代。然而，没有哪一种文学的发展阶段正好与统治者的生涯或朝代十分吻合。所谓伊丽莎白王朝的戏剧，多半是指伊丽莎白1603年死后，詹姆士即位以来所创作的那些剧本，但女王的名字却永留在文学史中。至于“王朝”一词，当然还暗示同后来詹姆士诸王相关联的一些历史事件。

而伊丽莎白和维多利亚等女王在英国文学史上似乎占着优势。伊丽莎白时代的戏剧在17世纪的最初25年发展到顶峰。除了莎士比亚，还有许多二流的天才剧作家，他们最优秀的剧本收集在《人鱼丛书》(*Mermaid Series*) 中。当然，如果要进一步了解他们，还可以读一读兰姆的《莎士比亚时代英国戏剧诗人雏形》。

这个时代的优秀人物之一乔治·查普曼，其实是以翻译荷马为世人所知晓的。他并不是天生的戏剧家。他倾心于戏剧创作，仅仅因为在当时的一切文学体裁中，戏剧最流行。就像在现代社会，很多有文学天赋的人倾心于小说创作，并不是因为小说适合自己的胃口，只是因为小说在时下最流行。查普曼的喜剧十分沉闷，在《一群傻瓜》里，连琼森式的粗俗幽默都找不着。悲剧《玻西·德·安波斯》(*Bussy D' Ambois*)及其续篇《复仇记》，取材

本·琼森，劳托洛作。

于同代人的血腥历史，剧中行文壮丽与笨拙并存。不可否认，查普曼是富有哲学品位的内省的诗人，但其天赋发展极不平衡。

本·琼森的成就最接近莎士比亚。打个比方，如果莎士比亚同当时的文人在一起聚会，那么，坐在首席的那个人就该是琼森。在整个17世纪中，他的名望甚至大过莎士比亚。他的戏剧以《人人高兴》最为有名。它属于“风俗喜剧”，自始至终嘲笑他所处时代的弊端，非常富有力度。狄更斯让演员排演的第一部戏，就是用的这个剧本，由此可见这个剧本的生命力。琼森善于观察人间种种悲欢，同时又是博学多才、治学严谨的学者，这清清楚楚地体现在《西亚努斯斯的覆灭》及《卡塔林的阴谋》中。在这两个剧本中，琼森痛切地体味着悲剧感，丝毫没有卖弄文学。实际上，就人物塑造和语言使用而言，琼森罗马素材的戏剧并不在莎士比亚之下。他的罗马剧《蹩脚诗人》，连莎士比亚也很难写得出。全剧主要由维吉尔、贺拉斯、奥维德、提巴拉斯之间的对话组成。文体十分独特，每个对话者使用的语言像是取之于他们各自的著述。不光如此，琼森还借助这些罗马风格的文体讽刺他的同代人德克和马斯顿。难怪弥尔顿说琼森“博学的袜子”下面其实隐藏着一双踢人的脚。

琼森的重要喜剧作品包括《狐狸》、《沉默的女人》和《炼金术士》。塑造代表单一“气质”的人物形象，这是他的戏剧艺术的特点。这些“气质”包括贪婪、狡诈、傲慢等等。他塑造得最好的人物是《炼金术士》中的伊壁鸠·马蒙，他是个吹牛大王，言谈举止同福尔斯塔夫一样。

17世纪初叶，在宫廷和贵族中风行一种所谓的“假面剧”，一种奢靡的喜剧。它和今天的化装舞台差不多，载歌载舞地表演。琼森就曾写过许多这类剧本。建筑家伊尼格·琼斯几乎是出色的导演，而一流的作曲家则负责谱曲。这种剧的趣味主要在表演上。其中许多优雅的抒情诗流传了下来。除了培根，琼森算得上是当时最博学的人物。人们总是认为他粗俗、傲慢，而忽视了他细致的一面。无论如何，他遒劲和坚实的散文是不可多得的。小论文集《发现》可谓是智慧的宝藏。难怪威斯敏斯特寺院的墓碑上写着这样的文字："啊！不凡的琼森。"

抒情诗细巧委婉，而幽默则粗率深刻，这可能是琼森的作品覆盖面太广而导致的矛盾。而托马斯·德克就是比他轻松的多的幽默家（莎士比亚除外）。他和琼森既是友人，又是文坛对头。这在伊丽莎白时代是很平常的。剧作家一起工作，往往在舞台上发生口角，甚至大打出手，然后饮酒和解，这本身就是喜剧或喜剧的延伸。德克根据有关伦敦的生活及其特征的浪漫传奇，写成了代表作《鞋匠铺的节日》。关于这个可爱欢乐的戏剧，我们曾和德国鞋匠铺的汉斯·萨克思放在一起说过了。德克的鞋匠虽不是诗人，却是连萨克思也欣赏的出色幽默家。

托马斯·海伍德的杰作是《仁慈杀了她》。讲述的是受屈的丈夫要原谅他的妻子，结果却惩罚了她。就语言而言，它是伊丽莎白时代最朴实无华的少数作品之一。它唤起人们健康而合理的哀伤之感。现在看来，这种心理是真实的。即便是在现代舞台上，它也可以和莎士比亚的任何一出剧本一样获得成功。当然，现在我们对它的解读，肯定不会像19世纪的戏剧那样幼稚，复仇未必得借助手枪和匕首等手段。海伍德笔下的人物是自然、贴近生活的，因而兰姆说海伍德是"一种散文体的莎士比亚"，虽然他缺乏莎士比亚的魔力。

以莎士比亚为参照来评品伊丽莎白时代的剧作家，自然会试着在许多天才中选出谁是仅次于他的人物。斯温伯恩认为伊丽莎白时代的一切都一样好。姑且不论其批评方法是否可取，它至少向我们提示了某种有价值的暗示。居于第二位的优秀悲剧家当推约翰·韦伯斯特。那个时代，意大利风格的悲剧为数不少，但多半只是用韵文写成的逗人欢笑的庸俗作品，只有两三部达到诗的高度。其中一部就是韦伯斯特的《马耳他公爵夫人》，它恐怖而凄凉。可以与莎士比亚的《奥瑟罗》和两世纪后雪莱的《辰奇》（*Cenci*）相提并论。在《马耳他公爵夫人》中，强烈的情感冲破了诗和韵律的束缚。例如，当裴迪南见到妹妹死去的悲惨场景时，他高声呼喊：

> 盖上她惨不忍睹的脸。她还年纪轻轻啊！

《马耳他公爵夫人》中的悲哀凄婉而强烈，严肃而奇特。兰姆对韦氏的批评最为确恰。韦伯斯特的另一力作《维多利亚·科隆波拉》，写的是一个"红颜祸水"的女子。可以说它达到了希腊悲剧或莎翁悲剧的高度。而其中对于死亡和毁灭的沉思冥想，也算是气氛阴森的一类作品中的佼佼者。

想在莎翁右侧获得一个座位的竞争者是博蒙特和他终生的协作者弗莱彻。两人都是修养极高的绅士。他们既写悲剧，也写喜剧。他们不追求作品是否唤起恐怖或欢笑，而在意是否自始至终地保持作品的高质量。德莱顿给了他们很高的评价，认为他们使英语“达到炉火纯青的地步”。他们的创作体裁十分广泛，他们的优秀作品（很难确证它们是否出自一人之手还是两人合作）是《菲力斯特》和《少女的悲剧》。内容虽然纯属虚构，却并非完全脱离现实。结构优美完善，格调哀婉，富有诗的感染力。数年前，耶鲁大学的学生上演了他们的喜剧作品《柏令派斯特的骑士》（*The Knight of the Burning Pestle*），逗得观众捧腹大笑，可见其永恒的生命力。

小剧作家马斯顿在当时享有讽刺家的名声。但他的许多作品都是与人合作的，如《向东方》便是和琼森、查普曼合作。这里还得顺便提及一件事，查普曼和马斯顿曾因为干过有辱于苏格兰的事被送进监狱时，琼森主动同他们两人一起走进去。马斯顿长于对人进行辛辣的讽刺。他的讽刺作品今天读来很费解。他的戏剧水平不高，没有哪一本达到二流以上的水平。把《愤世家》中对厌世者的评论与琼森和莫里哀对同类型的人物的评价做个比较，马斯顿的不足之处自然是立竿见影。

福特，劳托洛作。

米德尔顿天生特别擅长于同英雄悲剧相区别的家庭悲剧。他的作品中至少有一部佳作，即《过继儿》。就人情味而言，他同海伍德差不多。我们也许可以期待他更大的成就，假如他不像德克及其他剧作家那样，常常草率成篇的话。当然，他在败笔处是平凡的，在成功处是优秀的。《怎样抓到老东西》在描写人物“气质”这一点上，可与琼森媲美。《女巫》让人读来饶有兴味，令人想起《麦克白》中的巫婆。而在下面两部戏剧中，米德尔顿翱翔于现实主义和诗意的浪漫主义之间。《奇普赛德的一个贞洁姑娘》住在《如愿》的魔幻世界里。《优雅的吵闹》则按兰姆所说，充满着“可歌的热情”。

伊丽莎白时代（虽然这时詹姆士的统治已被查理所代替，但这个时期依然可称为伊丽莎白时代）的戏剧的落日辉煌而壮丽。莎士比亚和琼森的光辉已经不在，但不可否认马辛杰、福特和雪利都是出色的后继者。马辛杰主要以其优秀的喜剧《新法还旧债》而不朽。这部剧在19世纪大受欢迎，主要人物奥维利彻是许多优秀演员争相扮演的角色。作为诗人，马辛杰热情不够。正惟如此，兰姆评价他的作品：文体缺乏激越的感情，惟有冷静和明朗值得细细玩味。

福特易于伤怀，时常无端地陷入痛苦之中而难以自拔，可以说是戏剧诗人中最悲凉的人物。他以极其接近现代精神分析的手法去解剖灵魂，措辞巧妙精细。虽然作品因此充斥鲜血和骸骨而显得几多苍凉，他终究不失为一个真诚的诗人。《恋人的忧伤》、《失恋》、《失恋的代价》等等，这些戏剧标题本身就袒露了他情感世界的心声。

那些昔日的荣光都已逝去，再热闹的戏也有落幕的时候。在戏剧的黄昏的微光中，雪利独自而行。德莱顿以为单调的黄昏，其实依旧楚楚动人。雪利的悲剧《处女复仇记》让我们意识到戏剧是走向衰落了。而当他试作《风趣的女人》一类的喜剧时，却使我们想到随后兴起的一种戏剧，即复辟时代的戏剧——但这毕竟是多年以后的事，而且明显地打上了时代的烙印。

1642年，清教徒封闭了剧场。伊丽莎白时代的戏剧于是走到了尽头。一切归于寂静。

第28章

17世纪英国抒情诗

蔷薇的花，及时摘吧，

那些古老的花儿，现在还飞着呀。(赫里克)

伊丽莎白时代的剧作家，差不多都是抒情诗人。优美的诗歌就像绚丽的宝石镶嵌在他们的剧本中。即便他们自己不能制造那些宝石，至少也会从别处借来，缀于自己新裁的衣料上。因为，这种宝石几乎俯拾皆是。小说、叙事诗、戏剧都光华灿烂，披着盛装。英国抒情诗是不朽的，它不息地喷射着色彩斑斓的火焰。它们风格变化之妙，就像一种颜色同另一种颜色相掺杂，难以觉察。对分类感兴趣的人，可以看出17世纪英国抒情诗经历了三个发展阶段。

第一阶段以琼森为代表。琼森生前享有的文坛权威，无人可比。第二阶段以趣味与琼森相左的多恩为代表。琼森虽少受拘束，但在思想、行为上是个古典主义者，注意诗的形式。而多恩却是个注重内省的诗人，他不遵守诗歌韵律。与此同时有一群被称为“琼森之子”的诗人，徒具琼森学识的毛皮，抓不住其内在的实质。又由于间接地受到多恩的影响，他们也无意识地走上了多恩的道路。因此，他们也算是“多恩之子”。但对于多恩微妙而奇特的风格他们兴趣缺乏，却热衷于多恩那些隐晦的比喻和牵强附会的措辞，最终流于神秘空洞。他们在后来的世纪中受到了应有的责难，德莱顿称他们为“形而上学派”。

诗人继续在追求至善至美的道路上前行，造就了抒情诗的第三阶段，以蒲柏为代表。人们对文学的评判标准和趣味经常在变动，就好像时钟的摇摆，只是没那么精确和匀称罢了。举例说来，今天，人们更欣赏多恩的诗歌和才华，并潜心模仿，而对于蒲柏的精致却颇有微辞。从批评的立场看，从一般人追求娱乐的角度看，这种倾向是错误的。蒲柏时代是对多恩时代的否定。当然，后代的华兹华斯和柯尔律治对蒲柏及约翰逊也是非常苛刻的。事实上，对一切诗人和艺术家，应当根据他的在各自的艺术领域里取得的成就加以鉴赏和批评，并使他们得到应有的尊重，而不应该顾虑他们的前人和后人干了些什么不同的事。给两个种类不同的优秀艺术品评判高低是没有意义的！

我们有必要理清文学发展的脉络，但我们更有兴趣直接同诗人打交道，在他们优美精彩的诗歌中接受美的熏陶。因此，在接下来的段落中，我会提出几个诗人及其几首优美的诗歌加以阐释，以最切实有效的方法接近那一段抒情诗的历史。因为，他们的诗歌就是他们的故事。

约翰·多恩是最富独创性的英国抒情诗人之一。早年，他写恋歌和讽刺诗，做了有名的传教士以后，对宗教的热情驱使他转向宗教诗的创作。17世纪的宗教诗有过在其后的英国诗中罕见而特殊的审美趣味。英国的赞美诗及其他形式的宗教诗，在诗味中透着虔诚。多恩的诗歌有种神秘主义色彩，晦涩难懂。但就其用诗歌形式表现宗教热忱而言，即便是在诗人辈出的18世纪，直到汤普逊出现以前，无人可望其项背。

多恩，劳托洛作。英国文学中最有才华的诗人之一。他的作品对17世纪和20世纪的诗人影响很大。

赞　歌

谁能赦免我往日的罪过？
我为它们懊悔过，
但我现在仍然犯着，
你能赦免我吗？
你从来就没有赦免我，
因为我仍然有罪过。

我蛊惑别人犯罪，
你能赦免吗？
我克制了一两年光景，却又长年累月
沉溺于其中的罪过，

你能赦免吗？
你从来就没有赦免我，
因为我仍然有罪过。

我只有恐惧，
即使把丝吐完，
也许还是无法赎罪。
如果你能给个明示，
答应我死后不说你的儿子有罪，
那我就无所畏惧。
因为你真的赦免了我。

有人认为，多恩并不懂音律艺术，他的诗歌之所以美妙，仅仅因为他热情，这并不能弥补他格律上的支离破碎和漏洞百出。对此，我不敢苟同。事实上，只要愿意，多恩照样能写出同琼森一样循规蹈矩的东西来。参差的音律是他故意为之。凡是他着手的事，他没有不在行的。

甜美的情爱让人难耐，
我感到缱绻难以释怀。

这类诗句，我们能说它没有符合音律的美吗？

赫里克是小抒情诗人中的巨匠，格调极为轻松，他的诗比多恩乐观。他写了很多下面这篇优美的作品。也只是优美吧，诗人愉快的气质在诗中倒没什么折射。

致水仙

美丽的水仙啊，我们为你哭泣，
为你如此匆匆的逝去。
那早升的太阳还没有到达中天啊！

且慢，且慢，你的脚步。
待到告别的日子，
行到黄昏的尽头，

我们一起祈祷，
和你同去。

诗何其短——正如你的生命，
春何其短——正如你的旅程。
又有什么能长存人间？
总有一天，
我们也要踏上你的归程。
如夏日的急雨，
朝露的水珠，
难以到永远。

赫里克写过颂诗和婚礼赞歌，献给十余名幻想中的恋人。也写过纷繁杂乱，难以引用的讽刺诗。他偶尔也会写一些脆弱透顶的诗歌。他是最优秀的“琼森之子”。他只需慵懒地往老师调好的弦上一按，如斯温伯恩所说，抒情的乐调便“立即感应于他的手，从弦上飞扬开来”。如果说琼森是他的父辈，那么，贺拉斯及卡特拉斯就是他的曾祖父了。他是彻头彻尾的异教徒，又是虔诚的基督教徒。美国作家奥尔德立称他为“伟大的小诗人”，真是措辞微妙。从某种品位看，这个“小”字是应该删除的。

加莱师从多恩（他给老师写过壮丽的哀歌），他和老师一样，爱花、爱酒、爱女人。但在诗歌的写作上，却尽量避免老师的不足。他的诗旋律柔和，依然带有伊丽莎白王朝的风味，但打上了些许褪色的烙印。路德派三位一体的第三位在他诗作占有显要的位置。他敏感地预见到口语体的“世态诗”的出现。这类诗的代表人物便是跨越17世纪，迈入18世纪的诗人普赖尔。

乔治·赫伯特，劳托洛作。

塞恩斯伯里曾经感慨，这个时代有着如此多的诗人，他们留下的小诗章，别致动人，以致我们想从不同的侧重来讨论他们。但无论我们有多么高的热忱，囿于篇幅，也只能适可而止了。伊丽莎白时代的诗人浩若繁星，有很多诗人的名字我们不能一一列举，但下面三个诗人，哪怕只是一带而过，我们也要让他们的名字为世人所知。

温和而典雅的乔治·赫伯特，虽然（我以为）并没有写过一首优秀的诗作，而且他的“奇想”，对于今天的我们也无太大的吸引力，但他始终是真挚和优美的。

亨利·沃恩的诗犹如鲜活的嫩枝。“光明之环——圣洁而永恒”这样的诗句使其无愧于诗人这一称号。

在理查·克拉肖的诗中，世俗及“异教”的情趣同宗教的热忱并存。这可能是那个时代的某些特征吧。他写过：“**谁能告诉我，是什么让我心旌摇曳？**”他还给圣特里萨写过绚丽的篇章。他以充满力度的乐调唱道：“啊！你这勇往直前的欲望之女！”

萨克林，劳托洛作。

在大动乱时代，出现了两位所谓的骑士诗人：萨克林和勒夫莱斯。

与同时代的受苦的犬儒主义诗歌相比，萨克林的恋歌洋溢着人世间愉快的欢笑，极其富有魄力。他的优秀诗作风格清纯，一洗当时甚嚣尘上的“形而上学”诗人的神乎其神和迂腐，但遗憾的是，这样的作品他写得并不多。包括戏剧在内的他的大部分作品，是十分难读的。他杰作中有这样的句子：

> 亲爱的，
> 为何你如此憔悴苍白？
> 亲爱的，
> 请你告诉我！

勒夫莱斯的多数作品也同样令人伤脑筋。但也有两三篇算是完美的。

> 亲爱的，我真的不能钟爱你，
> 我也不能钟爱什么荣誉。
> ——《赴战场之际》

> 为什么要用石块筑牢狱？
> 为什么要以铁链造槛笼？

——《从牢狱致阿尔提亚》

马弗尔和他的哥哥赫里克一样，血液中激荡着一种对自然及昆虫花鸟的强烈的爱情。假如马弗尔的《土萤和割草人》（*The Mower to the Glow-Worms*）出现在赫里克的集子里，大概没有谁会觉得不妥。

把盏燃烧生命的灯啊，
携带在身边，
夜半伴你到更深。

马弗尔也是一流的庭院诗人：

远离人世间的一切
潜心于绿色的阴影中沉思。

《庭院的割草人》则是从反面对庭院的赞美。马弗尔题材广泛，他的《年轻的恋爱》启发了半世纪后普赖尔的《上流社会的孩子》。而《克伦威尔自爱尔兰归来颂》，庄重深刻，和贺拉斯的精神和风格接近，丝毫不逊于其他作品。

古今评价反差最大的诗人是考利。当时，他的名声比弥尔顿还大。现在，弥尔顿被我们称为大师，他却几近无闻。但我们不应该轻视他。他写的“品达风”的颂诗，结构巧妙，技艺娴熟。而他的抑扬格诗行也是非常突出的，只是他的光辉被后世德莱顿和蒲柏写出的更遒劲的英雄体对句所掩盖了。考利促进了玄学时代向理性时代地过渡，可能这是其同代人对他另眼相看的原因吧。但事实上，他既失去了正在衰亡的一类诗的力量，又未能觉察到新的一类诗歌的诞生。

过渡期的另一诗人是德纳姆，他的史学价值在于押韵的对句。这也是瓦勒作品的价值。他的对句最为灵巧，枯瘦到敲之则响的程度。《走啊，美丽的蔷薇》及《腰带》，是真正诗味的抒情诗。作为一个聪明的诗人，他敏感地预见到自己这类新诗会成为后来人的范本。他像法国的马勒布一样把自己看成是天性淳朴的古典主义追随者。

这就是过渡时期的诗人，他们走出了古诗伪隐喻的荆棘，但却丢弃了古诗中的甜美和活力。也就在这时候，德莱顿这个伟大的诗人出现了，他既保持着戏剧力量和美的抒情味等往昔的辉煌，又挥动巨帜为新时代的诗歌开辟道路。同时，和斯宾塞、莎士比亚、琼森一样，几乎全然古风气质的伟大诗人弥尔顿也步入了诗坛。

第29章

弥尔顿

弥尔顿啊，你现在活着该多好。(华兹华斯)

文学家必然会受其生活的时代影响，这一点在弥尔顿身上体现得更明显。不可否认，弥尔顿是时代的巨人，是莎士比亚以后的重要诗人。他的一生经历了17世纪的四分之三。他的传记比其他诗人的传记更重要，更使人感兴趣，因为它和主人公生活的时代历史息息相关。弥尔顿的精神可以说是17世纪思想历史的基础。

没有哪个诗人不是其时代的产物，不受其时代的影响，但真正投身到社会实践活动中去的诗人为数并不多，弥尔顿就算一个。弥尔顿的生涯与17世纪的三个历史阶段相吻合，即伊丽莎白王朝的尾声、共和国时期及王朝复辟时代。青年时代，作为优秀的学者、早熟的诗人，其思想境界属于伊丽莎白时代。他创作了《快乐的人》、《幽思的人》和《利西达斯》等美妙的短诗，以及1632年附于莎士比亚第二折本里的颂诗。这些诗足以使他在英国抒情诗坛中占有一席之地。1642年国内战争爆发，他站在叛军一方，任克伦威尔的外国语秘书。随后的二十年间，他有悖于缪斯之精神，把主要精力放在小册子创作上。王朝复辟后，由于友人的鼎力相助和宿敌的手下留情，他幸免于走上绞刑架。隐退后，他潜心于《失乐园》、《复乐园》和《力士参孙》的创作。

弥尔顿，劳托洛作。人们通常认为约翰·弥尔顿是仅次于威廉·莎士比亚的最伟大的英国诗人，他的巨著《失乐园》是公认的以英语写成的最优美的史诗。晚年他生活娴静，每天早晨四五点钟起床，听人为他读一章希伯来文《圣经》。

弥尔顿初出文坛，就在抒情诗方面显示出卓越的才能，并且笔力颇为成熟。他在21岁时创作的《基督降生的早晨礼赞》，雄伟壮丽，气势不凡，预示着一个写同类题材的伟大叙事诗人的诞生。《快乐的人》洋溢着生活的欢欣：

> 晴朗的假日，
> 老老少少相携而行，
> 待到日落西山，
> 便品尝麦酒的香甜。

弥尔顿是清教徒。清教本来只为廓清教会、矫正时弊，但因为狂热，所以有点过分。事实上，清教徒精神并不同尘世的欢乐势不两立。马可利下面的这番话可以使很多问题得到解释：清教徒之所以反对“弄熊”这项活动，并非因其伤熊的缘故，而是因此会给人带来娱乐的原因。由此可见，清教徒关闭剧场，反对看戏，并不是反对戏剧艺术本身，而是出于对已经腐败的道德观念的仇视。弥尔顿早年是主张思想和艺术自由的，他非常喜欢剧场：

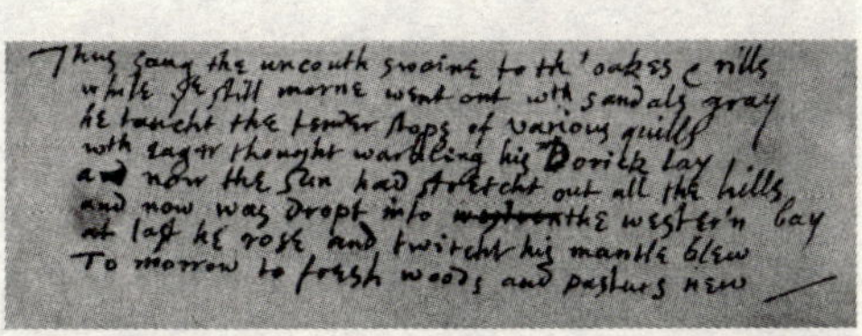
Thus sang the uncouth swaine to th' oakes & rills
while ye still morne went out with sandals gray
he toucht the tender stops of various quills
with eager thought warbling his Dorick lay
and now the sun had stretcht out all the hills,
and now was dropt into the western bay
at last he rose and twitcht his mantle blew
To morrow to fresh woods and pastures new

弥尔顿手迹

> 赶赴激情的舞台，
> 穿上琼森博学的鞋。
> 用“空想之子”莎士比亚的快板，
> 歌唱故乡园林的美好，

清教徒也可以是热爱生活的艺术家。斯宾塞和锡德尼身上就有强烈的宗教味，但他们并不容忍由宗教的狂热所带来的褊狭和愚昧。和他们相比，可能弥尔顿更宽容吧。因为，对弥尔顿及其他17世纪的诗人来说，宗教并不是严厉的苦难，而是严肃的欢乐。下面这些《幽思的人》中的诗句使人记起弥尔顿原是个热衷艺术的钢琴家。

在苦修庵的庭院，
我徘徊、缱绻。
沐浴在那幽暗的微光里，
品味着那装饰有故事画的门窗，
还有那高耸的圆柱
和坚实的屋梁。
那里有高声诵读的功课，
和明净的圣歌。
响亮的乐器，
伴着悠扬的合唱，
袅袅飘入我的耳膜，
将我包裹在无边的快乐里。

《利西达斯》是弥尔顿早年诗中最感人的篇幅，与雪莱的《阿多尼斯》和丁尼生的《怀念》并称英国文学中的三大哀歌。如果他早生一个世纪，他一定会成为剧作家，他的假面剧《科马西》，与伊丽莎白时代的戏剧有亲密关系。而他晚年创作的《力士参孙》则充分地显示了他不凡的戏剧才能。

失明的弥尔顿向他的女儿口述《失乐园》的情形。在文学史上再也没有比这位双目失明的清教徒日复一日地口授他的伟大史诗《失乐园》的画面更为壮丽了。

弥尔顿根据《创世记》中寥寥数语的故事，创作了12篇规模宏大的无韵诗——《失乐园》。这是英语中惟一有古典趣味的叙事诗，与其说它像但丁的《神曲》，还不如说它更像古典作品本身。《失乐园》的语言极其完美，被奉为诗歌艺术的范本。我们都熟悉故事和情节，但只要翻开书页，我们还是会流连忘返，迷失其中，这完全是因为那优美的语言。只须读上几页，就足以领略其语言风味了。而结构、表达方式及繁多的隐喻又使它染有异教的色彩。（至于《复乐园》，则缺少《失乐园》的明丽色彩。）权威人士艾略特·诺顿认为《失乐园》的两卷书就已经很清楚地把其中的所有思想传达给了我们。在我看来，这种观点未免有失偏颇。事实上，我们是不能忽视第三卷的，在其中，我们失明的诗人祈求宗教给他带来光明。可能有时诗人的才气使之缺乏自省精神，有时有些语句单调枯燥，但这丝毫无碍诗人那“雄壮的文体”。《失乐园》的故事也许不再那么吸引我们，毕竟它已经不再是过去人们眼中的“福音”了，但我们却不得不为其文体深深折服。除了语言辞章的独到之处外，弥尔顿对恶魔形象的塑造也堪为经典，无人可与之媲美。恶魔被描写得十分生动，成了一切行动的支配者。它才是诗中真正的主人公，亚当和夏娃充其量是祭品而已，而神和天使只不过是影子。

晚年的弥尔顿在创作《力士参孙》

弥尔顿最后的杰作是《力士参孙》，我们甚至可以说诗人将自己失明的磨难都寄寓在盲人参孙身上。还有谁留下比这更壮丽的“演说”向世人告别呢？全剧以悲欢而沉静的调子结束：

平静吧，所有的热情都已燃烧殆尽。

弥尔顿还是当时重要的散文家、雄辩家和小册子作者。那是个百家争鸣的时代。我们已经不再对那些争论感兴趣，而有些优秀的争论则被劣等的作品所玷污。但弥尔顿的某些论文和演讲词至今却还闪烁着不灭的光芒，像《论出版自由》就是人类信仰和自由永恒的宣言：“如果说，杀人者杀戮的是有理性的生物，是神的影子；那么，毁坏有价值书籍的人，便直接扼杀了理性本身，即神本身了。”300年后的今天，我们依然会像诗人当年一样感叹着：“有哪个官员不会听从虚伪的报告？假如出版自由落到少数权力者之手，那岂不是助长了那种恶习吗？”华兹华斯说弥尔顿是：“悠悠灵魂伴星辰”。确切之至！

激烈的社会斗争耗损了弥尔顿一生中最宝贵的20年。但在英国文学的诗坛上，他的名字却无人可以抹去。

第30章

17世纪的英国散文

大创造是一种神秘，人类的创造尤其如此。

回顾往昔，默想先人，是合宜的。(托马斯·布劳温)

诗可以穿越历史而愈久弥新。而散文却受着时代的限制，此时的散文风格不同于彼时的，随着时代变化，散文的内容也容易失去生机，变得陈腐或不合时宜。如果近代有哪个诗人用弥尔顿的风格写一篇优雅的短诗，那么，它会像刚出炉的面包一样散发出浓郁的香味。相反，哪个出入国会或劳工大会的人试着用弥尔顿的文体滔滔不绝地作演讲，那他一定是个傻瓜，一个十足的傻瓜。所以，对于17世纪的散文，我们可以欣赏，但不宜模仿。

可能因为隔着18世纪的明澈吧，我们若要体会17世纪散文家的趣味，还得下翻苦功钻研。在查理·兰姆看来这是一件值得干的事情，事实也的确如此。被兰姆称为“沉迷于幻想的伟大老人”罗伯特·伯顿，著有《忧郁的解剖》，尽管书的内容与书的标题不尽符合，但这丝毫无损这部伟大的杰作。因为这是作者读书破万卷后采撷到的果实。内容雄辩，充满奇思妙想，从中可以领悟到作者身上带有蒙田的气质和独创性及诱惑力（虽然缺乏蒙田的沉静和哲学趣味）。

“我们将死亡称为睡眠，它杀害我们，麻醉我们的灵魂。”这道出了托马斯·布朗超脱现实的心声。他的《医学》（*Medici*）和《骨壶埋藏》(*Urn-Burial*)，语言华丽，品位不俗，字字珠玑。布朗对生与死的思考非常深刻，行文活泼轻松，令人不忍释卷。同样是关于睡眠和梦境的书籍，布朗的论述可能比弗洛伊德的论述更容易让人们接受和理解。布朗拥有神奇的口才、内省的精神及哲学家气质，在他的任何作品中，看不到他身在其中的那个动荡时代的一丝阴影。与弥尔顿及许多同代人不一样，他是不介入教会同国家之间的斗争的。

杰里米·泰勒和托马斯·富勒两人尽管文学天赋极高，但一直没有得到应有的声誉。这可能与他们的文章形式有关。说教形式的文章，总是不能引起广大读者的兴趣，不论读者信仰如何，不论其怎么喜欢听教士唠叨。实际上，泰勒《神圣的生活》和《神圣的死》已经超越了宗教，臻于文学味。而富勒在其《神圣及渎神诸形态》及《英国伟人史》中表露的天才为兰姆和柯尔律治所推崇。

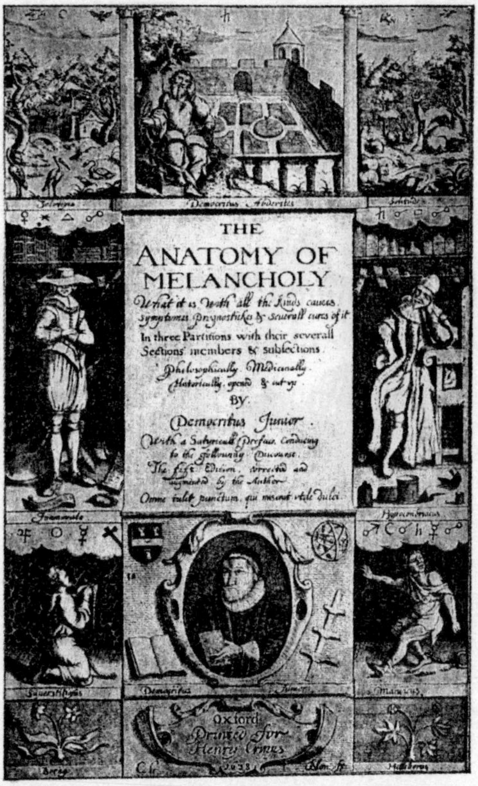

伯顿著《忧郁的解剖》一书的扉页

托马斯·布朗，劳托洛作。

与人们对有关宗教和道德的书的漠视相反，有关钓鱼的书总能引起他们强烈的兴趣，他们对之爱不释手。伊扎克·沃尔顿的《钓客清话》(*Compleat Angler*)就受此殊荣，在外行和没有钓鱼经验的文学爱好者之间，声望有增无减。这部书当然还谈到钓鱼以外的许多事。沃尔顿天性快乐。听他在岸边谈话闲聊真是件乐事。除了这部杰作，沃尔顿还写过多恩、赫伯特及其他一些人的传记。

伟大的思想家托马斯·霍布斯谈不上是文学家，他大部分作品不在我们的兴趣范围内，属于专门的哲学领域。作为培根之后、洛克之

沃尔顿《钓客清话》插图

托马斯·霍布斯，从伊丽莎白一世时代到查理二世时代，他如鱼得水，后因《利维坦》的出版，被迫流亡到法国。

前出现的最杰出的思想巨人，他也没有以文学形式处理哲学内容的艺术手腕。但他最早（以同情和理解的口吻）用英文写的有关国家及共同社会的书——《利维坦》，却属于文学作品。因为它能唤起同情或反感，后代的政治哲学无不受到其影响。这本书的中心思想是，国家是至高无上的，是吞噬个人的怪物或“利维坦”。它并不阐述国家和政府应该怎么样，而是明确地描述国家和政府事实上怎样。霍布斯的文体不优美，但很耐读。他的刚健和明澈多少受益于其毕生对修昔底德的研究。

17世纪不乏雄辩和优美的文体，并且或多或少给了兰姆和柯尔律治及其他19世纪作家以教益，但我还是认为我们最好不要模仿（要是能够学会的话）。同世纪下半叶，德莱顿的出现却改变了这一局面，其散文无论在布局谋篇，还是在韵律和词汇的使用上，都值得我们借鉴。

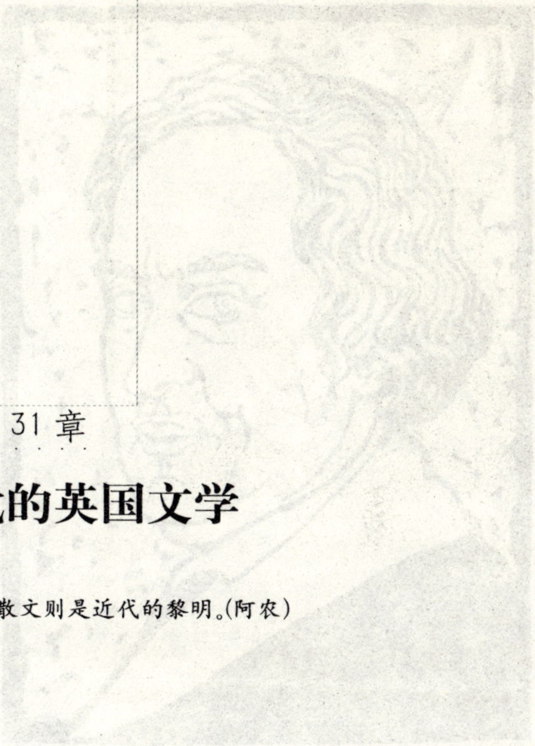

第31章

复辟时代的英国文学

诗歌是古时的黄昏，散文则是近代的黎明。(阿农)

这章所讲的时代又可以称为“德莱顿”时代。他的杰出，使他祝贺斯图亚特王朝的恢复这件事，比王朝的恢复本身更为重要。相比之下，他的同代人是如此的平庸，因而使得“德莱顿”成为文学史上这个时代的代名词。

时代更替，人类不是像时钟一样一成不变地生活，文学也不是按照固定的模式产生作品。年轻的诗人弥尔顿与年长的德莱顿结识，受到了他的称赞。德莱顿成为18世纪英国诗坛的泰斗，是因为他将押韵对句定型。德莱顿是诗歌和散文的真正的革新家。在他以后，许多他竭尽所有天分也写不出的戏剧和诗歌纷纷出现，这部分是由于他的功劳。这也使得他的诗有些褪色或呈现出“黄昏的模样“。他是一个具有广泛而多样的天才的文人，写过抒情诗、戏剧、讽刺及批评散文。

德莱顿的抒情明显刻下了过渡时期的烙印。他措辞考究精确，押韵对句既遒劲又柔和，他用这种方式来写英雄悲剧及其他各类体裁，在英国文学中留下了最机警的文句。类似《圣塞斯丽亚祭日歌》和有着“惟有勇者得芳心”名句的《亚历山大的餐宴》的壮丽诗篇，在许多年以后，我们才能在英诗中见到。

德莱顿，劳托洛作。17世纪最后二三十年，英国最重要的人物当推约翰·德莱顿。他个头矮小，身子结实，红红的脸，朋友们给他起了个绰号叫“矮胖诗人”。他的好些诗句至今仍为人们传诵，最有名的是“惟有英雄配佳人”。

德莱顿的戏剧，在他的时代比现代更吸引人。他比他的剧本更重要。他生活的时代和他身后的一个世纪是散文的。在《一切为了爱》中，将安东尼和克里奥帕特拉的故事改换，在极其崇拜莎士比亚的我们看来，这不是件体面的事。但是，就戏剧本身而言，它是一部成功之作，是非常优美的。这会对莎士比亚作品产生什么不利的说法，自然是空穴来风。

德莱顿是英国最早的大批评家和散文大家。他写的戏剧论文《诗剧论》及其他论文是英国文学批判史及散文发展史上的划时代作品。

写戏剧的德莱顿的同代人，大多数只在人们心中留下了名字而已。喜剧这种极容易过时的体裁很难受到剧作家的青睐。复古时代的大部分戏剧，因两世纪来人们趣味的变化而被渐渐遗忘，只有在得到专门的研究者关注时，它们才有“重见天日”的机会。然而，人们却牢牢记住了威廉·康格里夫，这个青年剧作家以其轻快兼容的风格勾勒出一幅幅惟妙惟肖的世态图画。他的戏剧对话晶莹剔透。《表面人》及《如此人生》充满着智慧。在当时很得势但又胆小怕事的清教徒眼里，它们是罪恶的东西。然而除了有时显得滑稽可笑外，这里无所谓什么罪恶不罪恶。

班扬，劳托洛作。

弥尔顿博学而多才，致力于他的力作；戏剧家才华横溢，沉浸在戏剧辉煌而乖巧的创作中——

《天路历程》中的插图之一

文学艺术家和其他艺术家，多半是受过不同程度教育的有修养的人物。但是，班扬却凭着天生的才能表达着平民的宗教意识。他的《天路历程》与德莱顿的《一切为了爱》同在1678年出版，当时弥尔顿已去世四年。德莱顿是否听说过班扬，就不得而知了。但是，班扬没读过德莱顿或其他任何一个绅士学者的一个字，从理论上讲却是事实。班扬在高雅文学里开辟了一个平民世界。也许正是从这个大多数人居住的世界里，他发现了人类。《天路历程》算得上是第二本圣书了。班扬自己独特的文体是从第一部圣书和日常使用的语言中形成的。全书用直截了当的口语体写成，间或以圣经风格的文句略加修饰，主题是基督徒的苦难奋斗和最终胜利，并以梦的寓言形式表现。总而言之，它是成功的，它用可读的故事形式完成了传教的使命。今天，即使那宗教的兴味早已失落，但即便是对基督教精神生活毫不感兴趣的读者，也是可以愉快地接受这部小说的。这淳朴的艺术成就在历史的长河中永不褪色。

班扬一心一意追求宗教的真理，却从来没想过自己会达到文学的不朽之境。而塞缪尔·佩皮斯的《日记》的命运却比这更出人意料。作者根本没想要将之付诸于世。它卷帙浩繁，内容包罗万象，还包括许许多多的饶舌和闲话。直至19世纪初叶，它才被发现，被解释。在最近的一百年间，它和这个时代的任何艺术杰作一样，深受读者的欢迎。佩皮斯没料想到这些大事小事的记录会顺着历史流传开来，并且，为我们浏览那个时代展开了一个大型的“博览会”。

佩皮斯、班扬、德莱顿、康格里夫是“同一个时代的孩子”。思想这张又宽又长的床，让不同领域但同样杰出的孩子们躺在了一起。

第 32 章

18 世纪的英国散文

当代最伟大的人非斯威夫特莫属。(卡莱尔)

散文在18世纪的英国文学史上占据了重要位置。这个时代的散文是如此的优美，以致诗歌的光芒都被遮掩了。斯威夫特是这个世纪初叶最大的散文巨匠。其代表作《格列佛游记》令儿童爱不释手。每个儿童看了书中格列佛的冒险经历，都乐不可支：小岛上的丽丽伯特人渺小到使儿童读者成为巨人，而在真正的巨人中间他又成了矮人。成年读者读到的却是格列佛的船上满载的辛辣的讽刺，这本书深刻地批评和抨击了人类的弊病。比如，在智马国，马成了统治者，它们卑劣的奴仆是“雅虎”这类人。这个故事没有明显的愤怒痕迹，也没有大声疾呼，只是在心平气和中渗透着冷嘲热讽，只有当滑稽味太浓时才不免露出点愚弄的味道。其讽刺力量，在英国文学或任何其他国的文学中都是罕见的。

斯威夫特的幽默中也含着微笑，只不过他没有笑出来而已。他一生中也有很多不幸：他的自命不凡不算过分，但这也使他在教会中没有如愿地得到提拔。他在生理上还有某种程度的疯狂——大概他自己有所意识，所以没结婚。但他不光是出于个人的愤愤不平而对人类充满憎恶。他带着强烈的愤怒，冷眼旁观我们究竟能愚昧到何等程度，进而无情地鞭打我们。但是，我们不能绝对地说他“无情”。因为，在他那表面的冷酷之下，潜伏着深切的怜悯和同情。虽然对人类多有不恭之处，他对朋友却是非常关切的。他自己就说过，他喜欢托穆、狄克和哈立。他貌似轻蔑内心却热爱人类，特别是为了爱尔兰的正义事业，他义无反顾地拿起笔来充当武器。在《温和的建议》中，他用“吞吃小孩”的残忍重重地抨击了英国人的罪恶。《桶的故事》则有力讽刺了罗马教、英国国教及加尔文三派教会，虽然它在内容上不及《格列佛游记》有趣，却代表着斯威夫特文学生涯的最高成就。作家自己在晚年时也说：“写这本书的时候，我有多么大的才能啊。”

《格列佛游记》插图

《给斯特拉的日记》是一部很重要的书，因为它详细地记录了当时的历史及人物谈话。同时它还流露出了作家本人的各种品行和气质。像别的同类资料一样，它隐而不显，从中看不到它与美丽的斯特拉之间的关系究竟怎样。至于作家们的私生活，我们没必要去关注，只要读他们的作品就可以了解了。但如果我们了解了斯威夫特的生平，就有助于对他的作品进行解读。误解他就等于曲解他的天才，萨克雷在论及斯威夫特的时候就犯了这样的错误。斯威夫特令人满意的传记至今还没有写出来，恐怕永远也写不出来。他的作品带有强烈的个人色彩。即使在个人色彩最淡的《格列佛游记》和《桶的故事》中，也没哪个作家在作品中如此密切地体现自己的性格。因此，他的传记比一般文学家的传记更值得研究和探讨。研究越深，就越能理解斯威夫特的顽强毅力，理

斯威夫特，他创作《格列佛游记》意在讽刺人类，用他自己的话来说，就是“给世人添麻烦，而并非供其消遣”。然而，人类并没有为他的讽刺感到不安，反而喜爱这部书，并把它介绍给孩子们。现在多数人把这部猛烈抨击人性的小说仅仅当成了供孩子们开心的童话故事。

斯威夫特和斯特拉在一起。斯威夫特22岁第一次见到斯特拉时，小姑娘才8岁，后两人交往甚密。无论是在他声名鹊起，还是长达10年的隐居期间，斯特拉都是他惟一的精神安慰。据传他们曾秘密结过婚。

解他忍受着生活的巨大痛苦的人格，并且越能感受到他外表冷漠甚至残忍下面的那种宽大和仁慈。其实，他真正憎恶的是人类的虚伪，而不是人类本身。他是一个非常正直的人，这种正直的人品直接影响着他的文风。他的作品风格简明、质朴，毫无矫揉造作的痕迹。从审美趣味的角度是，其作品是不如更有诗意的作家；但是从“天然去雕饰”的力度看，没有谁能超过他。

和斯威夫特的遒劲相比，约瑟夫·艾迪生和理查德·斯梯尔的风格则轻快而优雅。他俩共同创办杂志《旁观者》，登载小品文、简短的广告和通告。在近代意义上的报纸还没有出现的那个时代，英国绅士在早餐桌上读到的只能是这份小报。其小品文包括风俗、道德、书籍、宗教及人物等内容。这份报刊大约办了两年。作为道德家（艾迪生尤其如此），他们办报寓教于乐，旨在让人们在娱乐的同时培育良好的情趣。他们很自然纯正地幽默着，同时也不乏批判性和哲理性。艾迪生论机智和幽默的文章是最优秀的作品之一，它是以这样富有哲理的句子开始的：“没有哪一种文章能够同幽默文章相比。在幽默作品中，作者求胜之心最切，同时失败之虞也最大。”对于《旁观者》的投稿者来说，失败是少有的事。至今我们还可以看见他们智慧的微笑。这部分是因为社会的弊端由来已久，难以根除；部分是因为那些论文本来用的是一种难以模仿的轻快而严肃的笔调。约翰逊博士认为，我们想写出好文章，就得潜心学习艾迪生。博学的约翰生是极有气质和修养的学者，未必会履行自己的劝告。但这却是很好的建议。我们不能拿斯威夫特当楷模，因为我们距离他实在太远。艾迪生和斯梯尔给《旁观者》的稿件，以及投稿者模仿这两个巨匠风格的文章，都是清澈优美的英文源头。其中有些篇幅是在德莱顿之后、兰姆之前的最优秀的批评文章。尽管艾迪生的好恶不能代表我们的好恶，但他擅长抓住事物的本质和核心，并恰到好处地用寥寥数语表达出来，这是值得我们借鉴的。在其德维力的文章中，他描写了乡村绅士的闲适生活和天真冒险，从中可以看到人物性格和社会背景等小说的最重要的要素的影子。但是由于那些对话是断断续续发表在《旁观者》上的不相关的各种论文之中，因此找不到小说的另一重要因素——情节。罗杰先生的一生平平淡淡，却反成了英国小说中最真实的主人公之一。

英国大主教贝克莱

把哲学从书房和图书馆，从中学和大学里带到俱乐部和集会中，带到茶桌上和咖啡座，这是"旁观者"的堂堂抱负。不过这种哲学是从最广泛、最一般的意义上说的。乔治·贝克莱是当时一位精于文章构思、被称为具有文学家气质的哲学家。至于他是否是大哲学家，这是哲学爱好者讨论的话题，但他作为英国散文大家的地位，却是不争的事实。贝克莱的《视觉新论》和《认知原理论》及所有其他作品像玻璃一样明白透彻，相比之下，大部分英国和德国哲学都变得那么虚伪晦涩。贝克莱是一个善良的僧侣，沉静、内省，在辩论中总是那么镇定自若。

《鲁宾逊漂流记》插图

而丹尼尔·笛福毕生则对争论感兴趣，虽然他缺乏贝克莱、艾迪生和斯梯尔那样的优美文体，却以自己的力量取胜，因而他的许多小册子尽管主题已经陈旧，却依然为人们所爱。但现代人并不是把笛福作为小册子作家，而是作为《鲁滨逊漂流记》的作者。《鲁滨逊漂流记》可能是流传最广泛的英文作品，一提起他，我们就会想起它的价值，想起它给我们青少年时代所带来的欢乐。我们成年后，了解了它的技巧，就更加喜欢它了。大多数小说都是写现实社会中人的故事，《鲁滨逊漂流记》却是写与世隔绝的孤独者

笛福，多才多艺，除了是小说家外，他还是商人、情报员和记者。1719年发表的《鲁宾逊飘流记》，取材于一个名叫亚历山大·塞尔扣克的人的经历和回忆。

的奋斗历程。主人公的英雄气质和自力更生的精神令人钦佩。笛福把奇妙的空想同现实的因素糅合在一起。据说，这部小说是根据一个叫孙尔柯夫的人的生平写成的。笛福巧妙地把真实的印象安排在令人信服的虚拟情节之中，而不是建立在想像的事实之上。读者看过后，在回味中往往还是乐于相信《鲁滨逊漂流记》中的故事。无人岛上的沙滩脚印，并非杜撰，而是同哥伦布发现新大陆一样的令人可信。《大疫年日记》比《鲁滨逊漂流记》少一点趣味，但却同样引人入胜。笛福在瘟疫流行的时候，还只是个小孩，凭经验他应该不是很了解当时的可怕情形。但他在这本书中却给人仿佛是痛彻心扉的印象。他的《辛格顿船长》，让人仿佛置身美洲。《骑兵的回忆》连历史专家们都遭蒙骗，一般的陌生读者，更以为是一部历史著作。尽管如此，笛福次要的作品还是被卓越的《鲁滨逊漂流记》投上了阴影。假如现在他还活着，该是出色的记者或通讯员，而威尔士之类的人物不得不警惕他们头上的桂冠。笛福是最早的伟大的现实主义小说家。作为一位小说家，从效果上看，他富有煽动性；从才气上分析，他是一位小说天才。他最关注的事是冒险活动，而不是小说中的人物。对于那些人物的灵魂，他几乎毫不涉及，尽管他的人物在外观、行动上看是真实的。

塞缪尔·理查逊则是英国最早关注人物内心，尤其是女性内心的小说家。而剧作家早在一世纪前，就已经探索并描写人物性格了。乔叟则是在诗歌方面描写人间丰富色彩的先驱。把一切小说素材安排得最恰到好处的是薄伽丘，英国文学家通过阅读他的翻译作品，都了解了他。英雄主人公的罗曼司传奇则起源于中世纪。说到起始，英国小说起源于18世纪，而英国小说之父便是理查逊。他的《克拉里莎》是英语中最早的感伤主义小说。它主要的趣味在于女人的情感世界，而不是情节故事。放荡弟子对贫穷纯洁的姑娘迫害，就是它简单之至的情节。它通篇用书信体写成，其中没有一丝一毫的幽默感，是最长的英语小说之一。克拉里莎的人物形象被刻画得栩栩如生。她悲哀的故事，立即在英国风靡起来，而且迅速传到法国和德国，甚至对现代小说也产生了极大的影响。能够同时在国内外博得如此大的声誉，在拜伦和司各特以前的英国作家，没有谁能做到像理查逊这样。

理查逊初期的作品《帕美勒》是一部感伤的道德说教，从这个方面来说，它不是什么好作品。但是，就以下两个事实而言，它又是十分重要的。首先，它成功地鼓励理查逊从事创作，并最终写出杰作来。其次，它激起了英国最大的小说家亨利·菲尔丁创作喜剧小说的最初意识。在《帕美勒》中，贫穷的姑娘拒绝主人给她的预付款，于是主人便以同她结婚来回报这一德行。小说关注的是女性的道德品质，包括对贞操的坚守。这部小说就故事本身和它在小说史上的价值而言，是值得一读的。但除去这些，《帕美勒》比我们现在的一般剧本好不了多少，对它的名声不要寄予过高的期望。

《帕美勒》触着了菲尔丁的痛处。他在《约瑟·安德鲁传》中一反《帕美勒》的情节，用善良的青年替代纨绔子弟，作为高雅夫人的恋爱对象。如果仅仅是这样，这部小说充其量不过是一部喜剧或模仿作品而已。然而，他违背了想同理查逊开玩笑的初衷，越写越远，竟写成了一部性格和风俗的现实小说。他和我们的兴趣，与其说是在约瑟身上，还不如说是在斯立普斯夫人和牧师亚当斯身上。正是通过《约瑟·安德鲁传》，菲尔丁发现了自己的艺术才能，这种才能在他以后的《汤姆·琼斯》中得到了进一步的发挥。

菲尔丁，英国第一个伟大的小说家，也是剧作家、报人和法官，曾参与建立有名的警察力量。

《汤姆·琼斯》插图之二，美国版画家沃伦·查佩尔作。

我们总是用“伟大”、“最伟大”之类的词来称赞自己喜欢的作品，却难免缺乏判断力。但是，拥有小说的一切长处、一百五十年来令小说家们垂涎的《汤姆·琼斯》，却让我们找不到除此之外更合适的词眼来评价它。而实际上，就是菲尔丁给英国小说定了型。给许多书籍写序言只是菲尔丁的业余兴趣而已，这并不影响他自己的小说创作。18世纪给了菲尔丁充分表达自己的自由，后来的世纪则失去了这种自由。萨克雷曾经不无惋惜地说过：“自《汤姆·琼斯》的作者安葬以后，我们的小说家没有哪一个能享有竭尽全力地描写人生的权利。”菲尔丁的

斯泰恩

影响，在《汤姆·琼斯》以后的大部分英国幽默小说中，是十分显著的。他笔下的人物不只属于18世纪的英国，还属于今天和明天。菲尔丁趣味高雅，是个正直的“判官”，他“审判”人间罪恶，所取得的最大收获就是自己的同情心加深了，理解力增强了。因而他的冷嘲热讽少有辛辣的风味，他用他宽大而公正的眼光来观察人生。

18世纪不仅是一个散文时代，也是一个幽默的时代。除了理查逊，几乎每个作家都天性幽默。对他们而言，幽默就是人生的真味。虽然艺术造诣不如菲尔丁，斯摩莱特可谓是头号幽默家，而且他同样对人生具有敏锐的观察力。他经历了作为海军外科医生助手的军旅生涯，熟悉英国水手的性格，并用极其粗俗的幽默去描写他们。斯摩莱特是第一位航海作家，他的同行包括库柏、马尔维尔及康拉德在内，没有哪一个的文风能像他那样粗俗泼辣。斯摩莱特也熟悉陆地生活，例如，他的杰作《克林克》的背景并不在海上，而在苏格兰及英格兰内地。《兰登》等作品对口味不重的读者来说，难免有点倒胃口。其实，这些作品同样是活泼风趣的，司各特和狄更斯都非常喜欢。尤其是狄更斯，他描写奇特而真实的人物的技巧，部分是受益于斯摩莱特的。

知道如何安排小说的情节结构，是笛福、菲尔丁、斯摩莱特和斯威夫特最起码的共同之处。

斯泰恩的幽默既壮观大气又奇特怪僻。《商第传》作为他格调愉快的杰作之一，也许是世界上最狂放的力作。从表面上看，这部小说结构显得很紊乱：从一个素材写到另一个素材，随心所欲，一点都不协调。但斯泰恩却很清楚自己的思路。商第父亲和心底单纯的老感伤家托比伯父坚忍不拔的性格，是贯穿于松散结构中的一条清晰的脉络。尽管斯泰恩的文章中往往带着一种蔑视的眼光，然而，只要他一开口便能说出最难反驳的语言。但是，他的眼中并没有真正的恶意。半自传体的《感伤旅程》没有《商第传》那般变换的文体，但是就其哀伤情调和幽默风味而言，它代表了斯泰恩的最高成就。

但后代也有人嫌恶斯泰恩，例如幽默大师萨克雷，他们对影响斯泰恩艺术天才发挥的形式主义吹毛求疵。然而，如果有谁想责难约翰逊或哥尔德斯密，那就毫无道理了。不论他俩有什么不足之处，都难以否定其为英国散文的纯洁、完善，并最终形成优良的传统作出的巨大的贡献。

18世纪后半叶，约翰逊是英国文化生活的中心人物。他奠基了那个时代文学批评的标准，并成为文学批评实践的领头人。一个半世纪以来，由于各种文学批评标准和美学原则

约翰逊与他的朋友哥尔斯密斯和鲍斯威尔在一起

的诞生，我们同他之间的距离进一步拉开了。他不再是他同代人顶礼膜拜的权威。鲍斯威尔给他写的传记，是写他写得最好的书。并且，约翰逊的传记也是文学史上的最佳传记，这一方面是由于鲍斯威尔杰出的才能及他对约翰逊的虔诚之心，另一方面，传记主人公约翰逊本身就是伟大的人物。但是，尽管他的人格很伟大，又是雄辩的辩论家，却没有成为一流的艺术家。他是一个重要的文学家，又是惟一一个没有留下什么重要作品的文学家。他的《词典》见证了他的勤勉和学识。他高尚的人格记述在其中的序言里。尽管词典的词语释义富有独创性，但从整体看，这部词典算不上什么艺术品。他的小说《拉塞勒斯传》十分单调贫乏。尽管他确实模仿了《旁观者》的论文，其中却连他最擅长的愉快的对话都找不到，更缺乏一个巨匠的品位。《英国诗人传》则主要记述一些小诗人的生平，除了表明作者自己及其时代的一些趣味之外，并没有多大价值。他的诗作则更不值一提。但除去这些，他依然是个了不起的人物，值得理解他的人敬仰。

除了为生活所迫而草率成篇的文章，其他的一切作品都体现了哥尔德斯密作为一个艺术家的才华。《威克菲尔德牧师传》以其浪漫的情节和幽默的人物性格描写著称，在18世纪，它受欢迎的程度仅次于《鲁滨逊漂流记》。恐怕就只有马克·吐温一人不大喜欢这部小说。因为他认为，少年摩西在集市受骗那一段既无趣又可悲。但作家本人却能深谙那潜伏在人间喜剧后面的悲哀。哥尔德斯密的《牧师传》绝不只是英国人喜爱。萨克雷说他“带着优秀的故事打进了欧洲的城镇乡村”，是符合实际情况的。而歌德则说哥尔德斯密的“冷嘲热讽仁慈而高尚。他对一切错误和缺陷持仁慈而公正的态度”。

哥尔德斯密有两部戏曲，其中较好的一部《委曲求全》和谢里登的《情敌》及《造谣学校》一样，极富生命力，在舞台上上演了一个半世纪，是当代无可企及的作品。它总是带给人快乐，不论是在剧场看演出的时候，还是在家里读剧本时。哥尔德斯密不光有诗人

哥尔德斯密，劳托洛作。三十岁时，他的粗心大意和嬉皮笑脸使其事业一事无成。成了一个卖文作家。小时候笨拙、瘦弱，早年患天花又毁了容貌，可是他聪明，并以随机应变的机智结交了许多朋友。考进都柏林的三一学院后，他经常参与一些学生的恶作剧。他自己开了一个诊所，于是人们都称他为“大夫”，可无人找他看病，他只好转向写作。

气质和讲故事的天分，还有约翰逊、艾迪生身上没有的东西——写通俗论文的才能。其散文集《世界公民》辛辣的讽刺味，对读者有很大的吸引力。也有优美的“花朵”开放在哥尔德斯密的小诗集中，他的《荒村》值得我们通篇引用。它终究是哥尔德斯密自己的东西，虽然不免带有蒲柏的调式，却是蒲柏很难写出的。哥尔德斯密在巧妙地责难友人的《复仇》中，有下面两行句子：

为世界而生，却无奈胸心的狭窄，
为人类的意识，却又失于党派的纷争。

这里所说的是演说家兼政治家的埃德蒙·柏克。哥尔德斯密认为他将文学的趣味转向政治的热衷，也许是最恰当的。他的演讲和小册子的主题是一些今天看来无关痛痒，而在当时却十分重要的问题。美国人对他的《与美国讲和》这篇演说特别感兴趣。虽然随着时间的推移，英国政治家越来越忽略其中蕴含的真知灼见，但这却并没有妨碍它的雄辩和伦理。柏克热心于维护自己的观点，但即便在观点错误的时候，他的措辞也给人以真诚的感觉。他那颗富有诗意的心，往往能用最优美的词汇，奏出壮丽的音响。

爱德华·吉本是与柏克趣味不同，却同样傲慢和雄辩的同代人，其《罗马帝国衰亡史》是英文作品中最壮丽的历史画卷。它被后世的历史家不断地充实和修正。但是，吉本却使那些历史学家们对他五体投地。他开阔的视野，组织整理材料的能力，尤其使历史成为文学的这种天赋，令他们汗颜。

吉本的文章属于文学艺术品。大卫·休谟在这方面虽然比不上吉本，但他的作品也不乏优美，并且也因内容重要而富有生命力。《人性论》是促进人类思想发展的书籍，也是休谟思想的高峰，虽然他在以后的著述中进一步发展了其中的思想，却最终没有多大超越。《人性论》不仅为苏格兰和英格兰哲学的发展指明了新的方向，而且，在某种程度上也影响到了包括康德在内的德国哲学思想。

休谟像

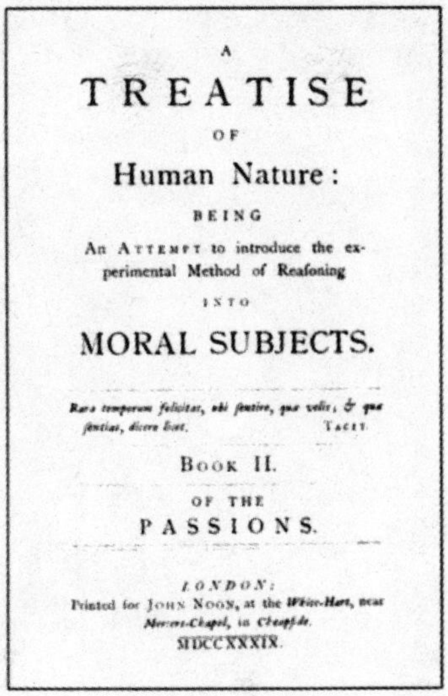

A
TREATISE
OF
Human Nature:
BEING
An ATTEMPT to introduce the experimental Method of Reaſoning
INTO
MORAL SUBJECTS.

Rara temporum felicitas, ubi ſentire, quæ velis; & quæ ſentias, dicere licet. TACIT.

BOOK II.
OF THE
PASSIONS.

LONDON:
Printed for JOHN NOON, at the *White-Hart*, near *Mercers-Chapel*, in *Cheapſide*.
MDCCXXXIX.

《人性论》扉页

18世纪的古典散文名著是那么经典，很多都重印了好几次。19世纪的散文实质上是它们的延续，因而18世纪的散文离我们并不遥远。实际上，后世的英国作家越来越赏识“奥古斯都时代”的价值。这不仅是因为斯威夫特和菲尔丁等一代巨匠在这个时代横空出世，而且还因为这个时代产生了如此多的壮丽诗篇。

第 33 章

18 世纪的英国诗歌

诗应该从声音和意义两方面去表现。

德莱顿说："音乐，是不明了的诗。"

所以提及蒲柏的优点时，必须说到其韵律的曲调。(约翰逊)

穿越了整整一个世纪的时空，英国的天才诗人们在不断地吟唱。他们高亢的乐调影响着人们的听觉，并使人们忽视了他们前代的二流诗人的作品。巨匠蒲柏的诗歌，在当年约翰逊博士的耳中是那么优美和谐，但在现代读者听来未必那么悦耳。蒲柏的对句不乏机才和品位，但连续的使用不免让人感觉到一种单调和枯燥。诗人不免流于形式，在其短节里，以华丽的辞章充分表达的只是他狭隘的思想。作为一名英国诗人，他写的格言的数量仅次于莎士比亚。他的荷马翻译早已说过。这虽显示了他的勤奋和智慧，并且给他带来了好运，却不是他个人天才的显露。单凭他的个人天才是不能写出如此警世之句的。他达到自己艺术的最高境界，则是体现于《夺发记》令人捧腹的喜剧的效果、《笨伯记》辛辣的讽刺味，以及闪烁在书信和《批评论》中的睿智光芒之中。正如他所说的，"真正的智慧在于表达人们想说却始终不能巧妙地说出的东西"，这在当时并不算新鲜的哲学和美学思想，但一经他用独特的词语表达出来，就成了智慧。蒲柏就是这样一个头号诗人，为了表达明晰而不顾诗歌的抒情性和思想性。能成功模仿他的人几乎没有；即使模仿，也大部分被淡忘了。只有马修 · 普赖尔和约翰 · 盖伊被人们记住了。普赖尔是"世态诗"的先驱，他也有格调轻快、仅次于蒲柏的作品。他擅长讽刺，其恋爱诗中蕴含着强烈的热情，因而富有诱惑力。他的《献给上流社会的孩子》真可谓完美无缺。而盖伊的那些即兴之作，以及取材于都市附近社会生活的《脱力味亚》(*Trivia*)，特别是洋溢着愉快气氛的《乞丐的歌剧》，让人们记住了他。《乞丐的歌剧》取得了巨大的成功，二百多年后，依然活跃于现代的舞台上。他和同代最优秀的诗人特别是普赖尔和蒲柏一样，学习就着他们自己的素材做出好诗，并能够即兴写出措辞庄重的作品来。但他们的天赋，却没有涉及到17世纪及 19 世纪最富魄力的抒情诗。

蒲柏

威廉·柯林斯的诗风同蒲柏异趣，虽然他力量弱小，却也能在诗歌史中留下了自己的一笔。他诗作本来不多，更少的优秀作品虽然多少还受到蒲柏的影响，但抒情的味道浓厚，读起来好像济慈的某个友人写的。实际上，他的名声应该比习惯上和他同名的格雷更大。

说到格雷的《墓园挽歌》的歌词，每一节每一句都是那么完美，整个结构布局令人满意，很多读者对此都熟记于心。正如狄更斯所说的，他是惟一一个挟了一小卷诗迈人不朽诗人行列的诗人。他为数不多的诗，多半是自娱之作或写给友人消遣的。他不仅精通建筑和音乐等艺术，而且是历史学教授。他喜欢自然风光，对古英格兰民谣、爱尔兰及威尔士的古代吉勒特文学再度开始感兴趣，是当时对浪漫主义的复活抱有热情的为数不多的人之一。“吟游诗人集浪漫主义和古典主义于一身，在他们身上，威尔士的传统铸就了品位独特的颂歌。他们回首德莱顿和弥尔顿，并眺望着我们将要谈到的华兹华斯和柯尔律治的浪漫主义时代。”阿诺德认为，“当时散文的势头阻碍着格雷，他没有把话讲透。”其实，尽管那个时代过于重视散文，格雷仍然

《乞丐的歌剧》中的一个场面

把想说的都说了。即便如此，当时的诗人不知为什么还是缺少诗的才华。

但他们却仍然是真正的诗人。詹姆斯·汤姆逊的《四季歌》和威廉·柯柏的忧伤的作品，洋溢着诗人对大自然的钟爱之情。柯柏的淳朴自然的《工作》代表着当时新的诗歌风格。他愉快的幽默在民谣《约翰·吉尔平趣史》和他无可比拟的书信表现得淋漓尽致。可以说，他是英国最优秀的书信作者，至少他知道怎样把微不足道的事变得富有兴味，使重大的事情显得平凡。

布莱克，劳托洛作。

这时，乔治·克拉布的作品又给英国诗坛注入了新鲜的血液，别具一格的现实主义被他带入了英国诗歌。在诗体小说《村镇厅堂的故事》中，他一反虚幻的田园诗风格，以现实人生为描写对象，给文学带来了新的气象。克拉布同彭斯一样纯正，但他也有不足之处，他对音韵缺乏感受力，措辞往往也失之生硬和散文化。但是，他的风格遒劲真挚，叙述才能也很出色。

18世纪末叶，最引人注意的两位诗人是威廉·布莱克和罗伯特·彭斯。尽管彭斯不一定听说过布莱克，但他们的思想接近，都热爱人类，甚至都喜欢动物。除了是诗人，布莱克同时还是画家、雕刻家。他的艺术修养互相影响。他用自己发明的方法，把写的诗和画的插图刻在铜板上，然后，用这铜板印成书页，并给书页涂上颜色。兼画家与诗人于一体的他名声越来越大了，最后竟成了青年诗人眼中的偶像。下面引用的是他最负盛名的代表作，体现了这一点：

虎

虎啊虎，
你的目光在黑色森林里灼灼闪耀，

你的凛凛威风，
又是怎样的永恒！

在那遥远的国度，
你的双眼依然目光如炬.
谁能翱翔于天，
谁能火中取栗？

怎样的力量，怎样的艺术，
铸造了你的心锁？
只要你的心脏开始奋搏，
手足的飞舞是如此的潇洒！

怎样的铁锥，怎样的铁索？
怎样的熔炉铸就你的头颅？
什么样的铁砧，什么样的臂膀，
竟能锤去它可怕的震怵？

布莱克为他的寓言长诗《弥尔顿》所作的插图：《撒旦和反叛的天使》。

当星星投下眼泪般的光束，
将天空洗刷澄清，
神也为他的造就而欣喜.
除了羊，他是否也同样造就了你？

虎啊虎，
你的目光在黑色森林里灼灼闪耀，
你的凛凛威风，
又是怎样的永恒！

在布莱克的《纯真之歌》和《经验之歌》里，收集了很多这样单纯和充满想像色彩的抒情诗。他的神秘主义和象征主义像17世纪的宗教诗一样晦涩难懂。另外，他和那些诗人的关系也很密切，正是因为这样，所以布莱克的声望并不高；即使现在，关注他的人除了诗人，就只有文学圈内的人士罢了。

布莱克自己为《纯真之歌》创作的插图

彭斯在与他相关的人物和事件环绕之中

罗伯特·彭斯有两大天赋，一是能抓住读者，二是很能打动读者的心。无论是在他生前还是在他死后的今天，他都被公认是苏格兰的桂冠诗人。在种族上和语系上，我们虽不属于苏格兰，同样也很了解这一伟大的抒情诗人。他的作品只要附上一两个注释，世界上任何说英语的人都可以理解。

彭斯的光芒折射了一个帝国和两三个共和国。他对苏格兰古老的民谣进行了艺术的改写，但仍保留着其原有的音节，《约翰·安德森》、《汤姆·奥桑特》及其他的百余篇诗作就是这样的作品。他除了改写故土的民歌外，还从事新的创作。《致小鼠》、《致山中雏菊》、《我的心在高原》、《夜间》、《一朵红红的玫瑰》、《快活的乞丐》，尽管也借鉴了古老的诗歌，但天才的诗人将感触和幽默等艺术手段融于作品中，形成了自己独立的风格。但在现代英国诗歌方面，他却是个失败者。因为他是土生土长的英格兰人，他的现代诗歌作品无论是内容还是形式，都难以生动活泼起来。

值得庆贺的是，这个时代的诗歌最终达到了高潮。来自北不列颠的歌唱经历了强健、热情、怜悯之后，最后吹响了欢乐的号角。

第 34 章

英国浪漫主义诗歌的复活

在黎明中活着是至福，

但在青春来说，就仿佛置身于天堂了！(华兹华斯)

1798 年，柯尔律治和华兹华斯合著的《抒情歌谣集》出版了，其中收录了柯尔律治的杰作《古舟子吟》，以及华兹华斯最优秀的诗篇之一——《丁登寺》。这卷书被认为是英国诗歌发展的一座里程碑，因为其中好像有新鲜独特的成分。其实，书中的浪漫主义并不算是标新立异，序言中所阐明的诗歌原则，连一百年前的德莱顿都可完全理解。实际上，本书真正有意义的地方在于，两位新诗人通过它向世界展示了自己不俗的才华。

华兹华斯留下了很多诗歌，其质量参差不齐，大部分文笔笨拙而难以卒读，

但他的优秀作品却极富灵性。这是因为他崇拜神灵，崇拜大自然，竟认为星星和雏菊之间有某种感应存在。这都属于他最爱写的题材。阿诺德的选本可以让我们进一步了解他，下面就来介绍他的几行诗。

他为何歌唱？
有谁能告诉我？
是逝去的战场风云，

还是今朝的不幸人事?
——《孤独的割麦女》

闲适的黄昏,
安详而神圣,
你修女祈祷般幽静。
——《卡力斯海岸的黄昏》

瀑布在悬崖上吹着喇叭,
我不再因岁月感到忧郁劳乏;
我听见了婉转山涧的回音,
风儿——
从睡眼惺忪的原野
吹向我的衣襟。
——《永恒之启示》

华兹华斯,劳托洛作。

柯尔律治像

爱默生认为最后一首诗代表了19世纪诗歌的最高成就。如果只引用这几行优美的句子,似乎有损于华兹华斯从头至尾都至善至美的优点。然而,即使可能错过一些灵感的闪烁,他较差的作品也是大可忽略的。而且,他终究也没能如愿以偿地用诗歌的形式,对人类、社会及自然界作一番哲理的探讨。然而,在《麦克尔》一类诗中,他像彭斯或狄更斯一样关注人类共同的主题——命运苦难。他描摹自然的诗工巧精湛、深受欢迎。他甚至影响了后来所有描写自然的散文或诗歌的英国文学家,后者简直可以被称为"华兹华斯派"了。

华兹华斯要使平凡成为非凡,柯尔律治则要使非凡变得可信——这是《抒情歌谣集》公开声明的宗旨。柯尔律治的《古舟子吟》充满了魔力，而他的主张也由此得以出色的实现。有魔力的诗歌令人可信。诗的结构和韵律虽都以英国古代民谣为基础，但诗人却拥有自己独特而神奇的措辞：

夕阳落去，星儿出海，
黑夜倏然降临；
依稀的微风从远方飘来，
魔的航船匆匆而行。

《古舟子吟》插图

诗人的怪诞和奇异的天赋，充分显示在没有写完的《克里斯特贝尔》和梦中片断《忽必烈汗》中。

从那绿色的山峦里，
流下神秘的溪水，
上面横躺着杉树一丛！
荒凉的原野，
神圣纯洁，又漂着一些魂儿，
仿佛曾有哪个女人在残月下，
在这里哭寻丢了魂的恋人。

作为重要的批评家，柯尔律治既讽刺又教导同代人。浪漫主义风行于德国和英国，他还扮演着两者之间的文化使者的角色。《文学传记》不只是披露了柯尔律治个人的有关见解，而且还概括了那个时代诗歌和哲学的丰富内容。

作为诗人，司各特的禀赋不及柯尔律治，但他在普及新诗方面作出了巨大贡献。然而，人们喜欢他的诗甚于他的小说。从诗歌转向小说，也许是因为他觉得写诗难以超越拜伦，抑或是觉得小说会有更大的市场潜力，总而言之，这是明智的选择。他是大小说家，却并非是好诗人。他善用韵文写情节紧凑的故事，这是他的独到之处。对柯尔律治和雪莱的神秘主义头痛的读者，不妨读读这些故事。《最后的吟游诗人之歌》、《玛密恩》、《湖上夫人》获

司各特深为债务所累，图为他在位于特威德河畔艾博茨福德的奢华住宅里埋头写作。大卫·罗伯特1834年作。

得了巨大的成功。相比拜伦，这是更加难能可贵的；拜伦在玄学诗人遭冷遇的当时，却也依然深受爱戴，并被称为浪漫主义王子。《玛密恩》是名著中真正容易读的作品，在学校读过的大多数人在多少年后，还牢牢记得故事的情节。浅显明澈是其价值所在。故事流畅地展开，用韵有时虽不免单调，但无论如何还不至于使人扫兴。关于司各特的散文，在下一章将有所论述。

拜伦是司各特的后继者及竞争者。他是在一夜之间成为英国及至全欧洲家喻户晓的人物的。按他自己的说法，在《恰尔德·哈罗德游记》的前两部问世后，他有一天早晨醒来，就突然发现自己是出了名的人物了。这部作品记述了主人公在欧洲大陆的冒险经历及其所见所闻，华丽而生动。其中斯宾塞式格律的应用，本身就标志着浪漫主义的复归。拜伦的用韵不仅和斯宾塞一样沉默娴雅，而且更富有力度和热情。连他自己也夸耀自己写诗的“天生我才”。的确，他的诗有点漫不经心，毫无雕饰的痕迹。他天性聪慧，感情热烈，写诗于他可谓水到渠成。他写出如此多极其优美的诗，不能不令人惊讶。他不像雪莱一样研磨诗艺，磅礴的气势和他倾注的巨大热忱及其表现的机才，才是他诗歌的长处。他在独立战争期间，赴希腊为希腊战斗，不幸患热病身亡，时年36岁。也许，一生动荡的高潮，就是他宁愿战死疆场。他在短暂的人生中，创作像《犀永的囚徒》(*Giaour*,*The Prisoner of Chillon*)之类的故事、戏剧、抒情诗及其他很多作品。它们不可能都是完美的，但却绝没有一丝懦弱之气。他传诵了一个世纪的作品，单是目录就能写满一张纸。他生前没有完稿的《唐璜》，是他最后的长篇，也是他的

英国著名画家约翰·奥斯汀为《唐璜》所作的插图之一，表现的是这位16岁的西班牙美少年“趁着暮色”与贵夫人堂娜·朱丽亚在“美丽的凉亭中”幽会的情景。

拜伦，劳托洛作。他那俊俏的容貌，放荡不羁的生活，一连串的风流韵事以及36岁就凄惨谢世等等，使他成了浪漫主义运动中一个颇富魅力的人物。他的第一部长诗《恰尔德·哈罗尔德游记》在1812年发表头两部分时，几乎一夜之间，他成了女人们追逐的对象，年轻的男子们则模仿他的敞开的衣领和飘垂的领带。

代表作。它最大限度地容纳了几乎拜伦所有的各种思想，也对人性和哲学问题进行了探讨。他的风景描写同样很有个性。全诗风格既庄重又不失和谐。他的人生观在过去的一些人眼里，是悲观厌世的。但今天，如果从诗人自娱的角度来看，是无可厚非的。拜伦在欧洲的名声比任何诗人都大，甚至超过了莎士比亚。而在英国，他的声望只有在最近几十年才得到提高。

拜伦的作品思想明了，也很容易译成外国文字，因而其影响是直接有力的，持久的。与同代人雪莱的精巧相比，他的力量实在显得生硬粗犷。将两个大诗人一比高低似乎有些荒诞，但如果比较他们的长处，则是合理而有意义的。雪莱同拜伦一样，也是其时代的产物。法国文化界的大动荡、风行一时的为自由而奋斗的乌托邦式理想，都给他们以巨大的冲击，但在拿破仑的统治下，人们的热忱努力却是那么徒劳，给后世留下的只有残缺的理想。拜伦冷静地看着这一切。正如少数真正了解那场运动的新闻记者和政治家所见，人们为理想和自由付出了实际的牺牲。

雪莱死后50年，阿诺德恰如其分地把他称为“梦幻的天使”。因为他茫然地梦想着人们在未来世界将获得完全的自由。但阿诺德自己也是如此。现实生活中的诗人和梦想家几乎都生活在自己虚构的梦幻世界里，这一点，在1914年以后就可以深切地感受到，或在研究公元前33年到迄今为止的非记述的历史中也可以体验到。诗自然要高于生活，更重要的是，雪莱是天使，是一位歌唱的天使。他愿做自己讴歌的《云雀》和《西风颂》中的竖琴。他的竖琴只有一根松弛的弦，这便是他同弥尔顿一样没有谐谑的幽默，幸而他没有去拨弄它。竖琴的其他谐弦不停地发出饱满而丰富的音响。也许是神灵不愿再让他无休止的歌唱，在他正值三十岁的英年，就把他召回了天堂。《伊斯兰的叛变》和《解放的普罗米修斯》里面的很多抒情诗段都是那么优美，以致人们在读它们时简直都意识不到：雪莱在这些诗中是带有自己的政治观点的。剧作《钦契》在某种程度上比莎士比亚的作品要逊色一些，因为

雪莱，劳托洛作。英国文学浪漫主义运动中的一位主要诗人，不足30岁便离开了人间，却留下了许多伟大的杰作。评论家马修·阿诺德对他的评论入木三分：“一个美丽但已失灵的天使，在太虚中拍动着光亮的翅膀，但徒劳无益。”后在与友人出海时不幸身亡，尸体在海滨发现并就地火化。

它太注重文辞的华美，连戏剧动作都忽视了。悼念济慈的《阿多尼斯》没有使济慈成为永恒，倒是使雪莱自己成为不朽。只有一流的诗人，才能写出绝美的诗行：

人生
如一座水晶宫殿
在阳光下折射着五色彩虹。
雪莱空灵、梦幻，
身在尘世，心存群星。

济慈却是人间的诗人，是五彩缤纷，芳香袭人，活力永在的大地上的诗人。他欢愉地歌唱着：

美是永恒的欢乐，
但悲哀又惋惜，
它和美住在一起，
美好的东西注定要毁灭。
喜悦把手指按在唇边，
时刻都会与我们诀别。

形式整饬、措辞精美的《希腊古瓮颂》、《秋颂》和《夜莺颂》三篇颂诗，是26岁就匆匆辞世的济慈写的，他的才华实在难以令人置信。诗和音乐属于青春。济慈和许多诗人和音乐家一样，在孩提时代就培育了令人惊讶的丰富感情，经历了质的飞跃，他的作品很快就成熟了。如果他没有早逝，其艺术又会达到怎样的高度呢？没有完稿的《许佩里翁》（*Hyperion*）只是对其天才的发展提供了一点点暗示。他的诗写的是没有前途的青春年华，因而对他而言，他的夭折未必不是件好事。虽然如此，他的诗真可谓完美无瑕。阿诺德对济慈的评价公道而中肯，他批判了济慈的信念，同时又肯定他是英国不朽的诗人。阿诺德概括地说，济慈“与莎士比亚同在”。《希腊古瓮颂》中的诗行再清楚不过地表明作者是一个技艺纯熟的诗人，是巨匠中的巨匠。

啊，你的形体如此古雅，你的容姿那么姣美，
还有那大理石般雕刻的男男女女，
踏着草坪，穿过丛林。
你默默无言，让我忘怀一切，
引我走向永恒：啊，你这远离尘嚣的牧人！
当岁月的流水磨去人生的棱角，
你却依然在为别人而深深忧虑，
丢不下的是给世人的友谊一份，
你如此评价人生旅途——
“美就是真，真就是美”
这也是我们所必须
把握的永恒。

济慈，“此在长眠者，声名水上书”，是诗人为自己事先写下的墓志铭。他天生具有一种对美的炽烈的爱，认为“美丽的东西永远是一种快乐。”

沃尔特·萨维奇·兰德比英年早逝的济慈早出世20年，却依然健在，可以算是柯尔律治和华兹华斯的同代人。他曾受到青年诗人勃朗宁和斯温伯恩的激赏。他的创作生涯从一个世纪跨入另一个世纪，因而他属于两个时代。即使在年事已高的晚年，他也像华兹华斯一样，依然精力充沛。他的散文体的《空想谈话录》是介于历史和传奇人物之间的戏剧对话，他也因此而为世人所知。它容纳了各个时代的智慧要素。兰德骁勇激烈，与同代的许多作家一样，他深受始于法国革命、终于拿破仑失败的欧洲政治风云的影响。除了拜伦，没有哪个诗人比他更积极地投入到当时的社会活动中去。他曾在西班牙组织并指挥过一个对抗拿破仑的兵团。他受希腊奥林匹亚式风格的影响，诗风明朗纯粹。就以他写自己的《75岁诞辰颂》来结束那个风起云涌的时代。

没有什么值得我苦苦追求——
惟有自然和艺术才是我一生的探索；
生命之火温暖了我的双手。
面对死亡，我早已准备踏上新的征途。

第 35 章

19世纪的英国小说

人间的生活并不是小说的题材，

而是埋藏着无数题材的贮藏盒；

这些题材名目繁多；

根据主题的不同，

真正的艺术家也相应地变换手法和切入点。(斯蒂文森)

从整体上看，英国小说令人瞩目。19世纪的英国具备了曾经出现过的所有小说类型。许多小说家创作都富于变化，艺术手法娴熟，并能恰到好处地描写取之不尽的生活素材，他们和平共处，毫不排斥异己。司各特和简·奥斯汀是同代人；斯蒂文森和亨利·詹姆士则是朋友。

菲尔丁以后，尽管也有尝试写小说并取得或大或小成就的作家，但整体上说，小说是走下坡路的。直到1814年司各特的《威弗利》出版后，这种局面才改变。随着浪漫传奇的第一卷本问世，小说开始恢复活力。这部作品被每一个国家的读者所喜爱。司各特熟悉、热爱苏格兰的山山水水，在没有到过苏格兰的人们眼里，甚至在当地人看来，苏格兰是司各特的苏格兰。他的苏格兰故事中的写景状物不仅仅只是为了衬托故事，同时还是其本身不可缺少的一部分。在历史知识原本就很丰富的基础上，他的想像力在冒险和英雄传说的哺育中进一步发挥。不仅如此，他也深深地理解普通老百姓。他对《米德洛西恩监狱》中淳朴少女爱菲和贞妮的刻画，远远超越了对女王玛丽·斯图亚特光彩夺目的描写。在《拉默莫尔的新娘》中，富有传奇色彩的人物雷兹伍德，还有老波尔特斯登，都给读者留下了深刻的印象。司各特博大精深，但有时也因急躁而疏漏。他精力充沛，在生病和疲劳时，依然神采奕奕。他的故事结构和文体浑然天成。他是个品德优秀的人，曾经为了挣钱偿还法律上本来可以避免的出版债务，而累得筋疲力尽。但他从来不会让自己的读者感到厌倦疲惫。《威弗利》、《盖伊·曼纳林》、《洛布桑》、《艾凡赫》、《护符》、《昆丁·达沃德》等等，这些书的名字本身就使人浮想联翩，无论是无所畏惧的小孩，还是被文学批评束缚了手脚的成人，都乐意一读。

司各特，劳托洛作。

在欧洲浪漫主义文学盛行的时代，司各特自然是当时的核心人物。因为他的小说和诗歌给他带来了声望和财富，而且他还拥有象征荣誉的骑士头衔。在小说领域里，简·奥斯汀是司各特最伟大的同代人。她居住在远离尘嚣的乡村小镇，过着安谧隐逸的生活。直到她死时，其作品还一直鲜为人知。司各特却熟悉她的小说，他对她的评价成了文学史上的定论："那个年轻女人描写微妙复杂的东西。描写普通人们的情感和性格时所表现的才能，是我曾经见到的最让人惊讶的东西。描写大声吼叫，我做得不会比任何人差；但处理真实的情感，使平凡的事件和人物显得富有趣味，我实在做不到。"

奥斯汀像

《诺桑觉寺》、《好事多磨》、《理智与情感》、《傲慢与偏见》、《曼斯菲尔德公园》和《爱玛》是简·奥斯汀写的6部小说。对于读者来说，它们的风格都是文笔细腻、略带讥讽口吻，没有什么优劣高下可言。这些书里没有英雄豪情和冒险壮举。《诺桑觉寺》旨在讽刺那些关于幽灵城堡的神秘的故事。她用真诚、同情和易于为人们接受的戏谑的口吻，

《傲慢与偏见》插图

《理智与情感》插图

描述了青年人的恋爱。她是第一个写悠闲的中产阶级的小说家。后世的英国小说中，有不少类似的优秀之作。她的风格平易自然。简·奥斯汀符合德·昆西曾经说过的这样的一个女人：要学到没有被俗语及隐语玷污的英语，我们得师从有教养的女人。

查尔斯·狄更斯在简·奥斯汀的《傲慢与偏见》和司各特的《威弗利》出版时出世了。他是继司各特之后的最受欢迎的英国小说家。他的杰作《匹克威克外传》使他在25岁的时候就一举成名。这部小说里有插科打诨、闹剧、可爱的动物、哀伤的情感、戏剧动作和场面，包含了他后来作品的一切要素。有些描写甚至达到了炉火纯青的地步。读者迷上了他，批评家对他也刮目相看。在一部接一部的小说中，他塑造了符合人们想像的人物，创造了冗长杂乱却一点也不让读者厌倦的结构。非凡的创造力，是狄更斯成为天才的秘密。但由于毫无节制地滥用这种创造力，他最终把自己耗尽了。他热爱生活，也喜欢描写生活。他非常欣赏并且信任自己亲手塑造的那些人物形象。那些人物形象不仅早已为我们的父辈或祖父辈所熟知，而且青年一代也该知道他们。如韦勒(Weller)、佩克斯尼夫(Pecksniff)、斯诺格拉斯(Snodgrass)、朋波儿(Bumble)、斯威夫勒（Swiveller)、伯克退(Pegotty)、伯特史赖普(Podsnap)、卡特尔（Cuttle)、萨克思（Sykes)、南希（Nancy)、赖尔（Nell)、爱米丽（Emily）等等。

狄更斯，劳托洛作。从未上过大学，所受教育都是通过自己的阅读、观察和日常体验得来的。

《匹克威尔外传》插图，塞缪尔·维勒的出场，英国画家哈布洛特·奈特·布朗作。

他对上流社会了解不够。据说，在他的人物画廊里，不像在司各特、莎士比亚和萨克雷那里可以找得到贵族的人物写照。他的世界是由庶民的真实世界和幻想的浪漫世界构成的。其代表作《大卫·科波菲尔》真实因素和传奇因素皆备，描写的就是这样一个世界。作家所有的长处和大部分的短处都缩影在其中，有悲哀的感伤，有暴风骤雨式的场面，有过多滥用的言词。但最枯燥的段落也难以让读者失望，因为其中贯穿了惊人的洞察力。他有一种驾驭我们感情的魔力：读上一页时，我们捧腹大笑；而读下一页时，却又泪流满面。狄更斯的画面多半只有黑色和白色，间或来一笔“浓妆艳抹”。他用黑色给恶棍画像，用白色描摹人生的幸福和大团圆的结局，给可怜不幸的美丽姑娘或勇敢少年画像。即使他也饶有兴味地描写残忍的杀戮和无赖的劣行，但是却很巧妙，没有什么不当的影响，正像另一位伟大的小说家说的：“令

《大卫·科波菲尔》插图，英国画家哈布洛特·奈特·布朗作。

萨克雷，继狄更斯之后，英国维多利亚时代最伟大的小说家。他的《名利场》是英国第一部描写女主人公既不太好也不太坏而只是一个“实实在在的人”的小说。

我感激的是，《大卫·科波菲尔》的作者给我的孩子们带来了天真无邪的欢笑。”

萨克雷早期从事滑稽、讽刺的小品文创作。他在写完自称没有主人公、实际上却有贝基·夏普这个主人公的《名利场》之后，才发现自己成了著名的人物。虽然萨克雷绝对不是要着重关注误入歧途的女人，但善良的女人的故事比较乏味，带有邪性的女人却极有诱惑力。而贝基·夏普则是后一类女人；历史浪漫传奇《亨利·艾斯芒德的历史》中那位道德沦丧的少女贝阿特立克丝，也是如此。萨克雷与司各特一样，能敏锐地感受过去时代富有戏剧色彩的浪漫传奇。《亨利·艾斯芒德的历史》不仅有令人振奋的精彩情节，而且还渗透着时代气息。在《潘丹尼斯的历史》和《纽可谟一家》中，萨克雷用一双洞悉世事的眼光目睹尘世的变故。萨克雷有着模糊但却同菲尔丁相似的正直，以及狄更斯一无所知的有关上流社会的知识，还有比简·奥斯汀更广阔的视野。他戏剧性地观察和研究着笔下的人类社会及人性。他的格调松散舒展，讲述来自生活本身的故事。但由于包含了过浓的道德说教，难免影响到故事情节的展开。他善于以长者的口吻对阿瑟·潘丹尼斯和克莱夫·纽可谟等进行描写；当描写青年人物时，他更是技艺高超。譬如，对大潘丹尼斯的塑造，就给人以栩栩如生的感觉，仿佛萨克雷曾经亲自在伦敦俱乐部里结识过他们似的。还有优雅之至的老绅士纽可谟大佐，使人们都觉得萨克雷没有必要对时尚进行冷嘲热讽。他是靠在椅子上悠然自得的长者，热爱

萨克雷为自己的《名利场》所作的插图之一

生活，热爱人类。萨克雷同菲尔丁一样，即是论文家又是小说家，即使是最不经意的文章，虽然有时不免散漫模糊，却也同样经典。

还有两三位女作家对英国小说作过很大的贡献。简·奥斯汀只是其中未婚的大姐。她们在小说方面的造诣都是那么深，在别的艺术领域不知道是否有做得如此出色的女性。聪明女性对人的性格习性的领悟力至少不比男性差，而小说关注的正是人性。而且，使用语言是女性的天赋，就像女性的谈话最适合于给儿童传授语言一样。况且，人人皆知女性伶牙俐齿，因此，在现代，女性成为文学家丝毫不值得惊讶。面对新小说，人们不再询问，“这是女人写的吗？”而是去分辨它们到底是出于梅·辛克莱还是伊狄丝·霍登或是葛罗德·阿特登之手。在旧时代，女人的文化生活受到了严格的限制。

勃朗特三姐妹。从左至右依次为《简爱》的作者夏洛蒂、《呼啸山庄》作者艾米丽和《艾格妮斯·格雷》的作者安妮。勃兰威尔作。

《呼啸山庄》插图

在简·奥斯汀之前，也有搞创作的女人。但她们的作品往往是以匿名的形式发表的，这种情况恐怕不是因为想像司各特一样自谦。因为相同的情形，发生在勃朗特一家三姊妹夏洛蒂、艾米丽及安妮身上。他们分别以卡拉、葛丽丝和阿克登柏尔的别名发表作品。艾米丽和夏洛蒂是天才女子。虽然她俩的天分没有得到充分发挥，但至少每人都留下了一部杰作，即艾米丽的《呼啸山庄》、夏洛蒂的《简爱》。与其他小说相比，《呼啸山庄》别具一格，有一种强烈的异常的味道，它孤寂的氛围与场景和幽暗诗化的色彩，在英国小说史上重重地留下了"孤僻"的一笔。《简爱》也是与众不同、反对世袭观念的一曲调子。女主人公简爱是一个出身无名之家的贫寒女子，并不美丽，但其貌不扬的她却经历了浪漫的爱情，这是英国小说中的创新。法国巴尔扎克曾经尝试过用许多方法去开拓这个题材，但勃朗特姊妹也不一定看过他的作品。《简爱》的一举成功和它持久的声望部分就是归功于这个故事：平凡的女子也照样可以如愿以偿。

伊丽莎白·加斯凯尔是夏洛蒂的朋友，也是她的传记作者。他至少有两本书在英国小说中占有重要的地位。《玛丽·巴顿》描写了曼彻斯特的劳动者，它不仅为广大读者所喜爱，而且也赢得了卡莱尔和狄更斯的赏识。这本书既没有卡莱尔的激愤和怒吼，也没有狄更斯在《艰难时世》中的感怀和雄辩，它真实地刻画了贫民的生活。但也许是由于情节简单缺少奇特风味，它被人们渐渐淡忘了。但是，小品文式的《克兰弗德》中的乡村生活故事却依然被读者所喜爱。这本写的是收于胡桃核中或是藏于妇人针线中的人生的写照，是仿佛什么都没发生，又仿佛一切都已发生的一个小小的世界。

乔治·艾略特是英国文坛最伟大的女性。她宽阔的知识面、广泛的兴趣、心理分析的才能，以及身上的一股男性般的阳刚之气，都让她闻名于世。然而，她事实上却是个典型的感性女人。在《亚当·比德》中，她惟妙惟肖地刻画了心地善良的亚当、塞斯和罪恶的唐尼索恩，但没有把自己的立场明确表现出来。而在描写海蒂·索勒尔的同情心和波伊塞夫人的风趣特征时，却清楚地显示了作为一个女性作家所特有的细腻情感。波伊

乔治·艾略特

塞夫人以其惬意敏捷和女人的微妙情感去打动周围的男子。乔治·艾略特十分关注她笔下人物的命运。她同他们一同感受生活与生活的苦难，并且和狄更斯一样毫不讳言地袒露自己的心声。《弗洛斯河上的磨坊》里塞拉斯·马洛和玛吉·塔利夫的单纯，《罗慕拉》中漂亮的恶棍梅里迈复杂的心态，都是她自己深刻理解的。但由于她缺少萨克雷或狄更斯的长处，在小说中处理感性和理性问题时，往往陷入难以自拔的矛盾中，在后期作品中甚至出现了理性说服感性的倾向。对人生命运的过分关注，有碍她在艺术上达到登峰造极的地步。她的声誉令她自己都惊讶，但她没有就此却步。一旦遇到新的题材，她又继续进行创作。我们从她那里得到的最大收获，是那种对人生中的问题所持的谐谑的、达观的态度和勇气。

查尔斯·里德是维多利亚时代富有正义感、关注人生命运和社会问题的小说家之一。他致力于改革监狱、疯人院及其他管理的不合理现象、制度，他和狄更斯一样热心，但他的热心却没有狄更斯那种戏谑的味道。《僧院古炉边》是里德的代表作。这部小说是关于人文主义鼻祖伊拉斯谟当年的故事。其中有一部分直接取材于伊拉斯谟的《对话录》。书中呈现在我们面前的，是中世纪末叶或文艺复兴初期的辉煌和壮观。书里有许多动人魂魄的场面，比如，基赖德初见孩儿的情景，孩儿母亲垂死时的惨状，催人泪下，同时具有极高的美学趣味。比这更优美的浪漫历史传奇，比这更辉煌的15世纪的写照，是很难在别的地方见到的。

重要的第二流天才是英国小说家中最多产的安东尼·特洛拉普。二十年的时间里，他每年要写出三四篇小说。可以这么说，他作品的目录得一位数学家才能数得清。就其质量来说，他的小说没有一篇是一流的，但也没有一篇是次于二流的。借助于灵感，普普通通的场面被写得壮丽辉煌，这种情况在狄更斯、萨克雷、梅瑞笛斯、哈代甚至乔治·艾略特和查尔斯·里德的作品中可谓比比皆是，而在特洛拉普那里却毫无踪影。然而，他的整体成就和艺术手段却使人愕然。倘若偶然有一点神圣的火苗点燃他的笔端，那么，他会比任何英国小说家都有资格写出一部英国的《人间喜剧》来。在他笔下，都市的书记员和乡村牧师，国会议员和打猎的地主，俊秀的少女和多嘴的婆子，都被刻画得活灵活现。有些角色接二连三地出现在不同的小说中，渐渐被人们熟悉了。由于他的作品在整体上水平相当，因此，要从中择其优秀者是比较困难的。相对而言，较为优秀的有《巴哲斯德的塔》、《萨德的最后记录》、《桑博士》、《阿林登的小家庭》、《福兰梅的牧师公馆》等。

在读者眼中，小说（当然包括其他形式的文学）作者被分为三种。第一种是像狄更斯和萨克雷一类的作家，他们既能捕捉住同代人的想像，又能使后代人感兴趣。第二种作家，是那些当时被称赞，在后代或多或少名誉有所下降，但不该也不至于被遗忘的一类作家。在19世纪走红现在同样被称赞的故事家数不胜数。例如著有《温德森城堡》的威廉·安斯沃思，《黎塞留》的作者詹姆士，写了《维维安·格雷》和《科宁斯比》的显赫政治家迪斯累利，著有《庞贝城的末日》的布尔利顿，《哈利·罗莱柯》及《查尔斯·奥玛尼》的作者查尔斯·利福，写了《里德船长》、《候补少尉》和《彼得·辛普尔》的玛利亚特上尉，还有《约翰·哈黎德克斯绅士》的作者克莱克，《罗那顿》的作者布莱克摩，《海波萨》和《向西行》的作者查尔 斯·金斯利，《白衣女子》的作者柯林斯，《异教徒的会堂》的作者玛格莱特·奥利夫特，等等。但是今天到底还有多少人在读他们的作品，这一点也许只有从图书馆及出版商那里才可以得知。

总的来说，世人的判断是公正的。而被大众归为三流的作家，包括一些天才作家，往往要经过一段漫长的等待，才能被世人接受并承认。1859年，即狄更斯《双城记》和乔治·艾略特《亚当·比德》出版的那一年，乔治·梅瑞笛斯的《理查德·法弗尔的考验》问世了。造物弄人，这本书及其著者也许注定要被埋没多年。当初，只有少数有眼力的人，包括乔治·艾略特和罗塞蒂，才意识到英国文坛上出现了天才作家。今天，人们是越来越清楚梅瑞笛斯在世界小说家中占的重要地位了。美中不足的是，虽然他的风格刚健而诙谐，但他的故事过于凄凉悲切，更多的读者往往拒绝接受。例如《理查德·法弗尔的考验》就是令人伤怀的悲剧。最终我们只能从主人公没有死的事实中得到几许慰藉。代表作《利己主义者》结局悲凉，读者需要鼓足勇气才能伤感地付之一笑。在《比彻姆的一生》中，一种悲戚的空虚笼罩着人们，作者的思想繁杂异常，对那些只适应简单情节的读者来说，这个故事使他们如坠入云里雾中，茫然不知所措。他的复杂深邃跟勃朗宁不分伯仲（当然勃朗宁更玄乎）。人的思想是复杂的，梅瑞笛斯对人那不可捉摸飘忽不定的内心世界情有独钟。在那里，也许什么都持续地发生着。同时，他也描写过一些令人动情的场景。较《罗达·弗莱明》更有趣味性的故事，较《哈立·里士满》更有戏剧冒险精神的作品，是很难见到的。要彻底了解他，就非有一颗智商同他一样高的头脑不可。在这一点上，莎士比亚及其他的天才人物对读者的要求也是同样的苛刻。

1904年，梅瑞笛斯去世了。凑巧的是，许多人认为当时的维多利亚王朝也走到了尽头。1925年的今天，不亚于上个世纪任何作家的托马斯·哈代还健在。1874年，当他匿名发表了第一部成功的小说《远离尘嚣》时，有些读者还认定是出于乔治·艾略特之手呢。这证明哈代同维多利亚时代的小说家们相当的贴近。但是，它的悲凉冷嘲的口吻，以及对女主人公笼罩着宿命论色彩的悲剧命运的讥讽，就注定它不是乔治·艾略特的作品。哈代的作品风格清晰明澈，故事情节发展迅速。虽然他的悲观哲学难免使他常常“远离尘嚣”，不为世俗所容，他却不必像梅瑞笛斯那样久久等待迟到的读者。

哈代最有名的小说是《德伯家的苔丝》，苔丝是命运的牺牲品，是一个男子的懦弱和另一个男子的邪恶的牺牲品。这是个既悲哀又残忍的故事。说它悲哀，是因为哈代带着无限的怜悯来叙述女主人公的遭遇。说它残忍，是因为他使她不断陷于难以解脱的逆境并无法自拔。哈代对自然的描写富有美学情趣。他像表形艺术家一样，临摹着大自然的凄凉与悲哀，盲目而又飘忽不定（他本身是专职的建筑师和绘图师）。人生的喜剧在民间淳朴的乡村上演，悲剧则在与人性本恶的争斗中演绎。他最有力度的小说《无名的裘德》，厌世主义气味很浓，难免令喜欢苔丝的读者也有同感。哈代在25年前就不再写小说，而转向诗歌创作了。

哈代，维多利亚时期杰出的小说家，以作品的基调过于忧郁伤感著称。哈代喜欢乡村男女的质朴纯真，以及他们坚强的性格和炽热的情感。他关心千变万化的大自然，在他看来，大自然不仅是人们生活的背景，而且是注入生活本身的一股力量，虽然哈代的著作是不折不扣的现代写实主义作品，但是它与古希腊戏剧有相似之处，即将无辜又无助的人们描写成冷酷的命运的牺牲品。

哈代的《无名的裘德》出版的前一年，斯蒂文森去世。在19世纪最后的10年中，斯蒂文森以他精巧优美的文体，博得了圈内人的好评；又以《金银岛》、《诱拐》等极有刺激性的故事，赢得了圈外人的欢迎。他的论文和书信仿佛是借助于一种魔力写成的，因而，要想不拥有这种魔力的读者对他的作品进行衡量并判定得失，这几乎是不可能的事。《金银岛》同《鲁滨逊漂流记》一样，堪称不朽名著。

《德伯家的苔丝》插图

虽然斯蒂文森赢得了青年人的青睐，并且享有了巨大的声望；他本人也乐观勇敢，对艺术极有献身精神，但我认为，他是保守的旧式人物。就在他潜心于磨炼自己的文体时，另一个艺术家乔治·吉辛也正忙于同样的事情，不过比斯蒂文森找到了更值得“磨炼”的东西。乔治·吉辛的《平民》、《漩涡》等足可

《金银岛》作者斯蒂文森，劳托洛作。

《金银岛》插图

康拉德，劳托洛作。

以使他跻身于英国屈指可数的小说家行列，这一点，我愿以我的名誉担保。我是自信的，至少人们对他的兴趣有增无减可以证明。至于有什么不测等着他，现在无人敢妄下断言。

要评价活跃于20世纪最初25年，而且至今还健在的小说家是不可能的。英国小说界（包括美国）是由许多有才华的作家组成的。“今天在我们当中，是否有杰出的人才，谁也说不准。但有一点很清楚，今天人们一起参加的竞争，比以往任何时候都激烈。”身为优秀的小说家，赫伯特·韦尔斯说这番意味深长的话时，是颇有见地的。50年后的人，倘不知道下列作家或作品，那就是一大过失了。这些作品包括：吉卜林的短篇小说及长篇小说《吉母》，约瑟夫·康拉德的浪漫故事，还有阿诺德·贝内特的《老妇潭》，梅·辛克莱等的小说，以及萧伯纳的戏剧。我们还可以列出10名以上的作家及其作品。今天，将来可能为我们的子孙所铭记的小说正在不断涌现，这将会是令人欣慰的事情。

第 36 章

19 世纪的英国散文和哲学家

饶舌的著者遗留给我们的东西却少得可怜！（查理·兰姆）

正如所有简短的定义一样，这一章取上面的题目只是图个方便。我们在此将要探讨的是两三位思想家，但是与其说他们是散文家或哲学家，还不如称他们为历史学家和科学家，这样似乎更恰当。分类并不是想束缚自己的手脚，而是为了区分方向。

从分类的角度看，查尔斯·兰姆是英国最有独创性的散文家；事实上，他绝不仅仅是个散文家。他那丰富奇特的文体，很大程度上获益于 17 世纪的散文家。他汲取了他们的精华，练就了适合自己时代的风格。他的作品，包括散文集《伊利亚随笔》、书信及其他文章，都是绚丽多彩的，既写戏言陈词，又抒发那"梦中儿女"般柔弱的伤感情怀，还有精辟凝练的评论。他对古诗人的兴趣不同于常人，同时却又谦虚地鉴赏同代友人华兹华斯、柯尔律治等新诗人的作品。"温和的伊利亚"及其对书籍的狂热就是极好的证明。

在感召力及洞察力方面，仅次于兰姆的是利·亨特。在悠久的文学的历史长河里，他的随笔算不上一流，但却以其健康自然的语言和平近通俗的文体而流芳后世。亨特的散文选本固然不能使世界为之惊叹，却注定要使世界的一隅因此流光溢彩。

五十年前的文学批评也许曾将骚塞列入诗人之列。但在今天，骚塞的诗是没有什么价值的。

查尔斯·兰姆，劳托洛作。

我们不清楚，为什么人们把他和华兹华斯、柯尔律治相提并论，就像我们同样不明白为什么罗杰斯和坎柏尔身价很高，为什么爱尔兰民谣作家托马斯·穆尔能博得仅次于拜伦的声誉一样。因此，凭着他的诗作，骚塞是没有资格跨入不朽诗人之列的。而与其诗有天壤之别的是他的散文有着永恒的价值。《纳尔逊的一生》，姑且不谈其历史价值，总体上写得极其出色。这部作品和其他较严肃的作品，很大程度上模仿了艾迪生的风格。骚塞身上有一种诙谐的气质。《博士》一文中，他尽戏谑之能事，堪与斯泰恩的连珠妙语相匹敌。

骚塞在他的时代备受尊敬。他是位严谨好学，散发着学者风度的作家。相反，兰姆却以其怪僻的个性而为世人所爱。亨特则是个生性愉快的人。而比他们更有力的批评家是威廉·黑兹利特，他是个目空一切、盛气凌人的人物。世事的喧嚣，生活的繁杂铸就他文章的热烈奔放的个性。他不仅是系统、深入地研究美国文学的学者，也是英国最早的重要艺术评论家（他试图成为画家但没成功）。今天，在谈他的批评思想和对此进行批评的读者中间，他的地位无与伦比。倘如谁想品尝读书的趣味和快感，想愉快地了解文学的一些问题，那么，读黑兹利特的《论英国喜剧作家》、《时代的精神》和《桌边文谈》是最好的途径。《莎士比亚戏剧中的人物》和《伊丽莎白时代的戏剧文学》两部讲演稿，是经受了漫长的一个世纪考验的宏伟之作。

然而像黑兹利特这样专攻文学批评的作家（他也写过别类的文章），吸引的只是一部分对文学有浓厚兴趣的读者，很多读者不读文学批评，也许觉得它们很枯燥无味。但每个人肯定都很喜欢故事，尤其是奇妙无比的故事。托马斯·昆西，不仅以其学术论文，而且以其自叙体《一个瘾君子的自白》而出名。他对青年放荡弃儿命运的描写是淳朴、感人、扣人心弦的。在分析抽鸦片的危害时，他说得头头是道，而其对梦的解释不仅富有诗意，并且在某种程度还与近代心理学上的释梦方式不谋而合。同兰姆一样，昆西的散文风格回到了17世纪——修辞端庄稳重。昆西的散文跌宕起伏，时而显现泡沫之状，时而又折射彩虹之观。无疑，这些都是他心潮澎湃的写照。欣赏音韵的读者能从中发现美，然而注重思想清晰的读者却会因此不快。后者在托马斯·麦考利这里就会满意多了。托马斯·麦考利的思想十分明澈，众人皆知。没有谁不被其艺术功力深深折服。其《英国史》是英国人和美国人通晓的历史书籍，堪称不朽名著。普通读者立即感到它的价值在于说理的清晰，对此批评家也一致认同。他的论文，特别是内容上与社会名流有关的那些作品（而不是文学本身），也具有同样的特征。能代表他最高成就的不是著名的《弥尔顿》，而是《查塔姆》（*Chatham*）和《赫斯汀》（*Warren Hastings*）这类论文。

卡莱尔，劳托洛作。

19世纪中叶的40年之间，英国小说及诗歌门外（或者包括在内）的文坛巨匠是托马斯·卡莱尔。他不是一夜之间而是逐步成名的。《旧衣新裁》以斯泰恩之后最古怪的文体写成，它集德国哲学和苏格兰哲学于一身，因此使英国人耳目一新。遗憾的是，英国人对德国哲学不感兴趣。柯尔律治曾经花力气教英国人看德国这部书，但不受大众欢迎，只有包括美国的爱默生在内的少数人喜欢它；尽管事实上它是伟大的。卡莱尔以衣裳比喻人类的幻想，企图通过阐述人同自己精神之间的斗争来抓住社会主义的内涵。这本该使斯威夫特喜笑颜开（假如他能理解德国风味的文体），但却不能盲目地判断这本书的主题是斯威夫特式的，因为它只属于卡莱尔生活的那个充满苦闷和怀疑的特定的时代——一个远没有告终的时代，其有关特征在现代社会更加明显。

卡莱尔对人生由厌恶的否定到漠不关心，直至趋于肯定，最后作出一副战斗者的挑战姿态。他花了四十年来阐述自己的这种世界观。虽然人们没有从他的说教里获取明显的好处，但是至少卡莱尔本人渐渐认识到这个世界存在着令人鼓舞的力量。最初使他出名的《法国大革命》，并不是用评判的姿态写就的一部历史，而是文采绚烂、具有戏剧效果的散文体叙事诗。同样，丰富的想像力使他对中世纪的研究成果《过去和现在》生趣盎然。卡莱尔崇拜英雄和伟人，他在《论英雄和英雄崇拜》、《克伦威尔》中就明确地说："谁要求被拯救，谁就得俯身于高贵的伟人脚下。"他的文体和思想，从某方面看，显得怪奇、杂乱和伪善。这种个人伪善同他极力抨击的一般意义上的伪善同样恶劣。从相反的一面看，他仿佛是一个伟大的希伯来预言家，即使在那难以理解的热情之中，也有妙语连珠所迸发出的光芒。

继承了卡莱尔不少思想的弟子是约翰·拉斯金。和老师一样，他在道德方面也很苛求，对当时政治、经济的腐败和冷酷深恶痛绝。他同卡莱尔都属于苏格兰分支。卡莱尔生于贫苦之家，终生过着潦倒的生活。拉斯金则是富商子弟，能够随心所欲地游历四方。他在音乐美术方面受过很好的启蒙教育，具有良好的素质。他能文善画，是手法老练的图案家。他又是继黑兹利特之后英国最早的美术评论家。《现代画家》、《建筑的七盏明灯》和《威尼斯的石头》三篇散文异彩纷呈，集中体现了他视觉的敏感及对各种形式的美的鉴别力。可惜的是，这种美的东西却被沉闷的道德说教扼杀了一半。在他的观念中，美术和建筑是民族宗教和社会习俗的表现，美术必须淳朴、真挚和热忱。从历史的角度看，作为艺术的方法论，这是真切的。显然，拉斯金的美学原则是以伦理为基础的。不论他本人怎样真诚地爱着美的事物，这种原则却往往将美术本身的许多快乐排除在外。人们可能会这样猜测，折里尼会笑话他，而米开朗基罗太忙，没有时间读他；而在拉斯金喜爱的威尼斯城建造圣马丁教堂和总督府的工匠们会惊讶：这来自北方的家伙究竟是什么意思呢？

后来拉斯金逐渐开始关注社会问题。与之相关的见解在《给那最后的人》和《芝麻与百合》中再清楚不过了。他同威廉·莫里斯两人创立了一种艺术社会主义思想——艺术传道给每个人，充斥着丑恶的都市和建筑物的社会终将消失。从精神本质上讲，他是雪莱一类的诗人，是在残酷的现实面前碰得头破血流的梦想家。他曾把节省下来的财产布施与人，除了把这解释为一种纯粹出于理想而传播自己思想的热忱之外，我们看不到拉斯金一点点的自私自利。拉斯金早年就接触到了文艺，五十年间，虽然一些无休止的问题缠着他，他却始终坚持着自己的文体。具体地说，一种对社会、道德、经济思想的清晰而朴实地阐述的文体，一种出于艺术热忱的、考究的、雄辩的剖析文体。在措辞上，他既没有卡莱尔的怪诞，又没有萨克雷的粗率。批评家嘲笑他的艺术观，经济学家不遵守他的社会设想。然而，对他的文体，没有谁有什么异议；也没有谁反对让他坐散文家的第一把交椅。

拉斯金希望通过艺术、宗教和文学的熏陶，使人人都变得文明起来。他的同代人阿诺德（两人几乎同时毕业于牛津大学）与前者不同，对文化的民主主义没有那么热忱的信仰。他所关注的是少数人的文化。他认为只有少数人才有能力接受文化教育，他对人生的态度比较势利。但对于文学，他却目光远大，态度优雅之极，格调亦庄亦谐。在《文化与无政府主义》及其他论文中，他反对不合时宜的基督教代表的希伯来理想，拥护希腊思想。在《文学与教理》中，他把《圣经》从神学者和众多的读者手里抢了过来。如果说阿诺德的那些战斗性的论文已经不再受到大家的青睐，那是因为，他用智斗来维护思想的形式，对今天的有识之士来说已是司空见惯了。但无论批评怎样发达，总不能磨灭掉《记克勒特的文学》、《论荷马的翻译》和济慈与华兹华斯等诗论中的精华。这一方面是因为他本身是诗人（虽然不是大诗人）；一方面是因为他是以优美的文章，而不是以对社会问题的关心被重视。如果说，他谈文化谈得过了头，那么，我们也应该记住，这个名词是由于后人频繁的使用而趋于庸俗的。但是，我们应该明白，作为当时英国最有文化修养的文学家，他是有权反复使用这个词的。

19世纪是经济、宗教和科学问题层出不穷的时代。卡莱尔、拉斯金、阿诺德等骨干文学家，其中包括小说家，也参加到关于这些问题的激烈争论中。或许他们都意识到了自己有一种使命。

即使不是文学家的辩论者和解说者，无论各自带有什么样的目的，因其毕竟写出了很好的论文，所以在英国文学史上理应占有一席之地。

当今社会突飞猛进的发展已使许多19世纪的经济学说成为不值一文的垃圾了，约翰·穆勒的《政治经济学》也难逃厄运。但穆勒的著作本身却都是解说和说明文的典范。他的《好人的屈从》，从现代女性解放的观点看，虽已过时，但是他关于《论自由》的记述文都是不朽的杰作。也许比这更泼辣、更激烈的文章，今天是没人写得出来了。

与此同时，新教同罗马教之间的论战，在19世纪中叶英国的知识界掀起了轩然大波。约翰·纽曼是为罗马天主教辩护的中心人物（我们在这里关注的是辩论的文学趣味）。他的文章同时具有极高的文学价值。在这一点上，连对他的信仰视若无睹甚至嗤之以鼻的人也不得不承认，他的自传体《生命的自白》，风格既朴实又精巧，说服力极强。虽然他的热忱有其功利性的一面，在另一方面，他却本能地是个艺术家。他当过教师，写过《大学的理念》。其中有关英语文章的一些幽默诙谐的段落自然应成为任何教师和学生必备的读物。此外，还有一个思想家，在注重实践的同时，仍旧将文学作为工具使用，他就是查理·达尔文。至于《物种起源》和《人类的由来》的科学价值究竟有多大，就姑且留给生物学家们去研究，我们没有必要寻根究底。我们所关注是达尔文切合自身素材的文体，而且，不论进化论在将来怎样发展，单是他的文学功力就足以维持其作品的生命力。达尔文的友人、哲学家赫伯特·斯宾塞，虽有至高无上的哲学

穆勒，英国作家、哲学家、经济学家、改革家。他写作的内容涉及的范围很广，从妇女选举权到政治道德准则。后来他因信奉“人应该促进大多数人的最大幸福”的原则，成为功利主义的最杰出代表。

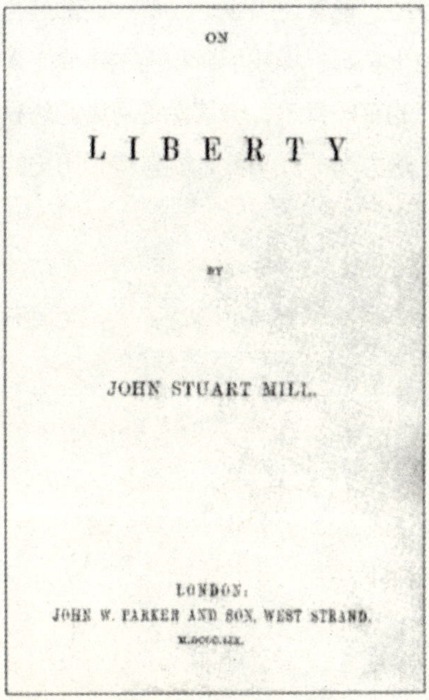

《论自由》封面

达尔文

地位，但是在文学领域里则大有被遗忘的可能，这是因为他不懂得如何做文章。这两个人可谓文风迥异。一个精彩绝伦，一个坚硬苦涩，这种差异多少促进了我们对所谓“文学”及其重要性的理解。

在19世纪的科学家中，最富文学家气质的是托马斯·赫胥黎。他作为生物学家的地位之崇高是不争的事实。即便就其关于科学自由和信仰自由的论文和演讲来看，他在文学上也占有一席之地。他的文章内容远非一般无聊枯燥的议论，而是关于追求自由和探索真理的人权的论争。《人在自然界的位置》及《演讲与说教》堪称是科普读物的典范，极大地影响了世人的思想见解。也许，他文章的惟一不足之处，便是缺少阿诺德、纽曼和艾迪生的优雅。然而，对赫胥黎来说，这种不足未尝不是一件好事。他正是凭借自己的文体，凭着熔科学精神和文学修养于一炉的热忱，再恰当不过地阐述了自己的主题。

“远离尘嚣”的文学论文在路易·斯蒂文森（我们早已谈过他的小说）和沃尔瑟·佩特这里达到了登峰造极的地步。从文辞的精炼程度而言，佩特是巨匠。他著述虽少，但每一篇都是苦心孤诣而为，的确值得我们仔细推敲。他的《鉴赏录》是关于兰姆、华兹华斯和柯尔律治等人的论文集。在他死后的一代人之中，那些以文学批评为己任的英国青年，与其说是阿诺德的狂热崇拜者，毋宁说是佩特的忠实弟子。而对于这些年轻人在这方面的成与败，就有待于历史的最后检验了。

第 37 章

维多利亚时期的诗歌

我来了，

作为一半传统，

一半先锋的思想的主人；

英吉利所生的最古

又最新的歌者。（斯温伯恩）

没有人能说得清维多利亚时期的诗歌是从什么时候开始的，也没有人能说得清谁才是其中的开路先锋。华兹华斯、柯尔律治、济慈、雪莱等人的衣钵被那些在19世纪初出生、到了19世纪中期才初露锋芒的诗人们承继着。兰登，这位一直活到19世纪中期的诗人——我们前面曾经提到过，连斯温伯恩对他也是推崇有加——他的诗作被《牛津维多利亚诗歌选集》选为开篇之作。

1842年是维多利亚时期诗歌发展过程中最为重要的一年。在这一年，丁尼生的《英国牧歌与其他诗歌集》出版了。尽管他在十年前曾出版过一本小的诗集，为英国诗坛增加了新的活力，但人们对这位新人并不熟悉。在《英国牧歌与其他诗歌集》中，他把自己早期创作的精心之作收录其中，还有一些新作，比如《尤利西斯》和《洛克斯利堂》等。对今天的人们来说，这些作品并没有什么特别之处，但在80年前，这些作品在英国读者心中所引起的那种惊喜之情则是我们无法想像的。比如《尤利西斯》里的诗：

我和遭遇难舍难分，

人生经历犹如明灯。

未来模糊，但依稀可见，

辗转反侧，终明永恒。

丁尼生，劳托洛作。19世纪下半叶，丁尼生被认为是英国最伟大的诗人。是英国作家中第一个单靠写作而赢得如此崇高荣誉的人。

《英国牧歌与其他诗歌集》出版后，丁尼生成了英国诗坛的领军人物，这一方面是众望所归，另一方面也是官方对他的承认。他的这种地位一直持续了五十年。在这五十年中，他不断地用高超的技巧创作着诗作，不断地丰富着创作的源泉。

但是，当他转而去创作叙事诗和戏剧的时候，他就不再那么游刃有余了。他的具有浪漫主义风格的组诗《公主》发表后，言辞刻薄的评论家卡莱尔和温和的批评家爱德华·菲茨杰拉德都把它批评得体无完肤。但是，由于《公主》中一些段落的浓浓的抒情意味，它得以流传下来。抛开这首组诗的单调、乏味不谈，我们来欣赏一下其中的优美之处吧：

凄凉啊，凄凉，

犹如夏日清晨小鸟对垂死者的哀唱；

凄凉啊，凄凉，

旧日时光，一去不复还，

江山如画，只有你在歌唱。

听到了吗？

流水在草原上淙淙地流淌，

山鸠在古柏上高声地吟唱。

还有蜜蜂飞翔的嗡嗡声在左右回荡。

主题宏大的《国王叙事诗》是丁尼生用30年时间写就的，它成了英国叙事诗中的经典作品。弥尔顿，这位写作叙事诗的天才作家，在创作一些圣经题材的作品时，就想从这部作品中获得灵感。尽管丁尼生因为自身在叙事诗写作上的能力有所欠缺，没有处理好这个主题宏大的作品，但他却把这部古代的浪漫传奇故事写得伤感异常。亚瑟王在他的作品中变得沾沾自喜，骑士所有的浪漫也若有若无了。虽有这些不足，丁尼生还是将声音和颜色的关系处理得非常和谐。最好的例子就是生命垂危的亚瑟王的宝剑被贝梯维尔抛入大海的那一部分：

宝剑，宝剑，
在明月下，射出耀眼的光芒；
却在突然间就没有了踪影，
犹如那遥远北方坠落的晨星。

在丁尼生的作品中，有很多与此类似的段落。丁尼生在创作抒情诗作品时，包括《过沙洲》这部他的收山之作，都一直坚持对艺术的精益求精。尽管有人对此意见不一，但并不能影响丁尼生在诗坛的地位。

在维多利亚时期的小说界，狄更斯的名字是和萨克雷齐名的，这得到了人们的一致公认。与此同时，在诗坛桂冠的归属上，丁尼生的名字也经常和勃朗宁的名字一同出现。在贵族的、无政府主义的民主主义社会中，深处其中的文学领域并不存在什么排他性的竞争。尽管每个时代的特点、环境、出身等对人的性格特点有着影响，但有天赋的人并不因此而丧失本性，相反，他们依旧会坚持其固有的性格。丁尼生小心翼翼地树立自己的声望，同时也尽其所能地提高自己的艺术修养，使读者在读自己的作品的时候能够共同感受、共同观赏、共同歌唱。正是如此，才使丁尼生声名远播。要想让人们接受罗伯特·勃朗宁，还需要花费一段时间，因为在许多读者看来，他的诗作是晦涩的。人们必须要下苦功才能读懂他的作品，进而去喜欢写这部作品的人。1868年，勃朗宁已经76岁高龄了，他在这一年出版的《指环与圣书》中写道："不列颠的人们啊，尽管你们不爱我，但我还是祈求神保佑你们。"直到此时此刻，人们才逐渐对他有了些许了解。究其缘由，很可能是在创作这首诗作的时候，无意中显示出了他的热情洋溢、饱含音乐特质的抒情才能：

勃朗宁，劳托洛作。他的许多诗篇揭示了形形色色的人品风藻，闪烁着生气勃勃而又激动人心的火花，至今仍令人赞叹不已。

啊，你那离我而去的天使般的灵魂啊，
惊奇与希望是你的化身。
啊，你雄心万丈，勇猛顽强，
奔向太阳，在神奇的星空里漫游。

当你听到人世间的悲凉、凄苦，
使你理想之国的光环消逝，
于是，你走下神殿，
为苦难的人类，献出了自己。

戏剧独白这种新的诗歌类型就是勃朗宁创造的。在这种诗歌中，经常是主人公——一个虚拟的人物，把自己的人生经历以歌唱的形式表现出来，并且以这种方式反映主人公复杂的内心世界以及场景的变化。《最后一次结伴同行》、《拉比·本·埃兹拉》、《索尔》、《我的已故的公爵夫人》、《生命中的爱》等都是这样的作品。在英国诗歌中，它们是其中的艺术珍品，经久不衰；无须有所谓的勃朗宁协会这样的团体帮忙，普通人也可欣赏它们。尽管有时候勃朗宁难以理解，实际上，坚强不屈的乐观主义精神就是他的中心思想。在他即将离开人世的时候，他说道：

坚持原则，决不背信弃义，
勇敢向前，毫无顾忌。
坚信正义终将战胜邪恶。
我相信，
倒下是为了重新站起，失败是为了未来的胜利。

白天，脚步匆匆，
夜晚，豪情万丈，
战斗，全力以赴，
即使是在另一个世界的征途。

伊丽莎白·勃朗宁是勃朗宁的夫人，她本来就是一名诗人，因为她具有丰富的情感和异于常人的智力。但是，她既没有凭着本能冲动去进行创作，也没有尝试进行艰苦的诗歌训练，因此，她最终也没有能够步入诗歌的殿堂。在和勃朗宁认识之前出版的一首诗中，她这样写道：

勃朗宁夫人像

勃朗宁的“石榴”
是像金子一样的心锁。

从此，他们两个人就坠入情网了，但她身体不好，势必要成为他的负担。在《葡萄牙十四行诗》中，就充分表现出他对婚姻的犹豫不决以及对时世的不满情绪。这组诗充满着个人情绪和丰富的幻想，使得它可以和任何英国诗歌相匹敌，尽管它在结构和技巧方面并不完美。勃朗宁始终认为写人的短诗不值一谈，但他也知道，在诗歌方面，他的夫人正在做的事情，是其他的英国女人从未做过的事情。他就是用下面这首诗打开了她的心扉：

离我而去的你，
是否知道我从此在你的风中伫立。
我的心灵举步维艰
感情的闸门一经打开，再难关闭。
执手相握的画面时常在心中萦绕，
禁不住让我热血沸腾。
命运不公，分开你我，
但我永远铭记着你的心声。
无论是白昼，还是在梦里，
你我永远携手人生的旅程。
当我为自己祷告，
神灵就会听到你的芳名，
在我的眼里，能看到两个人含泪的身影。

1859年，一本小诗集出版了，这就是菲茨杰拉德的《鲁拜集》，虽然作者自认为它很有价值，却不为世人看好。这本诗集最初是翻译的波斯作品，但却不仅仅局限于翻译，实际上，它是一部英语的诗歌杰作。后来，这本诗集日益受到了人们的重视，原因在于罗塞蒂和斯温伯恩对其赞誉有加。菲茨杰拉德死后那个世纪的末期，它更是成了青年读者心中的诗歌“圣经”，甚至都有些名过其实了。直至今天，在同类诗歌中，它也是被吟唱和被引用得最多的作品。每一个人都被这首诗的气势磅礴的命运主题、具有浪漫色彩的厌世情结和伤感悲伤的情绪所感染。它也具有一种异教徒精神，这是东方诗人从未表现过的。除了这些，菲茨杰拉德的四行诗还具有很强的穿透力，一旦听过这些四行诗，人们便会对其终生不忘。因为这些诗是大家耳熟能详的，在这里我们就不再引用了，仅仅让大家领略一下其中的韵律而已：

在树下，摆下一壶美酒，
饮着酒，品论诗书。

菲茨杰拉德，劳托洛作。

在旷野中的你，
陪伴我浅吟低唱。
啊，原来，
旷野才是最纯最真。

在前面，我们已经提及过马修·阿诺德，他不仅是一位重要的批评家，同时也是一个技巧极高、有着深厚艺术修养的诗人。他的诗歌与最好的作品相比，也只是稍逊一筹而已。触碰到他的诗歌，神圣的火种也会变得冷却，也许是因为他是职业的批评家，写诗的时候顾忌太多所致吧。《生命的毁灭》是他写得最优美的作品。另外一首更有特色的作品是《诗歌的冷峻》。不论是形式，还是内容，阿诺德诗歌的最大成就都可以用这首诗来代表：

但丁还没有来到，
意大利之子就已经开始演奏欢快的圣歌。
在祭祀的人们中间，
青春挽着新娘一同表演。
啊！美丽的新娘，
在你的面前，青春是辉煌、高傲和艳丽的衣裳。
突然，柱子断裂，高台坍塌，
在忙乱的人丛中，新娘倒下。
除去新娘外边的衣裳，
人们发现一层麻布紧贴在新娘的肌肤上，
啊，这才是你真正的新娘，缪斯的神光！
在灿烂的光辉里面，
隐藏的是冷峻的思想。

马修·阿诺德，19世纪英国最负盛名的诗人和评论家之一。

与日趋成熟的但丁和弥尔顿相比，阿诺德严肃的诗歌理念与他们是一致的。但是，有好多人对希腊精神马首是瞻，因此阿诺德的想法在他们看来多少有些禁欲的成分。罗塞蒂、莫里斯和史文明他们比阿诺德要年轻些，他们的诗歌的特点是快乐、世俗。罗塞蒂是个诗人，也是个画家，属于前拉斐尔派，他的最终目标是要打破因袭的枷锁，解放英国艺术，使之具有意大利绘画的清新。罗塞蒂的诗歌创作多少还是受到了他的绘画才能的影响。天才画家们用色彩和眼睛观察世界，在他们看来，语言只是视觉的象征符号。罗塞蒂的父亲是意大利人，他的语言和文学才能可以说是来源于他的父辈、祖辈。我们也可以很自然地得出这样的结论：他是从意大利

罗塞蒂（劳托洛作），天才的画家和诗人，“前拉斐尔兄弟会”的核心人物。他和他妹妹一样从小即显露出惊人的才华，年仅5岁时他就写出了一部悲剧。

文化中汲取养分来进行短诗创作的第一位英国诗人。同时，他也从古英国民谣和同时期的优秀诗人勃朗宁那里受益匪浅，这样，才使他成了英国的著名诗人。在有些柔弱的英语之中，他加入了意大利人的直率、自由的特点。莎士比亚之后，最优秀的诗作就是罗塞蒂的《生命之屋》。在下面引用的诗作中，他在绘画方面的才能不但有所体现，而且也可以让我们见识了他作品中经常出现的象征主义（但丁也具有这样的特点，但罗塞蒂在用词方面更加古朴）。

罗塞蒂画作《白日梦》

在生命的仆人中间，
有一双羽翼，
承载着“恋爱”的旗帜。
那布匹是何等美丽，那花色是何等迷人，
你的姿容让灵魂隐匿，
如同春回大地，让人喜不自胜，
是你，让我春心萌动，
是你，
让我手足无措；
就像“呱呱”坠地的婴儿，
开始了我新的人生历程。
一个蒙面女人在后面追赶，
她把旗杆抓紧，收拢起“恋爱”的旗帜，
还拔掉了背旗人的羽翼，
送到自己的嘴边。
她对我说道：“看哪，活的灵魂已荡然无存，
“恋爱和我已成为一身，死亡是我的命运。”

和罗塞蒂一样，他的朋友莫里斯也既能写诗，又能作画。中世纪后文艺复兴时期的许多人都是文学艺术方面的多面手，莫里斯也是如此。在已经进入工业时代的英国，复兴中世纪和文艺复兴时期的精神，是他一直渴望做到的事情。他具有许多与众不同的才能，比如，他能够一手临摹画作，一手写诗，在他休息的时候，还要做些有关社会问题方面的演讲。

有人开玩笑说，如果他再用功一些，也许他还能创作几部有贝多芬风格的艺术作品呢。莫里斯的文学作品是最值得我们关注的，《拥护金涅维尔》可以说是精品之作，但和丁尼生的《英国牧歌与其他诗歌集》中声名卓著的亚瑟王的浪漫诗歌相比，莫里斯的作品在精神和色彩的丰富性上就欠缺了许多。根据大家耳熟能详的希腊传说写就的传奇故事，他还创作了诗歌《贾森的一生》，奇妙地将古代精神、中世纪精神和19世纪迅速发展的现代文明结合在一起。通读全诗后，读者不会产生任何厌倦感，在当时，类似这样让人振奋的尝试并不多见，由此，《贾森的一生》获得了巨大的成功。在这以后，他继续从希腊传奇故事中汲取素材，开始了《人间乐园》的创作。在斯宾塞的《仙后》之后，这是惟一一部尝试着用24个故事来组合成诗的作品。要写的故事太多了，这是莫里斯的缺点所在。虽然他具有把握巨大诗作的能力，对色彩的运用自如，以及他精通韵律，最终他还是没有写出脍炙人口的诗歌来。他的一首诗的长度就足以抵得上罗塞

蒂的两本小的诗集，但莫里斯终究也没有写出类似罗塞蒂的优美诗句。同样，他也没有达到他的朋友斯温伯恩这位也能写长诗的诗人的高超水平。

莫里斯

1864年，当斯温伯恩27岁的时候，他出版了自己的《卡利登的阿塔兰塔》，两年后又出版了《诗和民谣》。他把火热的青春、叛逆的精神、旺盛的情欲糅合在复杂的韵律中。在这方面，不但以前的英国诗人不能与其匹敌，同时代的诗人也无法与他相提并论。他影响了在他之后从格律诗转向自由诗创作的每一位英国诗人。自由诗，在他看来(如果他写几首的话)，不过是小儿科罢了。在格律方面，他是行家，对处理尾韵和重音，更是毫不费力，在古老的材料中，他发现了新的格律。斯温伯恩不但在语言方面极具天赋，其思想也很有深度。由古代和近代文学方面的博学和他的诗人热情所迸发出的感触，正是他的思想境界的最好体现。没有哪个诗人能够像他那样写那么冗长的诗歌，但是如果只抽取其中的只言片语，那么，我们就会觉得他的诗往往具有清新、流畅的特点。斯温伯恩的诗歌所具有的音乐特色可以从《普洛塞赞歌》中的片断中表现出来：

美好的时光一去不还，
忧苦和哀愁也杳无踪迹，
还有那旧日的沉浮和今日的纷争。
出发远行吧，到天涯海角，
波涛汹涌，
可怕的死亡，
就在前方。

长于用语言的力量来抒发胸臆，这是斯温伯恩的特点，同时他也擅长叙事。许多人都写过关于亚瑟王的故事的诗作，但他的《来奥涅斯的特里斯特》则是其中的佼佼者。乔治·梅瑞笛

斯温伯恩，劳托洛作。

斯，这位在诗歌造诣上与斯温伯恩旗鼓相当的诗人，他写作的题材范围较窄。我们在前面已经提到过这位一流的小说家了。他赞美大地，颂扬着人和自然之间的和谐关系。他用恋爱诗把人的热情奔放和世界的美丽结合在一起，给读者带来美的享受。对他的《谷间的恋爱》，丁尼生曾赞美说，听过那些有着奇妙格律的诗句，无论谁都不会忘怀，这些诗句一定会长久地埋藏在人们的心灵深处：

如同那飞掠水面欣赏自己的倒影的燕子般轻盈，

休闲的时光，越发飘逸、轻灵。

如同在树梢跳跃的松鼠般羞怯，

如同黄昏时分在空中飞过的燕子般固执。

我爱的人啊，如何才能将你把握，

也许，将她驯服的只有那胜利的荣誉！

与此相比，十四行组诗《现代恋爱》虽然缺少了些魅力，但却更加具有哲理和探索精神。与其说这部作品证明他有诗人的气质，倒不如说他更有小说家的气质。

罗塞蒂妹妹的作品《克里斯蒂那》犹如天堂的音乐，她和她哥哥一样，也擅长写作短诗。她的诗作中具有中世纪的神秘主义的味道，她的哥哥当时就是想复活中世纪神秘主义的团体的领袖，和她哥哥相比，她的神秘主义中多了一些虔诚的宗教精神。她以厌倦红尘的心态写了一些恋爱诗。虽然她和勃朗宁夫人没有多少相同的地方，人们还是经常把她们相提并论。勃朗宁夫人的诗作内容丰富，变化多样，她的思想境界、格律和词语的运用是罗塞蒂一直所欠缺的。我们引用的这段诗，能够表现出罗塞蒂妹妹的悲凉的精神世界，可以称得上是真正的诗作，尽管它不是罗塞蒂妹妹的名作。

在我死后，
亲爱的，
不要为我唱哀歌，
也不要为我种玫瑰和松柏。

青青的小草覆盖在我的身上，
雨水和露珠还停留在上边。
也许你偶然想起了我，
也许你偶然忘记了我。

我再也看不到艳丽的彩虹，
也无法感知滴答的细雨，
更听不到夜莺凄苦的歌唱。
我游荡在没有边际的梦境，
也许我偶然想起了谁，
也许我偶然忘记了谁。

罗塞蒂的妹妹，对大自然的热爱、对儿童的理解和淳朴使克里斯蒂娜·罗塞蒂在19世纪诗人中占据着显要的地位。她具有一种端庄的美，这使她成为她哥哥及其画家朋友们多幅作品的模特儿。

托马斯·哈代是维多利亚时期文坛的最后一位宿将，他八十三岁时还出版了一本诗集。他和梅瑞笛斯一样，既能写诗，也能写小说。如果有一个人阅读他的诗作，那么，就会有二十个人喜欢他的小说。人们可以从他的短诗，或者是他的结构宏大的叙事诗《王朝》中体会到：在他的诗中，热情里常常夹杂着淡淡的烦恼和悲伤。他写故事，因为他具有写故事的能力，而且对故事之外的其他事情也同样感兴趣；而他之所以写诗，却是内心的冲动使然。在英国文学史上，最悲哀的诗人非他莫属。我们说他悲哀，不是说他让人讨厌。他和华兹华斯一样喜爱自然，喜爱深入地观察自然，但他却无法像华兹华斯那样从自然中获得丝毫的慰藉。他的有些作品过于死板，倒不是在音律上，而是在思想上，尽管如此，也还是可以称得上佳作。当然，他也会有高兴的时刻，我们可以从《树阴下的画眉鸟》中看到这点。在听到小鸟的欢快歌声的时候，他写道：

绝少出于周围远远近近的
现世的事物的，
美妙的曲调啊，
把我我所意识
惟有他知道的那种
希望之火点燃。

悲凉是绝大多数抒情诗所具有的特点之一。在每个人的心中，几乎都有着一些无法倾诉出来的哀愁，最后只能以哭泣或号啕大哭的方式发泄出来。和普通人不同，诗人们能够用艺术的形式把这些无法倾诉的哀愁表现出来。与希腊和伊丽莎白时期的戏剧不同，19世纪的诗坛充满了悲哀。天才诗人詹姆斯·汤姆逊在饱经磨难后，写出《可怕的城市夜晚》。我们无法通过引用其中的段落来体会它的意思。勃朗宁的出现给人们苦难的灵魂带来了希望，勃朗宁之后的年轻诗人们创作了具有力量感和拼搏精神的诗作，比如，人们津津乐道的《隐藏我的夜晚》的作者威廉·亨里，以及更擅长用散文而不是用诗歌来颂扬勇气的斯蒂文森；还有吉卜林，现在的人们还像二十年前一样吟诵着他的一些作品。回过头来看看维多利亚时期的诗坛，我们不禁为它的多姿多彩赞叹。这一时期的诗人多若繁星，但我们还是要提提其中的几位。如果没有我们在前面提到过的那些伟大诗人，他们会得到世人更多的赞誉之词的。托马斯·霍德不是以诗人而是以讽刺家的身份出名的，他写过几首很有水准的诗作；爱尔兰诗人曼根，其代表作是《黑暗的洛萨林》；克拉夫是阿诺德的朋友，他的抒情诗虽然不是杰作，但也称得上是精品；帕特摩，多少人被他的《玩具》一类的诗感动得潸然泪下；锡德尼·多柏尔，他在“自由诗”流行之前，已经写出了优美的晚祷诗；托马斯·布拉文，他用方言写作长诗，用古代英语写短小的抒情诗，他的抒情诗思想深刻、极富艺术性和音律变化。此外，还有诗人兰特、布多孙等，他们的诗作以轻快见长。

从19世纪末到20世纪初，许许多多的年轻诗人承继了英国民间歌谣的传统，同时在其中注入了关心个人的生存独立和命运的主题。奥斯加·王尔德写了《累丁狱之歌》，约翰·戴维森的诗歌具有强烈的民谣风格。叶芝具有极大的号召力，他的《士洛普西耳的青年》让多少人爱不释手！抒情诗人兼冒险故事大王约翰·曼斯菲德和德·拉·梅尔具有深厚的诗歌造诣、丰富的感情和浪漫主义精神。作品的多寡不是衡量一位诗人是否成功的标准，关键在于作品的质量。英国的诗歌之所以能取得如此巨大的成就，不是得益于某某大诗人的“独唱”，而是众多诗人的“合唱”；每位诗人都是“独唱家”，他们不是为了“合唱”而“唱”。我们完全可以编撰一本包含许多诗人的优秀作品的诗集。

19世纪的诗歌发展到弗朗西斯·汤普逊的时候，也就告一段落了；当然了，他不是最后一位杰出的英国诗人，这“最后一位”永远都不会存在的。假如我们对他要求得不是过于苛刻，就可以将他比喻为19世纪诗坛的壮观的落日，就如他在《落日颂》中所写的那样：

啊，你这固执的放逐者，
你这让周围光芒失色的落日，
依旧具有初现东方时的壮丽、辉煌。
此时此刻，

傲然地，你走上归途；
震动了四周的一切。
天空也为你归途的乐章战栗，
大火烧天，轰轰作响。
你安详地面对死亡，
你的乐队演奏的火红乐章在我耳畔回响。

汤普逊一直生活得穷困潦倒，后来，一些好心的朋友向他伸出了援助之手，这才使他得以摆脱困境。为了从残酷的现实生活中解脱出来，他的头脑中充满了色彩斑斓的幻想。诗人和读者对此也能够理解。在他的作品如下：具有宗教色彩的《天国的猎物》、颂扬忠贞的恋爱诗《姐妹歌》、凄凉的《儿童歌》，在这些作品中，他的心灵得到了满足。与莎士比亚的短诗一样，他的《罂粟》体现了作者的坚强和不屈不挠的精神。就让我们用这首诗来结束这一章，它是诗人自身的写照：

恋爱啊，恋爱，
你这梦中的花，
静静地绽放在韵律的浓阴中；
为了避开“时光”之刃，
静静地，你在韵律的浓阴中深藏。
恋爱啊，恋爱，
“时光”让我无所作为。
然而，在韵律的浓阴里，
依然残留着我的梦，
我那凋谢的梦。

第38章

19世纪的法国散文和小说

在司各特的华丽而乏味的罗曼司之后，
遗留着有待创造的是更美更完整的别的罗曼司。
这就是兼戏剧与叙事诗、华丽与诗意、现实与理想、
真实与宏大于一体的罗曼司。（雨果）

任何东西都有存在的可能，任何东西都有其多元性。
浪漫主义既有愚人，也有智者。（哥尔蒙）

可以毫不夸张地说，
法国浪漫派是19世纪最大的一个文学派别。（勃兰兑斯）

从时代和精神特点而言，法国浪漫主义文学和英国的浪漫主义复兴颇为相似，它们都有着深刻的法国大革命的思想的烙印。与法国的浪漫主义相比，英国的浪漫主义来势更为凶猛，而且，由于某些偶然因素，文学巨匠才得以在英国产生，法国在这方面无法与英国相比。因此，英国浪漫主义出现得更早，而且更为繁荣。时代（通常将1800年作为分水岭）为英国思想领域提供了动力源泉，英国诗人自然也受到了时代力量的召唤。与英国相比，法国的思想界则沉闷得多。济慈、雪莱等大诗人活着的时候，法国人对他们却知之甚少。能与司各特、拜伦等齐名的法国文学家的出现也是以后的事情了。作为思想家，为后世所熟悉的菲尔德有着响亮的名声，但他的冷静和讽刺的才智没有为法国文学的繁荣做出多少贡

夏多布里昂，劳托洛作。

献。夏多布里昂鼓吹的宗教精神和卢梭的浪漫主义统治着当时的法国文坛。19世纪初，夏多布里昂的《基督教精神》出版后，轰动一时。虽然这部著作有着过多的议论，神学味道浓厚，却并不呆板。实际上，这是一部对基督教的颂扬或辩护之作，而作者使用的是色彩艳丽、富有美学意味的象征主义手法。尽管有些部分写得不是很好，像毫无味道的说教，但从整体上讲，它却如同教堂的彩绘玻璃窗和奏出天籁般音乐的风琴一样。例如，亥赖（Rene）的故事是写一位青年人所有的憧憬与哀愁，后来这个话题竟然成了全欧洲小说和诗歌竞相写作的主题，比如雪莱的《阿拉斯特》和歌德的《少年维特之烦恼》（在当时的社会，亥赖那样的想法是很流行的，他们说不定只是借鉴一下而已）。卡莱尔对人类思想的要求非常苛刻，他就非常反对这种现象："青年人，不要再无所作为了，还是去工作吧。"

在阅读现代小说的时候，每当我们遭遇失魂落魄的年轻主人公，就期待着他们被精神病院收留，却不想他们其实和夏多布里昂笔下的人物相仿。

与相当大的法国读者群相比，他那伤感的风格在英国读者中并没有产生多大的震动。二百年前，英国就有了这样的文学体裁，英国人早就对哈姆雷特式的悲哀和犹豫不决了如指掌了。在1800年前后，英国小说界也出现了一些作品，这些作品几乎没有什么价值，但是，由于菲尔丁和斯摩莱特的影响，英国小说从整体上还是健康的，另外，文学巨匠司各特也即将入主英国文坛。夏多布里昂在英国住了很多年，《失乐园》就是他在晚年翻译的，他的许多作品也被翻译成了英语；尽管如此，英国的读者不是非常喜欢他的著作，也许是读者听到了什么对他不好的暗示，也许是其他什么原因。他的文采不能让近代的法国人感到满意；当然了，这些法国人心里有数，他只是过渡时期的文学大师罢了。在这个过渡期的开始，好像很多法国人在断头台或别的地方被砍掉了脑袋，到了过渡期结束的时候，才终于出现了文坛巨匠。

人们终于可以看到些许过渡期结束的影子了。在19世纪初期，前后相差不过几年，法国就产生了巴尔扎克、雨果、大仲马、乔治·桑等小说家，还有批评家和散文家圣柏甫。巴

巴尔扎克，劳托洛作。毕生从事反映法国生活场景的小说创作，并将所著的90余部小说称为《人间喜剧》，它被称为19世纪上半叶的法国社会史。

尔扎克是久负盛名的小说家，他一生著作颇丰；虽然不是很清楚自己为了什么而写作，他却决心创作一部描写世间百态的巨著来，因为他将他的全部作品称为《人间喜剧》。遗憾的是他没有能够实现自己的愿望，在50岁时就撒手人寰了。《人间喜剧》是超越任何一个人、一个国家、一个时代的。在巴尔扎克身前或身后的小说家，没有谁比他更有资格去写这个题目。读者对他创作的诸多人物形象产生了强烈的共鸣。不论读者来自什么国家、什么民族（他的大部分著作被翻译成各种语言），是身处闹市还是穷乡僻壤，是家室显赫还是位于社会底层，大家都会在巴尔扎克作品中的人物身上找到自己、友人或者敌人的身影。他一生的大部分时间都是在书桌旁度过，同时还要承受那些老百姓都难以承受的劳作之苦，因此，人们不明白，他是怎么有时间去接触、感受这个纷繁复杂的社会的呢？惟一的答案就是，他靠的是他那与众不同的小说家的禀赋以及深刻的洞察力。他能够了解和把握环境和人物的性格，如同身临其境一般，然后准确地进行描述，尽管有时候略显繁琐。渊博的知识和顽强的勇气，使得他具有敏锐的洞察力，在这一点上，他和他的偶像司各特有些相似；他和司各特的另一个相似之处在于，为了养家糊口，他们都要不停地创作，这样才能赚到更多的钱。但是，他是有社会良知的小说家，经常不顾自己的身体，连续工作16个小时，对自己的作品反复推敲、斟酌，企图为自己的作品——即使是冗长的部分——赋予永恒的生命力。

今天，浪漫主义和现实主义为一些理论上的问题进行着喋喋不休的争论，其实，巴尔扎克的作品多多少少也给出了一些答案。对于批评家和那些热衷于艺术理论的小说家来讲，这个问题具有很强的专业性。对于那些篇幅很长的虚构的作品，不管是什么内容或体裁，法国人都将其称为“罗曼司”，实际上，这不就是很好的回答吗？再说，把人的一生或者大部分时间描写为一个灵魂不断探索的过程，或者一系列神奇发生的过程，而且看起来事情的确是这样发生的，那么，这不也说明这个法国最优秀的小说家已经给我们提供答案了吗？巴尔扎克认为，真实的描写和虚构的想像之间并不矛盾。读者是否认为有矛盾，我们并不清楚，但至少我们知道，巴尔扎克并不觉得矛盾。巴尔扎克之所以伟大，在于他有着博大的同情心。在《欧也妮·葛朗台》中，他描写了农村姑娘的艰难处境；在其他作品中，他也描写了其他类型女人的人生经历。作为小说家，他第一个在小说中加入了事业和金钱的浪漫主题，在《塞沙·皮罗多兴衰记》中，我们可以看到他在商业活动中的经历。对贪婪、吝啬、自私等罪恶的描写几乎存在于他所有的小说中。巴尔扎克对人生并不伤怀，极富正义感，甚至有些苛刻。从总体上讲，他对青年人的要求十分严格。在梅瑞笛斯之前，他就描写过“利己主义者”了。当新婚的钟声响起，他关注的是遥远的夫妻感情生活。在他看来，结婚仅仅是人生的一个小插曲，生活还要继续，直到我们老去。巴尔扎克对于老人的描写是很令人赞叹的：这些老人尽管生活得穷困潦倒，却都充满着幻想。巴尔扎克，这个人生的观察者，对环境和人生的际遇有着与众不同的感觉。从文体的角度讲，他称不上是诗人；但是偶尔为之，他就能够成为一名合格的散文诗人。他是一座宏伟的雕像，后来的小说家注定要从他那里去拾取石块，筑造自己的天地。

《欧也妮·葛朗台》插图，欧也妮·葛朗台和她的表哥夏尔这对小情人在小花园里散步。

雨果，是法国文坛的另一个伟人，他声誉卓著，是巴尔扎克的朋友。他一人身兼数职：诗人，剧作家，小说家，政论小册子的作者。曾经被流放到国外20年，以及后来在政坛上的时来运转，使他声名大振，这导致了那些自负冷静的评论家们对他的反感。

雨果，劳托洛作。

他最为英国和其他欧洲国家读者熟

悉的作品是《海的磨难者》和《巴黎圣母院》。人们确实应该读一读这些作品，雨果把它们写得就像是传奇剧一般，一些有趣的场面让人乐不可支。当吉利特和章鱼群搏斗，驼背非得让对手放开自己抓在寺院水槽上的手而累得几乎虚脱的时候，无论谁都会对此感到心惊胆战的。和莎士比亚及其他人的优秀作品一样，雨果的传奇剧有思想，有热情，说服力和感召力很强。他擅长用生动的场景来栩栩如生地刻画那些模糊但却很有价值的东西，在这一点上，他和狄更斯有些类似；他们的共同点还在于，为了逗乐，他们可以描写一些非常有趣的场景。在《悲惨世界》里，雨果把足够写五六篇或者更多小说的素材放在一起写，就是为了更真实地描写冉阿让的一生，在这里能够找到小说所能包容的一切东西。这部作品的标题也很难翻译，它的含义不是"悲哀"，不是"困苦"，也不是"悲惨"或"不幸"，把这些意思放在一起，也许还可以，但还不能充分表达。在法语中，雨果赋予这个词太多太多的含义了。他的真正意图是想用这个词来揭示在安乐和特权的背后，生活的真实面目。如果雨果不是作为一个优秀的小说家在讲故事，那么这部著作就是一份对社会的抗议书，只会令人厌烦。斯温伯恩曾这样评价《悲惨世界》：迄今为止，这是一部创作或构思的最伟大的诗化戏剧性的小说。这种评价未免有些夸大其词。斯蒂文森认为雨果的浪漫主义散文"能给任何一位作家带来声誉，但雨果的天才不仅仅局限于此"。这是一种比较冷静、客观的，能为广大读者所接受的观点。我们还将在下一章谈谈他的另外一些天才领域：诗歌和戏剧。

也许，一百年来最受读者欢迎的作家非大仲马莫属了，即使是司各特也不能和他相提并论。他的看家本领就是写历史上的武侠传奇故事，不论是虚构，还是写实，他都能写得绘声绘色，足可称之为一代文学大师。如果没有高超的艺术手法，那么，他的作品则只能沦落到市井小说的行列里；即使能受到大众的喜爱，却绝对不可能在文学史上拥有如此不可动摇的地位，更不可能得到那些要求比较严格的不仅仅满足于单调情节和冒险主题的读者的垂青。当然了，大仲马也不是仅凭结构独特来吸引读者。他作品中的人物都是站得起，立得住，取自生活又高于生活的人。在他的周围，还有一些与他合作的人，所以有些人指责他开设小说加工厂。自然，他是工厂主，是主管，是发动机。但出人意料的是，他写了数量众多的浪漫故事，这其中还不包括戏曲、历史和回忆录，相当一部分都可以称得上是杰作。最起码，英国青少年的必备读物中就包括《三个火枪手》和《基督山伯

大仲马，其小说和戏剧以情节曲折和谈话机敏而著称。

爵》，对于法国读者，就更不用说了。几乎每个时代的人们都熟悉它们。阿奇密斯是不朽的，达泰楠更是不朽的。我们对他们的兴趣永远都不会消失。与聪明的故事作家相比，大仲马更聪明一些，《克莱文斯的奥立浦》和另外一些作品构思巧妙，完全可以跻身一流小说的行列。大仲马是个急性子，很在乎商业利益，有时候会给人一种演戏的感觉。他不习惯去花费时间思考，很多时候是凭借自己的天赋进行即兴的创作，但在风暴的背后，却充满着浓浓的生命情趣和惊世的才情。

如果说大仲马是在周围的世界和历史中寻找到浪漫的素材，那么，乔治·桑，这位法国小说家中最伟大的女人，或者说，这位法国女人中最伟大的小说家，却是从她的自身，从她的内心活动中，从她以女性所特有的爱去爱的祖国和人民中，领悟到浪漫的色彩。无论在场景安排上，还是在结构布局的变化上，她的小说一贯的主题就是人生的权利和义务以及爱的自由。从这一主题的多种表现形式来看，她的性格是真诚、坦白的。人们常常把她和英国女作家乔治·艾略特做比较，实际上，她们并不相像。如果说她们有相似的地方，那么就是她们对普通人的热爱，对残酷现实的痛恨，清晰表达自己的思维能力。乔治·桑最好的小说都取材于农村生活，比如《小法德特》和《孤儿弗朗沙》等。

乔治·桑

圣柏甫，劳托洛作。

在那个时代，大批评家圣柏甫通常都是这些文坛巨匠们很好的朋友，但偶尔他也会与那些浪漫主义小说家和诗人们为敌。尽管他很有名，但主要还是局限于国内这个领域。世界性的批评家不是很多，在国外，这些批评家没有多大的市场。但是，圣柏甫对阿诺德和其他的英国批评家却影响很大，可以说，他使欧洲所有的文学批评家都获益匪浅。他向法国以及整个世界清晰地介绍了法国文学，这是他最伟大的贡献。通常来说，人们并不喜欢批评性质的文章，所以，尽管他的论文被译成了英语，非法语读者也几乎不看他的作品。人们是这样评价他的：目光敏锐，见解深刻，并且能够直截了当。在他之后，只要是识字的法国人，就会对法国的文学或多或少地有所了解。而那些想了解法国文学的外国人，则先要从圣柏甫那里借到“钥匙”，否则就不会很好地掌握法国文学。

法国精神的最大特点就是崇尚理性和批评，爱尔那斯特·芮农及滕的作品都充分体现了这一特点（尽管法国拥有各种艺术形式的大师）。芮农的名作是《耶稣的一生》，集怀疑和虔诚于一体。与其他关于宗教问题的书籍一样，它也引起了人们长时间的争论。基督徒不喜欢这本书，异教徒由于对作者本人的喜爱而对它偏爱有加；另外，芮农认为自己对文学没有任何兴趣，这一切使问题更为复杂。他坚持认为自己是个历史学家，是探索真理的人，根本就不存在什么文本问题。文学旨在慑服对立的一方。《耶稣的一生》有着优美的叙述和理性的历史分析，称得上是一部艺术作品，实际上，它是用极富韵味的语言对《新约全书》进行了改写。这部书的大部分内容都是芮农在叙利亚——故事的发生地——写的。他一直想做个历史学家、批评家、哲学家和东方学者，现实却让他成为了文学家。人们常常欺骗自己，让自己写出比自己所知道的更多更好的作品来，生长在文学殿堂的神秘女神却是很高兴地接受他们的奉献的。

滕，劳托洛作。

和芮农一样，滕也认为自己不是文学家，更像是历史学家和理论家。到19世纪后半叶，一切思想领域都被所谓的科学精神统治了，在各个领域里，“科学”这个词频频出现，包括这个词所代表的思想和方法，几乎到了走火入魔的程度了。科学涉及社会的方方面面，甚至包括色情行业。这次运动是对浪漫主义时代那种天马行空式的思维方式的有力一击。法国这场运动的倡导者就是滕，他认为，不管一个人是杰出的政治家还是天才的诗人，只要我们知道了他是什么种族，是在什么样的时代背景下成长的，以及他的社会活动范围和处理解决问题的能力，那么，我们就可以让人信服地去解释、说明为什么他会做出如此不平凡的成就。按照他的观点，文学批评几乎和人物传记相等同了，对个人的历史问题去进行考证就是文学批评所要做的事情了。后来，批评家们发现这种方法不能令人信服地解释天才现象，就开始产生了怀疑。实际上，滕的确超过了他身边的诗人，他自己创立的原则界限常常被他贯穿在论文中的真挚的热情所打破。他在英国读者眼中是无价之宝。他写的《英国文学史》使法国人感到英国文学是那么伟大，这本书的英译本也很精彩。

悲哀是浪漫主义的特色，但是，作为法国浪漫主义的代表人物，雨果、乔治·桑和大仲马却只喜欢讴歌生活的快乐。歌颂悲哀和厌恶情绪，是那些带有理性主义色彩的现实主义者的喜好。滕的世界观是悲观主义的，带着忧郁的心境；那些追随巴尔扎克的小说家，如福楼拜、莫泊桑、左拉也都是如此，但他们不是受了滕的影响，而是当时的社会风气所致，其中包括使人沮丧的1870年战争。

福楼拜用蔑视、冷淡、敏锐的目光观察着人生。他的讽刺手法毫不诙谐，这使他的作品在本国都不受欢迎。但是，对艺术手法感兴趣的读者却能够发现，把艺术推向顶峰的正是福楼拜。有时候，他宁可花一个星期的时间去写只有一页纸那么大的篇幅，为的仅仅是找到合适的词语。所以，他的语言才那么准确、有力，如自然天成，绝无人工雕琢之感。《包法利夫人》是他的名作，写的是一个生活在单调乏味的乡镇的柔弱女子，对残忍恶劣的生活已经麻木。故事本身并不怎么吸引人，但是，由于恰当的文体以及对人物的真实描写，这部作品成了人人津津乐道的杰作。一个普通的、毫无趣味的题材，经过艺术家的妙手雕琢，成了一件非凡的珍品。在翻译过程中，很难真实再现包法利夫人的“恰当的话语”，但是，却可以保留那些有积极意义的真实感觉（有的英译本是非常准确的）。为什么人们认为《包法利夫人》是福楼拜的最好作品，这个问题很难解释。比如，《情感教育》——一场年轻人希望破灭的悲剧，就很不错。福楼拜视野开阔，能够把过去和现在，理想与现实，浪漫主义和现实主义有机地结合起来，扫除它们之间的障碍。在《萨朗波》中，像浪漫主义小说家司各特或仲马那样，他在过去的历史中寻找色彩，同时又保持了真实、准确的特点。他认

福楼拜，法国著名小说家。他力求使文学成为一门纯艺术，着意写出精心雕琢、完美无缺的作品。在创作《包法利夫人》时他曾这样说过：“为了反复寻觅、推敲、钻研、琢磨、摸索、喊出我最后完成的一个句子，直弄得我头发昏，嗓子痛。”。

《包法利夫人》插图

为，能够做到融悲壮于单调之中，嘲讽于平静之中，热情于平凡之中，现在于过去之中，这是一种天才之举，一种毫不矛盾的天才之举，一种烦恼人生的天才之举。到了晚年，嘲讽成了他精神上的羁绊。在《布沃德和佩查特》这部没有写完的作品中，他通过对乡村小人物的描写来影射人类的愚蠢。福楼拜在浪漫主义中加入了理性，在现实生活中去发现细微的美，真实，但不死板。他认为，词语的优雅之处在于其朴实、准确、明晰的特点，同时因为它们的道德伦理意味。这些只有文学大师们才能够领悟得到的经验之谈，后来被现实主义文学当作遗产继承了下来。

莫泊桑是一位有独特天赋的短篇小说家，可以说他是福楼拜的弟子，尽管他并没有拜谁为师。在他的作品中，只有故事、故事的主人公和故事发生的环境，没有其他的修饰成分。除了仲马之外，也只有他才热切地关注着生存问题。把花哨的浪漫主义大师同严谨的现实主义作家相提并论，看起来好像有些矛盾，实际上却能很好地说明问题。他们都有一套办法去解释自己笔下的人物，分析人性的善恶。仲马的重心在纷繁复杂的过去，擅长搏斗场面的描写；莫泊桑却把妓院和大街小巷当作自己小说的场地。通过行为的发生来揭示生存危机，而不让人感到作品中的人物受到作者的魔力支配。如果说仲马以别的形式运用这种魔力，那莫泊桑却是在视野所及的范围内灵活运用的。只要读一读薄伽丘的《十日谈》，我们就能感受到这种魔力的力量，大多数现代小说都无法给我们带来这种感受了。但是，如果说人生是悲哀的、滑稽的、残酷的、卑劣的，那么，我们也不该责备莫泊桑，该受责备的是生活本身。莫泊桑不喜欢描写那些发生在客厅里的虚伪的言谈举止，实实在在的生活本身才是他喜爱的对象。虽然，在法国，也有人非议他的一些作品，认为对那些意志薄弱的青年人来说并不适合，但是，莫泊桑的伦理观念从整体上说是健康、严肃的。对于这一点，我们相信托尔斯泰的话。他在达到道德修养的最高境界时说：

“仅次于雨果的当代最优秀的作家就是莫泊桑，我很喜欢他，我把他排在他的同代人之上。”

《羊脂球》是最早显示他的天才的作品，也是一部优秀的作品，从表面上看，作者好像非常冷漠，实际上，他是非常富有同情心的。他观察着世间百态，描写着世态炎凉，高兴的也好，不高兴的也罢，他总是力求真实，希望能直接引起读者的共鸣。他不站在善良一边，也不与罪恶为伍；不偏袒英难，也不包庇恶棍。他言语有力，措辞严谨；不多生枝节，尽量少说废话。当然，莫泊桑是最优秀的短篇小说家之一，但人们常常忘记他还是一个很有耐力的长篇小说家呢。他的《一生》和《死一样坚强》发扬了法国文学的优点，是非常完美的作品。

莫泊桑，法国最杰出的短篇小说大师。赋予作品以戏剧性的变化和自然质朴是莫泊桑的特殊才能。他最著名的短篇小说《项链》是短篇小说作家效仿的典范。

简洁的语言和清晰的思想是莫泊桑作品的魅力所在。而作品最多的自然主义或写实主义作家左拉，却擅长把大量琐碎的材料组织起来，由此取得的艺术效果倒也别树一帜。和他比起来，巴尔扎克显得简洁、讲究，而莫泊桑则有些“皮包骨”了。从左拉小说素材的可塑性上讲，他的小说可以称为伟大的作品。在左拉那里，收集了所有生活的面孔，读者从中可以了解到生活的点点滴滴。我们在左拉那里看不到法国人所具有的感召力和雅兴，他也经常受到批评界的指责。左拉的作品众多，但很难选出他最具代表性的作品，如果非要评出几篇较好的作品来，那么我们可以选出《娜拉》和《崩溃》，这两部作品和其他一些作品已经有英译本了。因为他作品的长处不是文体风格，而在于内容，所以这些英译本基本能保持原作的风采。批评左拉的人指责他过于倾向暴露丑陋、怪诞猥亵的东西；但是，左拉的处世态度并不消极，他所做的不过是让世人看到人生的痛苦和荒谬，并让他们对此加以关注罢了。他的作品《小酒店》可以说是反对酗酒的布道书。左拉处世坦坦荡荡，为人光明磊落，他在德莱福事件中表现出的勇气使他成为人们心中的英雄。

在左拉墓前致悼词的是和左拉迥异的阿那托尔·弗朗西，也许，只有他才最有资格用这个和祖国一样的名字。他想法新颖、独特，在怪僻中透出理想和优秀的传统。他用完美的法语在他的作品中向我们讲述着他的祖国、他的时代，笔触锋利、尖锐。《潘京岛》这部讽刺作品足以使斯威夫特发笑，使伏尔泰折服了；被称为《现代历史》的四部小说是他用自然主义文体所写就的；《波拉特的罪孽》则是混合着泪水和欢乐的浪漫传奇故事。弗朗西

左拉，法国著名作家。

像他的朋友左拉一样，性格坦诚、热情。他有着非学究式的博学，并能够运用自如。从思想方面讲，他具有首创精神；从文体方面讲，他追求素朴、单纯。谈到他的个性，他一直痛恨伪善和欺骗，但又不失之偏颇。用小说的形式陈述自己的想法、观点，是他最为擅长的方式。

19世纪是法国散文繁荣的时代之一，不论在质上，还是在量上，小说和文学批评都得到了极大的发展。这个时代人才辈出，要从其中挑出最优秀的人物来，那真是一件棘手又毫无必要的事情。如果要给小说家排名次，那么，难度就大了，因为读者的兴趣和文字批评轻易就能影响到对他们的作品的评论。

斯汤达的声誉一直有增无减，他的《红与黑》和《巴黎修道院》以人物分析见长。如果说，以前只有巴尔扎克一人赏识他的话，那么，几乎所有后来的法国作家都很尊崇他。近代的大批评家里米·德·高尔蒙特还称他为“试金石”。

斯汤达

小说家梅里美是很多读者都喜爱的作家，像他的另一些作品一样，他的《哥伦布》古色古香，充满着诗情画意；而《卡门》后来被改编为歌剧，从此成为不朽的作品。

都德，从诙谐的文笔和对人物命运的关注角度来讲，颇有资格被称为法国的狄更斯。他当然也和本国的文学大师雨果有些相似，他的成名作《大福罗蒙特和小列恩楼》温文尔雅，却并不伤感，这也是他以后的小说能受读者欢迎的原因。福楼拜和德·龚古尔等文学巨匠都很欣赏他那非常具有吸引力的文体。他的创作既有自然主义的特点，也有拉伯雷式的幽默。文学史上最优秀的幽默作品中就有他的《达拉丝的达达》。

龚古尔，是一位自然主义的文学家，在他的眼里，生活与其说是小说的素材，还不如说是绘画的颜料。斯蒂文森认为，和传说的“典型化”故事相比，他们的故事不值一提，但事实上，我们常常可以在他们的作品中找到传说手法与所谓“印象派”艺术相结合的因素。他们的日记比他们的小说更有价值，日记不但可以反映作者的思想和人品，而且也从侧面记载了法国文学的发展史。德·龚古尔留下自己的财产去成立“文学院”，目的是和法国国立学士院相抗衡，现在文学院已经发展成为大家都认可的文化组织了。他对文学事业的贡献一直都是法国文学界维护自由、培养果敢的坚强动力。

《约翰·克利斯朵夫》插图，麦绥莱勒作。

性格怪僻的作家希斯曼思深受龚古尔的影响。他作品的自然主义风格始于《婚姻生活》，神秘主义风格则终于《寺院》。他的作品色彩浓郁，所以很难翻译，这可能也是他的几部作品的英译本差强人意的原因吧。

作为文学爱好者青睐的对象，他命中注定要在未来的法国和其他国家获得更大的声誉。

1923年，知识广博的皮尔·洛帝逝世了。作为海军军官的他，对大海和异域他乡有着特殊的感情。在他的小说和回忆录中，他真实地记下了自己的经历和感受。在南海，他参加了《洛蒂的婚礼》；在日本，他见到了《菊子夫人》，在布雷登海岸和北海，他遇到了《埃斯兰的渔夫》，通过这些事情，我们可以看出他那敏感的性格。

洛帝是个印象主义者，他认为，世界是感觉的化身，是非、善恶等道德观念并不存在。和他相比，保尔·布尔热一味固守着伦理道德，是个努力探索社会的严肃的人。作为艺术家，他对人物内心世界的刻画是十分深刻的，他的《徒弟》和《契定地》都可以称得上是一流的作品。

如果说布尔热对自己时代的分析略显刻薄，那么他们的世界观却有守旧之嫌。在世界大战之前，一批乐观但并不幼稚的年轻作家出现了，罗曼·罗兰就是其中的重要代表人物，他的《约翰·克利斯朵夫》是一部国际性的小说，主人公是一位只在法国生活过一段时间的法国音乐家。尽管这部作品篇幅不长，但其原著和英译本赢得了很多读者的喜爱。罗曼·罗兰渴望拥抱世界，但1914年的世界带来的只是死亡。在《在混战之上》这部作品中，超越时代是他的努力方向。但可惜的是，当时的人们并不欣赏这些类似的主张人道主义的作

马塞尔·普鲁斯特，他自幼体弱多病，但聪颖过人，于是决心将人世间的酸甜苦辣付诸笔端，1909年1月他在无意中通过一杯茶和一块饼干，唤起对童年的回忆，激发了他的创作灵感，从此他把自己关在寓所里，在寂静而神秘的气氛中闭门著书，一部惊世巨著就这样诞生了。

品。和他相比，阿那托尔·弗朗西保持着一份旧时代的祥和，亨利·柏蒲士们则努力迎合人们对战争的口味。

纵观现代英美文坛，我们根本不可能发现其中的文学主流。作为没有身处其中的研究文学的人士，想要看穿它，并加以评判，那就更是天方夜谭了。但是，我们可以肯定的一件事是，马塞尔·普鲁斯特的死亡宣告了一个时代的结束。他的《追忆似水年华》是对近代社会所进行的敏锐、严谨的研究，是半个世纪以来心理分析小说发展的最高点，也是对历史的提炼和对现代小说发展方向进行的预测。

在这章结束以前，我们还要谈一下法国文学批评。从拜伦、里米·高尔蒙特发展到现在，最高意义上的文学批评就是法国文学批评了。不论从其自身来说，还是从它对其他文学形式的影响来讲，它的价值都是无法估量的。直到现在，圣柏甫、芮农、滕、舍雷尔、萨塞一派的观念还在流行着。在这些文学大师之后，出现了学者伦退尔和法基，以及印象主义批评大师阿那托尔·弗朗西。在研究法国文学和引进外国文学方面，他们都作出了卓越的贡献。

在世界文学史上，法国文学批评的地位是举世公认的。

《追忆似水年华》插图

第39章

19世纪的法国诗歌

见证而且歌唱正直和邪恶，

这样的人统领着当今的歌界。（斯温伯恩《维克多·雨果》）

前面提到17世纪英国抒情诗人的时候，我曾试图说明，人们无法明确地划分诗歌的流派和形式，如果一定要那么做的话，其结果也是殊途同归而已，因为我们不能说明什么时候产生这个派别，那个派别在什么时候得以结束。

在19世纪的法兰西诗坛，我们只能大致看到这样的三个派别：浪漫派、歌德派和象征派。

浪漫派诗歌在英国和法国的发展虽有相似之处，但也有着非常明显的不同；在诗歌的形式和内容上，浪漫派能够摆脱羁绊，向着历史的深处、心灵的深处、无垠的时空自由地发展。对于浪漫派的放纵，对于个人内心的独白和自我中心主义，歌德派是强烈反对的，他们的目标是这样一种完美的诗歌：客观的但不是个人私情的，虽没有大理石的冰冷却有着大理石雕像般的洁白、坚固和清晰；歌德派甚至把莎士比亚和但丁也列入“粗俗”的新古典主义的名单当中。象征派则认为诗歌只是个人化的抒发，主张歌唱自我，他们认为，对于自己之外的真实，诗人是不可能去描写的；象征主义的发言人里米·高尔蒙特曾经说过，每个人的所作所为都是在表现自己个体的人格。

法国的诗歌流派多似繁星，每隔15年左右，便会有一个新的诗歌流派出现，但浪漫派、歌德派和象征派等主要派别和几个附属的流派却没有激烈的排斥或者敌对者，因为诗毕竟是诗。德·利尔是歌德派最具代表性的人物，他用他那非常具有个人特点的诗歌宣扬和实践着诗歌的形式美和韵律美。魏尔兰是象征主义的代表人物，他的最大口号就是“音乐优于一切”，他认为象征主义者在表现自己的心境，通过暗示把自己的感觉和情感传递给读者方面，与初期的浪漫主义者没有多大的不同。比如，我们能将马丁的《湖》和《寂静》划分到哪门哪派呢？假如说歌德派和小说中的写实主义者有些相似，那又怎么区别浪漫主义和写实主义呢？这个问题很古老。但是，对于现代诗人，如果我们把他们硬性地划分到这个流派或那个流派，那么，这将是徒劳无功的，而且也不利于更好地理解他们。

但是，法国诗歌的浪漫主义运动能够找到它真正的源头，这个源头就是令人敬佩的青年诗人安德烈·舍内尔，32岁时，他就死在了断头台上。安德烈作诗的灵感是从希腊文和拉丁文中得到的。尽管他被浪漫主义者尊为诗父，但从骨子里讲，他是一个彻头彻尾的古典主义者，这种古典主义是他诗歌的一部分，而不是别人强加给他的。他的诗柔和、优美，深受浪漫主义者的喜爱。如果把他的一些诗编入到希腊诗集里，读者也很难发现什么蛛丝马迹。

安德烈·舍内尔像

被称为“民谣诗人”、“俗谣诗人”的贝伦热也很值得一提。他的诗歌刚劲有力，深为当时浪漫的读者所喜爱，但我们却不能把他归入到浪漫主义的诗人行列中去；他的风格与众不同，从语言到情感，多姿多彩，极具变化性，简洁而又真诚，他的诗读起来朗朗上口，堪称此类诗歌中的经典之作。比如描写拿破仑的那首“从前有伊佛多的王！……”是多么铿锵有力啊，可惜，这样的作品再也不会出现了。

拉马丁应该算是浪漫主义诗人中最伟大的一位了。《冥想》是他最好、最完美的作品，也是法国文学某种精神特质的代表作之一。17世纪以后，法国就再也没有出现这种旋律了。这种东西是发自内心的，清新、纯粹，略有些伤感的悲哀，真实而自然。雨果等人诗歌的光彩淹没了拉马丁的精致的色彩，但后来的诗人和批评家却开始用赞美的眼光去重新审视拉马丁。如果对这一切还有疑问，不妨去读一下他的另一首代表作——《湖》

湖啊，已经一年不见了，
现在，我来到她旧日熟悉的流水附近，

你看，我孤独坐在这石头之上，
这石头，你知道，正是她曾坐过的地方。

当时，你也是如此在缝隙中流过，
你也是这样，在岩石上溅起浪花，
那漂浮的泡沫，就这样落在沙滩上，
落在她的脚踩过的沙滩。

德·维尼在诗歌形式上进行了改革，英国的读者非常喜欢他的作品。《古代与近代的诗歌》是他最早的一部诗集，在取材方面和故事形式方面，很有个人特点。随着年纪越来越大，他的诗歌也越来越成熟、深刻和清晰，在一定程度上影响了法国诗歌的发展。新一代的诗人受到了他的影响，在夏多布里昂的影响下，更加具有了宗教的色彩。拉马丁的神是苦恼之神，在德·维尼却是思想之神：

只有真的神、强的神是思想之神，
在我们偶尔撒着种子的额头上，
让知识发达起来，成为富饶的流波，
再过片刻，采摘起有着圣洁的寂寞香味的来自灵魂的果实，
把果实投入大海，人群的大海吧，
——神会用手去摘下她，引导到港湾。

维克多·雨果应该是当时的法国诗人之王，他将这一称号保持了50年之久。其时，在作品的丰富性和多样性上无人能与之相比。《国王寻乐》在公演之后，被国王路易·腓利普禁演，但该剧在五十年后又得到了人们如潮的喝彩声——在这些戏剧诞生100年后的今天，几乎每个星期，《爱尔那尼》和《利伊布拉斯》这类喜剧都会在法国的戏院里上演。雨果的戏剧基本上都是结构简单的人物传奇剧，但故事却很有动感和活力，语言也能达到诗的境界和修辞的美。

雨果的戏剧一旦追求热烈的修辞，就没有多少活力了。我曾讲过，他的散文能保持更长久的生命力，尽管近代的法国批评家不这么想。浪漫精神充斥着他的散文，我们不妨把它称作"散文罗曼司"。火辣的词语、充满活力的描写，这些更接近于永恒生命的获得。我认为，他的散文的生命力会远远超过他的最优秀的抒情诗和叙事诗。他是一位伟大的歌者，歌如其人，歌由心发。

在他的戏剧和“散文浪漫”之间，还有数量众多的短诗，有很多短诗实际上也很长。个性和激情也同样充斥着他的短诗，许多抒情诗的句式都是他信手拈来，赞美孩童或诅咒国王。英国的许多诗人都崇敬他，赞美他，所以他的诗也被翻译成英语，得到了广泛的流传。但遗憾的是，那些翻译过来的诗歌篇幅太长，在本书中无法加以引用。下面这首诗是我翻译的，虽有些粗率，但确实是他诗歌中的代表作：

孩子唱着歌，
床上的母亲疲惫不堪，
死亡将至，她的秀眉在幽灵之上弯曲；
“死”在云中，在她的上面翱翔。
我听到了她垂死时咽咽的喉音，
又听到了孩子的歌声。
孩子五岁了，
他的嬉笑声
在窗的附近奏出了可爱的乐曲。
而母亲，
在日日欢唱的可怜可爱的孩子旁，
整夜地咳嗽。
母亲到寺院的石头下长眠了，
孩子的歌声又响起来了。
悲哀是一颗果实，
在柔弱得没有力量支撑它的枝条上，
神不忍让这果实生长。

这首诗是很伤感的，多少能说明雨果对神的善良和生命的胜利的某种信仰——这种信仰是建立在深刻的苦难之上的。正是这伟大的、类似于神的对人的怜悯之心，使他能够和当时的厌世者区分开来。在他的所有作品里，在他的充满舞台气氛的戏剧中，都一直贯穿着这种伟大的怜悯之心。正是如此，他的人品和诗品得到了全世界人们的尊敬，这其中也包括在艺术上反对他的人和对他的诗歌持否定态度的政治论者和阶级论者。

怀疑或者不想弯曲，
才能看见挺拔的最高的大地的头。

缪塞

诗人阿尔夫莱·德·缪塞的诗歌不如雨果雄壮，他的诗有着浓郁的悲观，好在他在其中加入了诙谐，否则就真让人感到奄奄一息了。睿智的批评是他的最大特点，这个特点制约着他任性的脾气，而且使他在矛盾重重的浪漫诗剧和古典诗剧中间找到一致之处，并把二者结合到一起。他的作品，尤其是《任性的玛丽安》直到今天在法国的剧院里还经常上演。《少女梦着了什么》、《不玩恋爱》和《谚语剧》这几部精彩的喜剧诗剧，是法国剧院里大家一致认定的保留剧目。偶尔，他也模仿一下拜伦的那种即兴作品，但是，显然他并不适合，所以，他更多的是把他的个性化的抒情方式和古典法国诗歌的艺术手法结合起来去进行创作。

在《致拉马丁的书信》这部优美的作品中，他把自己和那个时代的悲哀和希望结合了起来。通过下面的这首《悲》，我们可以看出其悲哀的特点：

力量和生命已经消逝，
失去朋友，欢乐也就会消亡；
往日，培养着我的柔弱的星的信心，
如今，已经没有了冷傲。
从前，我和真理称兄道弟，
那个时候，我还不清楚她是如此的易变；
在我们的眼前落下迷蒙的云翳，
唉，苦涩的真理！

真理的力量是永恒的，
和它擦身而过的人们，
白白地浪费着他们短暂的时光。
神开口了，听到的人，一定要作答，
生给我的最好礼物，
就是让我的心能轻松地落泪。

戈蒂叶

在这个时代，法国出现了很多伟大的人物，尽管如此，人们仍然会记得这三位诗人：布里士、巴比亚和德·涅瓦尔。布里士出生在布里特，他的很多诗歌都取材于他的故乡，所以他的诗的形式和内容有如泥土般清新朴实，充满了生活气息。他把但丁的《神曲》都翻译成了三韵句。巴比亚是舍内尔的弟子，他的诗歌以辛辣的讽刺和针砭时弊见长。涅瓦尔是一位精明、细致的抒情诗人，他的诗歌既有前人的优雅形式，也有足够的浪漫。他翻译了《浮士德》，让法国读者知道了歌德，他的很多散文和故事也是很优秀的作品。

另一位诗人泰奥菲尔·戈蒂叶，在浪漫主义诗歌的迷茫大海上，驾着一叶孤舟，轻快地追风逐浪，我们仿佛看到在浪漫主义诗人们的船边，一叶白帆从旁穿过，在自己开辟的道路上飞奔。他的代表作是《珐琅和雕玉》，在法国诗歌中有着令人羡慕的完美的形式。戈蒂叶的诗歌就像是毫无瑕疵的宝石，没有了宝石原来的质感，却充分保存着法国风格的维度，自然、轻巧地进入了某种语言的境界。

《艺术》这首诗最能表现他的诗歌理论和实践，简直如同一首动听的法国音乐，它是所有诗人们的福音。在这里摘译了几个片断，献给亲爱的读者：

一切都会归于尘土，
除了那构造精巧的美。
胸像的生命要比堡岩还要长。
农夫的脚常常踏破古昔的泥土，
显露出
泥土隐蔽着的恺撒。
唉，神也会不免一死！
然而，不灭的、比青铜还坚的，
只有玉上的歌。
雕啊，刻啊，磨啊，
一直到你的梦幻

将其微笑
在顽石上铭刻。

戈蒂叶的散文和他的诗一样的精美。他的名作《莫班小姐》无可挑剔，罗曼蒂克气息浓郁的《年轻的法兰西》也是如此，它虽不是很有名，但同样受到人们的喜爱。尽管他不是深刻的思想家，可能也称不上是伟大的诗人，却是典雅、有趣味的诗人。在《艺术》中，他表现出的创作审美取向和来自于他的那句“为艺术而艺术”的名言，都充分表明了他的艺术思想和追求。作为一名歌德派诗人，他的艺术理念也代表了歌德派的观点。

利柯·特·利尔是这一群诗人中思想最为深刻的一位，他对浪漫主义报以蔑视的态度，认为为艺术而客观的真理献身才是重要的，其他的所谓生活的快乐都是不值一提的。他和叔本华一样，认为在这个不理想的世界中，惟一的避难所就是艺术，他也是一个勇敢的厌世主义者。他甚至不愿意安逸地死去，也不愿死亡之外还有生的存在——他要使整个世界都毁灭，包括神在内。这个深受叔本华思想影响的忧郁的灵魂，充满着自己也为之苦恼的意识：

就像在远方密密的树林里，
水神，在水流之下睡去了，
在渎神的手中遁去。
躲了起来，
精灵的光啊，
多么美妙！

特·利尔是一位伟大的古典文化的研究者。作为学者，他很好地翻译了荷马、伊赛宁、贺拉斯等人的作品，而且也从前人身上得到了很多灵感——歌德派诗人很多都是非常喜欢古代文化的，这是一种浪漫的心气。

特·利尔明白，向大众显露自己的痛苦并不代表一个真正艺术家的品位，他的痛苦应该是植根于全人类痛苦之上的；尽管这个过程中没有多少个人的人格和人情化的东西，但他还是一边歌唱，一边无泪地前行，但每个人承载的痛苦程度是不同的——同样是伤感，浪漫主义者的伤感并不比下边这一节诗有着更多的人权和主体意识：

啊，灿烂的血潮，
听我的忏悔啊，

在你的浪涛里，
这样，在叫骂卑鄙之人的时候，
我才能够保持纯洁的精神，
到我那无尽的王国。

诗人夏尔·波德莱尔和戈蒂叶、缪塞是一个时代的年轻人，但他无门无派，独自彳亍在属于自己的阴暗而不可思议的道路，和戈蒂叶精致而鲜明的风格迥然有别。他的《恶之花》中的某些思想是邪恶的，但这恶只是泥土里不可缺少的成分，花才是永恒的。他自己也讲过，波尔的思想不是游离的形式，是存在于他的心中的。他对波尔的作品进行了精彩的翻译，差不多使美国作家成了法国文学的一部分。

波德莱尔，劳托洛作。

如果想把波德莱尔的诗翻译成英语，那就需要翻译者也能翻译波尔的作品，最后，英国的天才诗人阿瑟·塞门兹完成了这个难度极大的重任。波德莱尔的《散文诗》终于有了最完美的英译本。

和诗人特·利尔一样，波德莱尔也梦想着死亡，而且他对死亡有着大理石般美丽的理想，“我美得如同宝石的梦一般”。

他在诗中一个劲地使用第一人称，让他的灵魂公然彰显。虽然他的诗有着歌德派的理想，但并不具有将其归入哪一门派的明显特点。他是孤独的。

波德莱尔《恶之花》插图，拉斐尔·德罗埃作。

狄奥多·特·波卫尔是戈蒂叶的弟子，和他的老师相比，在诗歌格律的处理上，毫不输于他的老师；虽然他的思想有些浅薄，但诗歌的形式却几近于完美。他复活了古代法国的循环句法的小诗和十九行二韵体诗，运用得相当熟练；他和戈蒂叶共同影响着英国的诗人和作家。

萨利·普里顿是一名歌德派诗人，他追求的形式美和客观性在很大程度上都与科学和哲学的形式美接近。他的《正义》和《幸福》完全可以称为诗体的伦理学和形而上学。对于人生的痛苦和情绪，他的感觉却也细腻、柔和，并不抽象。虽然他不像抒情诗人那样热烈、欢快，但他的情感却是真实和诗意的，当然，同时他也坚持着对修辞的执著探索。

普里顿

爱利迪亚应该是特·利尔之后的真正的歌德派诗人了。他的短诗，特别是《特洛菲》，在法语，或者我们可以说，在莎士比亚以后的任何一种语言中，都很难找到如此让人赞同的短诗集了。

爱利迪亚诗歌追求着客观性这一形式的美，时时让人感受到深厚的历史感，为了寻找创作主题和灵感，他深入地探索人类过去的历史。属于歌德派的诗人戈贝尔就认为他的诗是“用短诗写就的诸世纪的传说”。他的很多短诗都有优美的英译本，但是翻译者却没有把他那极其丰满润泽的内容、饱含张力的形式所营造出的富有诗意的幻象充分表达出来。

有这样一位作家，把他归入任何一个门派都不合适，但他又是一个怪僻的、有着动荡的生活和思想、以及伟大创造力的人物，他就是黎赛本。在他最早的诗集《恶汉的歌》中，由于过于大胆的描写，他遭到了拘禁，罪名是“蹂躏公众道德”。但是他没有就此搁笔，法国人慢慢熟悉了他，也理解了在他的诗歌里存在的真诚。后来，他的写作水平也日益提高了。他的戏剧和小说仍然具有不妥协和激烈的特点，但丝毫无损于对人类心灵深处的洞察。在法国，他是被公认的古典派。

从发展过程看，歌德派还没有走到尽头，象征主义就异军突起，并取代了前者。在这一章的开篇，我就说过很难给象征主义下定义。什么是象征主义？不妨用一个我们熟悉的诗例来解释。如果爱伦·坡诗中的“鸦”代表某种命运或是他阴暗灵魂的意象，那就说明在诗的表面之外又多了一重意味，这首诗就具有象征意味了。在这种一物一义代表他物他义的比喻之上，由一种思想和某些意象去代表另一些思想和全部的意象，这也许就是象征主义了。实际上，象征主义和诗一样古老，这种创作方式很早就被法国诗人有意识地使用了。波德莱尔的弟子史蒂芬·马拉梅把这种表现方式发展到晦涩难懂的地步，他压抑着第一思想或意象的语言的意义，除了自身的想像，不给读者留任何痕迹，着重表现第二思想和意象。在以明晰著称的法国文学中，这多少有些新奇，也使很多诗人和批评家对此感到

马拉梅，劳托洛作。

迷惑。

需要指出的是，马拉梅的很多诗作都是明晰的，至少也是读者熟悉的朦胧境界。他和波德莱尔一样，都把爱伦·坡看作是老师和朋友，翻译了这位美国诗人的很多作品。

在法国，大概没有多少人能听得懂马拉梅神秘的聒噪，更不用说法国之外的读者了。而另一位象征主义诗人保罗·魏尔兰则在生前就以法国及近代欧洲大诗人而闻名了。他的爱憎、希望和绝望都通过他的诗尽情流露出来，几乎无视语言的存在，无视法国古典诗的语言规则，但他的诗中自有一种无羁的旋律之感。在《诗学》中，他阐述了自己的创作原则：没有聪明，没有技巧，没有修辞，惟一的原则，超乎一切的原则就是音乐，只有音乐是永恒的。

魏尔兰的创作是遵循着自己的诗歌原则的。面对晨风，他自由地吟诵，就像那明亮的清晨非唱不可的鸟群。魏尔兰情感强烈，但只是一个伟大、单纯的孩子，是一个到了暮年才开始沉醉于宗教的神秘的波希米亚孩子。作为独特的艺术家，他常常是艺术的主人，但却不能主宰自己。开始的时候，他是歌德派，然后自称象征主义者，最后，他不属于任何门派，坚持自己的创作路线。他蔑视仅仅是文字的东西，在他的诗里，决不会有他自己不明白的话语。他的作品不仅不受修辞的限制，而且还创造了一套属于他自己的单纯而又极其微妙的诗歌用语。他诗中的那些奇妙而令人难忘的谐调、小曲是和他同时代的诗人无法企及的。他的诗歌对读者有一种直接的感召力，富有情绪的力度美，这一点既像海涅，更像雪莱，但是魏尔兰就是魏尔兰，他与他们是不同的。

想到魏尔兰，我们就应该想到阿尔蒂尔·兰波这位少年诗人，他是一位天才。20年前，魏尔兰迷上了他的诗歌，两个人从此开始了四处游历的生活。有一次，在喝醉酒后，魏尔兰故意向兰波开枪，幸好没有致命。为此，魏尔兰在监狱里度过了两年的时光。在监狱里，他信奉了天主教；出狱的时候，他带出了法国文学中最美的一卷宗教诗。从那个时候起，他放弃了文学，走上了只身流浪的道路。魏尔兰的诗没有概括一个时代，兰波却鼓舞了一个诗的时代。不知是否因为他的影响，法国诗坛在他之后群星闪耀，的确无愧于法国那段辉煌的时光。

在这些同时代的诗人中，有几位明显与众不同——也许将来的评价和我们今天的判断会完全相符。一位是法兰德斯人威尔哈伦，他集法国和德国诗歌传统于一身，具有很强的力度美。他诗中的男性的味道、北方的粗犷，有时候不能用法语充分表达，其实，法语是能够容纳祖国的热情的，但它也有某种精致和程度不同的哲学的抑制。威尔哈伦认为，生活充满着美，但也充满着不幸的混乱的组合。最后，他的诗的调子还是有些变化，在他的诗集《面对未来》及其跋文中就有所表现，他称这部作品是“全世界的年轻人在新希望之前一定要做的梦”。另一位就是比利时诗人梅特林克。

有“酒的诗人”之称的魏尔兰

他的诗精炼纤薄、灵巧而又充满幻想，甚至于称得上是奢华，在这一点上，他完全不同于他那些默默无闻但有些英雄气概的同胞。与其说梅特林克是诗人，倒不如说他是散文家更合适一些。《青鸟》是他的代表作，他以自然与文学论文闻名于全世界。在描写爱情的时候，他笔下的男女却苍白得像壁纸一样；与此相比，孩童、鸡犬、蜜蜂和花草更有活力。

当梅特林克的眼光集中在野生森林的时候，德·里内德·里内尔，这位住在整洁的现代公园里的诗人，却渐渐形成了一种贵族气的诗歌风格。他的诗浑然天成、极其古典，是现有的法国诗人中最有贵族气、最为典雅、最具哲学的形式美的，到处都可以感觉到城市的明朗气息。被称为

梅特林克《青鸟》插图：青鸟正要从孩子手中飞去。英国画家凯利·鲁滨逊作。

"抒情短诗"的形式，就是他发明的，可能是受贺拉斯的启发。在他的诗中，我们到处都可以见到他对近代人内心深处的探察。他的理想和现实没有很大的冲突，但和他的朋友里米·德·高尔蒙特一样，即使不会回到"象牙塔"，那布置得很惬意的书房也是很适合他的。我们不必担心这样的诗人会成为玄学家，他们都受过教育，知识渊博，善于从前人那里吸取养分。

比尔·路易有着深厚的古典素养和典雅气质，同时也能写出快活、诙谐甚至是恶作剧式的作品。他把《波里底斯的歌》佯称是译自希腊的作品，从音韵和内容方面讲，倒真有些希腊诗的味道，蒙骗了很多年轻的批评家，而有些真诚的批评家竟真的去考查他的"希腊诗韵"了。后来，路易被列入到颓废派中去了，但像他这样美丽的颓废派无非是煽动读者的热情，怎么能说是对人们有害呢？

在德·高尔蒙特和阿那托尔·弗朗西早已死去的今天，法国文坛恐怕得承认德·里内尔是他们的领袖和师长。但不知道为什么，中选的却是保尔·福尔。他一生创作了许多诗歌，取材于法国人的生活和《法兰西民谣集》。他的诗雄浑有力，看似孟浪，却很有抗争力。

福尔的诗句更像是散文，当你大声朗读时，你就会感到这些诗句大多是完美直接的诗，不断喷涌出诗的幻象。虽然他的战争诗充满着激愤，但能很好地传达杂乱无章的心气和哀婉的悲伤。战争文学是杂乱无味的，但保尔·福尔的诗也许会很有生命力吧，因为他的诗歌毕竟是在理姆斯大寺院的阴影下诞生和成长的。

萨曼是比福尔更瘦弱、更苍白、更不具有男性主义的诗人，从内容上讲，他的诗近乎病态，但他却是一个难得的艺术家。他那纤弱的悲哀，就像他在自己的《卫吉尔》中所希望做到的"清纯美妙，耀眼的火焰"。

诗人弗朗西斯·詹姆远离法国诗歌主流，却深受编辑和读者的喜爱。根据地方传说，他写出了许多优美的故事，他所描写的农夫或山民，似乎更接近诗的真实，更接近人间真实的声音。我不想把这类的诗人摆放到法国诗坛很高的位置上去，但我们却很乐意用他的一首诗的标题来结束这一章，也许这比较适合结束所有关于诗的讨论，那就是《生的胜利》。

第40章

德国文学的古典时代

在我们看来，歌德不仅具备特殊的才能和天赋的想像，
而且对人间的生活极富经验、充满同情；
这些不仅仅是一种文学的装饰，
还使他在许多方面成为“人生的教师”及其时代的典范。（卡莱尔）

正如前面所讲过的，文学的思想内容和艺术风格具有连续的特点，每个时代都必须与其前后的时代紧密相连，“时代”仅仅是人们在论述时为了方便而使用的一个词罢了。因此，我们在这里应该把19世纪的思想上溯到18世纪。

1648年，三十年战争结束了。在战后的德国，民谣是文学仅存的部分。在三十年战争到七年战争期间，有两位人物值得一提。一位是汉斯·冯·格里美豪森，他在小说《痴儿历险记》中描写了三十年战争的悲惨过程。这部小说取材于恶汉的传说，直到现在还很有可读性。另一位是保罗斯·格哈特，他是德国在路德之后最著名的赞美诗作家，经过约翰·卫斯理和其他人的翻译，他的很多赞美诗在英语国家得到了广泛的流传。

弗里德里希·克洛卜施托克是古典时代的最初代表人物，他的长诗《救世主》以弥尔顿的《失乐园》为榜样，打破了高特舍特规定的文学教条；这部作品感情丰富，受到了很多读者的欢迎。但是，其内容偏向于宗教，不具备弥尔顿的革命精神，读完全部的20章内容，读者的态度也就从欢迎转为冷淡了。克洛卜施托克在文学方面成绩最有成效的就是抒情诗了，他用颂歌体的形式写诗，歌颂友谊、爱情、自然和祖国，影响了很多狂飙突进时

莱辛，劳托洛作。德国剧作家的鼻祖和德国古典喜剧的创始人。

期的青年诗人。

在介绍德国文坛大师们之前，我们要提到一位先驱，约翰·赫尔德，他不是诗人，没有写过值得怀念的作品，只是发表了一些文选和文学批评的片断而已，但他却培养了一个时代的文学精神。他认为，每个国家的民谣诗都是非常有价值的，他开辟了一条开发民谣、俗谣、歌谣的道路，后来成了比较语言学、比较神话学、民俗学等诸学科的源泉。

莱辛是德国的剧作家、思想家、批评家，创作过很多优美的散文体诗歌和寓言，也有一些关于哲学和神学的评论。

莱辛的重要美学论著是《拉奥孔，论绘画和诗的界限》，这是所有研究绘画或诗的批评家都知道的。作者通过特洛伊祭司拉奥孔父子三人被蛇缠死的故事在古代造型艺术和诗歌中的不同处理，来探讨画和诗反映现实的不同方法。莱辛认为，诗和画都有各自的特点，雕刻、绘画之类的造型艺术应表达出最精彩的“凝固的一瞬间”，而诗则应模拟在时间上连续不断的行动。他分清诗和画的界限，目的是强调诗具有自己特有的作用，应该表现人的个性和感情。

拉奥孔

1767年，汉堡建起了民族剧院，莱辛为每次的演出撰写评论。他把这些评论结集出版，取名为《汉堡剧评》，这本书成为德国资产阶级戏剧理论的重要文献。

莱辛很早就开始创作戏剧了，他的名作有《萨拉·萨姆逊》、《明娜·封·巴尔赫姆》、《爱米丽亚·伽洛蒂》和诗体剧《智者纳旦》。

《智者纳旦》描写的是莱辛和德国正统

教会进行论争，反对宗教偏见的故事。故事的发生地点是十字军东征时期的耶路撒冷，回教的苏丹抓获了一个信仰基督教的神庙骑士。有一天，犹太富商纳旦家中失火，骑士把纳旦的养女莱霞从火中救出，两人萌发了爱情。但由于他们信仰不同，不能结婚。这时候，苏丹因为财政上出现困难，向纳旦求援。在说话的时候，苏丹让纳旦回答基督教、回教和犹太教中，哪一种是真正的宗教。纳旦用三个戒指的故事说明各种宗教应该互相容忍，而不是相互敌视。最后，真相大白，原来莱霞和神庙骑士是兄妹，都是苏丹的侄辈。戒指的故事来自于薄伽丘的《十日谈》，内容是父亲给了三个兄弟每人一个戒指，一个是真，两个是假的，法官告诫他们说，只要自己努力，每个戒指都会显示出力量的。莱辛用这个故事来说明三种宗教都是有价值的，以此反对正统教的褊狭，宣扬启蒙运动的容忍精神，同时也表现了作者高贵、宽容和澄明的性情。

歌德，劳托洛作。在德国作家队伍中，歌德名列榜首，他的地位可以和英国文坛上的莎士比亚相提并论。

要想对德国最伟大的，也是所有文学中最伟大的作家歌德进行简单的阐述，将是非常困难的。歌德，这位近代的伟大人物，无论在精神上，还是在气质上，都很复杂。但丁代表着中世纪的世界观，莎士比亚代表着文艺复兴时期的道德秩序，但歌德不代表什么。他是近代的人，他努力探索，让生活升华为艺术。同时，他也是一流的抒情诗人，他的《浮士德》表现着我们的时代和道德的冒险。

《浮士德》插图，哈里·克拉克作。

歌德青年时期在莱比锡学习，后来，从莱比锡到斯特拉斯堡大学学习，正是在这里，他受到

《少年维特之烦恼》中的女主人公绿蒂像

了赫尔德的启发，几乎在一夜之间成为一流的抒情诗人。在这个时期，他所写的书信体小说《少年维特之烦恼》使他名声大振，还被招到魏玛皇宫，几乎一生都在那里度过。这时，他开始创作《浮士德》第一部，而到65年之后才完成《浮士德》的第二部。

然后就是繁忙的生活，远走意大利等。从他的中学时代开始，直到老年，他都从事于政治、剧场的建设和物理学、生物学等自然科学的研究，并忙于完成《浮士德》和自传。终其一生，他都没有停止过抒情诗的创作；在这方面，无人能和他匹敌。

歌德在一生中，无论做什么，都没有停止《浮士德》的创作。他从22岁开始创作《浮士德》，到83岁的时候才最后完稿。《浮士德》充满了歌德的智慧和对生命的感受。浮士德是一位学者，对生命有着热切的渴望，他知道救赎不在理论，而在经验。在魔鬼梅菲斯特的引诱下，他投身于活生生的经验世界。他尝试着粗野的快乐、肉体的满足、权力等等世俗的一切。但他仍然无法获得满足。每一次追求都是一个阶段，不是目的，过程本身就是目的。生便是自身的目的，完成是在我们能达到的境域之外。所以，我们最高的成就便是高贵的努力，不知疲倦地创造生活。《浮士德》在文学史上具有极其重要的意义，到现在也没有能和它抗衡的长诗问世。

是歌德把席勒带到魏玛，然后又使他获得了耶鲁大学的历史教授职位。席勒比歌德小10岁，他的名作有《强盗》和《阴谋与爱情》。这些戏剧是用散文体写的，优美、崇高，侧重于对性格的描写。它的缺点在于没有节制。席勒熟悉历史和康德哲学，他也承继了莱辛的理想，认为戏剧是资产阶级推行教育的工具。他的著名文章《舞台应该充当道德宣传的场所》讨论了戏剧与社会和国家的关系。他认为，舞台要伸张正义，“把宝剑和天平接过来”，对封建社会的罪恶作出裁判。

随着席勒的去世，德国文学的古典时代也告终结。而歌德一直活到1832年。

第41章

歌德之后的德国文学

现在呢，让我看看那些被公认的杰出的德国诗人和散文作家的作品吧。

凭着怎样的思想和怎样的热情，

他们义无反顾地追随着光的信念！（歌德）

浪漫主义在德国文学中得以崛起有着很多文学、思想和政治的原因。在当时的德国，众邦林立，全都屈从于法国的统治之下。诗人和理想主义者在梦想中还怀念着中世纪的德意志帝国，这自然就把他们引向哥特式风格和天主教——引向纽培耳格的建筑、科隆和斯特拉斯堡的大教堂，中世纪用高地德语写作的爱情诗，在怪物出没的森林、小河和谷地上传诵的民歌和传说。除了这些文学动机之外，还有哲学动机的存在。在康德之后，思想家们不断对艰苦、现实的世界进行抽象，一直到费希特断定外在的一切只是人类创造精神的反映。在这种情况下，诗人们便有理由仅仅是做梦，然后再把梦描绘出来。

浪漫主义没有创造出什么有分量的艺术作品，这当中，虽然有施莱格尔、蒂克和他对莎士比亚作品的翻译以及格林兄弟在语言学方面的建树，为知识界的丰富做出了一定的贡献，但这些作品都是不成体系的，它们的主要意义是直接或间接地影响了欧洲文学。浪漫主义在抒情诗方面的创作才是最好的。诺瓦利斯片断的文章被集结成深奥的书，虽然仅是片断而已。霍夫曼的故事称不上是最好的文学，诺瓦利斯、布伦塔诺、荷尔德林、乌兰以及吕刻尔特则写出了优美的抒情诗。像对待海涅的抒情诗那样，舒伯特、舒曼、弗朗茨和

格林兄弟

诺瓦利斯

勃拉姆斯也为这些诗谱了曲，使它们能够在全世界流传。

浪漫主义的抒情诗的生命力非常旺盛。这种生命力在尼吉诺斯·莱瑙悲哀的调子中体现，也在爱特阿特·谟利克的抒情诗中得以延续（这首诗因为雨果·倭尔夫为它谱了曲而更有名了），在狄奥多·史托姆的几首完美的作品中达到顶峰。浪漫主义直接影响了几位重要的人物：叔本华和两位剧作家——普鲁士人海因里希·冯·克莱斯特和奥地利人弗朗茨·格里尔帕策。叔本华以厌世主义的古典解释者而闻名，他认为人世间最大的痛苦莫过于生存的痛苦，他说求生这一生物本能及精神意志的体现和恶是一样的，隐居和投入到艺术之中才能够得到智慧。在这里提到他，不仅仅是因为他的名

叔本华，劳托洛作。

作《作为意志和表象的世界》，还因为他的那些小的作品，特别是他的两卷《随笔集》，它们可以称得上是真正优美的散文。叔本华在文学、语言艺术和音乐上给人们提供了极大的启示。

克莱斯特年轻的时候就自杀了，只有很少的戏剧和短篇小说流传下来，现在它们的价值和声誉正在增加。这位近代作家抛弃了那种在悲剧创作中已经变得刻板的对英雄心理的刻画，而让读者看到了在人黑暗的意识角落里进行的斗争。

他的悲剧《洪堡的王子》、喜剧《破翁记》，以及少数小说如《马贩子米歇尔·科尔哈斯》等都略带病态，但却能莫名其妙地征服人类的热情和力量，充分展示着一个不同的世界。这些作品代表了一切关于最深层次心理的文学的最初发展。和克莱斯特相比，奥地利最有名的剧作家格里尔帕策是一个诗人，而不是心理分析学家。更准确地说，他首先是一个浪漫主义者。在心理上，他虽然和近代人相似，但他的戏剧，不论以什么为背景，从本质上讲都是关于人间仙境的。和他的创作动机一样，他的政治观点也是诗意的、浪漫的。禁欲主义和情感至上在他的内心深处互相冲突，在他对自己一切寓意故事的处理上，都有这种冲突的痕迹。他不属于近代，他也不够深刻，但他的那些神奇、优美的戏剧——《萨福》、《金毛勋章》、《梦幻人生》、《海涛与爱浪》——的诱惑力仍然是难以抵挡的。

我们曾经指出，浪漫主义者是梦想家、保守主义者，常常还是天主教徒。七月革命爆发了，自由的呼声虽然在滑铁卢战役后被压下了，但此时又再次响亮起来。一个名叫“青年德意志”的作家团体出现了，他们有更写实的气质，更加自由的思想，但却没有留下多少不朽之作。我们只提一下路德维希·伯尔纳，这位写些气势宏伟的小册子的作者，也就可以了。接下来，我们可以介绍一下对人类的自由充满希望和热情的德国犹太诗人海涅，这位浪漫主义者和革命之子，梦想家和现实主义者。在今天的德国，他依旧是争论的中心，他和拜伦一样，对欧洲文学有着不小的影响力和意义。

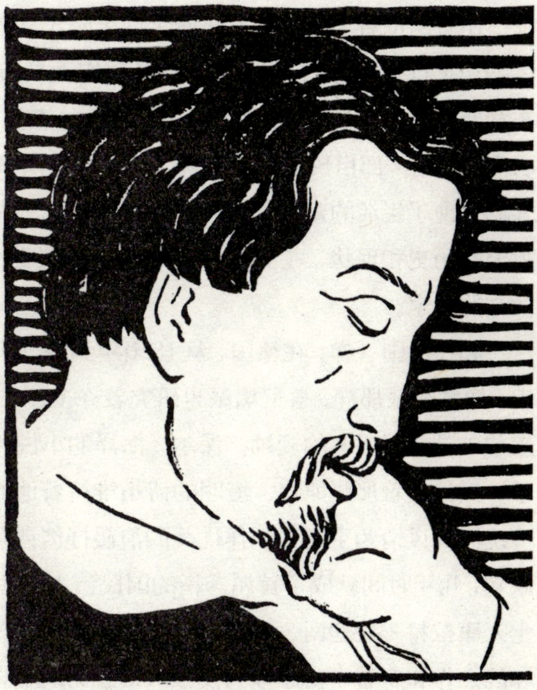
海涅，劳托洛作。与歌德和席勒齐名的德国三大文豪之一。

和他自己的人格和影响比起来，海涅的作品的价值要小得多。现在，亚诺尔认为他是天才歌德在抒情诗领域的接班人，这种观点并不正确。他早期的几百首诗歌没有什么生气，甚至有些低俗趣味。好在他写的诗数量众多，其中有最优秀的《北海》集系列。这些诗没有早期的脂粉气和矫揉造作，内容真实，体现了他后期诗歌中真诚的东西。虽然海涅的散文没有诗歌的名声大，但也丰富、轻快。他自己说过，他是一名战士，在寻求人类解放的战争中作战，他的散文在那数不清的雄辩、热烈的书页中间保存了战斗的记录。

19世纪中期，海涅的名声到达高峰。这时候，还有两位默默工作着的伟大人物，他们是理查德·瓦格纳和弗里德里希·赫伯尔。虽然瓦格纳有诗集和论文集，但严格地讲，他并不属于文学界，而赫伯尔却是伟大的作家，更是伟大的思想家。在忍受了多年的寂寞之后，工作看似没有什么成果，他却终于创作出了近代意义上的戏剧，它最早在赫伯尔的笔下出现，后来被易卜生等后人加以发展。他把戏剧冲突从道德观念严肃的人身上转移到概念本身，把世界和文明史带到戏剧中诗人的审判庭上。他构思着什么才是一个传统死亡、另一个传统产生的时代，人和他的道德为生而死的时代，以及什么样的戏剧可能在这个时代出现。他的代表作，比如《玛丽亚·玛格达莱娜》、《赫洛德斯和玛丽阿姆耐》、《吉根·斯和他的指环》、《阿格尼斯·贝尔瑙尼》，都通过戏剧动作和情节的发展准确地体现了他的创作理论。在赫伯尔死后多年，人们发现了他的日记，在日记中，他记录了他的坚强和诚实的精神，这种精神也许比他的戏剧重要得多。

还有两位著名的小说家也属于这个时代，他们就是瑞士作家中最有名的特阿陀尔·冯塔纳和戈特弗里德·凯勒。冯塔纳是写实主义乃至自然主义小说的先驱。他的作品《艾菲·布利斯特》和《迷惘与混乱》的确是精致的杰作。凯勒在国际上有着很高的声誉。他的《绿衣亨利》是一部自传体长篇小说，并不容易读懂，他的短篇小说堪称杰作，透过他的眼睛，人们发现了生活的奇妙和乐趣，同时也窥见了瑞士农民和市民的弱点。他的故事来自于他故国的历史和现状，在19世纪的小说中是最健康、最让人愉快的一类了。同时，他也是写散文的大家。

和在法国一样，在德国，从1850年到1870年，人们亲眼目睹了在诗歌领域对形式的探索。像歌德派那样，慕尼黑派也研究着许多让人感兴趣的问题。保尔·海泽和厄曼纽厄尔·盖伯尔是慕尼黑派的领袖。保尔·海泽的小说和故事曾轰动一时，到了今天已然苍白无力了，仅仅靠着那些纯粹、澄明的诗集维持着他的名声。厄曼纽厄尔·盖伯尔则专门以德国传统民间风情为主题来创作优美的浪漫抒情诗歌，凭借他的严整、圆润、读来朗朗上口的联句，几年时间就成了首屈一指的国民诗人。但是，在专门以德语为创作语言的作家中，瑞士人康拉特·斐迪南·迈耶才是最优秀的诗人。他的理想是把“唯美派诗人”的澄明、温和的杰作和有着丰富想像力及强大诱惑力的音乐结合起来。

现在，我们已经站在近代的门口了。在这里，诗人兼哲学家弗里德里希·尼采神奇的身影展现在我们面前。尼采，首先是一位艺术家，伟大的艺术家；同时，他也是思想家，向人类讲述着近代思想中最重要的内容，讲得比谁都多，那就是：和物质世界一样，道德是富于变化和具有生命力的，而不是僵死和一成不变的，所以人们完全可以超越现在的自我。这种关于变化和超人的思想就像是胚胎一样，是使近代一切生活发酵的酵母。尼采无可企及的语言力量则把这一切演绎得如焰火般辉煌。

尼采，劳托洛作。

在《查拉斯图拉如是说》中，以及在《重估一切价值》和《人性的，太人性的》这几部作品中，我们都遇到了那伟大、仿佛造物主的说话者。他的语言是燃烧的、飞翔的、歌唱的。在他的著作中，跳动着新时代的人们心上的消息，有着雄辩的说服力和言辞的恍惚美，几乎和福音书一样让人不可抵挡。在他的书里，我们到处都可以看到深刻而含蓄的格言，它们依次向读者展示着进入“人与自然、人生”中的新的画面。除了这些，他还显露了只有优秀诗人才具有的才华，将生命和呼吸赐予那些格言，使它们成为抒情诗、寓言和故事的一部分。

要想去理解德国文学后期的革命，我们必须要记住，赫伯尔、迈耶、尼采在1880年的时候还不是非常有名望的，公众看到的是从别的作家那里模仿的低劣的戏剧，读到的是从浪漫主义的糟粕中挑选的根本没有美和独到精神的伤感诗歌和小说。80年代初期的青年起来造反，他们组织了学会，宣读了纲领，宣传“彻底自然主义”理论，为即将发展壮大的文学运动打下了基础。很快，阿诺·何尔兹的小册子和范文便开花结果。真正的诗人泰脱莱夫·冯·李利恩克隆和伟大的剧作家哥哈特·霍普德曼出现了。小说的发展稍微有些落后，但很快它也有了长足的进步。于是，新文学出现了。

李利恩克隆的出现，标志着德国文学的光荣的抒情诗恢复了精确、锐利和真实的本色。他的诗歌和民谣充满了泥土、葡萄酒和面包的味道。在他专心致志于刻画琐事的同时，他也为德国的诗歌发现了优美、严肃的形式。

抒情诗在李利恩克隆的领导下得以蓬勃发展。在这方面，戴莫尔是仅次于他的最优秀

里尔克诗意图

的诗人。在李利恩克隆的生动和精确之上，戴莫尔又加之以哲学的想像和独创，即把近代生活精神领域里全部复杂的动作都转移到诗里。就这一点而言，戴莫尔确实是在欧洲诗人中独领风骚。他不单单可以创作民谣，也能模仿中世纪单纯的颂歌。在他100首诗歌和《两个灵魂》的传说中，他的最大成就是创造了一种特点鲜明、气质高贵的文学方式，描述近代男女的生活，骑脚踏车旅行、打电话、弹钢琴的邻家女孩的文学。几乎和李利恩克隆和戴莫尔同时，维也纳产生了另外一种派别的诗歌。它和北方具体写实主义截然不同，致力于使生命的一切要素成为明亮的、超越时间的美。在许多成名作家中，司蒂凡·格奥尔格、雨果·冯·霍夫曼斯达尔、拉芮尔·马利亚·里尔克这三位作家是最值得纪念的。格奥尔格是一位严肃、无可挑剔的文学大师，他作品的每一诗节都没有破绽，寓意深刻，具有想像力和思辨性。霍夫曼斯达尔采取了戏剧这一形式，在理查德·斯特劳斯的帮助下，为他那一派别的作品赢得了国际声誉。但是在对他的作品的翻译上，并没有把他的真正风采表现出来；翻译作品没有把他的诗歌的完美和光彩、神秘和魔力传达给读者。除了这两位，还有拉芮尔·马利亚·里尔克，他的创作形式严格、神秘。所有在古城布拉格出现的年轻的表现派抒情诗人都尊他为师——因为他从内部再造了世界，使它更接近于自己的敏感细腻、具有音乐性的灵魂。近些年来，在他的影响下，新表现派为诗坛带来了一股风暴，表现在小说和戏剧方面，也表现在抒情诗和哲学诗上，并最终形成了一个坚实的事业。在这些同时代的年轻人里，至少有一个人的名字是值得被载入史册的，他就是弗兰兹·惠尔灰尔。

在何尔兹的实验之后，最早在柏林著名的自由舞台协会聚集的近代戏剧是由在范围、丰富性、复杂性和力度感上都与众不同的作品构成的。有着国际声誉的霍尔曼·苏德尔曼虽然意味隽永，但还不是伟大的剧作家。两个非凡的天才是哥哈特·霍普德曼和阿瑟·施尼茨勒。

霍普德曼用宏丽文体来写作诗剧《沉钟》、《可怜的亨得希》，而且也是以此而出名的惟一一位现代剧作家，但他最大、最有特点的成就是他的自然主义的作品。在《寂寞的人们》、《织工》、《獭皮》、《车夫亨舍尔》、《米歇尔·克拉默》、《罗泽·贝恩特》等戏剧中，体现出他对现实的全面的反映。没有谁对现实的刻画有他那么犀利、准确。另外，他对人间罪恶的理解是神话式概念的彻底逆转。在他的戏剧中，悲剧性的罪内在于宇宙或人类，而不在于个人的生活。他的主人公都是烦恼的人，是被归罪的人，不是犯罪的人。作为剧作家，他很有同情心，称得上是工业时代社会良知的代言人。他最大的成就是对人物的塑造，直到今天，也没有哪位作家能创造出那样的一个世界，充满了生动的人物，让后世的人们能够由此看到一个时代或者一个国家的生活。

从写实技巧和准确性上讲，维也纳人施尼茨勒不亚于霍普德曼，但他描写的对象是复杂的社会，是专心于艺术、善于自省、略感到幻灭因而倦怠的社会的人。他没有霍普德曼的力度感，但却典雅、精致、温和。《恋爱游戏》、《梦的故事》、《遥远的国度》、《孤独的路》是他最好的作品，里面透露着诚恳、挽歌般的悲哀和精神诱惑力。我们也可以用同样的话来形容他用明晰的、音乐性的文体写出的故事。

德国小说的发展落后于抒情诗和戏剧。德国散文的自身特点是造成这种情况的原因。德国散文是晚熟的，到了尼采以后才获得了近代体的单纯、典雅和写实。在许多让人感兴趣也具有创作能力的小说家当中，古斯塔夫和福林森善于描写北德意志人民的生活，坚定的写实主义者克拉拉·法耶比古则为柏林的无产者和莱茵的孩童们所熟知，他们都享有一定的国际声誉。具有艺术的纯粹性，哲学的深刻性的学者、诗人兼小说家，有很高天分的女作家列卡尔达·胡赫早晚也会有同样的声誉。但是，在这些杰出的人士之上，还有两位大师，他们不仅是小说大师，也是艺术散文的巨匠，即托马斯·曼和雅各·瓦塞尔曼。

托马斯·曼是极其严谨的作家。一部长篇小说《布登勃洛克一家》和两卷短篇小说及故事（他的论文暂且不提）几乎就是他的全部作品。《布登勃洛克一家》写的是吕布克地方一个贵族家庭衰颓和崩溃的故事，这是一部完整、绚丽的巨著；而他的短篇故事和小说，特别是《威尼斯之死》，却有着无比的美和聪明的节制。在那个时代，没有谁能够写出比他的散文更高雅的作品了。

瓦塞尔曼是一个神秘主义者，他的代表作《世界的幻影》受到英国读者的欢迎。他有着无穷的创造力和热情，肯定会有更大的进步。他的写作风格是充满幻想的，人们经常拿他的作品和狄更斯、陀思妥耶夫斯基的相比较。经过长时间的努力，他发展起一种雄辩的、诗一样的文体，最适于表现他对事物趣味甚浓的想法。和施尼茨勒和霍夫曼斯塔尔一样，瓦塞尔曼也是犹太人，在他的血液里，仿佛生来就有着预言的力量。他和托马斯·曼的不同就像施尼茨勒与霍普德曼的不同一样，与其说他属于现代，不如说他属于将来。他的作品体现着许多像他一样的同时代德国青年诗人、剧作家、小说家作品的特点，展示着他们的热情和犹豫、欢愉和对精神的追求。

第42章

19世纪的俄罗斯文学

小说——文学中最微弱最无足轻重的形式——只能是二者必居其一：
要么是无聊的蠢话，要么是响彻帝国的指导性话语；
在我们之间，故事就这样形成了。（陀思妥耶夫斯基）

在那些不懂俄语的西方读者看来，俄罗斯文学只不过是19世纪和现代的俄罗斯小说罢了。这是因为对俄罗斯诗歌和其他的表现形式了解不够所形成的模糊肤浅的印象，但这种印象的产生也还是有原因的。和别的文学种类相比，小说对广大读者的影响力是很容易越过人们心中国与国的界限的。而且，俄罗斯小说是超越故事的，它不只是影响到俄罗斯，也影响到了整个欧洲。它的精彩足以让我们忽视其他的俄罗斯文学形式。

在俄国“小说家的辉煌时代”到来之前，俄罗斯人更多的是借鉴欧洲人的文学形式；在这种模仿、借鉴而没有产生自己特有的方式之前，俄罗斯人主要是从法国、意大利和英国的文学中得到创作的灵感，基本放弃了他们自己的歌谣和故事。

俄罗斯小说是很能吸引人的目光的，但近代俄罗斯文学的创始人却是两位诗人——普希金和莱蒙托夫。他们都活跃于19世纪初的浪漫主义时代，和大多数欧洲青年作家一样，他们也深受拜伦的影响。

普希金有很强的文学天赋，他是抒情诗人、诗剧作家和故事作家，但他首先是伟大的极具影响力的剧作家，他的剧作源源不断地给俄罗斯的作曲家提供创作的灵感和主题。《叶甫盖尼·奥涅金》、《鲍利斯·戈都诺夫》和《罗萨尔加》及《别克夫人》等都是根据他的故事和诗歌改编的歌剧，并且都成了经典的剧作。普希金发展了一种单纯的文体，这种文体明晰而且有表现力，对他之后的俄罗斯的各种文学品种都有着很重要的影响。

普希金，俄罗斯最伟大的诗人，近代俄罗斯文学的奠基人，在俄罗斯文学史上享有极高的声誉，一向被尊称为“俄罗斯诗歌的太阳”。

莱蒙托夫和普希金一样，也是具有拜伦风格的诗人，但他的作品也有雪莱诗歌的味道。他是个天才的幻想家，非常擅长表达俄罗斯民族灵魂深处的某种神秘的精神。在后起的文学作品中，我们经常可以看到这种神秘的文化精神，比任何外国小说在俄罗斯小说中留下的痕迹都清晰得多。

《当代英雄》是莱蒙托夫的重要作品，被翻译成多种语言，在世界各地广泛流传着。这部小说以高加索为背景，通过一个浪漫骑士的精神生活，向人们展示了俄罗斯当时的文化和社会状况，以及俄罗斯当时的一段特殊的生存状态——普希金和莱蒙托夫，这两位俄罗斯文学的中流砥柱，都在决斗中死去，由此我们也可以看出那个时代的文学和社会精神状态了。

果戈理是摒弃了浪漫主义手法转而描写现实人生题材的小说巨匠。他的小说《死魂灵》的内容比这阴冷的书名活泼、生动得多，它深入地描写了俄罗斯社会的众

莱蒙托夫画作，这位多才多艺的作家死时年仅27岁，但如今他已成为人们一致公认的才华出众的诗人、小说家和剧作家。

生相，充满了对平民的诙谐的同情和对欺诈、伪善的讽刺和蔑视。据说，在翻译成英文的时候却没有了这种诙谐和幽默，从译本上看，倒也的确如此。果戈理是乡村生活和平民百姓的细致观察者，而在英译本里突出的却是高贵的人道主义精神。

果戈理不但具有冷静的幽默和细致的观察力，还很擅长把握富于戏剧冲突的题材，这一点在《塔拉斯·布尔巴》这部表现哥萨克士兵和波兰人战争的故事中表现得很明显。后来同一流派的作家们都认为果戈理是现实主义的创始人，令人敬佩的俄罗斯学者克鲁泡特金认为他们继承的不是普希金而更多的是果戈理的传统。果戈理努力把小说从浪漫主义中分离开来，与人生和现实生活结合在一起，这一点对当时和现在的文学都有着深远、巨大的影响。

伊凡·屠格涅夫是把小说和现实人生结合之后最早取得成功的一位作家。他与陀思妥耶夫斯基、托尔斯泰是领导俄罗斯小说的三位伟人。《猎人日记》是屠格涅夫最早的重要著作，描写了农奴的悲惨生活，在农奴解放运动中起了很大的推动作用。俄罗斯小说不仅仅是让人阅读的故事，它和社会变革多多少少有着联系，在托尔斯泰的著作中，这一特征表现得更加明显。在《父与子》中，屠格涅夫描写了在新旧时代的更迭中，受科学和民主理想影响的年轻人和旧式贵族家庭进行斗争的故事。他把“虚无主义”叫做新思想，而在当时，政府用这个词来污蔑一切自由的思想，一时之间，同情屠格涅夫的人对他很失望；在几年前，他曾因为批评官方而被沙皇政府短期监禁和流放。在当时的沙皇政府统治下，作家的生活充满着激愤和危险。但实际上，屠格涅夫不是一个社会宣传家，而是一个热爱美、热爱生活的人，是一个艺术家，他的作品具有法国的形式美；单纯和深刻在他的性格中得到了完美的统一。有人不无夸张地说，除了屠格涅夫，没有人写过真正的小说。在作品《前夜》和《春潮》里，他把年轻的俄罗斯女性内心的凄美表现得淋漓尽致；他对沙皇时代民间生活的无聊和残忍有着深刻的感受，有着深刻的悲哀。但是，作家的悲哀不意味着软弱和病态，相反，他的分析简单明了，他的故事浅显易懂；对于外国人来说，他的作品是了解俄罗斯内心的最直接的方式。

陀思妥耶夫斯基，劳托洛作。

与他同时代的伟大作家相比，他的作

品是否更加真实，我们没有发言权，只有俄罗斯人才能告诉我们答案。他生活中的大部分时间是在巴黎度过的，所以在他的小说中多有法国文学的结构模型，陀思妥耶夫斯基和托尔斯泰都认为他已经法国化了或者快要法国化了。但为了寻找新的创作素材和灵感，他也常常回到俄罗斯。他的那段流放时光使他更崇拜俄罗斯语言。一些俄罗斯读者认为，在俄罗斯语的运用方面，屠格涅夫是最彻底和最完全的作家。但是，无论法国人对他有多么深的影响，也不妨碍他成为一个具有俄罗斯风格的艺术家，更不妨碍他成为一个纯粹的俄罗斯人。为什么呢？因为在他的内心深处，他是一个对自己的母语有着深厚的眷恋和祝愿的艺术家。

圆满而且节制，这是屠格涅夫小说的特点。相比之下，陀思妥耶夫斯基的小说感情强烈又不受约束，就像从充满感情的内心喷涌而出(当然不是没有法则的)。他年轻的时候，因为参加一些接近革命的演讲活动而被逮捕，被送到了西伯利亚，在那里度过了四年时光。这段融入他的灵魂的冷酷的体验以及这段悲惨的生活都表现在《死屋手记》这部作品中。他的一生是悲哀的，也许正是因为这段悲惨的经历和悲哀的性格，使他对“被损害和被侮辱的人”充满了伟大的同情。《罪与罚》是他最优美的代表作，读起来让人为之一颤。穷学生拉斯柯尔尼科夫杀死了放高利贷的老太婆，但他杀人却不是为了复仇、妒忌和抢劫财物等，他的杀人动机是极端的自我中心意识和理论的混合，以及对现实生活的忧郁和愤恨。他对自己的恋人、一个可怜的街头少女沙尼娅进行了忏悔，她劝他用有形的方式赎罪，最后，他向警方自首并被遣送到西伯利亚，女孩沙尼娅献身随他而去，她的献身是为了他的赎罪。作者描写这个故事，不是为了象征，而是从这两个苦难的孩子身上看到了全俄罗斯甚至全世界为爱而赎罪的美好将来。他不认为暴力是反抗压迫的解决办法，在他的作品中，有时甚至流露出革命只是愚蠢的悲剧等思想。

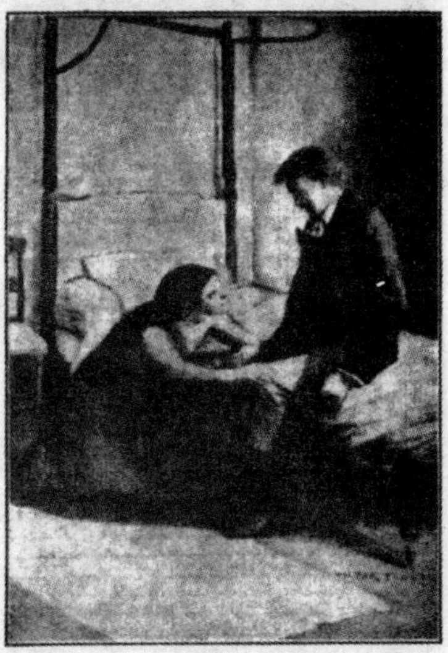
《罪与罚》插图

在陀思妥耶夫斯基所有的小说作品中，都流露着对人生的悲哀，西方读者往往认为这

《卡拉马佐夫兄弟》插图之一，夏普作。表现的是书中第二卷第三章“斯麦尔佳科夫弹吉他”的情形，站在右侧的年轻女子为玛丽娅·孔德拉奇耶芙娜。

是病态的。从医学的角度看，人类有某种不健全的心理动机自然是病态的，但不应该以此非难一个小说家。在他的最后一部长篇小说《卡拉马佐夫兄弟》里，描写了各种人物的弱点，以及生活的腐败、无聊和善恶。他作品中的女性形象尤其极端，她们都太悲剧、太哀愁了，不过却非常真实。作为一个作家，幽默是他天生就缺少的。屠格涅夫有这个天分，但多了些哲学意味的同情，不免苍白。托尔斯泰的诙谐又太严肃和曲折，只有微笑，并无笑声。而在果戈理的作品里，就根本找不出能发笑的东西。

俄罗斯民族有时候是很难理解的，但也不比理解人类其他的群体更困难。人类在心灵上的沟通常常是超越文化的。尽管陀思妥耶夫斯基最初几乎没有读过狄更斯的作品，但他那时候的小说《穷人》和狄更斯的作品非常相似，这是很有意思的事情。人类居住的世界本来就非常的小，但在陀思妥耶夫斯基看来，俄罗斯民族和俄罗斯文学已经与欧洲有很远一段距离了。在评论《安娜·卡列尼娜》的时候，他认为，如果能找到解决人类压迫等问题的药方，俄罗斯的作品肯定会给西方人带来更清晰的思路。实际上，无论在东方还是西方，对于人类压迫等问题，都无法靠小说去解决。人类性格的问题也同样如此，小说只是展现这些问题，而无法解决它们。这正如陀思妥耶夫斯基的小说一样，传递给我们的只是一种生活，一种琐碎的人生，能够将我们的某种情绪唤起。在我们知道屠格涅夫和托尔斯泰的名字之前，英美国家的人们还没有注意到陀思妥耶夫斯基的作品，他作品中强烈的民族主义的东西被国境阻碍了；但他作品中的人道主义精神却越过了国界，征服了所有国家，至少是这些国家的有识之士。现在，人们公认陀思妥耶夫斯基是19世纪最伟大的文学巨匠之一。

在不知不觉中，俄罗斯的小说家们把深重的社会责任承担到了自己的身上，不知道这样是否会对他们作为艺术家的特质产生影响，但他们的艺术作品是高贵、诚实的，这就足够了。托尔斯泰在1910年去世的时候，已经是一位世界上最杰出的文学家了，如果那时候他仍然只是一个小说家，就不一定会受到全世界的广泛尊敬了；如果那个时候，他不是小说家，只是一个自由战士和社会改革家，那他在人们的心目中也不会有多么高贵的地位。有很多作家都能勇敢地用笔做刀枪，大胆地书写自己的灵魂和人性，投身到文学领域之外的斗争中去，为了信仰，有的人牺牲了自己的文学精力，有的人耽误了自己的艺术才华，还有的人像拜伦那样投笔从戎。托尔斯泰和这些人不同，他试着把艺术作为自己对真、善、美的崇高目标的追求对象，同时，也用来否定邪恶的力量；在这方面，他表现出了最伟大的创造性，终于成为惟一永恒的艺术家。

托尔斯泰，劳托洛作。俄国作家托尔斯泰对人类思想的深刻影响在现代作家中几乎是首屈一指的。他的小说征服了俄国，吸引了各阶层人民。他有关社会和道德的思想主张传遍了全世界。

托尔斯泰年轻的时候，作为世袭的贵族和军人，参加了克里米亚战争，这次经历成为他写作关于战争故事的素材，而这些作品为他的文学生涯奠定了基础，也给他带来了不小的声誉。他自己说道，这些作品的主人公没有任何虚伪的夸张和伤感的光荣，都是非常真实的形象。他按照战争的本来面目去写战争，即他认为战争是人们发挥单纯的、盲目的勇气去进行的可怕而毫无益处的争斗。当时，他不是一个和平主义者，也不是社会宣传家。因为文学而名声大振后，对于人和物，他有了更为深厚的感情。他在乡村的农庄消磨时光，为改善农奴的状况而努力，对孩子们进行教育，与此同时，他也在积累经验，构思着他的两部经典作品《战争与和平》和《安娜·卡列尼娜》。

与其说《战争与和平》是小说，不如说它是俄罗斯社会生活的叙事诗，是一部描绘拿破仑战争时代的历史画卷。小说的长度是普通小说的几倍，视野开阔，社会各阶层的各种人物在这个广阔的背景下活动着，栩栩如生。在这部作品中，充分体现了托尔斯泰在性格描写方面的天赋。他将他笔下的人物刻画得生动无比，对于场景的描绘也是如此，不论是战争的全景，还是莫斯科的一个普通家庭。在创作中，他不自觉地遵循着这样一个方法，就是他自己说的创作原则：“决不勉强地结束故事，而是任其发展。”这样，他的小说就不免

《安娜·卡列尼娜》插图之一，密特维杰夫作。表现的是安娜被伏伦斯基抛弃之后往车站走去，她在心中想："既然什么都叫人讨厌，为什么不把蜡烛灭掉呢？"于是，为了"处罚他，摆脱一切人，也摆脱我自己"，她卧轨而死。

显得有些拥挤和复杂。他的所谓创作原则，不是"自然主义"的写作理论，而是他创作心性的表现。他对事物的观察是正确的，他也自认为是透彻的。

结构过于庞大，因此显得松散，这是《战争与和平》的惟一的缺憾。《安娜·卡列尼娜》的视野虽然不如《战争与和平》那么广阔，但它的描写却更加集中，也更为感人，整个故事沿着性格的发展而发展着。安娜·卡列尼娜的性格和行为，把她自己送往命运的终点，就像河水向瀑布流去。为了漂亮而爱慕虚荣的情人，安娜背叛了冷峻正直、称得上是楷模的丈夫，但她的情人对她已经厌倦，并抛弃了她，最终，她选择了自杀。这种结局的出现，不是因为什么善恶的法则，而是由于她的个性和道德、社会的不可和解而导致的。现实的社会和道德已经没有了她生存的位置，解决冲突的惟一方法就是自杀。

列文和吉提平静的家庭生活是和安娜和她恋人狂热的热情这条线索并行的，这部分内容仅仅是中心悲剧的映衬而已。但是列文与生存抗争，从宗教的神秘主义的气氛中看到平静的力量，这正是托尔斯泰自己心灵的写照。托尔斯泰借助列文发挥、解说着自己在宗教、政治、艺术等方面的观点。屠格涅夫曾这样高度评价托尔斯泰：在现代欧洲文学中，没有人能和托尔斯泰相比；但他认为小说中的宗教说教和故事相背离，这是作者不可饶恕的错误。

托尔斯泰在晚年的《艺术是什么》中，把包括他自己的作品在内的几乎所有的优秀小说都称为"垃圾"。在70岁的时候，他又重新开始进行小说创作，写了《复活》，但他这时候的写作动机是为给一个受迫害的基督教教派筹款。虽然他鄙视钱财，但却喜欢为了别人去赚钱。道德目的充满了《复活》这部作品，但它的性格刻画和场景描写却是极富魅力的，深藏于他心底的艺术精神不知不觉又复活了。

托尔斯泰在晚年常常对官方和教会的败坏德行进行抨击，官方、教会害怕他的影响，解除了他的教籍，并且检查他的书本和住处，这反倒使他的影响力更大了。他的宗教思想使他自然而然地采取了非抵抗的无政府主义状态。如果他是贫穷、毫无名气的人，那么，他早就被关进监狱或是被流放了。但是，他是当时的文学的王者，出于对他的影响力的畏惧，政府没有对他采取什么行动，却对他的追随者进行了迫害，这使托尔斯泰感到十分的悲痛，他能在1914年之前去世应该算是一件值得庆幸的事吧。

托尔斯泰的主要作品都有了英译本，而且有一些价格低廉的版本。阿尔玛·莫德，这位托尔斯泰作品的翻译者，著有两卷本的《托尔斯泰传》，写得很有气势，受到了读者的喜爱。

欧洲俄罗斯文学的批评家们有这样一个说法：伟大的文学先辈们的大氅，至少有那温暖的一角落在了契诃夫的肩上。契诃夫是短篇小说家、戏曲作家和乡村医生，他认为，文学至少在他生活的初期是一种修养，一种技巧。托尔斯泰认为他没有什么哲学，但很喜欢契诃夫，喜欢他的故事和戏剧。

契诃夫使用单纯的艺术手法，将自己身边生活的愉悦和诙谐故事娓娓讲来，他的手法像故事一样单纯、自然。在《跳来跳去的女人》中，他对女性的温和的讽刺，轻松又不失善良。人物悲惨的处境和文字的悲哀、诙谐的统一，是他的戏剧的精彩之处，这是一种灵气，在文学作品中极为少见。他的短篇小说以其形式的简洁和单纯为美，这使得有些批评者把他和莫泊桑相比，其实这是很错误的。从身处两个国家、互不知姓名的作家之间看到

《跳来跳去的女人》插图，图宁作。

《钦差大臣》中的两个女人，契诃夫自画。

高尔基，劳托洛作。通常被视为俄国文学中最伟大的“无产者”，列宁称他为“无产阶级艺术的最杰出的代表”。

相似的东西，这是很有意思的事情，但是把一个人与另一个没有多少文化关系的人相比较，就不会有什么益处了。他们之间倒是有相同点，那就是他们都能写优美的小说。

在近代俄罗斯文学中，高尔基有着不可思议的重要地位。贵族出身的作家因为同情农奴而被放逐西伯利亚的不止一两人，屠格涅夫和托尔斯泰也是农奴的朋友。但高尔基却是生活在农奴和工人中间的作家，无论在小说还是自传性作品中，他笔下的主人公一直是他自己，是在黑暗中生存却要不懈地奔向光明的人。抗争充斥着他所有的作品。他不是伟大的作家，在文字之外的斗争意识过于强烈，以致有宣传的意味。即便如此，他的《母亲》还是很感人的，几乎没有什么作品能和它相比。不知为什么，它对俄罗斯之外的世界的幻想，使得他在英语国家里拥有很高的知名度，其他俄罗斯作家无法和他相比。

高尔基的《母亲》中的两幅插图

与高尔基形成鲜明对照的作家是安德烈夫，他不是与命运作对并想去了解命运的力量，而是一个文化怀疑论者，充满了幻灭和疑惑。他的小说《七个被绞死的人》，调子十分强烈。戏剧《人的一生》和《背皮夹的他》，情绪过于悲哀，很像极度厌世的象征主义作家的作品。《人的一生》的情绪就更加阴郁了，据说在彼得格勒上演时，引发了好几起学生自杀事件。不知是戏剧的艺术力量过于强大，还是学生太软弱了呢？

安德烈夫，劳托洛作。

另外几位现存的或是最近去世的俄罗斯作家，在世界文学中也占据了一席之地。柯普林以轻松愉悦的小说风格和契诃夫齐名，他的短篇小说以及长篇小说《决斗》的技巧也是很成熟的。我认为，柯罗连科的《森林絮语》也是应该被记住的经典作品。

俄罗斯这个国家是很难让人理解的。一个多世纪的特别是第一次世界大战后的政治、经济动荡，使莫斯科以西的所有经济学家都为此而苦恼不已。但是，摆在人们面前的是，俄罗斯的文字、音乐、戏剧和舞蹈艺术已经征服了全世界。

第43章

文艺复兴以后的意大利文学

使我们的痛苦淡化的你，

永久地活下去吧，啊，可爱而神圣的艺术，

我们不幸的人们的慰藉。（莱奥帕尔迪）

塔索活跃于意大利文学的黄金时代，他是这个时期最后的一个伟大天才。从他之后，直到19世纪整个欧洲文学重新复兴，意大利文学一直都在低谷中徘徊。但与此同时，即17、18世纪，英国和法国的文学依旧很发达；这两个国家尽管也经历着时世的衰败，但它们在政治和经济上仍然有着强大的实力。我们还不能明确国家的昌盛和艺术的繁荣、作家的际遇以及他们的创作之间的关系，但旺盛的创造力一定需要健康的体魄。17世纪到18世纪，在这两百年的时间里，意大利内战不断，最后导致国破家亡，曾经繁华的城市满目疮痍，意大利败落了。在这样的背景下，即使那些模仿彼特拉克及其他文艺复兴时期的文学巨匠的作家的作品也寥寥无几。

不过，在这段时间里，还是有几个我们不能忽略的重要人物。几位有才能的作家出现在文艺复兴的末期，但他们的才能没有显露出多么耀眼的光芒。首先是古欧里尼，他的《忠实的牧人》展示出埃卡第埃式的技巧，在欧洲的各个宫廷里广泛传诵着，其影响仅次于那些涂脂抹粉、穿罗着缎的闲适文学。另外一个突出的作家是塔索，他看不起那些模仿彼特拉克的人们，他的讽刺喜剧《被窃的提桶》在今天看来虽然已经过时了，但却还是能够让人发笑。塔索已经不适合我们了，但意大利近代大诗人卡尔杜齐却深受他的影响。从总体上说，在从塔索到阿尔非亚里的这两个世纪的时光中，阳光明媚的意大利半岛没有产生过光彩夺目的诗篇。

意大利文艺复兴末期的收获是散文，在这方面有布鲁诺、康帕内拉及伽利略等哲学家。很遗憾，在这里我们不能详细评述这些伟大思想家的论著，与一般的文学创作比较，他们的作品表达的是专门的哲学思想。谁能说清楚哲学和文学的分界线是什么呢？布鲁诺和康帕内拉的诗写得并不好，散文和伦理思想才是他们的特长。布鲁诺曾长期受教会的迫害，他的思想也受到了人们的冷落，但在最近50年间，他却得到了“哲学巨人”的美誉。布鲁诺死后几个世纪，他的思想被德国哲学家费希特阐发得更为充分了。

伽利略是个非同一般的天才，他是科学家，也是文学家。众所周知，他和哥白尼一样，是近代天文学的开创者。伽利略还是意大利的散文大师，对于这一点，也许大多数的读者（包括意大利人在内）都不清楚吧。最近40年里，人们才搜集整理伽利略的论文和书信，但只是在意大利语的范围之内；据我所知，至今也没有人把这位伟人的作品翻译成英文。看来，意大利人在物理学、医学、电气和其他科学上所做的杰出的贡献，还有待人们去宣传啊。伽利略是最伟大的人物，在古希腊、罗马的那些巨人之后，又一位巨人出现在意大利的思想之河里。近代意大利的青年在向德国学习以前，古希腊和罗马的思想遗产在意大利

审判伽利略

保存得非常完好；而那些向德国学习的青年人，没有学到德国的慎思和渊博，只学到了它的笨拙。克罗齐，这位现在还活着的意大利哲学家，就是这样一个活生生的例子，他的文章是如此笨拙，以致很难让人读得下去。

意大利戏剧很早就和音乐联结在一起了，音乐的影响力甚至超出了歌词。在三个世纪的时间里，几乎每个人都会哼上几句意大利歌剧，但却很少有人知道是谁写的歌词。在近代意大利，流芳百世的不是诗人、小说家，也不是政治家加里波第，而是威尔第，这位在歌剧领域独领风骚的大作曲家。尽管后来瓦格纳以气势磅礴著称，但也没有超出威尔第的水平。我们在这里要讨论的不是音乐，但我们不能忽略戏剧、诗歌和歌曲之间的密切关系（这里说的歌曲是指所有用管弦乐曲式谱写的音乐）。欧洲的各个国家，或者还包括亚洲、非洲和美洲，都在创作自己的歌曲，但意大利人一直是乐坛的领袖，即便是德国人也无法和他们相比。于是，一个有趣的问题产生了（也许这个问题没有答案）：在但丁之后，意大利诗歌在某种程度上的衰败和意大利音乐的持续辉煌之间是否有着什么必然的联系？进而，我们可以看到，英国虽然有美丽的民谣，但它的音乐却不入流；就诗歌艺术讲，近代时期，凡是国力昌盛的国家，它的诗歌的内容和形式都是最具多样性的，同时也有着最多的天才诗人，这是为什么呢？

如上所述，近代意大利人直接继承了古希腊、罗马的文化遗产，但他们虽然崇尚经典，却没有盲从和照搬。在18世纪产生、19世纪上半叶发展到最兴盛时期的浪漫主义运动，也波及了意大利。苏格兰诗人詹姆士·马克斐逊所写的《芬格尔》，翻译的是高卢人奥西安的作品，里面记载的故事有虚有实，柴萨洛提把它译成了意大利文。马克斐逊的作品是真正的翻译，还是不真实的托名改作，都不重要，重要的是《芬格尔》展示了作者的才能，而且这个罗曼司还在整个欧洲流行开来。值得一提的是，拿破仑最喜爱的一本书就是柴萨洛提的译作。

直到近代，文学天才卡萨诺夫的价值还得不到人们的认可，但他的《言行录》却是很完美的散文。青年人或者天真的孩子不适合读卡萨诺夫的作品，但对于能从字里行间体会含义的老人来说，他和英国的日记体作家佩皮斯一样，是一位天才艺术家，能够在不经意间领会到叙事艺术的美妙却浑然不觉。随着时代的发展，他也名声大噪。英国批评家、哲学家哈维罗克·艾理斯还专门写过一篇关于卡萨诺夫的美妙的论文。卡萨诺夫的《言行录》是用法语写作的，但他也可以用意大利文来创作。

富于喜剧精神是意大利人的一贯风格，但是到了17和18世纪，意大利戏剧领域却有些僵硬、做作了（莫里哀之后的法国戏剧、德莱顿之后的英国戏剧也是这样）。威尼斯人哥尔多尼有重建性格喜剧的天生快乐的能力，他作品的主人公基本上是威尼斯人，也可以说是意大利人，更可以说是每一位普通人。在法国，他是很有名的，但英国的翻译家却根本没有注意到他。他的戏剧描写了丰富而真实可笑的人性，但无法在英国的舞台上演；我们只能读到几年前翻译的《回想录》，美国驻威尼斯领事、著名小说家豪威尔斯为他的这部书写了序言。

哥尔多尼，劳托洛作。18世纪意大利著名戏剧家，他的喜剧中经常采用生气盎然的情节和人物，作品多反映威尼斯生活。

按照诗歌的标准，一流剧作家阿尔非里亚应该称得上是戏剧新时代的开创者，也是18世纪意大利戏剧领域里最重要的人物。他的作品大部分都是从古代比如希腊传说和古代历史中寻找素材。虽然他的风格和马基雅弗利相似，但新鲜、雄劲的风格却完全是他自身所具有的，而且对意大利文学产生了很大的影响。阿尔非里亚的戏剧从来都没有走出国门，进入英国的剧院，但这并没有损害他这位重要的剧作家、诗人和散文家的声誉。同样，我们也应该知道他的那些歌颂美国独立的诗歌（他是赞美自由、仇视暴君的）。据我所知，他这样的诗作还没有英译本。

帕里尼是在18世纪取得最辉煌成就的意大利作家，他的《一日》具有很强的讽刺意味，他还创造出了新鲜活泼的无韵诗。

后来，莱奥帕尔迪把这位前辈诗人称作是“近代意大利的维吉尔”。帕里尼虽然对已经成为经典的历史情有独钟，但他也具备独立和创新精神。蒙田也是颇具才华的作家，虽然比帕里尼要略逊一筹。蒙田说明了文学和现实之间存在一种紧密的联系，这是他的意义所在。他曾写诗颂扬拿破仑，诗的内容很有阿谀奉承的意味；他所翻译的《伊利亚特》使他获得了很高的荣誉，直到现在，这个意大利语的译本也深受人们的欢迎。

意大利文学发展到福斯科洛阶段的时候，已经是19世纪的事情了。在1798年，也就是新世纪到来的前两年，他的著作《雅各·奥底斯》使福斯科洛一举成名，人们授予他“意大利的歌德”的美誉，尽管他写作的题材要比歌德狭小得多。这部书准确地反映了在奥地利和法国拿破仑的双重压迫下，意大利所承受的苦难。有人认为，对于论述在欧洲文坛中明显处于对立的意大利和英国文学之间的关系，福斯科洛就是一个有意思的例子。当然，到目前为止还没有出现一篇论述这种关系的大作。有很多英国诗人居留于意大利，最后也死于意大利。罗塞蒂这个优秀的英国诗人却是意大利人的后裔。福斯科洛在英国生活了好多年，也赢得了相当多的英国批评家的敬意。他的诗歌取材范围较小，但却写得相当优美，《墓地之诗》就是这样的凄美的抒情诗。他还翻译了斯泰恩的《伤感的旅行》，这也许可以说明他和美国文学之间存在着某种联系。

乌戈·福斯科洛，劳托洛作。他的抒情诗影响了意大利民族的复兴。

现在，我们来谈谈19世纪意大利最伟大的抒情诗人莱奥帕尔迪吧。把他称为意大利的拜伦，应该说是比较合适的。虽然莱奥帕尔迪不像英国诗人拜伦那样笔力遒劲，也没有创作那么多的作品，但他的作品却更为细腻、更为完整。在把他的作品翻译成英语的时候，还没有办法充分表达他的魅力，或许根本就无法在翻译中将其表达。英国学者比克斯特斯写过一本关于莱奥帕尔迪的很有趣的书，但是，这部英国的作品虽然用“原作的韵律”写成，却没有几分意大利诗人的韵味。翻译这种工作，如果不是严格地按照原文来进行，就是用翻译者自己的语言重新进行的艺术创作，二者必居其一。但是，我认为，即使学习意大利语的目的仅仅是为了阅读但丁和莱奥帕尔迪的作品，也是很值得的。

莱奥帕尔迪，劳托洛作。意大利著名诗人，同时也是一名学者和哲学家，他在所有这些领域所取得的成就使他成了这个世纪最显赫的文人之一。

在小说方面，浪漫主义的代表应该是曼佐尼，如果作一粗略的比较，那么我们可以说，曼佐尼是意大利的沃尔瑟·司各特，他的《婚约夫妇》完全可以归入一流小说的行列，这部作品也被翻译成欧洲各国语言出版了。虽然不是每个意大利人都认为它是杰作，但直到今天，这部作品读起来也是很有趣味的。含

曼佐尼，劳托洛作。诗人、剧作家和小说家，意大利浪漫主义的主要代言人。

《婚约夫妇》中订婚的场景，劳托洛作。

蓄、温婉，这样的小说风格是曼佐尼经年苦练而练就的，无疑，这种风格的出现也有益于改变意大利散文日益虚浮的风气。曼佐尼是个多才多艺的人，他最早的剧作《卡尔马格诺利耶伯爵》是小说化的戏剧，不符合传统戏剧文学的风格，但对美的事物十分敏感的哲人歌德却注意到了这部作品。曼佐尼还是一个才华横溢的抒情诗人。他为拿破仑之死所创作的诗，在意大利语地区是无人不知，无人不晓。我们应该记住，威尔第为纪念曼佐尼而专门创作了《弥撒曲》，这对我们了解艺术间的相通性和人类情感的永恒性是有帮助的。

19世纪中期的意大利诗人卡尔杜齐的诗歌是很难翻译的，但这对它的巨大的价值丝毫无损。他是诗人，也是评论家，还能用独到的眼光编撰古代意大利的诗作。他的诗歌简洁、严谨而深邃，从意义的深刻性和形式的完整性上讲，在近代意大利诗人中，他是首屈一指的。

近代意大利出现了很多有才华的小说家，但可以称为天才的作家却不多见，西西里人维尔加也许是最优秀的，他的代表作是声名远扬的小说《马拉沃利亚一家》。后来，马斯卡奇尼在这部小说的基础上创作了一部歌剧，在社会上也引起了极大的轰动。但是，与那些浪漫故事相比，维尔加的作品的伟大之处在于，它记录了西西里和意大利南部的社会和精神发展的历史。

由于篇幅限制，我们在这里不能讨论太多的当代意大利作家。邓南遮是诗人、剧作家、小说家、飞行员，也是政治家，人们惊叹于他的多才多艺和充沛的精力，即使是文艺复兴

卡尔杜齐，劳托洛作。1906年诺贝尔文学奖获得者，被认为是当时最有影响的文学家之一，他决心清除掉浪漫主义盛行的局面，把文学恢复到古典主义的模式。

邓南遮，劳托洛作。一位绚丽多彩的诗人、剧作家和小说家，曾在第一次世界大战中做过飞行员。

时期的那些大家也没有办法和他相比。他的词汇量如此之大，在意大利人中间堪称第一。他还有江湖人士和辩论家的气质，不但让意大利人为之折服，也让整个欧洲震惊。他的《死的胜利》和《生命的火焰》使他能够永远屹立于文学殿堂。他的抒情诗雄辩、冗长；他的戏剧有着华丽的词藻，情节紧张，但又充满生活气息。他写的以杜丝为女主人公的《法朗赛斯加·得·里米亚》是各个时期的舞台上都难得见到的煽情作品。

以帕品尼和马利内蒂为代表的意大利青年作家，在小说的形式和思想上都进行了大胆的探索。但是，朱瑟佩·艾里科获得成功的短篇小说在结构方面却倾向于古典，而不是创新。事情似乎的确是如此：时代趣味在变化，文学流派也在变革，但是，崇尚浪漫主义的意大利在整体上却依旧忠实于古希腊、罗马的文学遗产，依旧是古典之子。

第 44 章

近代的西班牙文学

这里是温暖的南国，欧罗巴像被虫蚀的树叶一样，

把她的土地伸展到大海之上：

把她相等的爱，一一铺洒

从在回忆中呻吟不已的地中海，

到无人穿越的潮起潮落的袒开胸怀的西班牙。（乔治 · 艾略特）

17世纪的黄金时代过去后，像意大利文学那样，西班牙文学失去了独创性，渐渐衰落了。像我们在上一章讨论意大利文学那样，为了不使我们得出比较专断的结论，在这里，我还是先提出一个问题：一个国家政治和经济上的衰落是否必然导致其艺术和思想的衰落？西班牙在进行王位争夺战的时候，瑞典与俄罗斯的东欧之战也在进行，英国、法国、奥地利、普鲁士、荷兰和西班牙都深深陷入纷争的漩涡之中，17世纪末期，法国又爆发了大革命，欧洲的大部分国家都被牵扯进去了，没有哪个国家能专心致志地进行文化建设。因为种种原因，英国和法国的文学还能继续发展，德国的非普鲁士地区也有了新的变化，但其他国家的文学则全都走了下坡路。

法国是当时欧洲大陆上最发达的国家，而西班牙则是从属于法国的。以前的西班牙，有着充满嬉笑怒骂、悲欢离合的自然的民谣和动人的流浪汉的故事；今天的西班牙已经成了巴黎趣味的庸俗的追随者。即使到了19世纪初，西班牙竭力想摆脱拿破仑控制的时候，在文化上也依然依赖着法国。奇怪的是，尽管存在着文化上的依赖，西班牙文学却没有吸取法国文学的精髓。在欧洲文学和思想领域影响巨大、成就斐然的浪漫主义的熊熊大火，在西班

埃切加莱，劳托洛作。1914年诺贝尔文学奖获得者。

牙却只有过一阵恹恹欲灭的烟雾，这号称欧洲最具有浪漫情趣的国家并没有“着火”。

寻根溯源，也许是西班牙人虽有舞蹈的天赋，能够翩翩起舞，但也只是略微影响到了法国之外的其他国家，在雨果、梅里美、约翰·萨真特以及一些文学旅行者那里产生过一点印象而已。在其最优秀的著作和绘画里，西班牙人可以清楚地看到这一点(我是冒着被画家和美术史家所指责的风险这么说的)。所以，当19世纪中期西班牙文学得以复兴，在世界文学当中有了一席之地的时候，那些文学新人都是忠实于西班牙的现实的，与其说他们的写法是“浪漫的”，不如说是“写实的”。他们的感情和写法总体上当然还有浪漫的一面，否则人们也就不会对他们有所了解。近代西班牙剧作家埃切加莱是完全有资格被写入西方文学史的，他是一个难得的天才，原来是数学家的他，到了晚年却开始写起剧本来了。他的特异的天才显然不是从他的卡尔德隆家族得到的，像19世纪的易卜生、霍夫曼和萧伯纳一样，他的天才的光辉不会随着岁月的流走而暗淡，因为他的剧作不仅真实，而且有着西班牙人引以自豪的诙谐。埃切加莱的诙谐不仅是放逐阴郁，《唐琼之子》和《伟大的牵线人》这两部他最优秀的剧作不仅具有鲜明的西班牙风格，也是对全人类共同特点的深刻写照，他也正是因为这一点而成为世界文学史的一位重要作家。据说，他的声望已经大不如从前了。和文学舞台的瞬息万变一样，名誉也是转瞬即逝的。在戏剧文学中，要想名垂青史，就像易卜生、莎士比亚、摩利尔那样，难度还是相当大的。如果想要知道后人究竟会怎样评价埃切加莱、易卜生、莎士比亚、霍夫曼以及萧伯纳等人的作品，也许我们应该坚持多活一百年。不过，他们毕竟已经在今天深深震撼了人们的心灵；至于他们是否空前绝后，是否还有像他们那样的作家出现，又会有谁知道呢？

加尔多斯，劳托洛作。19世纪西班牙最杰出的小说家，深受英国作家狄更斯的影响。

西班牙文学肯定是不会灭亡的——在塞万提斯的国家，怎么会有这样的事情发生呢？19世纪中期，西班牙小说终于复兴了。写实是这个时期西班牙文学的特点。为什么这么说呢？就像我们在前面已经讲过的那样，西班牙文学在浪漫主义的潮流中实际上不是真正"浪漫的"。一个自称为"费尔南·卡巴列罗"的女作家就认为自己的小说是真实的，她最有名的小说《海鸥》流传到了西班牙之外的地区，从现代的角度来看，她的作品已经略显陈旧了，但这部作品最主要的特点，比如对人物和场景的真实描写使得它依旧保持着某种活力。西班牙小说家阿拉贡最早开始了流浪汉小说的创作，他的作品不拘泥于情节，也不拘泥于形式，在他的笔下，同样也存在着这样的真实性。阿拉贡的小说《三角帽》，表现的是乡村的生活，那是正直的笑谑。虽然他不是伟大的艺术家，但却是一个真正西班牙式的小说家。

在阿拉贡之后的名作家是佩雷达，他写的故事是关于农夫和水手的，他很擅长描写农夫和水手所生活的山和海。在西班牙文学史上，人们一直称佩雷达是近代写实主义的创立者，也许他是应该得到这个称号的。但是，我们不要忘记，西班牙文学的真正特点是写实主义，而不是传统意义上的浪漫主义，它一贯忠实于人物的性格。佩雷达没有刻意讲一些新奇的故事，他继承的是前面提到的西班牙文学传统。另外，我们知道，近代西班牙小说在场景和性格的描写上具有强烈的地方色彩。这也许是西班牙文学的真正价值所在；但另一方面，这一点使西班牙文学的价值局限在西班牙本土，无法成为欧洲文学的组成部分。

在宗教信仰方面，佩雷达虔诚而且保守，而同时代的法利拉却是一个优雅、神秘的怀疑论者。他天才的两个方面在其重要作品《佩比泰·舍美拉尔》中得以体现。这部小说的主人公是一个兴趣高雅的神秘僧侣，在现实面前，他的理想全都破灭了，这个现实就是女人。法利拉在年过五十的时候才以小说而出名，在这之前，他是一个有名的诗人和散文家，以后他就专门从事于短篇小说的创作，并且屡获成功。这个世纪末，当法利拉去世时，他已经成了西班牙文坛领袖。

加尔多斯比佩雷达和法利拉年轻很多，他希望能够对青年作家的写作进行指导。加尔多斯的创作代表了西班牙文学从近代向现代的过渡。其实，我们应该说，无论是谁，即使是但丁和歌德，都不能阻止文学发展的进程，所以每一个有才能的人都可能意味着从一个时期到另一个时期的过渡。与其说是过渡，不如说是推进。加尔多斯从19世纪的历史中发现了创作的素材，他的一系列作品是关于这段历史的叙事诗。《国民插话》的叙事诗性质限制了它的发展，它的内容虽然是很好的浪漫小说素材，但不像是来自于现实生活。这也许是包含着西班牙文学的地方色彩的因素吧。但是在小说里，在加尔多斯叫做"插话"的部分，有着优美的故事，作者在性格描写方面的天赋也得以显现。除了历史故事，加尔多斯还有别的素材来源。他一生写作了很多作品，有人曾把巴尔扎克、狄更斯和他一起相提并论，因为他所描写的人物、他对故事的认识以及他的谐谑风格总是多姿多彩的。

19世纪后半叶，巴尔台斯总是受到人们的非议，因为他受法国文学的影响太大了。受影响实际上是好事情，这又不侵害国民的权利，有名的作家就是常常向别人请教的。巴尔台斯本来是个优雅的艺术家，与众多缺少法国式的精确和匀称的西班牙作家相比，他和法国小说的关系显然更加紧密。他的《泡沫和信仰》充满着冷嘲热讽，深刻描写了西班牙的近代生活。

把女作家伊尔利亚·帕多·巴让称作是西班牙的乔治·桑，我想人们应该没有意见吧。她深深地热爱着西班牙及其人民，在这一点上她也不逊色于她的这位法国姐妹。伊尔利亚·帕多·巴让在《关于我国》这部以西班牙西北部为背景的作品中，凭借生动、明确的地方知识和敏锐的洞察力描写了一群自身没有什么魅力的人物。凭借这部小说和《母性》这一类的作品，她在西班牙自然主义作家中获得了重要的地位。我还没有看到这些作品的英译本，可能有些已经翻译过来了吧，因为英国和美国的作家和出版家对西班牙的兴趣越来越浓厚了。

小说或其他形式的故事是一种最容易赢得本国和外国读者的文学形式，而最易于翻译的当然就要算是散文体的故事了。19世纪的西班牙诗歌的影响只是局限在国内，但它却总是受到别国的影响。像欧洲大陆的许多青年诗人一样，19世纪上半叶的青年诗人厄斯普林特达也是师承于拜伦的。厄斯普林特达是一个革命主义者，具有冒险精神，他参与了当时所有的政治运动和纷争，具有明显的革命倾向。他是个天才的诗人，他的一部分热情和无畏外化成了实际的革命行动，而另一部分则贯穿在他的诗歌里。熟悉西班牙诗歌发展的读者对此是有目共睹的。

在19世纪中期，诗人卡莫波麦留给人们的印象是广泛而深刻的。和许多世纪的诗人一样，卡莫波麦是个彻头彻尾的象征主义者。他的诗是一种反复往返的短诗体，与颂诗、民谣等短诗相比，这种诗体能使我们更好地理解诗歌内容的含义，他的诗歌内容很多都是普通百姓的思想以及思想之间的承续关系。下面这个情况还需要读者特别是比我高明的西班牙读者来证实：卡莫波麦曾经熟读过贺拉斯、奥维德、朱威那尔等人的作品。我没有见过卡莫波麦作品的英译本，但英国诗人们也许翻译过一些他的诗歌片断。为什么这么说呢？因为正如我们前面所讲的，讲英语的人们对西班牙文学的兴趣越来越浓了。

人们对西班牙最新的小说的兴趣非常浓厚。与讨论别国的现代文学一样，对西班牙现代文学，我们也不会发表太多的议论。我认为，这未来历史的尘垢是需要现代读者亲自梳理的。这并不是说每个人都能够通观整个世界，而是说有能力的读者都可以参与这项“梳理”工作。

在活着的优秀的西班牙作家中，在坚守作家职责而且不断对艺术进行探索的人群里，比奥·巴洛耶是最坚定的一位。他的《小心人的市场》描写了大都会的景象以及大都会中人与人之间的种种冲突、放纵与冒险。他也特别执著于表现不同社会阶层之间那种令人窒息的对立局面。例如，在一部小说（它的英译本标题是《探索》，不是原来西班牙语的标题，但翻译得非常好）里，他近乎完美地对比了近代城市的夜生活和白天的情况。

一般来说，年轻人对已经确立的社会制度和政治制度常常是反对的，但英国最优秀的西班牙文学批评家曾说：西班牙艺术家经常把艺术和政治混合在一起，从而损害了艺术自身。这个观点也许是正确的。但是别的国家最优秀、最勇敢的艺术家也有反对他所讨厌的政府，或为了他所喜欢的政府而进行战斗的。维克多·雨果，17世纪英国的骑士诗人，托尔斯泰和几乎所有的俄罗斯人，不正是如此吗？诗歌和政治的关系到底是怎样的呢？不管它们的关系到底如何，总之，我认为乌奈莫诺是现代西班牙最风趣的人之一，尽管他的作品被翻译成英文后他依旧不是很有名。他是一位散文家、讽刺家、杂志记者和诗人，后来被驱逐出了西班牙。采取驱逐出境的方法来对付文学家，这种处罚方式在现代政府中并不多见。为什么会这样呢？因为流放只能使流放者身价倍增，使他的思想更能流传于世，而且那些被流放的人也是知道怎样用自己的笔进行报复的。

布拉斯科·伊瓦涅斯是另一个与政府对抗的著名作家。有些精明的批评家告诉我，伊瓦涅斯在西班牙被人们称为“戏子”。是的，他正是一位杰出的上等戏剧人物。《启示录四骑士》为他带来了国际声誉（也许是因为在这之前，他的几部著作已经被翻译成了英语和其他的语言），对于处在战争之中或为了战争而蒙受苦难的人们来说，作品中随处可见的巧妙的戏剧场景具有非常真切的冲击力。我们上面的话多少有些开玩笑的意思，在这里，我们不妨引用一下已故的W．D．豪威尔斯所写的《布拉斯科·伊瓦涅斯论》中的话：“伊瓦涅斯的艺术成就远远高于亨利·詹姆士，但就流利和优美而言，他却逊色于后者。”

豪威尔斯喜爱西班牙，并且广泛阅读了各种西班牙书籍，也许他在与他同时代的两个西班牙人巴勒·因克兰和自称为亚若林的I．W．路易丝那里见识过什么才是流利和优美吧。巴勒·因克兰的写作风格细腻，创作了《公爵勃拉陀明的愉快的回忆录》和取材于卡洛斯党战争的优美的三部曲。亚若林的作品《小哲学家的自白》充满了机智，有可能被选入世界文学宝库。现代西班牙文学做出了很大的成绩，未来也会是很辉煌的，我们在这里只能略加叙述，马上就要进入另外一个从来没有在政治上得到西班牙善待的国家去了。

布拉斯科·伊瓦涅斯，劳托洛作。

第 45 章

荷兰和法兰德斯文学

飞行吧，我的空想，到异心的人们那里去，
到荷兰那沉睡于大海的怀抱，
到大洋那连接着陆地的地方，
那里正伫立着她那些耐心的孩子呢。(哥尔德斯密)

我们这一章的篇幅很短，所讨论的作家也基本上是19世纪之前的人物。这样安排可能有点颠倒时序，但把奇特而不是太重要的内容放到这里，也许是不错的选择。原因是什么呢？因为荷兰文学不是很重要的。在这个问题上，两个很有学问的荷兰人曾给了我很大的启发，他们是以一种近乎蔑视的态度来看待本国的文学，特别是19世纪以后的文学的，他们和我的判断是一致的。一些偶尔参观过欧洲和美洲美术馆的观众也许会对荷兰高超的绘画成就感到吃惊。在文艺复兴时期，在绘画方面能与荷兰人匹敌的只有意大利人和法兰德斯人了。意大利人在一切文学形式上都取得了伟大的成绩，但荷兰人却把他们的全部注意力集中到了文学之外的其他艺术种类上。荷兰语和它的近邻德语一样，直到近代也没有得到极大的发展，偏于凝重而不柔顺，也许这也是荷兰文学不发达的一个原因吧。

两个最伟大的荷兰人斯宾诺莎和伊拉斯谟不是用荷兰语来写作，而是用拉丁语。前几章我们曾提到过这位托马斯·莫尔的友人、人文主义者伊拉斯谟，与其他人文主义者一样，他倾向于将时钟倒拨，阻止近代语言成长。为什么会这样呢？这些人文主义者认为，在希腊语和拉丁语里已经包括了语言的所有优点。伊拉斯谟是位真正的学者，他喜爱文学，喜

伊拉斯谟（1466年～1536年，劳托洛作），人文主义学者，曾在奥古斯丁隐修院学习过四年。1492年任坎布雷主教私人秘书，1498年移居英格兰任剑桥大学神学和希腊文教授，并在此写下了讽刺名作《愚人颂》。晚年享有很高的声誉。

斯宾洛莎，劳托洛作。

好古典文学，尤其是教会文学，和当时大多数人一样，他在教会文学中找到了真理。文艺复兴时期人们所认为的古典主义并不是古代罗马人眼中的希腊或拉丁式的古典主义，不是异教的而是基督教的古典主义。伊拉斯谟最长于写书信，他的对话录内容繁多，后来结集为《对话书》。如果我们的要求不是太苛刻的话，就完全可以把柏拉图的《对话录》、伊拉斯谟的《对话书》和兰德的《空谈集》放在一起来阅读。

在伊拉斯谟逝世一个世纪后，既非基督教徒、又非异教徒和犹太教徒的斯宾诺莎在亚摩斯德登出生了。后来，他和培根、笛卡儿、布鲁诺一起开创了近代哲学。在这里之所以提到斯宾诺莎，是因为他是一个严谨、艰涩、专精的哲学家。他的拉丁文写得并不生动，但拉丁文学者告诉我，他的拉丁文非常精确。斯宾诺莎不缺少思想，他欠缺的只是文学的色彩（其实伊拉斯谟、培根和现代的尼采、罗素、威廉·詹姆士、桑塔耶那都是如此）。他的方式是哲学的方式，在设定了定理后，用系统的证明来说明问题。19世纪初期，斯宾诺莎被赫德、莱辛和诺瓦利斯、歌德等哲学家及文学家发现之前一直都是默默无闻的，但实际上他已经是一位哲学史上的伟人了。也有人认为他并不缺少文学才情，《关于人性的限制》是他《伦理学》的一部分，据说写得和山姆塞特·毛姆的同名小说一样深刻、优美。

和别的国家文学一样，要想在荷兰文学里发现最有意义的题材，必须要到传说、民谣和通俗罗曼司中去寻找。荷兰的行吟诗人维棱的《列那狐》就是这方面的杰作，为世界文学的发展做出了贡献。卡克斯敦已经把这本著作翻译成英语了。这样的故事能否从一个国家传到另一个国家的关键是看翻译者的水平如何。中世纪，还没有产生文学的所有权问题，作者不必说明他的观点源于何处。以荷兰译文而流传世界的《列那狐》似乎是这个故事的惟一版本，并且轰动一时，实际上，歌德的《列那狐传》才是最有情趣的。

14世纪，布鲁塞尔的修道士望·勒斯勃洛克是以宗教著作而闻名的中世纪神秘主义者。比利时诗人梅特林克在《卑微者的财宝》中介绍过他的事迹，而且把他的作品《与精神联姻的美》翻译成了法文。

思想是可以在国与国之间进行交流的，荷兰的训诫剧可以证明这一点。实际上，这个剧本就是英国最宏大的训诫剧《每人》的蓝本。

特别能让英语读者感兴趣的是，文艺复兴初期的荷兰诗人望·台尔·诺特和斯宾塞之间的关系也证明了思想可以进行国际间的交流。但是，他们的关系就像是伊丽莎白时期的文学传记一样，不是很明确。不过，似乎就是诺特把德·伯雷和彼特拉克的作品介绍给年轻的英国诗人斯宾塞的。

诗人封德尔是荷兰最伟大的作家，他出生在16世纪晚期，活跃于17世纪。他写的悲剧具有戏剧的紧张和诗歌的优美，他的关于圣经人物的戏剧故事可以与拉辛的作品相媲美。人们也可以通过他的杰作《琉息斐》看到弥尔顿的风格。弥尔顿似乎具有这部伟大的荷兰剧作的博学气度，但我们不清楚他对此到底有什么体会。除了题材和文体，《失乐园》、《复乐园》以及《琉息斐》就没有相同之处了。两位作者对题材进行了不同的处理，《琉息斐》把戏剧和诗融合在一起，弥尔顿的作品却是叙事体的诗剧。我们可以在巴尔奴教授所作的《封德尔》传记中看到有关封德尔的政治背景和宗教背景的详尽说明。

荷兰文学在封德尔之后就衰落了，18世纪没有什么优秀的作品出现。在18世纪晚期和19世纪初期，荷兰文学才开始复苏。训诫诗人皮尔戴蒂克是19世纪荷兰文学复苏的先驱，他的诗风格明快，在荷兰有很大的影响力，但却没有对别的国家产生什么影响。如果身处英国的话，他只能算是个二流的诗人而已，但他还是赢得了罗伯·项迪那样优秀的批评家的尊敬。但从他认定莎士比亚的作品有失斟酌和厌恶新德意志诗这些事实来看，我们大概能够想像得出他对于美学的认识到底有多么高明。

即使有皮尔戴蒂克这样的作家对德国浪漫主义持反对态度，但因为歌德的影响和司各特小说带来的英国浪漫主义的风行，德国浪漫主义最终还是影响了荷兰文学。荷兰文学的新纪元并不灿烂，相反陷入了因袭的窠臼。这时，21岁即英年早逝的青年诗人扎克·培克将诗歌固定的格式打破了，阅读他留下来的诗作，我们可以看到他的独创的才能和深沉的感情；为自己的追忆造型，这样的尝试唤起了一群青年同道的创作热情。

路易·库佩拉斯是现代文学中最优秀的作家，他的诗歌充满青春的活力，但与其说他是一个诗人，倒不如说他是小说家；他的小说被翻译成多种文字，这是荷兰文学重新回到欧洲文学队伍的重要原因。他的四部系列小说《小灵魂集》在英语国家很是有名，译文也非常优美。

因为政治上的关系，法兰德斯文学和荷兰文学紧密相关。1839年，当比利时从荷兰脱离出去时，法兰德斯人反对所有具有荷兰风格的东西，极力提倡法国风格和法兰德斯自己的风格。政府压制法兰德斯语成为国语，这却使作家和学者们更加努力地推广法兰德斯语。亨特利克·康舍斯的小说是这种推广活动的最早成果，他的第一部小说是《惊异的年代》，讲述的是荷兰的独立战争，这部作品激发起了法兰德斯人的爱国心，也确立了现代法兰德斯人的文学品位。他写的许多故事都是描写法兰德斯人的家庭生活的，这些忠实于生活的作品使他在法兰德斯众人皆知。他成了法兰德斯的文学先驱，在欧洲文学界也占有一席之地。康舍斯的忠实是理想主义和浪漫主义的忠实，自然主义小说家斯利库斯和他却截然相反，他的小说里充满了精确的观察和对事情的详细叙述。

法兰德斯作家在荷兰和比利时受到人们的称赞，这也许是一种历史的讽刺。从作品的流行程度上说，法兰德斯人几乎和荷兰人一样。在两种文学并存的比利时，与法兰德斯文学相比，法国文学更有优势。

第 46 章

斯堪的纳维亚文学

斯叩尔！北方的国土啊！斯叩尔！

（注，斯叩尔是挪威语，指敬酒时的欢呼声。）（朗费罗）

一位英国批评家在几年前这样说过，在对人类智慧的贡献上，不到三百万人口的挪威要比有一亿人口的美国重要得多。做这样的比较是没有什么意义的，但他的话最起码有一半是正确的。我们的确应该看到，在斯堪的纳维亚人中产生了如此多的天才！我们已经看到，挪威的艾斯兰支族的文学早就非常发达了，近代斯堪的纳维亚人确实是继承了艾斯兰支族的传统。

让我们首先看看丹麦。近代丹麦文学的创立者是路易 · 荷尔培尔，他在挪威出生，但在那个时候，也就是 17 世纪的末期到 19 世纪初期，挪威一直臣服于丹麦，他们使用丹麦语，更多的是用法语和德语。荷尔培尔是一位杰出的讽刺作家、幽默大师，在当时的欧洲，只有斯威夫特和王尔德能和他一较高下。丹麦最早的文学经典就是他的谐谑故事《Peder Paars》，直到今天，丹麦人依然喜欢这部作品所蕴涵的机智、风趣。他写过数不清的喜剧作品，促进了丹麦戏剧文学的诞生。在他之前的丹麦舞台上，只有法国和德国的戏剧。荷尔塔尔教会了丹麦人用本国语开怀大笑。他是幽默家，也是世界上最博学的人之一。他的作品文体简洁，选材多样，文笔严谨。他的文体直到今天仍然是丹麦作家的典范。除了丹麦，在斯堪的纳维亚诸国和德国，虽经过了两个世纪，还依然经久不衰。他影响过莱辛这位近代德国戏剧之父，莱辛的《年轻的盖哈尔特》就是荷尔塔尔的《伊拉斯谟·蒙太拉斯》的翻版；莱辛也不能否认荷尔塔尔对他的影响。美洲斯堪的纳维亚协会把荷尔塔尔的戏剧选集翻译成英语，并且出版了；这个协会一直致力于把丰富多彩的斯堪的纳维亚文学介绍给英语世界的读者。

丹麦的大诗人是厄棱斯雷格，他生于1779年，卒于1850年。他和华兹华斯生活于同一时代，这个历史时期是很重要的，这时候，文学的浪漫主义运动席卷了整个欧洲。厄棱斯雷格发起了丹麦的浪漫主义运动，歌德和席勒给了他灵感，但是他在文体和内容上没有模仿过任何人。他回到祖先的传统之中，用半是古典半是爱国的诗的精神，把古老的传说改造成浪漫的悲剧。在对古代的崇敬和对古诗的热情上，他和司各特有些类似。在30岁之前，他一直是公认的丹麦第一诗人，在斯堪的纳维亚诸国和德国也能听到他的大名。在瑞典，优秀诗人腾内尔授予他“斯堪的纳维亚诗歌之王”的桂冠。他和荷尔塔尔一样，都是有着巨大影响力的诗人；他也像荷尔塔尔那样，使自己的母语更加高雅，又用这样的语言创造出了悲剧这种丹麦文学史上几乎从来没有过的东西。

因为厄棱斯雷格的作用，浪漫主义运动虽经历了一个世纪，但仍然保持着活力，并产生了格伦特威格等诗人。没有多少人知道他们的名字，毕竟丹麦是个小国，也没有多少外国人学习丹麦语。但是，也有一个人的名字和作品是全世界的人都熟知的，他就是安徒生。在世界上的任何一个国家，哪一个孩子没有读过他的童话？在这些童话中，有的是过去的传说，有的是安徒生自己创作的。他的故事充满了诙谐、柔和的味道，有着精湛的技巧，但不矫饰，因此显得单纯，有着与众不同的韵味。如果你手头有安德鲁·朗所编写的童话集或其他人的童话集，不妨读一下，然后回过头来读读安徒生的童话，你会发觉，即使是著名的格林兄弟的《格林童话》也没有安徒生的童话那样引人入胜。

安徒生最感人的佳作《卖火柴的小女孩》中的插图，Anne Anderson作。表现的是一个穷苦的卖火柴的小女孩在刺骨的寒风中快要冻死时，眼前所显现的种种幻象。

这到底是怎样的一种吸引力呢？我们

德兹哈曼，劳托洛作。

很难讲清楚，这是天才的秘密之一。除了童话，安徒生还写过诗、游记、小说以及与德国人霍夫曼的风格类似的幻想故事等。他和塞万提斯一样，因为有的作品太有名了，人们几乎不记得他们还写过许多别的作品。

德兹哈曼是比浪漫主义诗人晚一个时代的浪漫诗人，他生于19世纪中期，一直活到20世纪。他原来是个画家，大海是他描绘的对象，后来他弃画从文，用语言来描写大海，可以称得上是丹麦的约翰·梅斯菲德，船和渔夫是他作品的主人公。他是个爱国者，总是用雄浑的诗剧赞美人们的生活，成了丹麦剧坛的领袖。为了描写大海和以海为生的人，他长时间航行在海上，所以他笔下的人物显得真实、生动。了解大海未必就能表现大海，只有那些真正了解大海而且内在地具有诗人天赋的人，才能成为康拉德和德兹哈曼。

19世纪产生了几位著名的散文作家。詹姆士·雅科布森是丹麦最伟大的散文艺术家。他身体不好，年纪轻轻就去世了。他像福楼拜那样，写得很痛苦，他在措辞和音律上下了不少苦功，终于写出了《玛丽亚·格鲁卜夫人》和《尼尔斯·伦奈》这两部丹麦最美的小说。还有以第一篇故事的标题为书名的短篇小说集《莫恩斯》。他的作品不是很多，但影响却很大，可以说，雅科布森为丹麦和挪威那些专注于优美的文体的作家确立了标准。他也影响到了丹麦之外的国家。他的作品有的被翻译成德语，有的被翻译成英语。雅科布森死后，写实主义小说作家山陀尔夫暂时成了丹麦文坛的领袖。他擅长描写城市中产阶级的生活，《小人物们》是他最有名的作品。另外一位作家是自然小说作家赫尔曼·彭，他的小说《近路》写得深刻、有力。还有爱德华·勃兰兑斯，他的出名也许是因为他是大批评家阿尔格·勃兰兑斯的弟弟，但爱德华自己确实也是很有才能的批评家、戏剧家和小说家。稍后，出现了不论是时代上还是在精神上都是我们的同代人的杰出小说家蓬托比旦。1917年，他获得了诺贝尔文学奖，在这之前，英国和美国的读者根本就没有听说过他。蓬托比旦有着和俄罗斯作家一样的表现力和同情心，他最好的小说表现的是单纯的人们，结构匀称，完全是一首叙事诗。

君临于这些诗人和小说家之上，为他们指引方向，呼唤优秀的作家产生的，是阿尔格·勃兰兑斯，这位经过半个世纪仍然是欧洲知识最渊博的天主教批评家。勃兰兑斯学识广博，似乎读遍了欧洲的所有书籍。对莎士比亚、易卜生、阿那托尔·弗朗西这些大家，他也进行过研究。《十九世纪文学主流》是他的传世之作，现在，这个六卷本已经都被翻译成英文了，这是对过去的150年文学的最好总结。丹麦的读者认为勃兰兑斯的行文流畅，非常有吸引力。我认为这种说法是可信的，因为英译本也是明白、流畅的。他的同胞即使不赞成他的意见，也向他表达了最高的敬意。他可能是整个欧洲最著名的批评家。对于概括丹麦文学和德国文学的特点，我只能从他那里引述，别无他法。勃兰兑斯是犹太人，不是斯堪的纳维亚人。在《十九世纪文学主流》的第二卷《德国的浪漫主义》中，他说道："丹麦作家的优点是在趣味和幻想方面能够克制，德国作家则常陷于其中而不能自拔。前者懂得适可而止，并且避免奇谈怪论，偶尔发生这样的事情，也不会走极端；他们用顺其自然的态度对待事物，这种性情来自于天生的宁静和冷漠；他们不愤世嫉俗，不鲁莽任性，不亵渎神明，不犯上作乱；他们不胡思乱想，不悲天悯人，也没有纯粹的抽象或感性；他们很少天马行空，没有冲上云霄，也没有坠入深渊。正是由于这些原因，使得他们很容易被同胞接受。像厄棱斯雷格和哈特曼的最优秀的北欧作品，是丹麦人所称许的那种高尚的自我节制在艺术上的表现。想想安徒生当时亦步亦趋地向霍夫曼学习，你会看到，和他的启蒙老师相比，安徒生是多么的健康和冷静。"

阿尔格·勃兰兑斯，劳托洛作。

挪威文学和丹麦文学是紧密相联的。19世纪初期，它们在政治上脱离了关系，挪威旨在建立独立的挪威文学的运动开始了。许多伟大的丹麦文学家都是挪威人，有些极端爱国的挪威人曾想把那些作家拉回来，但这些努力都是徒劳的，就像要搞清楚亨利·詹姆士和约翰·萨真特是不是美国人一样。

近代挪威文学可以分为三个时期：初创时期、易卜生时代和新运动。

诗人维尔加兰和惠尔哈文是初创时期的代表人物。维尔加兰创立了挪威文学，他精力充沛，极其热情，还是个雄辩的革命主义者；他称得上是北方的卢梭，但没有给挪威文学一个完整的雏形。含糊其辞而又刚愎自用损害了他的思想力。由于过度辛劳，他年纪轻轻就死去了。惠尔哈文是个保守主义者，他写了一些小册子，旗帜鲜明地反对维尔加兰的自我放纵。他追求稳健和明确的倾向，这对挪威的思想和文学产生了很好的影响，直到今天，他仍然是挪威文学界的权威。为什么呢？因为他比一般的批评家高明得多。他还是位诗人，他那些以古代挪威为主题的诗作已经成为了挪威文学的经典。

易卜生之前还有班森、尤纳斯·李以及克兰特。李和克兰特是杰出的小说家，李比克兰特还要优秀一些，位于当时的小说家之首。他的早期作品《领航员和他的妻子》奠定了他在挪威小说史上的地位。在挪威，他的小说深受人们的喜爱；在国外也极富盛名，而且还有几篇被翻译成了英语，比如《奴隶之一》、《海军副将的女儿》、《尼阿比》等。他的魅力不是对紧张刺激的场面的描写，而是对普通人生的冷静客观的观察。

易卜生，劳托洛作。挪威人，是第一个伟大的现代剧作家。他的剧本风格多样，从现实主义的《海达·加布勒》，到幻想作品《彼尔·金特》。他以技巧娴熟、象征主义、以及深刻的心理洞察力著称。

易卜生是过去150年中最优秀的剧作家，任何其他国家的剧作家都无法与其相比。在世界戏剧史上，他和伊士奇、莎士比亚、科奈尔齐名。他的剧作可以分成浪漫抒情和写实两种，他的早期作品大多是诗剧，散文体则作于他的后期。伯兰特和比尔·根特这两位诗剧作家的作品使挪威文学步入了欧洲优秀文学的行列。比尔·根特的作品不仅揭示了挪威的国民性，而且也挖掘了普遍的人性，称得上是世界文学的经典，比尔·根特的非凡气度在气势磅礴的乐曲《古里古》中得到了证实。《玩偶之家》是易卜生的首部写实剧，女主人公是一位坚决反对夫权制度的人。《玩偶之家》的主题引起了整个欧洲的关注。虽然“妇女解放”的观念在今天已经变得陈旧了，讨论这个问题的文学作品也不再吸引人了，但易卜生的戏剧依旧充满着活力。《群鬼》是他讨论病态的传承的作品，这也是他的第二部让文坛震动的剧作。因为在生理学上存在某些不妥之处，这部作品现在显得有些过时。当时就有很多人攻击这部作品，易卜生又写了《国民公敌》来反击那些攻击者。人们常常认为易卜生是问题探求家和志在改良社会的宣传家，实际上他并不是这样，就像他没有建立医学院、没有创立新的宗教一样。他只是一个关注戏剧效果的剧作家，只不过是社会提供了某些材料，而他又注意到了这些材料而已。在《罗士马庄》中，这一点表现得非常明显，在这个剧本里，“问题”是属于戏剧结构本身的，是懦弱的男人和强悍的女人之间的斗争。另外，如果娜齐马芭那样的著名演员能扮演女主角的话，就会更有戏剧效果的。同样，这一点在《海达·加布勒》中也有明显的表现，这里充满了个人的恩怨。在易卜生后期的戏剧中，他青年时期的诗意已经没有了，但因为他的充满智慧的象征主义写法而依旧诗意盎然。《建筑师》和他的最后剧作《当我们死而复生时》充分体现了这一点。威廉·亚彻尔把易卜生的作品都译成了英语。如果读者喜欢辛辣的味道和健康的批评，那么可以看看剧作家萧伯纳所写的《易卜生主义的精髓》之类的作品。

《玩偶之家》插图

易卜生的全部精力都集中在诗歌、戏剧和剧场之中。而他的同时代人班森则一方面进行艺术创作，一方面积极周旋于复杂的政治活动中。他的小说写得很好，但却一直没有超出他早期表现农民生活的《瓦尔内》和《幸福的少年》的水平。凭借这些作品，他在很多国家都很有名气。像易卜生那样，他也有舞台经验，曾担任过克里斯坦尼亚剧场的经理。他的作品具有动作性和速度感，在一些较为疏缓的地方，还很富有诗意。依靠以埃斯兰的传说为基础创作的传奇剧《舍乌兹钦格特》和《十字军人钦格特》这两部作

班森，劳托洛作。

哈姆逊，劳托洛作。

品，使他成了当时的杰出诗人。他的喜剧比易卜生的作品还要幽默、有趣，最起码要更快活些。他具有诗人和政治改良者的双重身份，也有着被视为叛逆的强烈的共和主义理想，在这些方面，他和雨果有着共同之处。

易卜生、班森和李都活了很大的年纪，他们逝去之后，精神的余晖仍然长时间地主导着挪威文坛。年轻的一代渐渐成长起来了。迦尔波格是农民的儿子，他用农民的土语来创作小说，但在他用规范的语言写作《疲乏的人们》之前，并没有引起大家的注意。浪漫小说家托马斯·克拉格的作品细腻而且优美，他的代表作是《阿达·王尔德》。作家鲍威尔在挪威久负盛名，他最新的英译本作品也很受人们的欢迎，他的特点是把浪漫和讽刺结合在一起。但是，哈姆逊却是挪威当代最有名的小说家，他写过四十部小说，很多都是杰作，最有名的作品是《饥饿》和《土地的成长》。他的作品表现人生的艰难（不是指表现下层人民的生活），表现得很深刻，有着永恒的艺术魅力。更重要的是，他的作品不刻意雕凿，淳朴、天然，即使是翻译的作品，也能看出这一点来。

瑞典文学有着悠久的历史，与丹麦文学和挪威文学一样，它也没有什么明确的发生期。不过，有可能在17世纪，当古斯塔夫·阿多法振兴了瑞典的军事和政治的时候，一直停滞不前的瑞典文学就开始发展起来了。在这个世纪，至少有一个伟大的作家，即“瑞典诗歌之父”斯特尔海姆。他认为本国语言很是粗糙、杂乱，于是努力使之纯净。为了写诗，他使用了很多方法。这个时期，还有另外一位诗人，罗生亨，他仿效法国短诗的形式创作了很多诗作，瑞典也有了文艺复兴的味道。从17世纪到18世纪，瑞典在诗歌和散文方面一直模仿着法国和英国，这段时间也没有伟大的瑞典作家出现。但是，还是有例外的，虽然这个人物不是我们要讨论的对象，也不妨提提，他就是最早的植物学天才林尼阿。

同别的国家一样，古典主义的理想和文学的形式美是18世纪瑞典文学所追求的，但它却没有产生法国和英国那样的文学天才。而且也正如别的国家一样，19世纪初，瑞典爆发了反对古典主义的运动，最后，浪漫主义取得了胜利。在瑞典的浪漫主义文学运动中，出现了一个杰出的诗人，他就是滕内尔。1835年，在瑞典进行文学研究的朗费罗写道：“瑞典有一个大诗人，而且是惟一的大诗人，他就是滕内尔。”朗费罗对滕内尔的诗歌进行了翻译，让人能从中领略到音乐的美感。滕内尔可能和大多数浪漫主义者一样，是从过去的传说故事中得到创作的灵感和丰富的文学材料的。《弗里希阿甫传》是他的主要作品，他靠着这部作品名扬全欧洲，得到了其实难副的名利。

滕内尔，劳托洛作。

19世纪初期，涌现了很多有真才实学的诗人和散文家。菲德列伽·布莱默是其中知名度最高的诗人和散文家，她的小说《日常生活的素描》、《H家》、《邻人》以及《会长的女儿》等使她的同胞深受感动，玛丽·郝易特对这些作品进行了优美的翻译，使整个英语国家都知道了布莱默的大名。她的小说充满了伤感的意味，但不是自怨自艾。与乔治·桑一样，她很诚实，但不太活泼。她积极宣传妇女解放的观念，但幸运的是，她的政治热情没有充斥她的作品以致对其有所损害。

布莱默小姐是芬兰人。19世纪中期的第一个瑞典诗人鲁涅伯格，如果不是从血统，而是出生地来说的话，也应该算是芬兰人。芬兰的生活是他大多数作品的主题，他一生的大部分时光是在芬兰度过的。他最早是一所不出名的大学的一个普通教员，一跃而成为瑞典诗人中仅次于滕内尔的大诗人，声名显赫。滕内尔死后，他自然就成为了瑞典的桂冠诗人。他的作品已经有了英译本。

瑞典的散文在19世纪中期逐渐失去生气和个性，只知道模仿别人。瑞典文学的发展已经落后于挪威和丹麦了。在19世纪的后期，法国的写实主义和以易卜生的戏剧为代表的挪威文学以及以勃兰兑斯为代表的丹麦批评对瑞典文学产生了影响，激发了它的文艺复兴时期的到来。在新文学中，古怪的天才斯特林堡是最吸引人们的目光的。据说，易卜生曾看着斯特林堡的肖像说道，这个人将比我更优秀。易卜生和斯特林堡有着截然不同的人生观。在易卜生最有名的戏剧中，女性具有独立的精神，即使没有得到最后的解放，她们也没有放弃这种努力；而斯特林堡却激烈反对妇女解放运动。

他的优秀长篇小说《红房间》描写了美术家和作家在贫困中挣扎的生活，女人是使男主人公毁灭的根源。他的短篇小说集《婚姻生活》真实地描绘和抨击了女性和婚姻生活的苦难，这些作品已经超出了小说的境界了。斯特林堡的作品良莠不齐，有的很粗糙，有的却很完美。绝对地写实是斯特林堡所有小说的共同特征；他探究事物的真相，然后真实地把它们记录下来。

斯特林堡，劳托洛作。瑞典著名作家，《红房间》为其成名作，一生结过三次婚又都离异，自认为命中注定是个受害者，总陷于痛苦之中，常常达到几乎发狂的程度。

瑞典女作家的杰出代表塞尔玛·拉格勒夫和斯特林堡是完全不同的，她性情温婉、热情。她的成名作是《哥斯太·培尔林传》，但她后来一直没有写出比这部作品更优秀的东西。《尼尔斯骑鹅旅行记》是儿童和大人都喜欢读的作品，安徒生可能也会很喜欢这部作品吧。故事描写的是一个具有冒险精神的瑞典少年骑在鹅背上，飞越了整个瑞典。这个故事使塞尔玛闻名世界。她的作品已经有了很多种语言的译本，在瑞典尤其受到人们的喜爱和尊敬。她是惟一的一位瑞典文学院女院士。此外，还有一位有名的妇女，与其说她是艺术家，不如说她是批评家和哲学家，她在瑞典文学中也有很重要的地位，这就是爱伦·凯。她的《恋爱与结婚》以及《儿童的世纪》是在性和教育方面的重要著作。

塞尔马·拉革勒夫，劳托洛作。

瑞典最有名气的作家是理想主义者惠尔莱尔·望·哈伊丹思特姆，他和斯特林堡是完全对立的，他也是一个优秀的抒情诗人，卓越的批评家。在散文体爱情故事《恩狄米文》和《汉斯·阿利那斯》中，他证明了写实主义的虚妄。在这里，我们通过浪漫主义和理想主义的话题离开斯堪的纳维亚诸国，是再合适不过了。

第 47 章

美国的小说

使孩子们忘却游戏，

使大人们忘却火炉的，是小说。（锡德尼）

我们已经见到了 18 世纪末和 19 世纪初浪漫主义在诗歌和散文方面取得的成果。沃尔瑟·司各特是英国的浪漫主义小说大师，在他之后，查理·狄更斯的小说也受到了人们的喜爱；在法国，维克多·雨果和大仲马发起了浪漫主义运动；在德国，最伟大的诗人和批评家歌德高度评价了德国的伤感小说，1832年歌德逝世，后来托马斯·卡莱尔把他郑重介绍给了英国读者；在意大利，曼佐尼凭借他的小说《婚约夫妇》在世界文坛占据了一席之地。

这段时间，在大西洋彼岸年轻的共和国里，文学的发展情况是怎样的呢？美国在这个时候已经取得了政治上的独立，开始建设自己的生活了；但是在文化上，它还是属于欧洲的，这不只是因为它的语言是英语，还因为大多数美国人都是从欧洲大陆过来的。美国在文学上的贡献是浪漫主义的，原因是整个欧洲的文学都处于浪漫主义的文学运动中。但令人迷惑的是，这个新出现的强国的文学没有特别强调某种猎奇的、粗俗的、模棱两可的故事性。除了詹姆斯·费尼莫尔·库珀，我们的前辈们所喜欢的美国作家的创作风格是细腻、精巧和开放的。

被萨克雷称为“新文学派遣到旧文学阵营里的开路先锋”的华盛顿·欧文，是一位幽

欧文，散文家、历史学家和小说家，美国第一个伟大的作家。

默、诙谐的绅士，他的第一部文学作品是《纽约的历史》。这部小说是以一个名叫迪特里希·尼克巴克的荷兰殖民者的后代的名义来写作的。现在，尼克巴克这个名字已经和纽约紧密联系在一起了，他那戴着三角帽的老人模样，成了近代漫画家给纽约这个美国最大城市造型的形象。在欧文年老的时候，他被尊称为美国文学的鼻祖；当他看到巴克尼克保险公司或是巴克尼克牌面包或冰淇淋的时候，应该会露出会心的微笑吧。

因为欧文而被人们牢记的人还有一位，他是荷兰人，名叫瑞普·凡·温克尔。由于被鬼吓倒，温克尔昏睡了30年，这是现在众所周知的故事。它有德国故事的原型，但欧文把它放到了纽约州的卡兹克尔山中，使这件事成为发生在美国本土的故事，故事里的鬼就是亨德里克·赫德森和他的船员。现在，当我们走在以他的名字命名的河边的时候，如果听到雷声，也许我们会联想到他们正在玩"九柱戏"呢。

《纽约的历史》插图

含笑的欧文看着那诙谐、有趣的九柱戏，这样的画面生动地体现了美国小说初创时期的景象。在欧文之前，美国人也很努力地写些东西，但都没有太大的价值，到现在基本上都被遗忘了。欧文之前的本杰明·富兰克林写了一些文章，里面也有一些我们认为是美国式的诙谐的东西，但他不是专业作家，而是一位哲学家和辩论家。究竟什么才是美国式的诙谐呢？它到底和其他国家的喜剧观念有什么不同？没有人给出一个满意的答案。欧文在走向成熟的时候，在欧洲旅居多年，然后回到了美国，并在美国的西部定居了。当他路过密苏里州的时候，他不会想到后来以马克·吐温的名字而闻名世界的少年会在这个地方诞生。在欧文和马克·吐温之间，除了都出生在北美大陆和都讲英语之外，还有什么其他的关系吗？这个问题想来是很有趣的，但却不一定会有答案。

作为纽约的市民，而且用开国元勋华盛顿先生的姓氏作了自己的名字，欧文应该是很为这些自豪的。但是，从文化的角度看，欧文是一位把自己从狭隘的地域观念中解放出来的“世界的人”。在英国，他度过了很多年，他的最好的作品，如《布雷斯布里奇田庄》里面就有很地道的英国场景，甚至会让人以为是英国人所写的作品。他也在西班牙生活过一段时间，这个时期的两部作品《征服格拉纳达》和《阿尔罕伯拉》，就表现了多姿多彩、具有冒险精神的摩尔人和西班牙人的生活。也许欧文就是依靠这些作品而被任命为驻西班牙大使的。

欧文是一位优雅、敏感、亲切的艺术家，处处受人欢迎。而和欧文齐名的同代人詹姆斯·费尼莫尔·库珀则和欧文形成了鲜明的对比。

库珀脾气急躁，他的写作风格也粗犷而傲慢。在和朋友发生争执的时候，他一副盛气凌人的样子，一点也不风趣、幽默。他的文章不超过两页，就会有英语被“蹂躏”的情况发生，但这个粗野的作家却吸引了一个世纪的读者。在欧洲，甚至在亚洲，他都是大名鼎鼎的。而在美国的学生中，有谁没有读过《间谍》和《最后的莫希干人》呢？

那些故事都是很有价值的，库珀是个擅长讲故事的人。他想像力惊人，仅凭想像就可以写出陆地和海上的生活情景，他的故事因此而显得紧张、刺激。他出生在纽约州，现在那里已经非常繁华了，但在他小的时候，那里几乎是片旷野，在他父辈创立的城市旁边，住着印第安人、白人开拓者、樵夫和猎人。他很了解他们，或者说他可以从自己观察所积累的材料中虚构出他们。他也做过船员，对美国的水手和船舶很熟悉，被公认为一个世纪前美国海运业的权威人物。

库珀，第一位赢得世界声誉的美国小说家，《最后的莫希干人》使其声名鼎盛。

纳蒂·班波原来是块荒野，人们端着长长的来复枪在那里来回巡猎，随着文明的发展，它已经被移到几英里之外的西北部去了。印第安人不见了，只有少数温和的印第安人子孙遗留下来。库珀熟悉的船舶、驿站和马车也都不见了。但库珀所描写的森林和欧文所描写的黑暗睡洞，永远在文学上得以存留。欧洲的孩子在美国旅游的时候，总希望在离纽约不远的地方看见印第安人，这和美国孩子在苏格兰旅游的时候希望看到洛布雷（司各特小说中的土匪）一样，没有什么好奇怪的。

森林没有了，旷野也离我们远去，大海依旧，但在大海中航行的木船已经变成了布列塔尼号大轮船，但大海的样子还是没有变，库珀肯定是掌握了大海永恒的姿态，因为英国以海洋为写作主题的作家都很敬重他，就像是船员尊敬舰队首领一般。约瑟夫·康拉德是写海洋故事最好的作家，他也由衷地敬佩库珀，他说："库珀爱海，用他全部的理解去眺望大海……那落日的色彩，星夜的和平、平静和风暴中的情景，大海的寂寥，喧嚣海岸的寂静时刻，还有那面对大海生活的渔人们的机敏。"

在人生冒险中，在人类的生存处境中，库珀和欧文发现了某种奇异的故事性。比他们年轻的两位罗曼司作家纳撒尼尔·霍桑和埃德加·爱伦·坡则揭示了人们内心深处的故事以及他们内心和精神的冒险，但他们不具备欧文的温和的笑，也没有库珀深沉的悲悯之情。

霍桑。毫无疑问，霍桑在所有的美国作家中是首屈一指的。

霍桑乐于表现人类的灵魂，因为他是新英格兰清教徒的后代；即便他自己不是清教徒，但和他的祖先一样，他也很喜欢研究人的良心问题。他也研究性格的冲突，用性格的冲突来建构故事，这是小说家必须做到的一点。从这一点来看，以前的新英格兰作家称不上是真正的小说家。他们太过严肃，毫无趣味，也不具备多少美的意识，而且他们认为美的东西即罪恶。霍桑和他们截然相反，他的笔把一切都描写得生动、有趣。

霍桑的父亲和祖父都曾担任马萨诸塞州的繁华商埠塞勒姆的商船船长，他可能到过海上，写过航海故事，但他还是凭借写陆地的故事而出名。他的朋友拉尔夫·沃尔多·爱默生说过，他就像一个优秀的骑手那样运用着写作技巧，他是在文学大地上飞奔的优秀"骑手"。霍桑从巴托因大学毕业，终其一生，他都在孤独地创作着短篇小说，并渐渐形成了独特的风格。他的一些短篇小说完全可以称得上是杰作。很长时间以来，美国读者对他的评价不是很高，他只是得到了爱伦·坡等少数几个人的赞扬。霍桑自己也经常说他在美国文学史上可能是微不足道的。但是，凭借他的第一部长篇小说《红字》，他终于得到了人们的承认，小说于1850年出版，那时候他已经45岁了。这部作品直到今天还享有盛名，但当时它的出版商和作者本人都没有想到它能够大获成功。霍桑自己认为这部作品没有什么光彩，不能让很多读者注意到它。而出版商只印了5000册就把版给毁了。但是没有多久，这5000册即告售罄，为了满足读者，出版商只好重新排版。这说明，在天才的作品出现的时候，有些读者很快就能了解作品的价值所在，而作者、批评家或出版商却不了解读者的喜好。实际上，只有时间才是真正的裁判，但和对其他的事情一样，时间对作品的评价也会时常耍弄人的。

《红字》插图

与其说《红字》没有光彩，还不如说它充满了乌云和神秘的月光。霍桑被海斯代尔伤感的故事震动。同样，霍桑的读者也被感动了，他们就如同向神甫忏悔一样，给霍桑写信，请他来帮助他们解脱悲哀。在我们看来，海斯代尔仅仅是一位浪漫故事中的可爱但不幸的女主人公，如同司各特的小说《马米温》中的那个没有信仰的尼姑。在美国文学史上，霍桑是第一位进行悲剧性故事创作的作家，直到今天，他在这方面的地位也是非常重要的。

霍桑的第二部长篇小说是《带有七个尖角阁的房子》，这部作品的主题是神秘古诗的作者和读者都很喜欢的。在故事中，神秘的幽灵占据着一处古怪的住所，发霉的书稿藏在秘密的壁板后。很多人都写过这样题材的作品，似乎不太可能让读者恐惧了；但霍桑在这样普通的材料中注入了他的天才，他所描绘的那座古怪的住所直到现在也仍然在文学殿堂中屹立不倒。

与人和幽灵的住所相比，霍桑更喜欢探索人的灵魂和困扰灵魂的思想；面对周围的乡村景色，他有着画家一样的眼光。他认为，美国对于那些写浪漫故事的作家是没有刺激性的。为什么呢？他这样说道："在美国，生活没有阴影，历史没有古代，人也没有美或者恶的行为。"天才也会犯错误，霍桑的这番论述也不是很妥当的，他创造的人或事物和他所信仰的东西刚好相反。如果他没有见到美或者恶的行为，那就只能是他自己创造了这样的行为，这就更证明了他的独创性。他离开新英格兰，为了小说的结构和场景到"诗一般的神仙之所"意大利去的时候，他还没有写出他最好的作品来。《古宅青苔》虽然也不错，但却不像他用真实或想像中的新英格兰为背景的故事那样吸引人。

在新罕布夏州的一座山的侧面，有很多岩石，并天然形成了一个巨大的人的半面像，这是天然的奇观，每个旅行者都知道的景象，但霍桑赋予了这座“老人山”独特的个性。他想像出这座山是如何影响那里的敏感的儿童的，在《玉石雕像》里，他想像这座山是一种象征，他的灵感来自这里，他使岩石富有了诗意。在霍桑写这部作品之前，新英格兰并没有以“神仙的境地”而闻名，在这部作品之后，新英格兰就成为浪漫故事的永久产地了。

库珀、欧文和霍桑的作品在他们生前就已经看到自己的作品流行于世了，他们自己也很风光，从不缺衣少食。而在他们之前去世的年轻的同代人爱伦·坡，在短短的一生里一直和贫穷做着斗争；他死了之后，人们才认识到，他是美国最伟大的文学家。美国人中，只有他才在欧洲文学史上有着那么重要的地位。1909年是爱伦·坡诞辰100周年，从纽约到莫斯科的所有有影响的作家都该承认，他们自己和他们的国家都不具备爱伦·坡那样的天才。

爱伦·坡的创作成就只能令那些罗曼司作家望洋兴叹，他创立了新的短篇小说文体，他还是诗人和批评家。但是，假如只是因为他自己的生活具有罗曼司的特点，他本人也是一个真实的小说人物，可以成为小说或戏剧的题材，除此之外就没有其他理由来证明他的成绩，因此把他看成是罗曼司作家，这也是有道理的。他的故事主题总是诉诸于我们的感情，诉诸于我们对在困难的境遇中前进的人们所产生的赞赏之情。我们很喜欢那些在实业和政治领域白手起家的人物，当然，没有人是真正白手起家的，但从字面的含义来看，我们可以把爱伦·坡看成是一个靠自己的努力而成功的作家。他肯定是有文学天赋的，但为了保持这种天赋，在失望和困境里发挥这种天赋，他的确是很辛苦地挣扎过。

爱伦·坡，劳托洛作。

在他24岁的时候，爱伦·坡凭借《瓶子中的芳特夫人》得到了一百美元的奖金，这是巴尔的摩州一家报纸颁发的。爱伦·坡对于文风和写作手法的驾驭能力在这篇小说中得到了很好的体现，引起了人们的关注。也许这次是他惟一一次得到了应该得的报酬。为何这么讲呢？因为爱伦·坡不是靠写小说和诗来养活自己，而是靠辛苦办杂志和做编辑来维持贫困的生活。他是个小心谨慎的职员，而且他不会为了钱而草率地写作。文学史上，有很多为了艺术的理想而牺牲物质幸福的作家，他们的一生是贫困、艰苦的。但是，似乎还没有像爱伦·坡这样能在艺术上获得成功的作家。他相信自己的才能，知道他的作品会为人们所牢记。他不喜欢因为贫困而唉声叹气，也不愿因为时代忽视了他而牢骚满腹。有一个故事能证明他生活的艰难：他曾当过几个月的国家陆军士官学校候补生，16年后，当他的妻子死去时，床上所盖的惟一物品就是他的军服。

爱伦·坡在他的作品里讲述着神秘的世界和这个世界在人心上的投影。我们今天所说的心理问题，即是他的兴趣所在。他认为，侦探小说根本不是犯人是否被捕或被惩罚的问题。他创造了侦探小说，最好的作品是《失窃的信》和《莫格街凶杀案》，他写作《玛丽·罗盖》的时候，这个案件还没有真相大白呢，后来，小说的结果和案件审理的结果竟然一样。爱伦·坡很相信自己的推理能力，他坚信而且事实也证明阴谋迟早会被识破的。

《莫格街凶杀案》插图

在文学的历史上，并没有多少诗人和梦想家能像爱伦·坡这样有着纯粹理性的能力，而且这种能力如此发达。我们不是说理性和诗不相容，事实上二者是可以齐头并进的。我们知道，但丁、莎士比亚和歌德都在思辨色彩很浓的文章中显示过自己思想的光辉，但是少见的是一个人的头脑里集中了各种能力。随着时间的移推，我们对还没有达到自己能力的顶峰就已英年早逝的爱伦·坡那罕见的天分，就更加能理解了。他的最优美的文字，不是在那富有创造力的故事里，而是在诗歌，在直接表现情绪和感觉的作品里，《李奇亚》和《影》这两部作品就是最典型的代表。如果说不是爱伦·坡创造了这类的散文诗，那么，他就是谁也比不上的文字魔术师。

诗人斯温伯恩自己就是个魔术师，他认为爱伦·坡是“一个经常磨砺着自己的思想，从中打造出坚实而且成熟的经典作品”的“完全天才的诗人”。从两种意义上来说，爱伦·坡是完全的：他总是用具体的事物来表现抽象的思想，而且他具有很多才能。他的短篇小说带给他太多的名望，但如果他不写短篇小说，他也能称得上是一位优秀的批评家和诗人。

爱伦·坡有时候批评的对象是没有什么价值的，如果没有他的批评，这些东西早就被人们忘记了。但正因如此，爱伦·坡的某些批评在今天已经失去了往日的风采。实际上，即使在即兴而作的批评里，也能表现出他的某种具有永恒意义的文学思想。总体上讲，在文学史上，爱伦·坡在美国作家和批评家中是最有光彩、最有学识的一位。对一般读者和文学研究者来说，爱伦·坡的文学思想最能代表1850年以前的美国文学思想。我们应该记住，

斯陀尔夫人，她创作的《汤姆叔叔的小屋》对美国历史产生了直接和强烈的影响，这是任何其他书籍无法比拟的。

为了自己，也为了读者，爱伦·坡在很艰苦的处境下保持了他作品的精美。在他那个时代，他是孤独的，在他的同时代人中，没有一个人有勇气和才能追随他。爱伦·坡在美国生活，在美国写作，他的故事扑朔迷离，他的诗歌无与伦比，他的批评同样精彩，欧洲批评家对这一切都觉得匪夷所思。爱伦·坡证明了在任何环境下都能产生伟大的心灵；但这样的事情是怎么发生的或为什么发生，没有人能回答。他本人也没有对这个问题作出回答。

斯陀尔夫人是在这个世纪前半期很重要而且现在也很值得一提的作家。她的作品《汤姆叔叔的小屋》在当时的读者中影响很大，超出了她自己的预期。林肯甚至把她称作"挑起南北战争的小夫人"。托尔斯泰常常在小说里探讨道德问题，他也认为这本书是真正的艺术品。我认为，这部书只能算二流小说。为什么呢？因为它充其量只是一种论辩和宣传，只是形式有些特殊而已，它目光短浅，不能深刻认识事物；但是，除了有某些很陈旧的道德观念之外，它写得还不算太拙劣，有着生动的故事和炽热的情感。

美国文学在南北战争之后逐渐成熟了。这个时期，有三位重要的作家：马克·吐温、豪威尔斯和亨利·詹姆士。除了他们，也还有几个稍逊一筹的作家。

美国作家当中，最有创造性、思想最深刻的一位就是马克·吐温，豪威尔斯称他为美国文坛的林肯。在知识的丰富性上，在思考的问题

《汤姆叔叔的小屋》插图之一，哈梅特·比林斯作。

马克·吐温，劳托洛作。当过排字工人，密西西比河舵手和演说家的马克·吐温，还是美国最伟大的作家之一。

上，在对美国生活的多样性的理解上，没有哪个作家能和马克·吐温相比。他出生在美国中西部的密苏里州，有一段时间生活在加州，也在纽约和康涅狄格生活过很多年。他周游世界，对各色人等和他们的处境都有所了解。近些年来，有很多年轻的批评家认为，马克·吐温思想的羽翼被美国的生活剪断了，所以他的才能没有得到充分的发挥；我不同意这样的观点。正确的说法是，没有哪个作家比马克·吐温更适合写美国，也没有哪个国家像美国一样有这么一个天才的作家来向世界介绍自己。马克·吐温写出了他所应该写的，并且懂得以怎样的方式来写。

马克·吐温在内华达和加利福尼亚当新闻记者的时候，在当地以幽默、风趣闻名。后来，他被派到欧洲工作，他把旅行通信结集成书，这就是他最早的作品《海外的阿木林》。这部作品不幽默，虽然也有可笑之处，但有些单薄，从整体上看，这部作品是诚实的，显示出了独立的观察力和实际经验，有些片段可以称得上是优秀的散文。他目光锐利，能洞穿一切，是个天才的通讯员。在他后来的作品《海外旅行》和《赤道游记》中，我们可以清楚地看到这一点。《哈克贝里·芬》是他在小说方面的杰作，这部作品在他的所有小说中是鹤立鸡群的，《汤姆·索菲亚历险记》也无法与之相比；《哈克贝里·芬》在美国文学中也是首屈一指的。

有些作家和马克·吐温一样，也能写出多样的场景，也有着多种的趣味。从知识的广博上讲，马克·吐温不是最博学的，因为至少还有一部《堂·吉诃德》可以和它相比。

《哈克贝里·芬》不仅仅是写给少年看的，对于青年读者来说，看这本书，就像是看《格列佛游记》一样，虽然不明白究竟有什么意义，但还是很喜欢看的。透过哈克天真的眼睛，我们看到了各种的文明，也获得了对美国历史的叙事诗式的视野。在马克·吐温轻松愉快的作品中，有很多地方引人发笑，他对人物的观察很敏锐，但在技巧的运用上略有些不均衡，同时也有些急躁的痕迹。《使哈特里堡堕落的人》和他死后发表的奇妙的寓言《不可思议的陌生人》是马克·吐温最好的讽刺小说。和斯威夫特一样，马克·吐温有着辛辣的讽刺，哀悯而且深沉。《康涅狄格的央奇》这部作品从表面上看是闹剧，其实却是研究民主主义的，是猛烈批判人类的劣根性的。马克·吐温在这部小说里讲到，人类应该被处以绞刑。

马克·吐温语言丰富，令人吃惊，作为伟大的作家，他能巧妙地把愤怒和戏弄结合在

《使哈特里堡堕落的人》插图

一起。如果看不到他多次发表的抗议性的论文，我们也就看不到他雄姿勃发的一面了。

马克·吐温的幽默逐渐消失了，实际情况可能的确如此。我们有时候不得不靠他别的作品来理解他的幽默，但他仍然是这个世界的伟大作家。当他没有任何约束，就像写作《生活在密西西比河边》那样，可以直抒胸臆的时候，他依然是文学界的大师。他是一个民主主义的桂冠散文家，他已经谈论过所有有关民主主义的事物了。

加利福尼亚的赖特·哈特和马克·吐温有所联系。为了取悦东海岸的读者，哈特写作的主题是有关西部生活的。他做得非常好。他所写的赌徒和矿工常常是被文明的生活所感化的形象。他似乎是对狄更斯的天才的补充，但他写的却是散文。他对短篇小说的艺术技巧很擅长，也能很好地表达浪漫的情绪。他作品很多，即使人们已经忘却了他的大部分作品，《波看夫拉特的流浪汉》也能让人常看常新。我相信他有一部作品是永远不会被人们遗忘的，这就是两卷本的《压缩的小说》，这部作品表现了他所具有的出色的讽刺才能，可以说这是一种间接的文学评论。

在哈特的后半生，美国文学界的领袖是威廉·迪安·豪威尔斯，他是马克·吐温的朋友，也是一个严谨的教师。他天性乐观，是个精细的艺术家，在创作中一直保持着自己特有的风格。我们很难在豪威尔斯的作品找出写得不好的句子，就像我们很难在福楼拜或弗朗西斯的笔下找出这样的错误一样。但他有时候太细腻了，以至于缺乏一种力量。他提倡“谨慎的现实主义”，“谨慎”指的是用技巧来控制情绪。但是，在豪威尔斯那里，根本就没有什么事情是需要谨慎的，所以他的话等于没说。在他众多的小说作品中，有三四篇比较有才气。《近代的实例》描写小人物的苦难，在这部作品之前，美国的小说根本没有这方面的描写。《什拉斯·拉莫发的出世》可能是最早描写普通实业家的作品。他后期的小说《卡通人》也许是豪威尔斯最好的作品之一，但即使是豪威尔斯最忠实的欣赏者也很难理解那部小说的真正价值。豪威尔斯认为自己受了托尔斯泰的影响，但在他的作品里，托尔斯泰的痕迹并不比菲尔丁的多。豪威尔斯是很能刻苦读书的，他很擅长写书面用语。不管你是否同意他的观点，读过他的书，你会发现，他确实是个博学的人。

美国最好的小说家亨利·詹姆士并不是一个美国人，仅仅是出生在美国而已，他最成熟的时期是在欧洲度过的，他的见解也是欧洲式的。他是这个世纪的散文大师，也是只有一种“缺陷”的艺术家，“缺陷”就是他骨子里的绅士气，除了在大宾馆、美术馆和功能齐全的图书馆所能学到的知识以外，詹姆士全无一点现实人生的气息，他是一个完全封闭的理性主义者。虽然詹姆士有这样的缺陷，他仍然是人类性格的深刻的研究者，用科学术语来说，他是心理学家。有很多在欧洲生活的美国人都成了他描写的对象，所以他的小说也被称作是国际小说。但如果是真正的国际小说家，就应该也写一写美国的欧洲人。但是，在美国的欧洲人也许只是辛苦的小职员，而在欧洲的美国人则是有闲阶级，这就是詹姆士所了解的阶层。我们可以把他的作品分成两个阶段，第一个阶段的《罗德力·沃特森》描写的是意志薄弱的美国雕塑家的故事，《苔丝·米勒》写的是天真的美国少女不能理解古代世界的道德和不道德的生活，对霸权进行猛烈的批判。但是，和意大利佛罗伦萨的霸权一样，爱伦·坡所批判的霸权，其存在几乎是不可更改的。在并不幽默的赞扬或讽刺中，波士顿常被人们称作是美国的雅典。

亨利·詹姆士，劳托洛作。

照耀着美国历史而且在今天仍然闪耀着光芒的思想，是从那些生活在乡村文化氛围中的思想家中间产生的。直到今天，我们仍然低估了那种文化的价值，当然，那种文化确实也存在很多问题。它们的诗歌内容常常缺乏独创性，形式也很零乱，没有很强的表现力。真正的散文方面的艺术家，只有两个人：霍桑和郝莫兹。但从总体上讲，新英格兰作家们还是创造了一种自己的文化，而且把这种文化传到了新英格兰之外的地方；在完全不同甚至有些敌对的地方，这种文化也能够与之融合，从而成为具有某种普遍意义的国民性。

《苔丝·米勒》插图

爱默生是那个时代的思想领袖，他是一个清教教士的儿子，也是自由主义的叛逆。他大力宣传而且以身作则的德行是自力更生，不是听天由命的乐天主义；是澄明的心境，温文尔雅，是信仰留于人的内心，不是形式上的祷告。爱默生的论文和演讲具有纯粹的说教性质。虽然他从尤尼太利安教会退了出来，但他把一生的大部分时间都放在了宣传信仰上。他在传教的形式和内容上比教会那种单调的说教要高得多，他雄辩，但又自然、真诚，他把智慧的思想用诗一样的语言表达出来，他的语言充满了比喻、尖锐的讽刺和精彩的幽默。他的文章敏锐有力，节奏紧凑，有些句子完全可以成为格言和警句。

爱默生的思想之所以如此敏锐和丰富，是因为他知道向别的作家学习，并使之为己所用。他说："次于写出优美的文章的，是那些最早引用了这些文章的人。"这是他的才能的重要来源。但他不是一味模仿别人，或是仅仅发挥一下别人讲过的话而已，他已经把他所见过的一切都爱默生化了。今天，我们不可能听到爱默生的同代人是如何评价他的，也不可能领略到他的人格魅力了，但从他的作品中，我们依然能感受到他的那种强大的说服力。看看他的书吧，《论文集》、《生的行为》、《代表人物》、《社会与孤独》，在每一页里，你都可以听到他雄辩的声音。

爱默生的思想并不系统，我们完全可以从后往前读。他的文章就像是头尾两端都同样可以串起来的珍珠一样。那是纯粹的珍珠，贯穿着他的思想。比爱默生更有体系、更深邃的思想家大有人在，比他文采更好的也不是没有；他的诗歌也不是不朽的杰作；然而我们不能否认爱默生的伟大，他的伟大源自他自身。他这样说过："与娴熟的技巧相比，美的极致是更加巧妙的吸引力，否则，就可以向所有从事艺术的人们传授艺术规则了。"他还讲过："你们要注意，在这个世界上，伟大的神明有时候对思想家是很纵容的。"从表面上看，他这么说是在表明他的谦虚，其实却是在夸他自己的思想是多么深奥。

爱默生，劳托洛作。这位超验主义运动的代表人物认为："人们可以自然领悟真理，拼命的探求反而会使我们一无所获。"

伟大的神明在新英格兰的确纵容了几个思想家。一个是梭罗，他是爱默生的朋友和邻居。梭罗几乎没对他的同代人有什么影响，但以后的读者发现了他的天才，这种天才也正在得到人们的公认。《瓦尔登湖》是他的重要著作，这是他在康科特附近的森林中度过了两年孤独生活之后，他对自己简朴生活的经验记录。他用这本书证明他能够脱离社会，在大自然中得到满足。这本书之所以吸引读者，是因为梭罗在自己的选择中找到了欢乐，还享受了自由的生活。“每天的清晨，我的生活和自然一样单纯，我也可以说那是纯洁，这对我是一种可爱的诱惑。”梭罗崇拜的自然是单纯、纯洁的，他对自然的观察是直接、原始的，也是独特的。他没有过分依赖自己作为一个博物学家的知识。

亨利·梭罗，美国作家和诗人。

与其说梭罗是一个博物学家，还不如说他是个道德家。虽然他执著于从外面的世界发现快乐，但他更倾向于去观察人的内心世界，对人类的灵魂和良心有着强烈的兴趣。他是为了自娱自乐，为了充实自己而写作的。他不是厌世的隐士，而是深刻理解人类文化遗产的温文尔雅的绅士。即使在划船或种地的时候，他也没有停止读书。从某种意义上讲，他是最不讲究写作技巧的，他叙述的方式也总是随意的、草率的，并不在意读者会有什么样的反应。同时，他对文风有着微妙的感觉，或者说他是一个纯粹的作家。他的文风虽不怪僻，但却有着鲜明的个性。我很欣赏《康科特河与麦斯马克河上的一周》中关于文风的部分，它应该是我见过的关于这个问题的最好的论文，沃尔瑟·佩特的上佳之作也无法和它相比。梭罗思想的革命性方面被新英格兰风头日盛的保守主义倾向压抑住了，他不得不寻找户外的生活。虽然如此，他却是政权的叛逆者，《当政者的肖像》描述了美国式的厚颜无耻和卑俗，《美国人》则以一个真实的美国人的悲剧生活为蓝本。

詹姆士第二时期的小说更加复杂、巧妙，有一小部分读者因此而更喜欢他，而那些不理解他的手法的读者感到很厌烦。他的手法主要就是把人物完全客观化，故事的主人公常常处在很寻常的境地或者异常的、艰难的境地之中。这些普通的情节和处境往往是一一呈现出它们内在的含义。如果读者能把小说读完，就会发现作者是如何塑造人物的性格，特别是如何表现人类的某些共同点的。《鸠翼》和《金碗》是最能说明詹姆

梭罗坐在离瓦尔登湖不远的幽静的草地上，思考着生活中必不可少的东西。

士的写作手法的作品。在作品里，詹姆士的叙事节奏舒缓，他用很大的篇幅来一点点地展开作品的某个主题。但他也是名副其实的短篇小说大师。他的短篇小说集包括11篇小说，在现代短篇小说领域可能还没有人能和他相比。詹姆士也是英国和法国文学的犀利的批评家；假如詹姆士没有转而写小说，那么他就会是个一流的文学批评家。

不是只由一个天才作家来讲述一个国家的故事的，还有很多稍微逊色一些的作家也在做着同样的工作。如果把这些作家的作品集合在一起，就可以写出一部社会发展史，美国在文化上也会分成不同的州。一个作家怎么能够既了解佛蒙特州的农夫同时又对佐治亚州的农夫也了如指掌呢？在那些二流小说家里，有几个人在为保存社会发展记录上是功不可没的。有些名气的诗人奥德里奇写过几篇感人的短篇小说，《玛尔盖利·同》是最有名的。在小说中，没有过多描写美国的生活，却有着绝妙的讽刺。弗兰克·斯多克顿也有这样的特点，他的代表作是《淑女还是猛虎》。有些作家对美国南方的生活进行了描写。奎布尔在纽克林斯的土著黑人的生活中找到了有趣的小说素材。最早对美国方言进行研究的小说是爱德华·艾格莱斯登的《胡西人的校长》，它记载了美国中西部的历史。玛丽·威尔岑兹·弗莱门夫人和舍利·奥伦·朱惠特在自己精美的小说作品中很好地描写了新英格兰的人物和景色。我认为，弗莱门夫人的《母性的反抗》是表现普通人生活的最好的美国小说。

斯迪芬·卡伦是近来去世的作家中最有才能的。他的《勇敢的红徽章》是一部描写南北战争的作品，也许这场可怕战争的结束使这部小说失去了光彩，但从技巧上讲，它到现在也毫不逊色。它显示出作家处理宏大主题的能力，这部作品的题材是完全真实的。在现在还活着的小说家里，伊迪斯·霍顿是最为优秀的一位。纽约或富裕的纽约人的乡间别墅是她经常描写的场景。她很聪明，有些贵族气，但在本质上，她是具有同情心的贵族。她在《伊萨·弗罗姆》和《夏天》中表现出和弗莱门夫人一样出色的才能，讲述着发生在新英格兰乡下的悲剧。讽刺小说家欧·亨利对很多美国小说家都有着影响，他是个天生的小说家，具有创新精神，但他的文风却和报刊杂志的风格类似。如果想知道他这个聪明人的缺点，只要回到欧·亨利还叫波特的时代，看看他那些有趣的幽默如何左右着他的文风，即看看他是怎样在为幽默而幽默就可以了。和文学艺术融为一体的现实生活内容永远是有生命力的小说素材。在美国小说中，我见到了现实的素材与出色的技巧结合在一起而形成小说的实例。美国小说家虽然不是完全不重视小说的形式美，却不像其他国家的作家那样投入地研究过。但是，随着时间的推移，作家们早晚会注意到这方面的改进的。

第 48 章

美国的文学批评史

对自己的孩子们的知识和想像，

美国开始有了自己的主张。（爱默生）

19世纪，波士顿及其邻近城市冈布力奇和康科特是美国文化的中心，新英格兰对美国思想界没有多大的影响。文学活动在纽约和非列得尔菲亚也很活跃。欧文和库珀生在纽约；像是从天国来的饥饿天才爱伦·坡在他文学生涯的顶峰也生活在纽约，他在自己狭窄的居所里写道：新英格兰政府是压迫人的政府，所有正直的人都应该反对这个政府。梭罗以此为中心思想，写作了论文《论市民的不服从之必要》，这是革命激进主义思想的经典作品。有一次，梭罗试图进行一种消极的对抗，他拒不缴税，结果被关进了监狱。但他的朋友替他缴了税，关了一天他就出狱了。在这之后，他就不做这样的事情了。梭罗去世后，爱默生认为他是一个伟大的人，整个世界都需要重新认识他。

很多杰出的作家都不仅仅在一个文学领域里取得了成绩，所以我们把文学家分成散文家、诗人和小说家等就有些勉强，也与人类的精神不符。让我们想想吧，大家都认为爱伦·坡是诗人和小说家，实际上他也是杰出的散文家。有些读者认为爱伦·坡的一些散文和随笔只是他的灵光一现而已，我对这样的观点只能一笑了之。

爱伦·坡的一生短暂而充满坎坷，他是以一个新闻记者的身份而闻名的，但人们并没

杰斐逊，劳托洛作。

有认识到他全部的才华。作为一个非正式的牧师，爱默生的文学生涯是一路光明的。梭罗的一生基本上是独自度过的，他得以谋生的职业是制作铅笔，他的散文常常涉及一些公众问题，但他却并没有加入到这些纠葛当中。也有两个新英格兰散文家的生活还是很快乐的，他们就是罗尔和郝莫兹。郝莫兹是位医生，他是哈佛医学院的解剖学教授，是位在比康街有自己的私宅的波士顿贵族。他知道怎样才能写出轻松愉快的诗歌，但伟大的神明可能不想让他成为诗人，他最后成了一个散文家。他的散文文字优美，风格愉快、舒缓。他写作的题材也多种多样，《早餐桌上的独裁者》就是这方面的代表。即使今天读一下这部作品，感觉仍然像60多年前它刚在《大西洋月刊》发表时一样清新、活泼，就凭借这部作品，郝莫兹完全有资格和蒙田、拉穆平起平坐。罗尔曾幽默地说，郝莫兹身怀绝技，有一种“很好的名声防腐剂”，他的文风就是如此。

罗尔，他有着比诗歌还细腻的才能，生来就是写散文的。他过着很好的生活，是哈佛大学的文学教授、玄学家；同时，他也是美国驻英国公使，在当时的社会，也算是有势力的人物了。《乔叟论》是他的一部很好的作品。当大众对林肯这个伊利诺斯州的不可思议的人物心存疑惑，保守派政治家开始杞人忧天的时候，罗尔就很理解林肯了，并且依靠自己的聪明才智知道了林肯的价值所在。我会在以后讨论那些我认为还不错的罗尔的诗歌，现在只提一下他那篇幽默、具有美国特点的论文《外国人的某种谦让》。

美国出现了很多历史的创造者和历史学家，有着演讲和写作天赋的历史创造者是富兰克林、杰斐逊、韦伯斯特和林肯等人。有些读者可能会在这个名单上加上别人的名字，但他们的标准可能是纯粹的文学标准，而不是政治历史的标准。

在文学史上，富兰克林的《自传》以及一些随笔和信札没有多少价值，但它们却用一致的风格刻画了一种正直、幽默的性格。在现在应该算是一个“概率学家”的富兰克林为了学习写作，专门研究过爱迪生的《旁观者》。他不但学会了写文章，同时也保持了自己的个性。从某种程度上讲，他的文章具有特殊的文学价值。

杰斐逊撰写的政府文告和书信，不只具有历史的价值。他在政治上奉行的理论和实践是对是错，我们在这里无意涉及。杰斐逊的生活有艺术家的影子，他所起草的《独立宣言》

就是明晰而雄辩的风格的典范。

韦伯斯特这个公众人物是值得一提的。我认为，他是依靠他的文学才能，特别是靠他的口才谋生的。他是当时学校里的专职演讲教师，现在的学校已经没有这个职务了。到了今天，已经没有人能承继韦伯斯特的事业了。如果雄辩的国会议员用他那样的方式去演讲，肯定会贻笑大方的。他所处时代的很多问题今天都已经不存在了，只有历史学家才会对这些问题感兴趣了。但是，他还是有几篇具有生命力的演说的，比如他在邦克冈的演说，就应该被写进美国儿童的教科书。他的写作风格虽然修辞烦琐，但还是很有力度，非常明晰。据他的同代人讲，韦伯斯特的声音很有说服力，而且他相貌堂堂，态度严肃，是一个能给人留下深刻印象的演说家。卡莱尔一向对政治演说家没有什么好感，但他也提及了韦伯斯特"磐石一样的力量"。韦伯斯特的演讲不是总能获得成功的，因为他所涉及的问题常常很敏感。但是，在演说家兼文学家的队伍里面，韦伯斯特有着很重要的地位。

林肯，劳托洛作。

林肯年纪轻轻就写出了漂亮的文章，这是他用辛勤的努力换来的，而不是像人们传说的那样，是上天赐予的。他心思缜密，机智，小心谨慎，善于思考，在他的性格里，还略微有些迷信和预言的成分，这也是他的写作风格。让我们再读一遍林肯在哥德斯堡的演说，看看它是怎样一种散文诗，是怎样一种艺术品。他用寥寥数语就将瞬间的情绪表现出来，不加修饰，不唱高调，他的音律总能准确地表达他的思想。

林肯的文章大多能透露出一种真挚的热情，这是因为他要面对的是一定要解决的难题；但他也不缺少幽默，幽默是他文章的调味剂，也是他防备那些向他要官的人和找麻烦的人的有力武器。为了保护自己，他就让这些人笑起来。当他召集同僚，不是为征求人们对于奴隶解放宣言的意见，而是为了报告自己的决定时，他就会先读一些阿提莫斯·沃德的作品给他们听。在战争开始后，他就不再像那些为了拉选票而取悦听众的政治家那样经常说些幽默、诙谐的话来哗众取宠。对那些有自己的目的和人格的人，即使是一些我们不赞同其政治主张的政治家，我们也有必要去学习他们使用语言的技巧。恺撒、克伦威尔、拿破仑、俾斯麦和林肯，是这方面的大师。关于批评、艺术和生活，让我们抛开那种恶劣的美

帕克曼，劳托洛作。

国式做法，给大家提个醒吧：林肯具有的文学色彩是世界上所有的政治家中最强烈、最优美的。

美国的职业历史学家成就非同一般，我指的是那些在记录历史方面有着出色表现的历史学家。华盛顿·欧文对美国和西班牙历史的研究，比他作为一个温和的讽刺作家创造了里普和尼克巴克老爹更有价值。他曾经谦虚地拜访过墨西哥史的青年研究专家普勒斯科特。普勒斯科特因研究墨西哥史而小有名气，他还研究了《秘鲁的征服》，之后又研究过《菲利普二世》。后来的历史学家告诉我，普勒斯科特的作品作为历史研究已经过时了，但从他那个时代所能获得的历史材料看，普勒斯科特的研究是正确的。直到今天，他的作品也有可读性，只是我所说的可读性不是对于历史学家而言，而是对文学家来说的。

马克·吐温在列举他所喜爱的书籍时说：“即使帕克曼有一千卷书，我也会喜欢，假如他真写过那么多的话。”帕克曼致力于研究美国的西北、美国建国前英国人和法国人中间的争端。也许他所写的《拉萨拉》和《蒙特卡莫与华尔夫》不是最渊博的历史著作，但严谨、科学的历史学家却会认为他是浪漫主义者，并对他大加批驳。从根本上说，帕克曼所写的题材的确是故事性的，虽然他的作品不是从头到尾都很精彩，但确实非常有吸引力。

第49章

美国的诗歌

我听见了亚美利加的歌唱，那多彩多姿的合唱。（惠特曼）

在所有的文学形式里，在大西洋西北岸所产生的各种形式的作品里，美国的诗歌无论在内容、色彩，还是形式上，都是最没有活力的。除了惠特曼这位很多读者都不认为他能代表美国文化的作家用方言所写的描述这个国家的风土人情的几首诗歌，我们可以说，总体上，美国的诗歌都像是英国的小诗人所写的。

美国诗歌具有模仿、从属和二流的特点，但这不一定就证明美国诗人也是屈从于英国的，只是证明了英国诗歌具有压倒一切的力量而已。我们从散文上能看到美国式的风格，但在诗歌方面，诗人们却不得不采用英国的方式。与德国、法国和英国诗人不同，美国诗人常常有一种身在异乡的感觉。在这里，不存在什么爱国主义的问题。缪斯除了帮助写作爱国主义音乐之外，是轻视爱国主义者的，而与诗人是不是诗人的问题比较起来，诗人是不是美国人这个问题并不重要。

腓立·夫勒诺，出生于美国革命时期，他是最早具有诗的意识和真挚的情感的美国诗人。他以几首浪漫的短诗而为人们熟知，如果在他之后没有出现一个伟大的抒情诗的时代，那么他的诗歌是能够载入史册的。他的作品《野生的忍冬》和《印度人的墓地》表现了一

法国画家埃德蒙·迪拉克为爱伦·坡的《乌鸦》作的插图，以黑白鲜明的对比，表现了诗中乌鸦站在文艺女神帕拉斯像上的意象。

种幽微的情绪。

布赖安特是当时很有名气的诗人。他以查泰顿似的早熟写过《死的幻影》，一首关于死亡的诗，这也许是美国对英国湖畔诗人的回应吧。这首诗是发自内心的诗，十分优美。这位以歌颂死亡为文学生涯开端的诗人，曾是《晚邮报》的主笔，在纽约的新闻记者中颇负盛名。他后来作的所有的诗都和他最初的诗歌一样，具有娴熟的技巧，但在思想方面却很是幼稚。他最好的作品都和《献给水鸟》一样，充满了温馨的爱。

美国文学中最不可思议的诗人爱伦·坡曾在离布赖安特住所不远的一家事务所里工作了好多年。他的诗作不多，只有很薄的一卷，很明显，新闻记者的工作占据了他的大部分时间；但是在形式的独创性方面，他的作品是很吸引人的，其中最好的作品，应该是包括《以色拉费》在内的十到十二篇诗作。这些作品都神秘莫测，很难理解。在有限的题材里，他显示出了一个真正诗人才具有的灵感，他和但丁、莎士比亚一样，只唱出真正的诗人之歌，而不会在诗中做出什么有力的结论，那样就如同狗尾续貂一般。如果说爱伦·坡在诗歌史上是渺小、无足轻重的，那就如同说柯勒津治是无足轻重的一样。我在其他地方说过，即使是天文学家用“渺小”这个词来形容星星，有时候也显得分量不足，如果用这个词来形容诗人，那么也许会让人想到从元帅至士兵那样一种等级的划分。诗人是不同意排座次的。一些英语诗人在努力攀登典雅的法国诗歌高峰的时候，时常能有惊人之作，爱伦·坡就是这样的诗人。波德莱尔和马拉美对爱伦·坡的诗作做了很出色的翻译。只要人们去读英语诗，就不会忘记《以色拉费》那无与伦比的结尾：

是的，天国属于你，
但人世间有甘甜也有苦辣；
我们的鲜花只是一朵，
而对于我们，
你那极乐的影子

就是太阳的光华。

假如我能在以色拉费
居住，
让他住在我的地方，
也许他不会把那低俗的曲调
唱得如此高亢，
将会有一支更狂放的歌，
从我的竖琴飞向天堂。

爱伦·坡的天性和抱负，就是诗人的天性和抱负。但我们也常常看到诗人也会写出优美的散文来。当爱伦·坡屈尊写小说、批评和短诗时，他完全能够充分发挥他的天才。在别的章节，我们已经评论过他的散文了，在这里就不再赘述。我在这里只想讲一句，即使说爱伦·坡不是很杰出的抒情诗人，那也绝对是一位杰出的散文家。

朗费罗，劳托洛作。全世界最受人爱戴的美国诗人。他是最早以美国为主题进行创作的美国作家之一。

美国的桂冠诗人是朗费罗，他是一个非常温和、谦逊的人。根据一些美国传说，他创作了《西雅沃塔》、《马耶斯·斯旦迪升》、《赫斯伯拉斯号的遇难》、《保尔·勒威尔游记》等诗歌，他还对很多欧洲文学作品做了翻译或改写。另外，他也写过一些看不出时代或地域的歌谣和抒情诗，比如《生命赞》。《生命赞》十分朴素，没有奇妙的词藻和韵律。朗费罗专门为乡间小报的“诗歌专栏”写了《乡村铁铺》，在技巧方面十分讲究，他是一个能熟练运用诗歌技巧的艺术家。这位最通俗的美国诗人最大的贡献在于他翻译了但丁的《神曲》，而且还用短诗的形式在这本书前做了郑重的解说。这也许是说，新英格兰的教授诗人们意识到了自己的不足，而转向欧洲寻找灵感。朗费罗的《穿铠甲的残骸》是很失败的作品，《鹤的绞首》也是这样，但《布鲁日的钟楼》却很优美。

在朗费罗之后的诗人就是罗尔了，他既是哈佛大学的教授，也是一位玄学诗人。罗尔知道自己作为美国人所具有的种种局限，他与欧洲人较量的方式不是写诗，而是写论文，比

朗费罗著《海华沙之歌》插图

如《外国人的某种谦逊》。他用古英语所写的诗毫无味道可言,《纪念颂》是为哈佛大学纪念其在南北战争中死难的学生而建成的纪念碑开幕式而作的,它纯粹只是某种修辞的堆砌。在用舒缓的节奏写成的《为批评家所作的寓言》中,罗尔自责道:

带着一大堆被韵文束缚的主义,
用尽全力去攀登帕那斯高峰。

但是,在《别格罗论说》这首模仿新英格兰方言所写的讽刺诗里,罗尔使他的种种主义解脱了束缚,得到了自由。这首诗锋芒毕露,辛辣而诙谐,猛烈地揭露了美国政治中的愚蠢行为。在美国,没有哪首诗能像他的这首诗一样保持着持久的生命力,为什么呢?因为讽刺和它所指向的对象是共生共灭的,而美国的讽刺家与其说是诗人,还不如说是散文家,写讽刺诗的人本来就不是很多。

郝莫兹博士住在却尔斯河对岸,他是罗尔的朋友,他模仿美国方言写了《一匹马的马车》,并因此而登上了自己文学生涯的顶峰。但是,即使是那些欣赏郝莫兹博士的人,即使是在他的《独裁者》里偶尔看到郝莫兹博士的一些文学天分的人,都不可能读他那些正儿八经的诗作。不过,在遇到某些高兴的事情,比如庆祝阶级和解的事件时,他也的确写过一些随意的、聪明的,而且是机警的诗,这时候你就会发现,他原来也是一个快活的人。

爱默生是康科特的杰出人物,他原来是散文家,有些散文很雄辩且想像力丰富。他也写过很多诗作,从这些诗来看,他似乎和那些有天赋的诗人不相上下。爱默生曾对他的朋友莎罗说,他并没把所有的桃金娘和麝香草都酿成蜜。这句话是对爱默生的诗歌的最好说明了。但有一两次,爱默生也找到了诗的调子。《蜜蜂》中有一种户外空气的快活,《梵天》则透出一点哲学家的气息;而剩下的那些诗,就很少有他的散文那样的想像力了。

希提尔和冈布里奇、康科特和波士顿的那些绅士作家们是朋友,而且他还是一个热情温和的桂格教徒,可能从英国诗人卡拉博之后,就没有像他这样一点写诗才能都不具备,却在从事写诗这种困难的职业的人了。和卡拉博一样,希提尔对生活,对他生活的地方,都有着很鲜活的感觉。和所有宗教诗一样，他的诗歌也很呆板。他的民谣体诗大都文字拙劣，但有些作品，比如《船长艾来生游记》，还有些民谣的风格。《雪》可能是他比较好的诗歌了，这部作品写的是古代新英格兰清冷而寂静的冬天，在诗中，有真切的场景，风格简朴又恰到好处。希提尔迫切地想做个诗人，也有很强烈的写作愿望，但正像他在一首诗里写的那样，他是为了那些“没有经过诗的训练的粗钝的耳朵”而自找苦吃。

《草叶集》插图。“呵，我的灵魂，我们在平静而清冷的早晨找到我们自己了。”

当人因为年老而出名的时候，一个和公认的老手们年纪差不多的大诗人才慢慢地被人们认识，他就是被人们称为“优美的灰色诗人”的沃尔瑟·惠特曼。在美国发表的最有青春活力、最大胆、最有挑战性的诗作就是他的《草叶集》，这部作品是不成熟的技巧和美的奇妙的混合。在它那气势磅礴的句式中，句子与句子之间弥漫着一种坚定的力量。这其中也有拙劣的诗句，这些诗句可以与那些水平差的诗人所做的诗句“媲美”。然而就是这些诗句，也因为全诗的统一和谐而变得极富表现力。为什么会这样呢？因为《草叶集》是一个整体的诗集，是诗人厚积薄发的成果。惠特曼赞扬民主，并把自己当作一个有趣味的人来加以赞美，他也的确是一个有趣的人。在那个时代，惠特曼用高贵的诗歌颂扬着林肯的事迹。也许，有一种历史注定的缘分存在于林肯和惠特曼之间吧。罗尔认为马克·吐温是美国文学中的林肯，这样说是准确的。为什么

惠特曼（劳托洛作）

惠特曼躺在为他带来崇高声誉的草地上

呢？因为林肯可能不会理解作为诗人的惠特曼，他对诗的认识肯定比不上他对散文的认识。但是，时间在林肯的头上放了一个神圣的光环，惠特曼对林肯的赞美也就在历史上得到了肯定。惠特曼就是这样慢慢被人们认识了，而且成了林肯的桂冠诗人。《当庭前的紫丁香盛开时》无疑是美国的一流诗歌。在惠特曼的所有感觉中，都有美丽的瞬间存在。他也像华兹华斯和其他的诗人那样，写过很多没有价值的作品。惠特曼站在诗歌的最高点上，他像大海般心胸宽广，像太阳一样热情四射，这位纯真的诗人属于地球上千千万万的人。惠特曼认为他自己放弃了旧的诗歌韵律，创造了新的诗歌形式，但他的伟大并不是在于他是否创造了新的独特的形式。他的诗歌的美在于它们如同英国诗歌一样质朴。

美国诗坛在惠特曼之后就衰落了。但下面这些诗人的作品可能还是会经常出现在一些诗歌选集中吧：爱米利·迪更斯的诗简洁到了极致，看似犹抱琵琶半遮面，实际上却是尽显风情；路易丝·基纳的神怪诗精致之极；詹姆士·莱里的诗淳朴；托马斯·贝利·奥德里奇诗风华美；西德尼·拉尼尔有着惊人的潜能，如果他有着更强壮的身体，能克服数不清的困难，诗神缪斯一定会帮他取得成功的。拉尼尔的《格林的沼泽地》和《日出》是才华横溢的作品，即使是在大诗人的作品中，要找到这么精彩的作品也不是一件容易事。美国诗人在表现力方面是有所欠缺的，有时候他们甚至不能清晰地表达诗歌的含义，但天使以色拉费的竖琴仍然余音未绝。如果说美国不是一个诗歌的王国，那么至少可以说，那里绝不缺少优美的小调。

图版目录

49（下）/荷马群像，有人认为“荷马”乃“组合”之意，暗示《荷马史诗》是由许多作者各异的散篇传说而成的，故而有“各种各样”的荷马像。
50/荷马向行人朗诵自己的诗歌。
51/希腊陶罐上描绘特洛伊战争的画面
52（上）/阿喀琉斯替受伤的帕特洛克拉包扎伤口，劳托洛作。
52（下）/攻打特洛伊城
53/特洛伊战争的英雄奥德修斯冒险回到家里，被老奶妈认了出来。布格罗绘。54/古希腊神话中的世界。左边是以公牛形式出现的宙斯，他赢得了少女欧罗巴；旁边的是勇敢的珀耳修斯，他手里拿着被杀死的蛇发女妖美杜莎的头；右边潘多拉打开了禁开的匣子，放出了无数灾难和病痛；最后一个是柏勒洛丰骑着他的珀伽索斯升向天堂。
57/身披长袍、头戴花冠的诗人在竖琴的伴奏下吟唱自己的诗篇。58/萨福（公元前610年～公元前580年），古希腊最著名的女诗人，所作抒情诗在描绘感觉、激情的深度和文笔的优美方面无与伦比。相传她因法翁不理睬她的爱而从留卡底亚悬崖跳进大海。
59/萨福和她的学生在岛上。
60/希腊风景画
62/为追悼帕特罗克洛而举行的赛马比赛，公元前580年的阿提卡陶罐。
64（上）/亚历山大图书馆遗址
64（下）/田园诗诗意场景之一
66/田园诗诗意场景之二
70（上）/埃斯库罗斯，劳托洛作。希腊第一位伟大的悲剧家。他在希腊戏剧中首先采用了两个演员，这不仅打破了只有一个演员和合唱队的传统，而且使情节和对话更多样化；并因首次使用一些引人入胜的舞台效果及奇特可怕的面具服装，有“悲剧之父”之称。
70（下）/希腊舞台上的合唱队
71（左）/希腊演员面具
71（右）/索福克勒斯
72（上）/索福克勒斯的俄狄浦斯
72（下）/《安提戈涅》中的一幕
73/美狄亚，劳托洛作。
74（上）/《云》中“质疑苏格拉底”的场景。图中苏格拉底被吊在悬挂于人们头上的篮子里，受到剧中另一个人物的质疑。该剧嘲讽了苏格拉底的“新知识”。
74（下）/米南德
77（上）/雅典学派，拉斐尔作。
77（下）/赫拉克利特
78（上）/恩培多克勒
78（下）/毕达哥拉斯
79（上）/苏格拉底学堂
79（下）/苏格拉底之死
80/柏拉图，劳托洛作。
81/《会饮篇》中的场景，该文是探讨爱的本质的最著名的文章，图中表现的是政治家亚尔西巴德来到诗人阿迦同的家中与他彻夜长谈。
83/罗马皇帝奥勒留像
84/伊壁鸠鲁
85/狄摩西尼，劳托洛作。古希腊最著名的演说家，爱国楷模，以智慧超群、意志坚定、能言善辩著称。在雅典与马其顿侵略者决战的最后关头，狄摩西尼见败局以定，遂一剑结束了自己的生命。
89（上）/恺撒，劳托洛作。作为罗马帝国的真正缔造者，在他身后，最高统治者有了全新的称号“皇帝”（Kaiser）、“沙皇”（Tsar），二者都来源于他的名字“Caesar”。
89（下）/恺撒遇刺（局部）。恺撒后期实行独裁统治，引起了元老院部分贵族的强烈不满，后来被曾经崇拜过他的布鲁图和卡西乌斯暗杀，他们认为这是为捍卫即将消失的自由。
93/维吉尔，劳托洛作。
94/表现维吉尔诗意的收获葡萄的场面
96/塞涅加，后期斯多葛派哲学家、政治家，罗马皇帝尼禄的老师。公元54年～公元62年间，参与了罗马帝国的管理。
97/卢克莱修，伊壁鸠鲁派诗人，图为《物性论》第一章第一页，页中左上角为卢克莱修在写作。98/罗马圆形剧场遗迹
100/奥维德（公元前43年～18年），古罗马拉丁语诗人，出身于骑士阶层家庭。《美狄亚》是他的第一部成功的悲剧；代表作《变形记》以其对心理状态的惊人洞察力和象征手法，成为自古以来最有影响力的杰作之一；但极富个人色彩的作品《爱经》为他带来了无尽的麻烦。
101（上）/奥维德《爱经》插图，发现于庞贝古城的壁画中。
101（下）/奥维德《变形记》插图
104/西塞罗，劳托洛作。罗马演说家、政治家和作家，曾在罗马学习过法律、雄辩术、哲学和文学，后走上政治道路。公元前63年当选为执政官，公元前43年发表著名的“反腓力辞”，后因此获罪被杀。
106/地狱的折磨，《上帝之城》一书的场景之一。该书是中世纪影响最大的著作之一。在奥古斯丁看来，人类堕落以后，就被上帝分为选民和罪人。在这幅图景中，尘世与天堂相互融合，但在耶稣复活之后，只有那些选民才能得到上帝的拯救，罪人们则只能经受地狱永恒之火的煎熬。
108/建于1248年的德国科隆大教堂。对哥特式建筑的精当的论述当数德国诗人海涅，他写道：“（哥特式）建筑和诗歌一样，也表现了同样的譬喻说教的倾向。这些哥特式教堂建造得如此飞拔、纤巧、华丽、晶亮，……只要站在外面望一下这些高耸的建筑物，就会真正感受到那个时代的威力，它是如此善于使顽石低头，使之显得几乎充满了灵怪气，甚至使这种最坚硬的材料也表现出基督教的唯灵论。”
109/十字军战士像
110/湖中之手高举亚瑟王之剑
112/《特里斯丹和绮丝》插图
113/《贝奥武甫》中的激战场面
116/游吟诗人的黄金年代。图中描绘的是1324年5月，欧洲的游吟诗人齐聚托洛斯的一个美丽开阔的花园中，在那里吟诗比赛。117/公元8世纪时的基督教世界的传奇斗士罗兰正在接受查理大帝授予其作为骑士标志的宝剑和服饰。画中年轻的骑士双手伸展的恭顺姿势象征他的效忠宣誓。通过宣誓，骑士承诺为其领主的尊严而战。作为回报，他能够在其生命和领土受到敌人威胁时得到领主的庇护。
118/列那狐前去朝圣，德国浪漫主义画家考尔巴哈为《列那狐的故事》所绘的插图。
123/《尼伯龙根之歌》插图《密语》，表现的是赫岑从克里姆希尔特那里得知齐格弗里德在两肩之间有一处致命的弱点后，把这个秘密告诉了布伦希尔特。后者设计杀害了齐格弗里德。
124/北欧著名的海盗维京人所使用的海船。发现于挪威的一处墓地。优雅高耸的线条、厚厚的龙骨和坚固的船板，显示出他们的造船技艺达到了极其完美的境界，这种船十分坚固但重量却很轻，吃水很浅，这使得他们的航船既能够在变化莫测的公海上航行，又能够逆流而上深入欧洲腹地。

此富于传奇色彩的经历，也很少有英国诗人或剧作家像他那样久负盛誉。本·琼森曾做过泥瓦匠、士兵、演员，也写过剧本，这些剧本已经成为古典名著。
177/伊丽莎白时代的走廊，便于阅读和表演。
180（上）/莎士比亚，劳托洛作。
180（下）/莎士比亚在斯特拉夫镇的出生地
181/莎士比亚作品《哈姆雷特》中的场景
183/莎士比亚的墓志铭：
好心的朋友，看在上帝的份上，
切莫挪动埋葬于此的遗骸。
不动这些石块者必得上天保佑，
使我尸骨不宁者必受诅咒。
186/本·琼森，劳托洛作。
188/福特，劳托洛作。
191/多恩，劳托洛作。英国文学中最有才华的诗人之一。他的作品对17世纪和20世纪的诗人影响很大。
193/乔治·赫伯特，劳托洛作。
194/萨克林，劳托洛作。
197（上）/弥尔顿，劳托洛作。人们通常认为约翰·弥尔顿是仅次于威廉·莎士比亚的最伟大的英国诗人，他的巨著《失乐园》是公认的以英语写成的最优美的史诗。晚年他生活娴静，每天早晨四五点钟起床，听人为他读一章希伯来文《圣经》。
197（下）/弥尔顿手迹
199/失明的弥尔顿向他的女儿口述《失乐园》的情形。在文学史上再也没有比这位双目失明的清教徒日复一日地口授他的伟大史诗《失乐园》的画面更为壮丽了。
199/晚年的弥尔顿在创作《力士参孙》
201（上）/伯顿著《忧郁的解剖》一书的扉页
201（下）/托马斯·布朗，劳托洛作。
202（左）/沃尔顿《钓客清话》插图
202（右）/托马斯·霍布斯，从伊丽莎白一世时代到查理二世时代，他如鱼得水，后因《利维坦》的出版，被迫流亡到法国。
204（上）/德莱顿，劳托洛作。17世纪最后二三十年，英国最重要的人物当推约翰·德莱顿。他个头矮小，身子结实，红红的脸，朋友们给他起了个绰号叫“矮胖诗人”。他的好些诗句至今仍为人们传诵，最有名的是“惟有英雄配佳人”。
204（下）/班扬，劳托洛作。
205/《天路历程》中的插图之一
207（上）/《格列佛游记》插图
207（下）/斯威夫特，他创作《格列佛游记》意在讽刺人类，用他自己的话来说，就是“给世人添麻烦，而并非供其消遣”。然而，人类并没有为他的讽刺感到不安，反而喜爱这部书，并把它介绍给孩子们。现在多数人把这部猛烈抨击人性的小说仅仅当成了供孩子们开心的童话故事。
208/斯威夫特和斯特拉在一起。斯威夫特二十二岁第一次见到斯特拉时，小姑娘才八岁，后两人交往甚密。无论是在他声名鹊起，还是长达十年的隐居期间，斯特拉都是他惟一的精神安慰。据传他们曾秘密结过婚。
209（上）/英国大主教贝克莱
209（下）/《鲁宾逊漂流记》插图
210/笛福，多才多艺，除了是小说家外，他还是商人、情报员和记者。1719年发表的《鲁宾逊飘流记》，取材于一个名叫亚历山大·塞尔扣克的人的经历和回忆。
211（上）/菲尔丁，英国第一个伟大的小说家，也是剧作家、报人和法官，曾参与建立有名的警察力量。
211（下）/《汤姆·琼斯》插图之二，美国版画家沃伦·查佩尔作。
212（上）/斯泰恩
212（下）/约翰逊与他的朋友哥尔斯密斯和鲍斯威尔在一起
213/约翰逊与他的朋友哥尔斯密斯和鲍斯威尔在一起
214（左）/哥尔德斯密，劳托洛作。30岁时，他的粗心大意和嬉皮笑脸使其事业一事无成。成了一个卖文作家。小时候笨拙、瘦弱，早年患天花又毁了容貌，可是他聪明，并以随机应变的机智结交了许多朋友。考进都柏林的三一学院后，他经常参与一些学生的恶作剧。他自己开了一个诊所，于是人们都称他为“大夫”，可无人找他看病，他只好转向写作。
215/《人性论》扉页
217（上）/蒲柏
217（下）/《乞丐的歌剧》中的一个场面
218/布莱克，劳托洛作。
219/布莱克为他的寓言长诗《弥尔顿》所作的插图：《撒旦和反叛的天使》。
220（左）/布莱克自己为《纯真之歌》创作的插图
220（右）/彭斯在与他相关的人物和事件环绕之中
222（上）/华兹华斯，劳托洛作。
222（下）/柯尔律治像
223/《古舟子吟》插图
224（上）/司各特深为债务所累，图为他在位于特威德河畔艾博茨福德的奢华住宅里埋头写作。大卫·罗伯特1834年作。
224（下）/英国著名画家约翰·奥斯汀为《唐璜》所作的插图之一，表现的是这位十六岁的西班牙美少年“趁着暮色”与贵夫人堂娜·朱丽亚在“美丽的凉亭中”幽会的情景。
225/拜伦，劳托洛作。他那俊俏的容貌，放荡不羁的生活，一连串的风流韵事以及36岁就凄惨谢世等等，使他成了浪漫主义运动中一个颇富魅力的人物。他的第一部长诗《恰尔德·哈罗尔德游记》在1812年发表头两部分时，几乎一夜之间，他成了女人们追逐的对象，年轻的男子们则模仿他的敞开的衣领和飘垂的领带。
226/雪莱，劳托洛作。英国文学浪漫主义运动中的一位主要诗人，不足三十岁便离开了人间，却留下了许多伟大的杰作。评论家马修·阿诺德对他的评论入木三分：“一个美丽但已失灵的天使，在太虚中拍动着光亮的翅膀，但徒劳无益。”后在与友人出海时不幸身亡，尸体在海滨发现并就地火化。
227/济慈，“此在长眠者，声名水上书”，是诗人为自己事先写下的墓志铭。他天生具有一种对美的炽烈的爱，认为“美丽的东西永远是一种快乐。”
229（上）/司各特，劳托洛作。
229（下）/奥斯汀像
230/《傲慢与偏见》插图
230/《理智与情感》插图
231（上左）/狄更斯，劳托洛作。从未上过大学，所受教育都是通过自己的阅读、观察和日常体验得来的。
231（上右）/《匹克威尔外传》插图，塞缪尔·维勒的出场，英国画家哈布洛特·奈特·布朗作。

296/陀思妥耶夫斯基，劳托洛作。
297/《罪与罚》插图
298/《卡拉马佐夫兄弟》插图之一，夏普作。表现的是书中第二卷第三章“斯麦尔佳科夫弹吉他”的情形，站在右侧的年轻女子为玛丽娅·孔德拉奇耶芙娜。
299/托尔斯泰，劳托洛作。俄国作家托尔斯泰对人类思想的深刻影响在现代作家中几乎是首屈一指的。他的小说征服了俄国，吸引了各阶层人民。他有关社会和道德的思想主张传遍了全世界。
300/《安娜·卡列尼娜》插图之一，密特维杰夫作。表现的是安娜被伏伦斯基抛弃之后往车站走去，她在心中想：“既然什么都叫人讨厌，为什么不把蜡烛灭掉呢？”于是，为了“处罚他，摆脱一切人，也摆脱我自己”，她卧轨而死。
301（上）/《钦差大臣》中的两个女人，契诃夫自画。
301（下）/《跳来跳去的女人》插图，图宁作。
302（上）/高尔基，劳托洛作。通常被视为俄国文学中最伟大的“无产者”，列宁称他为“无产阶级艺术的最杰出的代表”。
302（下）/高尔基的《母亲》中的两幅插图
303/安德烈夫，劳托洛作。
305/审判伽利略
307/哥尔多尼，劳托洛作。18世纪意大利著名戏剧家，他的喜剧中经常采用生气盎然的情节和人物，作品多反映威尼斯生活。
308（上）/乌戈·福斯科洛，劳托洛作。他的抒情诗影响了意大利民族的复兴。
308（下）/莱奥帕尔迪，劳托洛作。意大利著名诗人，同时也是一名学者和哲学家，他在所有这些领域所取得的成就使他成了这个世纪最显赫的文人之一。
309（左）/曼佐尼，劳托洛作。诗人、剧作家和小说家，意大利浪漫主义的主要代言人。
309（右）/《婚约夫妇》中订婚的场景，劳托洛作。310/卡尔杜齐（劳托洛作），1906年诺贝尔文学奖获得者，被认为是当时最有影响的文学家之一，他决心清除掉浪漫主义盛行的局面，把文学恢复到古典主义的模式。
310（左）/卡尔杜齐，劳托洛作。1906年诺贝尔文学奖获得者，被认为是当时最有影响的文学家之一，他决心清除掉浪漫主义盛行的局面，把文学恢复到古典主义的模式。
310（右）/邓南遮，劳托洛作。一位绚丽多彩的诗人、剧作家和小说家，曾在第一次世界大战中做过飞行员。
312（上）/埃切加莱，劳托洛作。1914年诺贝尔文学奖获得者。
312（下）/加尔多斯（劳托洛作），19世纪西班牙最杰出的小说家，深受英国作家狄更斯的影响。
315/布拉斯科·伊瓦涅斯，劳托洛作。
317（上）/伊拉斯谟（1466年～1536年，劳托洛作），人文主义学者，曾在奥古斯丁隐修院学习过四年。1492年任坎布雷主教私人秘书，1498年移居英格兰任剑桥大学神学和希腊文教授，并在此写下了讽刺名作《愚人颂》。晚年享有很高的声誉。
317（下）/斯宾诺莎，劳托洛作。
321/安徒生最感人的佳作《卖火柴的小女孩》中的插图，Anne Anderson作。表现的是一个穷苦的卖火柴的小女孩在刺骨的寒风中快要冻死时，眼前所显现的种种幻象。
322/德兹哈曼，劳托洛作。
323/阿尔格·勃兰兑斯，劳托洛作。
324/易卜生，劳托洛作。挪威人，是第一个伟大的现代剧作家。他的剧本风格多样，从现实主义的《海达·加布勒》，到幻想作品《彼尔·金特》。他以技巧娴熟、象征主义、以及深刻的心理洞察力著称。
325（上）/《玩偶之家》插图
325（下）/班森，劳托洛作。
326/哈姆逊，劳托洛作。
327（上）/膝内尔，劳托洛作。
327（下）/斯特林堡，劳托洛作。瑞典著名作家，《红房间》为其成名作，一生结过三次婚又都离异，自认为命中注定是个受害者，总陷于痛苦之中，常常达到几乎发狂的程度。
328/塞尔马·拉革勒夫，劳托洛作。
330（上）/欧文，散文家、历史学家和小说家，美国第一个伟大的作家。
330（下）/《纽约的历史》插图
331/库珀，第一位赢得世界声誉的美国小说家，《最后的莫希干人》使其声名鼎盛。
332/霍桑。毫无疑问，霍桑在所有的美国作家中是首屈一指的。
333/《红字》插图
334/爱伦·坡，劳托洛作。
335/《莫格街凶杀案》插图
336（上）/斯陀尔夫人，她创作的《汤姆叔叔的小屋》对美国历史产生了直接和强烈的影响，这是任何其他书籍无法比拟的。
336（下）/《汤姆叔叔的小屋》插图之一，哈梅特·比林斯作。
337/马克·吐温，劳托洛作。当过排字工人，密西西比河舵手和演说家的马克·吐温，还是美国最伟大的作家之一。
338/《使哈特里堡堕落的人》插图
339（上）/亨利·詹姆士，劳托洛作。
339（下）/《苔丝·米勒》插图
340/爱默生，劳托洛作。这位超验主义运动的代表人物认为：“人们可以自然领悟真理，拼命的探求反而会使我们一无所获。”
341（上）/亨利·梭罗，美国作家和诗人。
341（下）/梭罗坐在离瓦尔登湖不远的幽静的草地上，思考着生活中必不可少的东西。
344/杰斐逊，劳托洛作。
345/林肯，劳托洛作。
346/帕克曼，劳托洛作。
348/法国画家埃德蒙·迪拉克为《乌鸦》作的插图，以黑白鲜明的对比，表现了诗中乌鸦站在文艺女神帕拉斯像上的意象。
349/朗费罗，劳托洛作。全世界最受人爱戴的美国诗人。他是最早以美国为主题进行创作的美国作家之一。
350/朗费罗著《海华沙之歌》插图
351（上）/《草叶集》插图。“呵，我的灵魂，我们在平静而清冷的早晨找到我们自己了。”
351（下）/惠特曼（劳托洛作）
352/惠特曼躺在为他带来崇高声誉的草地上